LA GUERRA DE LOS VIENTOS

LAS SIETE ISLAS
LIBRO SEIS

A.R. KNIGHT

1

LA PIEDRA DE LAS ALMAS

Wax temía que nunca se acostumbraría a las voces en su cabeza, y ahora tenía otra más.

El skar de Tamas brillaba en su posición inferior izquierda, sin que su calor atravesara la gruesa túnica de Tamas que Wax vestía para la ceremonia. El espectáculo. La actuación. Era difícil saber qué pensaba la multitud de todo esto, ya que sus expresiones, sentados en el mismo teatro donde el intento de grabado de Eujo había sido evitado por poco hace solo un día, mezclaban perplejidad con aburrimiento.

—Felicidades —dijo el hombre enmascarado que le había entregado el skar, el mismo que había anunciado el destino de Eujo.

Era el único acompañante de Wax en el escenario por lo demás vacío, el intercambio marcado por unos pocos músicos débiles en un foso cercano, punteando sus instrumentos. Eujo y los Guardianes de Wax, la bandida Torny y la hermana de Wax, Bliss, estaban al frente, esperando que terminara la pompa para poder dirigirse a los muelles y salir de la maldita isla.

Tamas no había sido precisamente un placer y, cuando el hombre enmascarado, con sus túnicas carmesí ondeando, se inclinó, Wax esperaba que los problemas continuaran.

—Márchense rápido —susurró el hombre, extendiendo un brazo para acompañar a Wax fuera del escenario. Disculpas no dichas teñían su tono arrepentido—. Normalmente, habría un evento más grandioso para esto. Una obra de teatro, honores, festines y mucha, mucha más bebida.

—¿Pero? —preguntó Wax cuando el hombre se quedó en silencio, respondiendo a la señal.

—Son los Najahn. Están siendo agresivos. ¿Ese skar que llevas ahora? Es el mío. Se han negado a dejarnos reunir más.

—¿Me está dando su propio...?

Mientras las cortinas se cerraban a su alrededor, el hombre enmascarado se rió.

—Conseguiré otro. Lo importante es que mantengamos la tradición. Actuaste, te mereces la recompensa. Ahora vete.

Wax no necesitaba preguntar por qué el hombre aún sonaba nervioso. Los Najahn no solo querían quedarse con los skars, querían quitarles las piedras a todos los que las tuvieran. Sabrían ahora que Wax y Eujo estaban presentes en la capital de Tamas, y probablemente tendrían a sus matones de púrpura y negro corriendo hacia aquí ahora mismo.

De hecho, el hombre enmascarado podría haberle endosado el skar de Tamas a Wax solo para evitar meterse en problemas él mismo. Conveniente.

Sin embargo, si Wax hubiera querido enfrentarse a los Tamas por ello, el momento había pasado: una mirada alrededor del backstage confirmó que solo había trabajadores ajetreados, preparando el teatro para un espectáculo posterior, uno felizmente libre de Renovaciones, skars y el destino del mundo.

Torny, bandida y la mejor vestida de su grupo, con elegantes verdes y azules peludos, silbó cuando Wax se acercó y levantó su collar. El skar de Tamas cumplía su función, brillando, incluso mientras, dentro de su mente, Wax escuchaba al piedra susurrar junto con la aprobación de su amiga. Menos en palabras reales, más a través de impresiones y galimatías con sabor, los skars eran activos imperfectos. Capaces de milagros, capaces de destrucción masiva, Wax se había acostumbrado, sin embargo, a su constante parloteo.

Como estar de vuelta en casa, en la bulliciosa y burbujeante Kitaye.

La contraparte de la bandida, Bliss, estaba cerca, trabajando en un nuevo bastón con una cuchilla de tallar. Cada golpe cortaba tiras para reemplazarlas con bandas de hierro, una técnica que había aprendido en Foti, la isla ardiente. Demasiadas cabezas duras entre sus enemigos, señaló Bliss, y no quería que su bastón se rompiera en medio de la batalla.

Una cabeza lejos de ser la más dura estaba cerca de la parte delantera del carro, observando a las multitudes errantes de Tamas que iban y venían en su día fresco, pero no frío. Livier, asesino de Kance y antiguo enemigo, mantenía una mano cerca de su estoque y la otra en el propio carro, ayudando a mantener al hombre erguido. A pesar de haber recibido skars de Vis tanto de Eujo como de Wax, el hombre se tomaba su tiempo para recuperarse de una pelea ardiente de hace un par de semanas. No es que a

Wax le importara: un Livier comprometido era un Livier al que no necesitaba temer.

Mucho.

—¿Cómo se siente? —preguntó Torny, después de su silbido—. Ahora están empatados.

—¿Empatados? —dijo Eujo, la Reina de Kance y luciendo como tal mientras se sentaba en los sacos apilados del carro bebiendo algo de una taza de barro—. Él va a ganar. Nunca conseguiré un skar de Tamas ahora.

—A menos que lo robe para ti —dijo Torny.

—¿Pensé que eras mi Guardiana? —preguntó Wax, acercándose al carro y deslizando el collar de vuelta bajo su camisa.

—Ella es una Reina, Wax. Tengo que seguir al poder.

«Tiene razón», señaló Bliss, levantando la vista de su trabajo con el metal. «Ya no hay Renovación. Eujo es real».

—Yo soy bastante real —protestó Wax—. Solo necesito Kance y Noctia, y entonces...

Se quedó en silencio, un rasgo demasiado común cuando surgía este tema. Torny y Bliss no lo presionaron al respecto, porque sabían tan bien como Wax que cualquier cosa que siguiera a los siete skars era turbia en el mejor de los casos. Conseguir un skar de Noctia parecía imposible de todos modos: toda la isla había pasado de ser un pacífico vigilante de las islas a una fuerza merodeadora, intentando controlar todo a través de sus alabardas y soldados acorazados.

E incluso si lograba conseguir los siete, ¿qué entonces? Le había prometido a Pan conseguir las piedras, y esa promesa había sido suficiente para mantener a Wax en movimiento, pero ¿con qué fin?

Una pregunta cuya respuesta podría posponer hasta

que Wax tuviera todos los skars, quizás, pero que se hacía cada vez más fuerte.

—Deberíamos irnos, mi reina —dijo Livier—, ahora que el Vis ha vuelto. Su barco debería estar llegando a puerto pronto.

—Entonces vámonos —respondió Eujo, levantando la vista de la breve misiva garabateada junto a su taza—. De todos modos, odio este lugar.

Esa nota, urgente, era la que nombraba a Eujo única Reina de Kance y solicitaba su regreso inmediato. Llevaba mirándola casi todo el último día. A Wax le gustaría decir que podía entender por qué, pero la promesa moribunda de Pan era lo más cercano que había estado a un verdadero destino. Aun así, subió al carro y se sentó junto a Eujo, su mano encontrando la de ella, un apretón correspondido.

Lo que eso era, lo que esos dedos entrelazados insinuaban, aún se desconocía. La noche anterior se había consumido en profundas conversaciones con Livier, la Reina poniéndose al día sobre cómo era Kance ahora, qué debía esperar. Wax, aliviado con cerveza, había dormido.

El skar Tamas intentó leer el estado de ánimo de Eujo, burbujeando sobre las otras piedras solo para que Wax lo apartara. Como elegir no escuchar una conversación, o ignorar un estómago rugiente. Confiaría en las sonrisas de toda la vida, los toques y las suaves arrugas alrededor de sus ojos mientras Eujo sostenía su mirada por un largo momento antes de volver a la nota, su taza —té negro— y lo que significaba para hoy, mañana y más allá.

Bliss se unió a Livier en el banco del conductor del carro, el único poni moteado por el sol enganchado listo para tirar de ellos hacia el muelle. Torny, como prefería, tomó su propio asiento en la parte trasera del carro, tarareando alguna melodía, lanzando una zanahoria dura entre bocados.

El puerto de Tamas bullía con el lento declive del invierno. Los barriles de cerveza fresca dominaban, aunque los vinos y otros alimentos añadían la variedad justa para mantener las cosas interesantes. Pesados galeones descansaban cerca de los muelles, recién devueltos al agua desde sus lugares de invernada en seco. Los viajes comerciales al sur comenzarían pronto, a juzgar por el clamor, y días agradables como este eran una buena oportunidad para adelantarse.

Lo que Wax no vio en medio del bullicio del puerto fue el *Storm's Edge*, el barco personal de Eujo capitaneado por el inimitable Deux. La última vez que se habían despedido de la embarcación fue en una despedida abortada en la costa sur de Whent, huyendo bajo el manto de la noche después de que Wax, bueno, incendiara una finca. Wax se estremeció ante el recuerdo, un recordatorio de que los skars difícilmente eran sirvientes listos para cumplir sus órdenes. Más bien como amigos salvajes, dispuestos a escuchar y luego tomar las cosas en sus propias manos.

—Llegamos temprano —dijo Livier mientras Bliss guiaba el carro a un espacio abierto frente a un almacén del muelle.

—O Deux llega tarde —respondió Eujo.

Su séquito atrajo una leve atención, principalmente de otros carros y porteadores que tenían que esquivarlos. Por lo demás, el puerto bullía lo suficiente como para mantener a Wax y sus amigos en el fondo de las preocupaciones de cualquiera. El anonimato les sentaba bien, y Wax permaneció en el carro, observando el horizonte, mientras Eujo y Livier bromeaban sobre la puntualidad de Deux.

—Los Najahn podrían haberlo encontrado —dijo Livier

—. Deberíamos escabullirnos, Eujo. Encontrar algún agujero de marinero para escondernos hasta que llegue Deux.

—Nos delatará en el momento en que aparezca —contrarrestó Eujo—. Si los Najahn realmente nos están cazando, entonces tendremos que abordar lo más rápido posible. Beber cerveza en alguna taberna oscura no ayudará a eso.

—No creo que eso vaya a funcionar de todos modos —dijo Torny, bajándose de la parte trasera del carro y blandiendo la daga hacia el muelle—. Adivino que estamos a punto de ser notados.

Un galeón con la bandera roja y naranja de Foti se deslizó hacia el mar, empujado por trabajadores del muelle con largos postes. A medida que la enorme embarcación se movía, su volumen reveló una fragata púrpura y negra en el siguiente espacio. Soldados Najahn, armados y con armadura, se mantenían cerca vigilando. Las velas del barco estaban recogidas, cajas de provisiones sentadas a lo largo de su muelle elegido. Recargando para un viaje.

Tal vez no, entonces, encargados de encontrar a Wax, Eujo y sus skars.

—Entonces ponte de este lado del carro —espetó Livier —. No te quedes al descubierto.

Torny se rió.

—¿Qué, crees que nos conocen de vista? ¿Tienen algunos grandes dibujos de Wax a mano?

Sin embargo, el sarcasmo del bandido se marchitó rápidamente cuando su quinteto se formó cerca del poni. Un nuevo sonido del muelle se acercaba: maldiciones colectivas y los rasguños y golpes de mercancías en movimiento. Wax miró hacia el norte, en la misma dirección hacia la que apuntaba su poni y opuesta al barco Najahn, para ver un contingente púrpura y negro dirigiéndose hacia ellos. El grupo no llevaba voulges —las lanzas curvas eran difíciles de ocultar— y vestían túnicas, no armaduras, pareciendo menos soldados y más eruditos. Mochilas y bolsas repletas colgaban pesadamente en el grupo.

—¿Se van? —preguntó Eujo al aire—. ¿Por qué?

—Noctia quiere los skars —respondió Torny—. Apuesto a que estos son un grupo de Tamas.

Los eruditos pasaron de largo, aparentemente ajenos, hasta que un par se detuvo, sus ojos cayendo no sobre Wax, no sobre Eujo, sino sobre el asesino de Kance junto a ellos.

Livier murmuró una maldición única, una que hizo sonrojar a Eujo.

—Ahora esto es una extraña coincidencia —dijo la primera erudita, una mujer mayor con más de una marca en su rostro. Mientras hablaba, el resto de los eruditos se detuvo, se giró, poniendo casi dos docenas de miradas sobre su grupo—. La última vez que te vi, estabas hurgando en nuestra biblioteca en Noctia. Buscando información sobre Whent y su Brecha Dorada. Ahora estás aquí. —La erudita evaluó a Livier, calibrando su apariencia cojeante—. ¿Encontraste lo que buscabas?

—Lo hice —dijo Livier, ofreciendo una ligera reverencia —. Su ayuda fue muy útil.

—¿Entonces están muertos? ¿Los traidores? —La erudita dejó que su mirada se desviara hacia Wax y los demás—. Dijiste que habían cometido una grave ofensa contra Kance. Estabas tan enojado, y tu mano... —La erudita asintió hacia las marcas en la palma de Livier, causadas por Wax y su mortal tenedor de cena—. Al menos eso ha sanado.

Livier comenzó a responder, y Wax habría escuchado de no ser por un suave toque en su brazo izquierdo. Bliss, parcialmente oculta detrás del carro. Inclinó la cabeza hacia el sur, a lo largo del muelle.

Corriendo hacia ellos, con sus bolsas abandonadas, había dos eruditos Najahn. Cuando empezaron a gritar, Wax no tuvo que adivinar sus palabras.

Solo esperaba que Deux no llegara demasiado tarde.

2

EL PALACIO DEL CIELO

Kance se extendía bajo él, sus numerosas torres y ramificaciones formaban una red entretejida que Quik apenas empezaba a comprender. Una noche y ahora una mañana, y una tardía, a juzgar por la luz del sol que se filtraba a su alrededor. Quik tuvo que reprimir un escalofrío, incluso un grito, mientras se movía bajo la ligera manta y la pequeña almohada.

Incluso en invierno, le habían advertido, los nidos se calentarían.

El vidrio moldeado formaba el recinto, salvo por los escalones y la pequeña puerta circular a la derecha de Quik. Dos aros de metal bronceado mantenían el contenedor de vidrio en su lugar, sujetándolo al Palacio del Cielo, un nombre insípido que, sin embargo, transmitía exactamente dónde se encontraba Quik. Huéspedes de las dos Reinas, una a la que habían dejado morir y otra... ¿perdida?

Quik se frotó los ojos, parpadeando ante los planeadores, las cuerdas de plantas y las aves que llenaban el aire debajo, alrededor y encima de él. Las necesidades habituales —comida, bebida, un lugar para expulsarlas— burbujearon cobrando vida.

¿Dónde estaría su hermano ahora? El último informe de Najahn los situaba en Whent, huyendo hacia el este, pero eso había sido hace algún tiempo. Quik no había tenido muchas oportunidades de obtener información después de eso, con la rebelión de Gladdring.

Lo cual dejaba a Quik, ¿exactamente dónde?

La razón original para quedarse en Noctia, para dar tiempo a Quik de recuperarse, para construir una relación con los púrpura y negro, para obtener su apoyo para ayudar a su hermano, había fracasado. Se había derrumbado tan completamente que Quik era ahora un enemigo de esa misma organización. Había perdido a sus amigos, familia, y la poca ayuda que tenía provenía de un traidor aún mayor, lo suficientemente manipulador y taciturno como para prácticamente garantizar que Quik se encontraría traicionado o abandonado antes de mucho.

Pero sin saber dónde estaba Wax, Quik no podía ir tras su hermano. No con los demonios, las peleas, el tumulto.

La isla de abajo, sin embargo, presentaba algo diferente. Kance no era Vis, estaba, con sus torres puntiagudas, montañas y valles brumosos, lejos de serlo, pero la belleza natural traía consigo un hogar que Quik se dio cuenta que echaba de menos, que quizás sería mejor volver.

Vis, según los rumores, también estaba luchando contra los Najahn. Sus padres podrían estar trabajando bajo la amenaza de una voulge.

Una que Quik podría intentar, al menos, combatir.

Con algo de claridad recuperada, Quik se quitó la manta de encima, empujó a través de la puerta circular hacia el extraño nodo redondo que servía de entrada para al menos cuatro nidos. Un pasillo estrecho, que también lucía vidrio curvo en la parte superior y listones rectos y transparentes en la parte inferior, lo llevaría al interior del palacio propiamente dicho. Antes de eso, indicaba una túnica plateada y azul de Kance colgada de un gancho junto a su puerta, el Vis necesitaría vestirse.

La voz de Gladdring hizo tanto trabajo para guiar a Quik como sus tenues recuerdos del recorrido de la noche anterior, una caminata que vino después de tanta exhaustación en los mares. Tensión agravada por los temores de que la tripulación Najahn se volviera contra él y Gladdring, dejando al par muertos o a la deriva, el cúter Najahn ahora albergando unos cuantos cadáveres más. Quik se había desmayado profundamente anoche, y encontró el despertar tardío de la mañana confuso.

Kance, al parecer, amaba los retratos, todos hechos en un estilo moteado. Enmarcados en filamentos secos, suaves arcoíris aureolaban a Reinas pasadas, soldados de Kance y, según las placas doradas debajo de cada retrato pegado a la pared nacarada, ciudadanos al azar. ¿Qué había hecho Jonas Mylien, comerciante, para merecer que su pálido rostro colgara en el palacio? ¿O Paliva Veen, cuidadora de enfermos?

¿Acaso Kance escogía a sus héroes al azar?

Más allá de los retratos, el Palacio del Cielo adoraba los azules en todos sus tonos, y plasmaba el color en sillas, bancos, y en las duras baldosas bajo los pies de Quik. Sirvientes, soldados y burócratas se afanaban de aquí para allá, más de uno deteniéndose para mirar fijamente el rostro tatuado de Quik y los pesados guanteletes colgando de su cintura.

Esas armas, talladas en madera y ahora, gracias a un herrero Najahn, con puntas de metal, nunca volverían a abandonar el lado de Quik. Habían sido demasiadas las veces en que el caos apareció sin previo aviso, en que se exigió fuerza letal, como para errar por el lado de la cortesía.

Después de todo, Quik era un Vis. Las otras islas lo consideraban un salvaje, así que ¿por qué no aceptarlo?

Gladdring acaparaba la atención de la sala del trono, una amplia cámara cerca de la cúspide del palacio. Quik había tomado uno de los muchos elevadores —que funcionaban a través de un elaborado sistema de poleas que no tenía ni el tiempo ni el deseo de entender— desde su nido, y descubrió que estaba lejos de ser la primera o segunda persona en llegar. Sin embargo, no había llegado demasiado tarde para el desayuno.

El banquete, una mezcla de pescado y fruta, con agua de manantial de montaña, se encontraba en una mesa lateral justo dentro de la sala, y Quik se ocupó en llenar un plato mientras Gladdring continuaba su exagerado relato ante una multitud de asesinos y burócratas. Pendían de cada palabra de Gladdring, las expresiones variando desde una sobria determinación por parte de los soldados, hasta un nervioso retorcimiento de manos por parte de los escuálidos políticos. Gladdring, aunque no había intentado reclamar el trono, tenía, no obstante, a la multitud rodeándolo, con las manos ondeando como un director de orquesta girando al grupo a su tono.

A Quik nunca le habían gustado mucho esas grandiosas orquestas de Noctia, y tampoco se molestó en unirse a esta actuación. En su lugar, comió, bebió y esperó a un lado hasta que Gladdring concluyó, terminando su discurso con tantas sugerencias que dejó a la tripulación de Kance aturdida y motivada. Quik entonces desperdició unos minutos más mientras Gladdring hacía bailes individuales, el antiguo Tenet y actual traidor de Noctia asegurándose de dirigir miradas de complicidad a Quik de vez en cuando.

Como si Quik fuera a caer en eso otra vez.

Podía consentir ser utilizado, pero creer que Gladdring albergaba algo más que su propio éxito en su negro corazón... No después de que la Renovación de Noctia volcara el bote sobre el agua.

—Los tenemos —dijo Gladdring, al fin, cuando se acercó a Quik, alejando al cazador de Vis de la gran sala y sus tronos gemelos de cristal.

Gladdring mantuvo silencio hasta que llevó a Quik a una pequeña habitación lateral, que parecía destinada a los sirvientes que necesitaban un descanso. Gladdring deslizó un estrecho cerrojo en la puerta, encerrándolos. Su única compañía era un taburete solitario y una mesita, con una pequeña ventana cerca del techo que dejaba pasar apenas la luz suficiente para que no necesitaran la diminuta lámpara en la pared derecha.

—Una habitación privada —explicó Gladdring mientras Quik escudriñaba el espacio—. Es bastante normal. Las Reinas las usaban. —El Tenet se agachó, haciendo que Quik retrocediera, y pasó sus dedos por la parte inferior de la puerta. Un paño negro presionaba contra el suelo—. Amortigua el sonido. Difícil para los espías escuchar.

—¿Quién estaría espiando?

—La otra Reina, obviamente.

No era una sorpresa. Quik había visto esa rivalidad de cerca, casi muere por sus consecuencias.

—¿Confío en que dormiste bien? —preguntó Gladdring, juntando sus manos, pero por lo demás pareciendo realmente sincero en su comentario—. Son un poco extraños, ¿no es así, los nidos?

—Estoy acostumbrado.

Gladdring parpadeó, luego sonrió.

—Por supuesto que lo estarías. Dormir en los árboles no puede ser muy diferente, ¿verdad?

—Me refería a que estoy acostumbrado a estar en lugares extraños. Ya no me asusta.

—Ah. —El asentimiento de Gladdring fue más lento ahora. Al hombre le gustaban sus gestos—. Entonces quizás te alegre saber que no abandonaremos este lugar pronto. Los Kance creen nuestra historia, y creen aún más en las cicatrices que les dimos. He asegurado nuestros nombramientos como consejeros.

—¿Nuestros?

—Bueno, el mío. Y tú como mi guardia personal y asistente.

Quik resopló. Gladdring frunció el ceño.

—Pareces hostil esta mañana, mi amigo Vis. ¿He hecho algo para molestarte?

—Nada —respondió Quik—. Pero no voy a ser tu guardia ni tu asistente. Me voy a casa.

Quik podría haber continuado con la historia completa, sobre su hermano y demás, pero darle más información a Gladdring solo funcionaría en contra de Quik. ¿Quién sabía qué cadenas podría encontrar Gladdring en esa historia para atar al cazador?

—¿A Vis? Sabes que la isla está perdida, ¿verdad? —Gladdring metió una mano en el bolsillo de su túnica. Justo donde probablemente estaría esperando una cicatriz Tamas—. Según lo que escuché esta mañana, Kitaye está bajo control de Najahn. Solo sobrevive Mottilan, y eso es solo cuestión de tiempo.

—Mantén tus manos fuera —dijo Quik, señalando el bolsillo de Gladdring—. Conozco tus trucos.

Una ligera sonrisa, pero Gladdring sacó la mano libre.

—Solo algunos de ellos, mi amigo. El punto, sin embargo, sigue en pie. Vis está cayendo. Kance es nuestra mejor oportunidad para detener a Fassle.

—¿Y hacer qué? —Quik levantó el dedo acusador hacia la cara de Gladdring—. Sigues argumentando que estás salvando las islas. Eso es lo que Annalyse seguía diciendo en la playa, cuando me mantenías en la jaula, pero ¿acaso sabes cómo?

—Lo estoy intentando, que es más de lo que obtendrás de Fassle.

—Eso ya no es suficiente. Estoy harto de esperarte.

Gladdring parecía que iba a protestar, luego se detuvo, una mirada pensativa se apoderó de ese rostro arrugado y papada.

—Sabes, creo que hay una manera en que ambos podemos obtener lo que queremos —dijo Gladdring—. Annalyse. Le dijiste que huyera a Vis, ¿verdad?

Quik se encogió de hombros.

—Era todo lo que se nos ocurrió.

—Si alguien pudiera tener una idea de qué hacer con todas estas cicatrices, sería ella. —Gladdring sonrió sinceramente ahora—. Ve a casa, Quik. Vuelve a tu isla y encuentra a la científica. Tráela de vuelta aquí.

—¿Por qué volveríamos?

—Porque —dijo Gladdring, con esa sonrisa haciéndose más amplia—, la Reina desaparecida de Kance ha sido encontrada. Viva. Y está en camino. Creo que sabes quién viaja con ella.

Wax. Bliss.

Una oportunidad de cumplir un viejo juramento.

Gladdring tenía a Quik de nuevo, y el bastardo manipulador lo sabía. Pero ¿qué más podía hacer el Vis?

3
SALVADOR DIVIDIDO

Había olvidado cómo se sentía estar a solas con sus propios pensamientos.

Como si alguna vez lo hubieras estado.

Su otro yo anidaba en la mente de Maena, siempre su compañía, siempre su acompañante mientras miraban el sucio techo gris sobre ellas. La paja mohosa debajo, bajo los desgastados cueros Rana que Maena aún se ponía cada mañana, añadía un toque de podredumbre a la habitación. Debería cambiarlos, debería limpiar la caja que había reclamado para sí cuando llegó el Whent.

Una tarea destinada al fondo de una lista que nunca parecía avanzar.

Porque estamos haciendo un trabajo más importante.

Con eso, al menos, Maena podía estar de acuerdo. Hablando de eso...

Se incorporó de golpe, agarró su espada corta forjada por el Whent y se sacudió la paja pegada a sus cueros y su cabello. Cogió una túnica rasgada y la usó como trapo para frotarse la suciedad y un escarabajo al azar de la cara. Los insectos eran un hecho en la Oscuridad de Abajo, ni peor ni mejor, en realidad, que en un barco Rana. Al menos las ratas no llegaban tan abajo.

Su habitación achaparrada ocupaba una esquina en el tercer piso de lo que, para cualquier observador, era un bloque tallado. Mitad roca natural y mitad piedra movida, asentada y alisada por cadáveres incansables, mantenidos con vida primero por el Rey Muerto y ahora por Svarde, el bárbaro Foti, la construcción reflejaba más de una docena de otras, con aún más siendo talladas de la propia piedra. Maena no estaba segura de cuáles eran los planes de Svarde para esta metrópolis subterránea.

Lo último que había oído era que los demonios iban a recibir una escolta hacia la superficie. ¿Quién se quedaría aquí abajo entonces? ¿Los cuerpos? ¿Acaso necesitaban casas?

Concéntrate, Maena. Es un gran día.

Su otro yo en el espejo, un alma arrancada de Maena y reconfigurada por un demonio no hacía muchas semanas, no necesitaba recordárselo... a sí misma. La actividad resonaba por toda la enorme caverna. Carros retumbando, martillos golpeando y gritos pidiendo que esto o aquello llegara aquí o allá. Cada orden encontraba su seguimiento en las silenciosas masas muertas, mientras se arrastraban, tambaleaban y avanzaban pesadamente con equipos o bienes a cuestas.

Maena lo observaba todo desde la entrada de su edificio; sus diversos compañeros de cuarto ya estaban trabajando o, habiendo venido de algún turno nocturno, profundamente dormidos, probablemente con la ayuda de la cerveza. La capitana Rana reprimió el impulso de desenvainar su espada y cortar a un cadáver que pasaba llevando una caja de lo que parecían setas hervidas en sus manos. Raciones para un ejército ambulante.

Aunque no estaba segura de qué comerían esos caminantes del fuego.

Probablemente rezagados.

Maena esbozó media sonrisa ante eso. Una que se desvaneció lentamente mientras se abría paso por la bulliciosa ciudad. Pasó por la enorme puerta principal, cuya barricada estaba cubierta de huesos polvorientos de humanos y monstruos por igual. A lo largo de un amplio túnel hacia otra gran sala, esta portaba las cicatrices de mil batallas en sus paredes naturales, su techo astillado. En los últimos días, el espacio había albergado tantas armas diferentes, con ingenieros Whent trabajando a todas horas para fortalecer barreras, construir artillería y crear una fortaleza desde la cual Las Siete Islas pudieran contener a una horda de demonios.

Ahora esas barreras estaban apartadas a un lado o divididas, con puntas afiladas apiladas unas sobre otras. Los pernos de ballesta yacían en gruesos montones, sus lanzadores sin cuerdas y apoyados contra las paredes. Los ingenieros encargados de cuidarlos tenían sus cabezas y manos inclinadas hacia una tarea diferente: producir cueros gruesos y extraños enmascarados con metales. Demasiado grandes para cualquier humano, asestaron el golpe final al estado de ánimo apacible de Maena esa mañana.

—Ami está hablando con ellos ahora mismo. Cree que lo entienden —dijo Svarde, hombre de mil heridas, cerca del centro de la sala.

El bárbaro llevaba solo la armadura más fina, aunque su verdadera defensa provenía de la hoja negra y dentada siempre a su lado. La empuñadura de la espada brillaba con ópalos: skars de Noctia. De alguna manera, la espada mantenía vivo al guerrero retorcido y brutalizado a pesar del daño suficiente para convertir a cualquier humano normal en cartílago. Su compañero de conversación tenía menos cicatrices pero era igual de alto, con una barba ahora lo suficientemente grande como para calificar como nido para la mayoría de las aves Rana.

Jochi, señor de la guerra Whent y maestro de la conquista de las cavernas de la isla del norte, asintió ante las palabras de Svarde. Sus cueros eran de mejor grosor, con tachuelas de metal, y un par de hachas desagradables en su cintura, unas que sobresaltaban a Maena cada vez que las veía ahora: habían sido de Svarde, una vez. Un regalo que el bárbaro hizo cuando sus manos cambiaron para favorecer, para necesitar, la espada.

No le había pedido a Maena que tomara las armas. Svarde no le pedía mucho a Maena estos días.

Porque le asustamos.

¿Asustar a un hombre más allá de la muerte? Eso no parecía plausible, pero ahí estaba, un respingo cuando Maena se acercó.

Él no nos entiende. Nunca lo hizo.

Ahora eso, eso no era del todo cierto. Hubo un momento, tal vez varios, en el antiguo barco de Maena mientras iba hacia el norte, y en los Pozos, antes de todo esto, antes de...

—¿Qué has decidido? —preguntó Svarde—. ¿Vienes con nosotros?

No puedes. Sabes por qué.

—¿Marchar a una guerra con el Whent? —Maena resopló—. Lo siento, Svarde. Eso es algo que nunca haré.

—¿Intentar salvar Las Siete Islas no te interesa, Rana? —dijo Jochi, la voz del hombre un gruñido carbonizado después de tantas pipas, tanto tiempo gritando órdenes—. ¿Sigues aferrada a las viejas costumbres?

—Algunas cosas no son tan fáciles de olvidar. Además,

con todos ustedes fuera, puede que por fin logre hacer algo por aquí.

Svarde ladeó la cabeza ante eso, pero fue Jochi quien respondió primero:

—Yo tampoco voy. Hay demasiado que hacer por aquí, y si entiendo bien a Svarde, serán los caminantes del fuego y los Najahn quienes harán la mayor parte de la lucha. Esta no es la guerra del Whent.

—Hasta que Fassle decida que lo es.

—Tenemos un trato —dijo Svarde, interrumpiendo—. Fassle y Yarvick conocen los términos. Traemos a Kance a la sumisión, los caminantes del fuego obtienen su hogar. Una vez que Kance vea a lo que se enfrentan, se rendirán.

—Yo no lo haría —dijo Maena—. Por nada.

Svarde se rió mientras Jochi la fulminaba con la mirada.

—Entonces es una suerte, Maena, que no me esté enfrentando a ti.

El labio de Maena se crispó. De vez en cuando, el bárbaro demostraba que aún tenía vida, de alguna manera, dentro de ese cuerpo arruinado.

No lo hagas. No vale la pena el dolor.

—No te enfrentarás a nadie si esos trajes no están listos —dijo Jochi, mirando más allá de Svarde hacia la mayor concentración de ingenieros trabajando—. Me apresuraré a terminarlos. Fassle quiere que te muevas esta noche, y cuanto antes se vayan esos malditos incendiarios, antes podremos empezar a asegurar la piscina.

Así lo llamaban, la piscina. El lago subterráneo que albergaba esos portales giratorios a lo que Ami decía que eran otros mundos, artefactos dejados por los dioses y que ahora se estaban desmoronando. Los caminantes de fuego venían de uno de ellos, aparentemente porque sus esfuerzos por salvar su propio mundo habían fracasado. Así que ahora tenían la oportunidad de arruinar este.

—Debí haberte preguntado —dijo Svarde, volviéndose para centrar toda su atención en Maena—. Sobre todo esto. No pretendo ignorarte.

—Pero lo haces.

Svarde hizo una mueca, pero se mantuvo firme. —Sigues sin ser tú misma, Maena. No lo has sido durante mucho tiempo. Dices cosas extrañas y desapareces a horas raras.

—¿Extrañas? ¿Viniendo de ti? ¿Un hombre que nunca duerme, nunca come, nunca bebe?

Un asentimiento. —Tal vez ninguno de los dos sea lo que éramos.

Maldita sea que no.

—Si mal no recuerdo, el Svarde que conocí quería destruir a los demonios —dijo Maena, cruzándose de brazos—. Dijo que haría cualquier cosa para librar al mundo de los monstruos. Pero aquí estás, luchando por ellos. ¿Por qué?

—Porque, Maena, no estoy seguro de que podamos ganar. Los caminantes de fuego son numerosos, son fuertes, son inteligentes. Las islas no están unidas.

—Un cálculo. Viniendo de ti.

Ahora Svarde frunció el ceño. —De esto es de lo que hablo, Maena. Eres hostil un minuto, feliz al siguiente. No lo entiendo.

Y nunca lo entenderá. Ha perdido de vista el objetivo, Maena. Nosotros no.

—Tal vez lo entiendas cuando veas lo que le hacen a Kance —dijo Maena—. Cuando esos monstruos quemen la isla del cielo hasta las cenizas. Tal vez entonces recuerdes quién eres.

—Tal vez. Pero espero que tú, Maena, hagas lo mismo.

El capitán Rana dejó a Svarde allí y se adentró en los túneles. Alguien que observara podría pensar que Maena estaba dando un paseo, tomando aire o incluso buscando agua fresca de la cueva. Los exploradores, soldados y gente de Whent hacían lo mismo todo el tiempo, aunque iban en grupos por órdenes de Jochi. El Abajo Oscuro seguía siendo un hogar para los demonios, seguía siendo un riesgo.

Maena caminaba sola.

Cuando dejó atrás cualquier mirada curiosa, se aventuró más arriba a través de estrechas curvas, con una pequeña linterna en su cinturón dándole luz, Maena aceleró el paso. Caminaba con determinación. Giraba en las muescas, casi invisibles, talladas en la piedra en las intersecciones, rodeando el abismo abierto de la Herida y subiendo, por encima y alrededor. Casi una hora de viaje.

Terminó en una burbuja, una cámara inclinada húmeda y mohosa. Agujeros salpicaban el suelo, casi como un entramado en algunas partes. Maena no necesitaba ir tan lejos, aunque la cámara se extendía profundamente en la oscuridad. Lo suficientemente lejos para hacer lo que había que hacer.

Un gemido ahogado atrajo sus ojos, su luz, hacia la derecha. Maena metió la mano en la bolsa que llevaba a la espalda, empacada de forma delgada para el corto viaje, y sacó algunos de esos hongos. Envueltos y listos para comer. Una cantimplora también. Se agachó, liberó la mordaza de tela de la boca del joven. Sus ojos estaban desorbitados, su piel más demacrada que la última vez que lo había visitado.

Más a menudo, dije. Se morirá de hambre si no lo cuidamos mejor. Todavía lo necesitamos.

Maena hizo una mueca mientras aflojaba las ataduras del hombre, manteniendo una mano en la empuñadura de su espada mientras él comía y bebía. Al menos había estado siguiendo las instrucciones, usando esos agujeros para vaciar su vejiga e intestinos. Cuando terminó, Maena volvió a meter la mano en su bolsa, sacó otra pequeña caja, esta marcada con advertencias en la escritura cuadrada de Whent.

—¿Es esto lo que me dijiste que buscara? —preguntó Maena.

El Whent asintió. Maena lo giró en su mano. Parecía tan pequeño, para lo que prometía.

—¿Cuántos? —preguntó ella.

Él le dio un número. Uno que llevaría tiempo a su herrero hacer sin que se notara, pero factible.

—Gracias —dijo Maena, alcanzando entonces para volver a atar las ataduras del hombre.

Él se abalanzó sobre ella, entonces, un desesperado intento de alcanzar su espada, y uno que Maena apartó con un codazo en la mandíbula del hombre. Se desplomó sobre las piedras, un gemido ronco marcando el final de la lucha.

—Tienes suerte de que te necesite, comerrocas —dijo Maena, reanudando su trabajo—. Y te perdonaré eso. Al igual que lo harán las islas, cuando se enteren de lo que hemos hecho.

Sí. Finalmente cumplirás tu juramento.

Su juramento. Juntos. Por demasiados amigos perdidos, Maena haría lo que Svarde no haría, y pondría fin a los demonios.

4

LA LARGA Y OSCURA
MARCHA

El éxito condenó a Svarde al exilio, el fracaso lo coronó rey. Aunque fuera un rey con un reino de piedra y cadáveres. Aun así, en general, un final mejor que la cabaña en el rincón suroeste de Vis, donde sus únicos amigos eran el viento, la lluvia y...

Kivi resopló, justo delante, advirtiendo a Svarde de una bajada en el techo del túnel que le obligaría a agacharse. Él y la férrita caminaban en la retaguardia de una fuerza amalgamada: cosas muertas, caminantes de fuego e ingenieros Whent; Jochi se negó a ceder sus soldados para la guerra de Najahn, pero ofreció a sus científicos para facilitar el camino a los demonios ardientes.

Las vestiduras del mando se habían vuelto menos asfixiantes en los días transcurridos desde que Svarde había empuñado la hoja dentada, encontrándose a merced de su poder dador de vida. Los skars de Noctia en la empuñadura de la hoja se entremezclaban con la propia hoja, un fragmento de una daga más grande forjada por Vis en los tiempos en que el dios vivía, tramaba y traicionaba a Noctia con una brutal puñalada. Al menos así lo contaba la leyenda, y Svarde ya no confiaba mucho en ellas.

Las verdades de toda una vida habían sido sometidas a numerosas pruebas en los últimos meses, y habían fracasado en la mayoría.

Allá arriba debía estar la innecesaria prisión de Catya, su envejecimiento forzado mientras los skars absorbían su vida para crear una red que desollaba a los demonios. Las islas habían considerado esa red tan necesaria como para forzar las Renovaciones, una carrera a escala mundial llevada a cabo por las almas más jóvenes de las islas para reunir los siete skars y cosechar la devastadora recompensa. Svarde había asumido el papel de Guardián con solemne honor, dejando al final a la mujer que amaba para que se marchitara, y huyó.

Solo para descubrir, gracias a los esfuerzos de Ami —su compañera Guardiana, igualmente desgarrada por el destino de Catya—, que los demonios no eran atormentadores aleatorios sino criaturas en fuga. Indefensos, confundidos y expulsados de sus mundos moribundos hacia las islas. ¿Acaso conocer la razón por la que estos monstruos se adentraban en hogares, granjas y bosques cambiaría mucho las cosas?

Para un Svarde más joven, que prefería alimentar su amargura con violencia y cerveza, probablemente no.

¿Para el mayor?

—Tal vez de ahí vengas tú —le dijo Svarde a Kivi, el lagarto acorazado de roca, a gusto en los lugares más calurosos, que le dirigió una mirada con sus ojos de zafiro—. La ruina abrasada por el fuego de Foti sería perfecta para ti, ¿no?

Como si estuviera de acuerdo, Kivi se giró y le dio un mordisco a la pared, sus mandíbulas de piedra raspando la roca y dejando tras de sí brillantes fragmentos de geoda. Svarde veía todo esto gracias a la linterna que colgaba de su cinturón, cuya llama oscilante y el aceite que la alimentaba daban al amplio túnel una vida sombría.

El rastro dejado por Ami y sus caminantes de fuego a la cabeza de la formación no era difícil de seguir: por donde pasaban los demonios, quedaban marcas negras. Musgo carbonizado, piedra chamuscada y cenizas salpicaban el camino.

Que los caminantes de fuego aceptaran la guerra de Ami, solicitada por los Najahn de arriba como precio a pagar para dar a los demonios ardientes un hogar entre las islas, fue una sorpresa. Los monstruos habían demostrado, con sus construcciones metálicas y sus mayales de cuatro brazos, un talento para destruir todo lo que se cruzaba en su camino. Ami, aunque señaló que no podía entender todo lo que decían esas criaturas coronadas de obsidiana, sugirió que los demonios estaban cansados. Que llevaban tanto tiempo luchando una guerra perdida contra su mundo moribundo...

Bueno, Svarde podía entender eso. Aunque él hubiera elegido observar la lucha contra los demonios desde lejos.

Ahora, con un golpe más decisivo contra el ventoso Kance, tal vez las batallas podrían disminuir. Jochi sugirió barricadas, una matanza total contra cualquier demonio que saliera y no mostrara inteligencia o razón. Los skars respaldando ballestas, lanzas y espadas. Con el tiempo, esos otros mundos morirían, y la paz, o lo más parecido que las islas pudieran conseguir, echaría raíces.

Como motivación para marchar, Svarde lo aceptaría. Superaba a la amarga rabia, en cualquier caso.

Los skars hablaban, y también lo hacía la hoja. Aunque el propio Svarde nunca había disfrutado de la mezcolanza mental que venía con un puñado de las piedras divinas, Ami transmitía la impresión con suficiente viveza: como estar en medio de una discusión, sin poder escapar. La hoja no hablaba de la misma manera, sino que tocaba los pensamientos de Svarde con conexiones, impresiones, sugerencias que el bárbaro podía aceptar, rechazar o torcer.

Esas sugerencias eran, invariablemente, cosas muertas.

Desde el principio, cuando Svarde yacía al borde de la muerte, había descubierto que los humanos eran los más fáciles de manejar. La hoja tomaba las órdenes de Svarde —moverse, construir, proteger, ayudar, dadas en una forma menos verbal y más emocional, como la voluntad de ponerse de pie o respirar— y las traducía a través de alguna magia de Noctia que esos cuerpos podían entender. Los humanos se ajustaban mejor a esas impresiones, reaccionaban a ellas como Svarde quería, aunque había habido contratiempos. Uno interpretó la orden de Svarde de buscar comida e intentó despedazar a algunos trabajadores Whent cercanos. Otro trató de encender una hoguera prendiendo fuego a su propio brazo para iniciar el fuego.

Pequeños problemas que pulir, y Svarde lo hizo, con una excepción: conectar con cualquier cosa que no fuera humana.

Ami había mencionado su intento de reunir más cuerpos de demonios para que Svarde practicara, y el bárbaro podía pedirle a la hoja que buscara insectos, viejos cuerpos de animales que quedaran por las cuevas, pero sus peticiones sobre esas formas alienígenas quedaban sin respuesta. Quizás Svarde no estaba formulando la orden correctamente, quizás la hoja no tenía dominio sobre almas no humanas.

De cualquier manera, el paseo por las cuevas, al alejar a Svarde de los muertos que había estado dirigiendo, había permitido que la hoja se sumiera en un suave silencio. Como alguien respirando, dormido, en la misma habitación.

Hasta que el arma despertó.

La chispa vino de adelante, como una luz encendiéndose en la mente de Svarde. Tropezó, raspando el polvoriento suelo de la cueva. Kivi resopló una pregunta.

—Algo va mal —dijo Svarde, cambiando la hoja a un agarre a dos manos—. Alguien ha muerto allá adelante.

Kivi asimiló la información y se escabulló hacia un lado, trepó por la pared y reanudó su avance a hurtadillas por el techo. Mejor para una emboscada, aunque Svarde no podía imaginar qué podría estar acechando en estas cavernas con los caminantes de fuego moviéndose por ellas.

La respuesta llegó casi una hora después, tras recorrer una serie de salas oblongas con giros bruscos alrededor de charcos goteantes, algunos de los cuales aún humeaban por el calor residual de los caminantes de fuego. Dos ingenieros Whent, con los rostros pálidos y empapados de sudor, estaban de pie junto a un tercero, el cuerpo detectado por la espada. La figura yacía ennegrecida, quemada casi hasta resultar irreconocible.

—Un accidente —dijo la primera ingeniera cuando Svarde les dio alcance, con voz de hierro inerte—. Uno de los chalecos protectores se enganchó en una roca y se resbaló. Él intentó atraparlo, y el caminante de fuego también. Su ropa se prendió, y eso fue todo.

Svarde asintió hacia los charcos, clavando la espada en el suelo de piedra frente a él.

—¿No intentó meterse en el agua?

—Estaba hirviendo con todos los caminantes de fuego. Solo habría sido muerte de otra manera.

El segundo ingeniero se cruzó de brazos y miró a Svarde.

—Ami nos dijo que esperáramos por ti, para ver si había algo que pudieras hacer.

—¿Como qué? —gruñó Svarde en respuesta, aunque ya sabía hacia dónde iba esto.

—Despertarlo. Traerlo de vuelta.

—No hay vuelta atrás. —La espada emitió un pensamiento fugaz. El cuerpo no estaba tan quemado como para no poder ponerse de pie, no poder ser utilizado con un poco de esfuerzo Noctia. Svarde apartó la idea—. Tu amigo se ha ido.

Los ojos de la primera ingeniera destellaron.

—Vamos a la guerra, Svarde. No se trata de amigos. Se trata de otro cuerpo en la línea de batalla.

La marcha del día terminó como había comenzado, un grupo apiñado en una caverna sin nombre en algún lugar bajo el mar. Los caminantes de fuego se habían separado, encontrando una cámara a varias ramificaciones de distancia para asentarse. Svarde no sabía qué comían estas criaturas, cómo sobrevivían, pero los demonios aún no habían pedido nada.

—Aunque no sabría si lo hicieran —dijo Ami, sentada con una cerveza en la mano junto al pequeño fuego central de la cámara. Las tiendas se distribuían por la sala, los exploradores e ingenieros Whent divididos en sus propias conversaciones—. Los caminantes de fuego no hablan mucho conmigo de todos modos.

Ami, con su pelo rojo atado hacia atrás y desapareciendo en sus cueros Noctia, miraba fijamente el fuego. La luz se reflejaba en su máscara dorada, con las dos cicatrices Vis incrustadas en el lateral cerca de su mejilla. Una espada Whent yacía cerca, un cuerno de comandante en su cinturón. Insignias adornaban su persona, declarando a Ami esto y aquello según las exigencias de Jochi.

—Pero escuchan —respondió Svarde, sentándose frente a su compañera Guardiana.

Aunque no necesitaba hacerlo. La fatiga, el hambre, todas las partes naturales de estar vivo ya no afectaban a Svarde. Oh, sentía las cosas con bastante claridad: si se golpeaba el dedo del pie contra una roca, le dolería mucho, y su garganta parecía estar seca todo el tiempo, pero si vertía cerveza en su estómago, encontraría un agujero por el que escapar, sin payasadas de borracho, sin placer maltoso que disfrutar. La comida parecía perderse el momento entre tocar su lengua y saborear algo, una nada calcárea viajando a su estómago y saliendo por el otro lado en el mismo estado en que entró.

Svarde era una criatura en estado de estasis, y Ami lo sabía.

—Por ahora —dijo Ami, agitando su sándwich de hongos (musgos comestibles aplastados entre dos grandes sombreros marrones) hacia la espada de Svarde—. Por lo que sé, podrían estar asustados de esa espada y lo que le hizo a su líder. Contigo aquí, marcharán hacia donde les digamos porque no tienen alternativa.

—¿Eso es malo?

—Lo es si se supone que debemos compartir las islas con estos monstruos cuando hayamos terminado.

Ami no lanzó las palabras con mucho miedo, sin embargo. Más bien con aceptación, incluso disgusto. Había dejado de llamarlos demonios y parecía estar buscando algo más allá de "caminante de fuego" para usar. Algo que encajara mejor con una maldición después de unas cuantas jarras.

—¿Te enteraste del ingeniero? —preguntó Svarde.

—¿El que se frió?

Svarde asintió.

—No será el único cuando hayamos terminado —respondió Ami, aunque tuvo la decencia de fruncir el ceño y suspirar—. He estado pensando en estrategias de batalla, como si fuera una especie de general. No se me ocurre ninguna excepto hacer que los caminantes de fuego avancen sin más. Que lo quemen todo a su paso. ¿No sería horrible?

—Ganaríamos. —Svarde habló y luego se detuvo—. ¿No es extraño que Whent y Noctia sean probablemente las únicas dos islas con verdaderos comandantes militares, aparte de Kance, y dicen que nos respaldan, pero no nos están dando nada?

Ami se rio.

—Svarde, si he aprendido algo estando cerca de Fassle, es que aprovechará cualquier oportunidad para debilitar a sus aliados. Especialmente si eso quema a sus enemigos en el proceso.

—¿Estás diciendo que nos están tendiendo una trampa?

—Estoy diciendo que tanto a Fassle como a Jochi les encantaría que Kance muriera destruyendo a nuestros amigos caminantes de fuego, y a nosotros con ellos. —Ami señaló la espada de Svarde—. Por eso necesitas tomar cada cuerpo que caiga y ponerlo de nuevo en la fila. Nuestro poder en la próxima guerra va a depender de cuántos caminantes de fuego sobrevivan a esta.

5

PELEA EN EL ASTILLERO

Un pintoresco puerto invernal, con copos de nieve arremolinándose mientras los pocos barcos lo suficientemente grandes para desafiar el hielo en busca de mayores ganancias entraban y salían. Los estibadores, abrigados con gruesos cueros y pieles, vociferaban órdenes y empujaban cajas sobre los adoquines. Risas, actividad y la luz del sol reflejándose en armaduras púrpuras y negras.

Esto último llamó más la atención de Wax mientras contenía un suspiro. Lo que hace unos meses habría sido pánico, ahora se resignaba a una nueva certeza. Torny desenvainó sus dagas, Bliss su bastón de metal, e incluso Livier sacó su estoque, la espada plateada parecía pertenecer al frío. Solo Eujo compartió el ceño fruncido y resignado de Wax.

—¿Los skars, entonces? —dijo la Reina, como si anunciara un mal trato.

—Eso parece.

Los Najahn, Wax contó unos ocho, aminoraron el paso al pasar junto a los eruditos que huían y que habían avistado a los Renovadores. Se formaron en dos filas, con los estibadores y cargadores apartándose como un mar musculoso a su alrededor. Los Najahn de la primera fila sacaron sus alabardas, manteniéndolas listas, mientras que los de atrás desenganchaban los discos chakram con sus bordes afilados. Unos pasos más para ponerse a tiro y Wax supuso que esos discos apuntarían a sus cabezas.

Ya no se trataba de los Renovadores, sino de los skars.

—¿Los quemamos? ¿Hacemos que la tierra se los trague? —dijo Eujo, colocándose junto a Wax detrás de Livier, Bliss y Torny—. Una docena de formas diferentes de morir.

—No tienen por qué hacerlo.

—No creo que nos vayan a dejar marchar, Wax.

—Entonces los apartaremos de nuestro camino. —Wax le lanzó a Eujo una sonrisa que sabía que era irritante—. Dame unos minutos y estaremos bien.

—¿Qué vas a...?

Wax no esperó, sino que corrió hacia el océano y un muelle cercano que se adentraba en él. Al final del muelle esperaba un pequeño remolcador, actualmente en descanso de su tarea de guiar barcos más grandes a través de los menguantes témpanos de hielo. El pobre capitán estaba de pie cerca del bote ahora, protegiéndose los ojos con una mano, observando la extraña figura que corría hacia él.

Un Vis cubierto de cueros cálidos no se veía muy diferente a cualquier otra persona en las islas, pero Wax corría con el estilo lánguido de un amante de la jungla, destinado a esquivar helechos y mantener el equilibrio en un suelo cubierto de hojas. Eso debió provocar la mirada inquisitiva, la curiosidad que el nuevo skar de Wax captó en su mente.

El skar Tamas alimentaba posibilidades, y Wax las combinaba, como si moldeara un sueño despierto, con sus propios deseos. El capitán se estremeció, como si alguien le hubiera dado una bofetada, y luego se inclinó para empezar a desatar su barco.

—Necesitaremos tomarlo prestado por un momento —dijo Wax al acercarse al capitán, el skar Tamas continuaba infundiendo las palabras con una nueva necesidad, deseo, anhelo. La piedra le devolvió a Wax lo que sentía: el aburrimiento del capitán, la búsqueda de sentido en una rutina diaria monótona—. Somos Renovadores y necesitamos escapar de los Najahn.

—El bote no irá tan rápido —murmuró el capitán, sin dejar de desatar las gruesas cuerdas.

—Pero puedes guiarnos a través del hielo. Eso es lo que importa.

Un héroe, eso es lo que sería el capitán, y el skar Tamas hizo que el hombre lo creyera. Lo hizo tan cierto que Wax extendió la mano y la puso sobre el hombro del capitán para estabilizarse. Le dijo a la piedra, como apartando una comezón, que se calmara antes de que Wax se desplomara.

Como correr un sprint intenso, estos skars.

Los gritos llamaron la atención de Wax de vuelta hacia sus amigos, aunque sus Guardianes no estaban mirando a Wax ni a los Najahn. En su lugar, Livier, Bliss y Torny habían abandonado a Eujo por el carro, saltando sobre él y espoleando al poni en una carga confusa y desenfrenada por el muelle. Eujo, a la derecha y solo en el paseo marítimo, mantenía una mano extendida hacia los Najahn.

Esa única mano confundió el avance negro y púrpura.

Las olas lo terminaron.

El mar helado se agitó, lo que había sido un tranquilo chapoteo de agua se hundió no lejos de Wax, como si una cuchara gigante hubiera excavado en el océano. El agujero, sin embargo, no se llenó, sino que se precipitó hacia la orilla. Las crestas blancas corrieron sobre el borde de piedra, deslizándose sobre los adoquines y estrellándose contra los soldados Najahn. Las botas que antes estaban en terreno estable se encontraron cambiando, la pesada armadura haciendo que los soldados se tambalearan en un desastre indefenso y estruendoso.

Acompañado por más de unos cuantos gritos de dolor. Wax hizo una mueca. Esos chakrams, las alabardas, serían afilados para un agarre accidental.

Mejor, sin embargo, que la muerte.

—¡Cuidado, Wax! —gritó Torny, llamando al Vis de vuelta al carro en movimiento—. ¡No se detiene por nadie!

Tanto Bliss como Livier intentaban calmar al caballo, pero entre las olas turbulentas, los gritos y el puro sinsentido de la mañana, los ojos del poni se habían puesto en blanco, sus cascos golpeando con fuerza. Detrás de Wax, con su remolcador liberado, el capitán maldijo y saltó a bordo.

Wax no hizo tal cosa. De pie frente al poni que se acercaba, Wax extendió ambas manos hacia el animal. Dejó que el skar Tamas tomara el control de nuevo. La piedra pulsó de vuelta miedo, pánico, y Wax masajeó esos espasmos convirtiéndolos en calma, en complacencia. El poni se estremeció, su galope disminuyendo, los cascos patinando mientras pisaban sobre la madera rígida más congelada que no.

Su suave hocico se detuvo en la barbilla de Wax. Los ojos abiertos de par en par de Bliss estaban detrás, con las riendas en sus manos. Livier soltó una maldición Kance, saltó cuando Wax pasó corriendo junto al caballo, dirigiéndose a lo largo del muelle.

—Descarguen todo en ese bote —gritó Wax a sus Guardianes, igualando el paso de Livier a lo largo del muelle de vuelta hacia Eujo.

La Reina Kance —la única reina de Kance ahora, se recordó Wax— retrocedía de su propia inundación. Los Najahn se estaban enderezando, unos cuantos valientes se tambaleaban hacia Eujo, las alabardas lanzando chispas al rebotar las puntas de lanza en el suelo.

—Una idea audaz —dijo Livier entre respiraciones mientras la pareja se acercaba al final del muelle—. Casi tan creativa como apuñalar mi mano con un tenedor.

—Pero ni de lejos tan satisfactoria.

Livier sonrió, aunque el skar Tamas sugirió que al asesino no le importaría plantar una hoja entre las costillas de Wax en algún momento futuro. Una advertencia para seguir más tarde, cuando la lealtad absoluta de Livier a la Reina Kance no lo impidiera.

Aunque, a decir verdad, Wax había estado rodeado de amenazas durante semanas. Al menos Livier no lo ocultaba.

—Andando —dijo Livier cuando llegaron donde Eujo, mientras el asesino Kance volvía a desenvainar su estoque—. Si alguien nos persigue, me encargaré de ellos.

—Qué ansioso estás ahora por dar tu vida por mí —dijo Eujo, pasando junto a Livier y uniéndose a Wax sin mirarlo dos veces—. Lástima que no estuvieras así antes.

—Por el Palacio del Cielo —respondió Livier.

Eujo no pudo haber puesto los ojos en blanco con más fuerza, pero se movió rápidamente con Wax, captando su señal hacia el remolcador. Torny y Bliss, ahora acompañados por el capitán, arrojaron sus alforjas a bordo más preocupados por la velocidad que por la delicadeza. Al menos una bolsa se rompió contra la dura madera del remolcador.

Aun así, entre los posibles desastres del día, una alforja rota no era significativo.

—¿Cómo lo sobornaste? —preguntó Eujo mientras corrían de vuelta, con Livier siguiéndoles con su estoque ondeante, mientras los Najahn decidían que sus vidas valían más que una persecución improvisada—. ¿Con una sonrisa? ¿La promesa de unos mangos Vis frescos?

—Como dijiste, las cicatrices.

Eujo dio un paso para comprender. —¿El Tamas? ¿Qué hizo?

—Me permitió saber lo que él quería.

—¿Le leíste la mente?

—Mejor de lo que puedo leer la tuya.

Eujo frunció el ceño. —Más te vale no usar esa piedra conmigo, Wax, o te destriparé.

Wax se rio, olvidando casi por completo a los Najahn y su ataque fallido. —Nunca lo harías.

—Admito que no está en lo alto de mi lista en este momento. —Eujo disminuyó la velocidad al acercarse al carro, miró hacia atrás en dirección al muelle. Los Najahn estaban mayormente de pie ahora, atendiendo sus heridas. Un par miraron en dirección a Wax, pero su mirada indicaba que permitirían la huida, incluso la agradecerían—. Fue un buen consejo, Wax. Lo de no matarlos, quiero decir.

—Pienso que estamos en esto para salvar las islas. No para asesinar a quienes viven en ellas.

Lo que Wax no dijo mientras ayudaba a Eujo a subir al remolcador era que Pan habría insistido en ello. Le habían llamado blando muchas veces mientras crecían, siempre como una broma amistosa. Pero había tenido razón. Las heridas que Wax llevaría de esta aventura, gracias a la cicatriz Vis, serían más mentales que otra cosa. Pesadillas. Ensoñaciones persistentes.

Mejor evitar aumentar su número si podía.

El remolcador se alejó del puerto, con el ansioso capitán en el timón guiando la pequeña y veloz embarcación. El poni y su carro habían sido empujados de vuelta hacia el astillero para quien quisiera reclamarlos. La bestia pertenecía a Daklin, el actor Tamas y aparente figura influyente, pero el hombre no había querido que lo vieran con los Renovados.

—La reputación y los rumores son todo lo que un hombre tiene —había dicho Daklin la noche anterior, inclinando su sombrero afectado una última vez antes de desaparecer.

Otra alma que a Wax no le importaría no volver a ver jamás.

«¿Y ahora qué?», signó Bliss, uniéndose a Wax en la proa del barco.

Eujo y Livier tenían las cabezas juntas, este último bombardeando a la Reina Kance con información sobre el reino que ahora gobernaba. Torny vigilaba la retaguardia, la bandida por una vez renunciando a lanzar cuchillos para mantener una mirada atenta a cualquier persecución. Lo que dejaba a Wax y a su hermana escrutando el horizonte.

—Esperemos que Deux aparezca —dijo Wax—. Esperemos que el barco esté bien.

«¿Y después?»

—Kance es nuestro destino, Bliss.

Su hermana asintió. El sol continuaba brillando, el mar resplandecía, y allá, al principio una mancha en el horizonte, se convirtió en algo más grande. Algo que Wax reconocía.

—¿Ves? —dijo Wax—. Sabía que todo saldría bien.

Bliss solo pudo reír.

6

EL PRIMER GOLPE

Salir del Palacio del Cielo ofrecía varias opciones: los más firmes y temerosos podían usar las escaleras, descendiendo peldaños durante horas interminables, un viaje tan arduo que una posada hacía un buen negocio en la base de la torre del palacio, atendiendo a quienes necesitaban vino de Kance para subir, o una cama para desplomarse después de bajar. Las almas más valientes podían probar un elevador fabricado por Kance, uno de los dos que subían y bajaban a través de enormes sistemas de poleas interconectados. Que se averiaran a menudo, dejando a los viajeros varados durante horas o días, era un riesgo que se corría por conveniencia.

Quik eligió la tercera opción, si bien solo porque era la forma más rápida de llegar al puerto, al barco que lo esperaba y alejarse de las intromisiones de Gladdring. Incluso con la orden que le daba un propósito, Quik seguía sintiendo una sombra pegajosa tirando de sus hilos, algo que el cazador esperaba que la distancia atenuara.

Para lograr esa distancia, Quik llegó a un saliente, uno con un borde pintado de rojo que advertía a los caminantes ignorantes que la muerte segura yacía más allá. Los muros grises del Palacio del Cielo se ondulaban alrededor de Quik y el saliente, bloqueando el viento silbante. Hermosos cielos se extendían ante él, ocupados por pájaros, algunas nubes difusas y por lo mismo que lo esperaba en ese saliente.

El planeador se aferraba a su nacimiento con cuerdas enlazadas a través de anillos metálicos. Esas cuerdas subían hasta un simple embrague a lo largo de la barra central del planeador, donde un ligero tirón las soltaría y enviaría el planeador a manos del destino. Velas plegadas en el clásico diseño azul y plateado de Kance se arrugaban a los lados sobre la barra central, mientras que cestas tejidas y correas esperaban debajo para cualquier equipo. Las escasas posesiones de Quik hacían poco por llenarlas.

Especialmente porque el cazador se negaba a dejar que los guanteletes abandonaran su persona.

—Siempre y cuando no me rasguñen —dijo su planeadora, una mujer de mirada aguda—. Si lo hacen, podríamos caer.

Quik se acercó al borde y miró hacia abajo. El esbelto palacio, esculpido en la montaña ascendente, ofrecía opciones de sobra para aterrizajes de emergencia. Amarraderos, todos con esos bordes rojos llamativos, se alineaban todo el camino hacia abajo.

—Estarás bien —dijo Quik.

—¿Eres un temerario, eh?

—No tienes ni idea.

La planeadora se rio y ayudó a Quik a sujetarse. Como pasajero, viajaba encima, una fina red plateada sirviendo de cama casi acogedora entre él y la planeadora. Sus manos se aferraban a barras resistentes. Un solo skar Vis, tomado del tesoro robado de Gladdring, murmuraba calmadas nimiedades en la mente de Quik.

Un día soleado, un día hermoso, y con una breve cuenta regresiva, Quik voló hacia él.

Si Wax pudiera verlo ahora.

El planeador se inclinó sobre el borde, la planeadora impulsándose con los pies. Su vuelo se inclinó hacia abajo, y el estómago de Quik hizo una carrera hacia su garganta, solo para que las paredes del palacio desaparecieran. Con un chasquido, un susurro y el rugido del viento, esas alas plegadas se desplegaron libres. El planeador se sacudió, la visión de Quik del suelo que se acercaba cambió de nuevo a ese cielo despejado. El aire frío corría a través de sus cálidas túnicas, los gruesos guantes evitaban que sus dedos se entumecieran, aunque no su rostro.

—¡Un buen despegue! —gritó la planeadora desde debajo de él—. ¿Te estás sujetando bien, Vis?

—Por el momento.

—Haz que ese momento dure. Nunca he perdido a un pasajero y preferiría no empezar contigo.

Quik sonrió. Era difícil no hacerlo, ahora que el planeador se había nivelado, que una visita al reino de Noctia no parecía estar en el futuro inmediato. En su lugar, volaron sobre la península que marcaba la ciudad capital de Kance, Vesphere, y el borde occidental de la isla. Más allá del reluciente mar de abajo, Quik vio velas y barcos en abundancia, incluso más que los que se agrupaban alrededor de la Ciudad Anillada de Noctia.

—¿Todos esos son de Kance?

—Nuestros, sí. Y mercantes buscando refugio.

—¿De los Najahn?

—De los demonios, principalmente. Las bestias siguen abundando en el agua.

Cierto. Quik había oído que los monstruos no estaban apareciendo en tierra con tanta frecuencia estos días. Si el

Aegis había recuperado algo de fuerza para quemarlos, o algo más estaba interfiriendo, nadie parecía estar seguro. Las bestias acuáticas, sin embargo, no mostraban signos de disminuir. Acosaban barcos, asaltaban puertos y nadaban hasta las playas para devorar, desgarrar o desovar.

La planeadora dirigió el planeador en un descenso perezoso, narrando sus elecciones todo el tiempo. Planear hasta la base significaba alejarse lo más posible de la isla misma, manteniendo el espacio libre para los planeadores que se mantenían en el medio o regresaban.

—¿De vuelta arriba? —preguntó Quik—. ¿Cómo?

—Géiseres de viento. Kance está lleno de ellos.

La planeadora elaboró sobre los respiraderos, lanzando aire puro directamente hacia el cielo. Como si Kance, el dios, estuviera suspirando. Los planeadores podían colocarse sobre los géiseres, tomar el aire cálido y lanzarse lo suficientemente alto para llegar a los niveles medios de la mayoría de las torres.

—Desde allí, es una caminata, pero no muy larga —concluyó la planeadora.

Quik la dejó divagar a partir de ahí, permitiendo que la conversación se desvaneciera mientras contemplaba la vista. Mejor que un viaje por el dosel Vis, aunque más inestable, y un recordatorio de por qué estaba luchando, por qué todos estaban luchando.

—¿Ves eso? Al oeste —preguntó la planeadora.

Quik se giró y notó manchas oscuras distantes en el mar.

—Carabelas Najahn —continuó la planeadora—. Nos están vigilando. Podríamos ir tras ellos, pero ¿para qué perder el tiempo?

—Mejor destrozarlos cuando se acerquen.

—¿Verdad? Tendrán ventaja numérica sobre nosotros,

pero sus barcos son demasiado lentos. Los flanquearemos y enviaremos a esos bastardos negros al fondo del mar. Los Najahn van a aprender por qué Kance nunca ha perdido una guerra.

Narro recibió a Quik mientras el Vis subía por la rampa de embarque, con su única bolsa a la espalda. El capitán de Kance, vestido con la tradicional capa, gorra y botas plateadas y azules de la isla del viento, parecía más joven que Quik, un mito que el hombre disipó cuando captó la ceja levantada del Vis.

—Naturalmente bien parecido, ¿sabes? —bromeó Narro, haciéndose a un lado para dejar pasar a Quik—. Es un don que tengo, uno que mi familia siempre ha tenido. La edad se nos resbala, así es. Con facilidad.

—De acuerdo —respondió Quik, dirigiendo su mirada en cambio hacia el clíper de Kance.

El barco se extendía como una tabla plana a la izquierda y derecha de Quik, con tablones blanqueados que se fundían en un casco azul cielo. Un trabajo de tinte, explicó Narro, destinado a dar cobertura al barco a distancia. Todos los camarotes estaban bajo cubierta. Incluso el timón estaba dentro de la proa.

—El viento, nos acaricia ligeramente salvo donde más lo deseamos —dijo Narro, señalando las velas plegadas que envolvían un único mástil—. Ya verás. Cuando nos pongamos en marcha, encontraremos a Vis antes de que los Najahn sepan que nos hemos ido.

—¿Y cuánto falta para que nos pongamos en marcha?

Narro sonrió, una amplia sonrisa que partió el rostro redondo del hombre, cubierto de pelo grueso y rizado.

—Tú eres a quien hemos estado esperando. Órdenes de emergencia, debes saber, llegaron justo a tiempo esta mañana antes de zarpar. No es un gran problema, ¿entiendes?, solo un cambio.

—¿Un cambio de qué?

—De lo que se supone que debemos hacer.

—¿Que era?

Narro adoptó un brillo diferente ahora.

—Cazar a los púrpura y negro, Vis, y enviar sus podridos traseros ladrones de skar al fondo del mar.

El probable éxito de la misión original de Narro se hizo evidente poco después de que el clíper zarpara, lanzándose libre desde Kance con suficiente velocidad como para empujar a Quik contra un baúl de almacenamiento, uno de varios, en lo que servía como puente del barco. Situado bajo la proa, Narro comandaba un espacio semicircular lleno de varios marineros, cajas repletas de provisiones —solo lo suficiente para unos pocos días a la vez, para mantener el clíper ágil— y una ventana llena de cristales en el frente para ver.

Por los pocos viajes marítimos de Quik, supuso que una embarcación normal vería ola tras ola estrellarse contra esa ventana de cristal, haciéndola inútil. El clíper de Kance, sin embargo, no cabalgaba las olas tanto como las saltaba. *Rebotaba* mientras corría, los pequeños toques enviando ligeros temblores a través del casco. Las horas pasaron volando, el día deslizándose hacia el atardecer, pero Narro se negó a bajar las velas.

Llegarían a Vis al día siguiente.

Alrededor de Quik, aquellos marineros, aquellos soldados no involucrados en manejar el canvas de filamento arremolinado que daba al clíper su velocidad, pasaban sus minutos puliendo armaduras, afilando espadas y aceitando ballestas de Kance.

Dos, cerca de la parte trasera del puente, también trabajaban con varias ollas. Un solo caldero de hierro negro, con un embudo de madera sobre su tapa, se encontraba entre dos recipientes más pequeños. Cada marinero, usando cucharones de borde alto, vertía una o dos cucharadas de su vial al central. Mientras Quik observaba, un ligero vapor se elevaba, seguido por uno de los marineros que recogía la mezcla en un tercer contenedor, un globo de cristal, y lo tapaba con un tapón de madera dura.

—¿Qué es eso? —preguntó Quik cuando llegaron al océano abierto y no se presentó ninguna respuesta ni explicación.

—Una sorpresa —dijo Narro, volviéndose del timón y hablando antes de que cualquiera de los marineros pudiera ofrecer algo—. Una que verás pronto, a menos que me equivoque en mi suposición.

—¿Pronto?

—¿Ves eso? —Narro señaló. El cielo iluminado de naranja, con nubes púrpuras, se fundía en un mar oscuro, interrumpido por varios puntos iluminados que se deslizaban a través de la vista—. Eso, amigo mío, es un tonto. —Al ver la confusión de Quik, Narro adoptó de nuevo su sonrisa feroz—. Un barco Najahn, dirigiéndose al norte. Esas luces son una señal, pidiendo escolta. Creen que están en aguas seguras, porque Kance ha estado tranquilo. Siéntete honrado, Quik. Esta noche, Kance asesta el primer golpe.

7
COMERCIO DE ARMAS

Dreamhold, como Maena y casi todos los demás aquí abajo lo llamaban, no era lo mismo sin sus muertos tambaleantes. Desde que Svarde se marchó con los caminantes de fuego, toda la ciudad que antes zumbaba con esos cadáveres putrefactos ahora se movía con los ritmos habituales de una ciudad viva, los ciclos diurnos y nocturnos de industria, embriaguez y trueque. Sin la magia alienígena, Maena encontraba los edificios de piedra gris y las sombrías herrerías demasiado comunes, demasiado apacibles. Los Whent estaban cumpliendo su promesa de convertir el Oscuro Subterráneo en otro hogar más, pero al hacerlo, estaban renunciando al objetivo, a la gran búsqueda.

Este lugar seguía siendo peligroso, seguía siendo mortal, pero todo lo que Maena veía mientras caminaba hacia su objetivo era la misma rutina de siempre.

Quedaban suficientes caminantes de fuego alrededor de la cámara —y más surgían cada día, ahora, liberados de su ardiente hogar en las grandes cápsulas de hierro negro— para mantener a raya a la mayoría de los demonios errantes. Sus gigantescos mayales, las ballestas, o simplemente sus manos ardientes exprimían la vida espumosa de los demonios que se atrevían a arrastrarse hasta el territorio de los caminantes de fuego. Los monstruos más inteligentes se deslizaban hacia el mar a través de canales submarinos, o se escabullían por los pequeños túneles en el lado más alejado de la cámara.

Esa mañana, Jochi había ordenado fortificar esos túneles. Esos tubos retorcidos apuntaban hacia el sur, hacia la fuerza de caminantes de fuego de Svarde, y el comandante Whent pensaba que permitir ataques sorpresa contra sus amigos no era una buena idea.

Tal orden significaba más equipo, requisiciones y oportunidades.

—¿Qué haces aquí? —gruñó el objetivo de Maena cuando ella irrumpió en la forja swat, cuyo calor constante le robó el aliento a la capitana por un momento.

Oh, él sabe por qué.

El corpulento ingeniero, cubierto de más hollín del que Maena consideraría saludable, agitó unas tenazas en su dirección como si las herramientas de brillo anaranjado pudieran ahuyentarla.

—Ayudando con la última orden de Jochi —dijo Maena—. ¿Por qué otra cosa?

El ingeniero habría entornado los ojos, o tal vez lo hizo, pero unas gafas oxidadas que cubrían sus orbes manchados de negro impedían cualquier percepción. En su lugar, el hombre gruñó, se volvió hacia su asistente y ordenó a la mujer igualmente cubierta de hollín que se tomara un descanso.

—Puedo seguir... —ella extendió la mano hacia las tenazas.

—He dicho que te tomes un descanso —replicó el ingeniero—. No se trabajará en mi forja sin que yo forme parte de ello.

Así amedrentada, la asistente se deslizó junto a Maena, murmurando alguna maldición inútil de comerocas entre dientes.

No seas tímida ahora. Pide lo que necesitamos. Lo que realmente necesitamos.

—¿Lo tienes? —preguntó Maena, mirando alrededor para ver si la respuesta era evidente.

Estanterías recién atornilladas a las paredes sostenían los productos del ingeniero, desde herramientas estándar hasta equipo de minería más pesado. El hombre no era un armero, se lo había dicho a Maena la primera vez que la capitana Rana había venido, pero Maena ya tenía sus espadas. Tenía un cuchillo en la bota. Lo que necesitaba, bueno, no estaba en estos estantes.

Al menos no a la vista.

—Tendrás que ser más clara, Rana —resopló el ingeniero, dejando las tenazas y encontrándose con Maena en el ancho yunque de trabajo en el centro de la herrería—. Hay muchos "lo" aquí dentro.

El tono del hombre sugería más que su pregunta. Sabía muy bien por qué estaba allí Maena, lo sabía porque varias noches consecutivas en una simple taberna a tres puertas de distancia le habían arrancado la información.

O eso creía él.

—El plan está en marcha —dijo Maena—. La oportunidad está ahí.

El ingeniero se inclinó, se subió las gafas por encima de los ojos. El hombre esbozó una sonrisa sombría, revelando varios dientes que faltaban alrededor de una barba retorcida y chamuscada.

—Demasiado tarde, a mi parecer. La mayoría de los

caminantes de fuego ya se han ido. —Otro resoplido—. Perdiste tu oportunidad.

—Morirán en las costas de Kance. Lo que me preocupa es lo que viene después. Eso es lo que acordamos.

—¿Crees que puedes hacerlo, entonces?

Somos los únicos que podemos.

—Si me ayudas —dijo Maena—. Aunque el tiempo empieza a agotarse. La gente va a darse cuenta.

—¿Por qué?

Porque ese explorador que tenemos atado va a tener amigos, amigos que lo buscarán con más ahínco cada día que pase. Deberíamos haberlo matado ya.

—Es mejor que no lo sepas. —Maena sacó una bolsa. Al abrirla, reveló un musgo púrpura luminiscente—. Esto es lo que querías, ¿verdad?

El ingeniero asintió, recorriendo con la mirada la pequeña herrería. Había lámparas brillando en las esquinas, pero el aceite para mantenerlas encendidas requería comercio. Mantener vivo el musgo era más fácil, un par de salpicaduras de agua del río de la cueva y los destellos púrpura mantendrían una pequeña habitación iluminada. Comerciar y cultivar los musgos se había convertido en uno de los varios negocios lucrativos en el imperio subterráneo de Jochi.

—Necesitaré más —dijo el ingeniero—. Especialmente si necesitas tanto como has dicho.

El labio de Maena se curvó.

—Cumple, y tendrás tanto musgo como puedas desear.

—Entonces tengo tu primer lote, justo aquí. —El ingeniero se volvió, fue hacia un estante trasero, poco iluminado por las lámparas. Unas alforjas se extendían por él, la mayoría llenas de contenidos abultados. El ingeniero agarró una en el extremo derecho, la sacó con un gruñido—. Es pesada. ¿Crees que podrás con ella?

—Estaré bien.

El ingeniero no parecía muy seguro de creer a Maena, pero sus quejas se mantuvieron en silencio mientras las dos alforjas cambiaban de manos. El hombre tenía razón: la alforja casi dobló la espalda de Maena, pero ella recurrió a una resistencia particular, un tipo especial que viene con una convicción segura.

—No es suficiente, entiende —dijo el ingeniero—. Dame unos días más y tendrás el resto. Con el musgo.

—Como dije, lo tendrás.

—Y ni una palabra sobre esto.

—Obviamente —respondió Maena—. No quisiera que ninguno de nosotros acabara como alimento para los demonios. Sería una forma terrible de morir.

El ingeniero frunció el ceño y no dijo nada más mientras Maena abandonaba la herrería.

El prisionero tenía un aspecto pálido cuando Maena dejó la bolsa; el día, si se le podía llamar así, había transcurrido sin que el hombre recibiera una comida. Una tortura involuntaria, pero recordar, y mucho menos actuar en favor del bienestar del explorador Whent, ocupaba un lugar bajo en las preocupaciones de Maena. Después de todo, estaba empeñada en detener a los demonios, en evitar que alguien más sufriera lo que ella había sufrido.

Comparado con eso, un poco de sed, un poco de hambre... ¿acaso importaba?

—Por favor —dijo el explorador—, le he mostrado todo lo que quería. Déjeme ir, y nunca diré una palabra.

Maena tenía la bolsa en el suelo rocoso, su linterna de cinturón esparcía una luz anaranjada sobre el pequeño parche de piedra frente al enrejado natural que colgaba sobre la cámara inferior. Al abrir el cordón, reveló unas cajas agrupadas. Todas de metal, con dos mitades divididas. Un cordel fino las ataba todas juntas, pasando por un pequeño anillo en la parte superior. Si Maena tiraba de ese cordel, un separador dentro de las pequeñas cajas se movería, permitiendo que los contenidos en el interior se mezclaran.

A partir de ahí, bastaría con prender fuego al cordel, y a medida que la llama alcanzara cada contenedor en sucesión, la caverna estallaría. Las piedras se desmoronarían. Las puertas, la piscina, quedarían enterradas más allá de toda salvación.

No más demonios, no más terror, no más como nosotros.

—No es que no te crea —le dijo Maena al explorador, cuyas manos estaban atadas, con la mordaza tirada en el suelo entre ellos. Ya le había dado agua, más pasta de hongos sobre pan delgado—. Es que aún te necesito.

—¿Para qué?

—Estoy resolviendo los detalles, pero no te preocupes, no será mucho tiempo.

—No me siento bien, Maena...

—No me llames así, comerocas. No soy nada para ti, nadie. —Se levantó y puso una mano sobre el hombro tembloroso y delgado del explorador—. Deberías dormir. Soñar con algo mejor que esto.

El explorador continuó suplicando hasta que Maena le volvió a poner la mordaza. Suspiró ante la visión, apartándose rápidamente. No era que quisiera lastimar al hombre, incluso si era un Whent. Sin embargo, era un hecho que el explorador iría corriendo a contárselo todo a Jochi en cuanto lo liberara. Un desperdicio, considerando que el explorador aún tenía cierta utilidad.

El papel más importante que desempeñar.

Cierto. Maena le permitiría poner fin a su sufrimiento lo suficientemente pronto, pero para hacerlo, necesitaba más musgo para intercambiar. Más dispositivos para cubrir el enrejado. Se estiró, sintió sus piernas, sus brazos. En forma, lista para partir, y aún faltaban unas horas antes de que debiera regresar a Dreamhold.

Hora de buscar.

Los exploradores de Jochi —los que no estaban atrapados en el recodo secreto de Maena, en cualquier caso— mantenían buenos mapas. Los originales se extendían sobre amplias mesas en el campamento Whent, vigilados por guardias y a menudo examinados por el propio Jochi. Esos mapas delineaban caminos patrullados de regreso a la superficie, salpicados de campamentos en crecimiento a lo largo del camino. Maena siguió uno de esos caminos ahora, dirigiéndose hacia arriba y desviándose aquí y allá para adentrarse más.

Siempre más profundo, ahora que los musgos eran tan valorados. Las cavernas se estaban raspando hasta quedar limpias. La linterna de Maena proyectaba sombras mientras se estremecía con sus pasos, los zapatos con púas le daban agarre, si no la caminata más cómoda. Aun así, a medida que dejabas atrás los túneles más grandes, las caídas y subidas repentinas hacían que un buen equipo fuera una necesidad.

Y, si los gruñidos escupidos que escuchaba eran una indicación, una buena arma también ayudaba.

Los ruidos sugerían conflicto, así que Maena cubrió su linterna bajo su capa Whent mientras se acercaba. Las estrechas paredes de la cueva forzaron a la Rana a un apretado paso, escupiéndola en un delgado borde. Debajo yacía una pequeña piscina, llena de agua que goteaba desde un techo casi en línea con la plataforma de Maena. En su orilla, aureolados no por sus linternas sino por musgos azules y morados cosechados, se encontraban varios Whent. Sus robustos atuendos estaban demasiado limpios para sugerir un largo tiempo en la Oscuridad de Abajo, y no llevaban los colores de Jochi.

Comerciantes, entonces. O vagos esperando encontrar fortuna bajo tierra. Que se hubieran topado con un demonio serpenteante y escupidor era una mala jugada. La criatura serpentina, con un cuerpo azul estrecho erizado de patas y crestas espinosas, reclamaba su propio lugar a unos pasos de los Whent. Lenguas gemelas sobresalían de una boca hendida con cada silbido, orbes abultados en sus pies sugerían un hogar muy diferente de donde ahora se encontraba.

Ambos lados, entonces, desafortunados.

Pero no nosotros.

No. Maena deslizó sus piernas debajo de ella, se acomodó mientras los comerciantes blandían cuchillas y garrotes hacia el demonio. El monstruo no parecía intimidado, la razón se hizo evidente cuando se echó hacia atrás, abriendo esa hendidura y escupiendo alguna porquería maloliente hacia el trío de comerciantes. El Whent aulló cuando lo golpeó, la porquería pegándose, apestando y... ¿humeando?

La Rana se inclinó hacia adelante, observó cómo el demonio intentaba aprovechar la situación. La bestia se lanzó, sus patas nudosas manteniéndola inestable. El monstruo embistió al Whent líder, el hombre más fornido, y lo derribó hacia la piscina, más profunda de lo que Maena pensó al principio. El Whent desapareció, succionado por su pesada ropa, un desastre que, sin embargo, dejó al demonio expuesto a un brutal golpe de los aliados del comerciante. Garrote y cuchilla golpearon, penetrando profundamente, y enviando al demonio a un frenesí de sangre azul.

Heridas intercambiadas, y a medida que la lucha se volvía más desesperada, una derrota conjunta y fatal parecía más segura.

Maena observó, sonrió y agradeció a Rana por los tontos comerocas. Hoy era un buen día.

8

SALIENDO A LA SUPERFICIE

Luz del día.

Dos semanas en la oscuridad, comiendo hongos y preguntándose cuándo Svarde rompería la superficie, cuándo por fin sentiría el aire sin el tizne del olor chamuscado de los caminantes de fuego. Los exploradores Whent trajeron esa esperanza a través de una cueva costera en el extremo norte de Kance, una que había sido bloqueada por deslizamientos de tierra y despejada, ahora, por los propios caminantes de fuego y su fuerza bruta.

—Podríamos haberla volado —dijo Olgata, la exploradora Whent y portavoz elegida por Jochi durante la marcha, a Svarde mientras se mantenían bien alejados del par de caminantes de fuego que apartaban las rocas a golpes—. Para eso trajimos los explosivos.

—¿Y arriesgarnos a que las cuevas se derrumbaran sobre nosotros? —preguntó Ami, vistiendo su armadura completa de Noctia, el musgo rosado tornándola de un color violeta etéreo.

—No somos idiotas. Lo habríamos planeado bien, como lo hemos hecho mil veces antes.

—Entonces considéralo un beneficio para los caminantes de fuego —dijo Svarde, calmando el ceño fruncido de Olgata con la facilidad de un hombre muerto. El drama parecía tan lejano cuando la vida había desaparecido—. Les damos una tarea, dejamos que la completen, los atamos a nosotros aunque sea ligeramente.

Olgata resopló.

—Si crees que les importamos un comino, los estás leyendo mal —ante las miradas arrugadas de Svarde y Ami, la exploradora continuó—. Están desesperados, eso es todo. Quieren sobrevivir. Harán lo que sea necesario para lograrlo.

Lo que Olgata quería decir, que los caminantes de fuego podrían decidir, en cualquier momento, que trabajar con Ami, Svarde y Noctia no era la clave más importante para su existencia continuada, quedó sin decir. Era una eventualidad que no podía confirmarse, planearse ni trazarse. En su lugar, Svarde pensó que mantendrían a los caminantes de fuego ocupados y recompensados.

La enemistad mantenida a raya mediante el soborno.

El sol y la fresca brisa marina se colaron en la cueva a medida que el agujero se expandía, los caminantes de fuego llegando a su conclusión cuando la abertura fue lo suficientemente grande como para permitir el paso de un par de las enormes y ardientes bestias lado a lado. Sin embargo, esos demonios no serían los primeros en salir, lo que hacía necesaria la pequeña danza requerida para que las criaturas abrasadoras pasaran alrededor de Svarde, Ami y Olgata sin chamuscar a los humanos. Un truco en las cuevas, pero uno al que, a estas alturas, todos estaban acostumbrados.

Aunque, a pesar de todo su tiempo, Svarde seguía sin entender a los caminantes de fuego y sus motas. Ami parecía tener alguna idea, y eso era suficiente para él.

No es como si Svarde fuera a vivir entre los monstruos por mucho más tiempo. Una isla del viento chamuscada y estaría libre de los demonios ardientes, tendría tiempo para...

Svarde detuvo esa línea sombría saliendo de la cueva, pisando arena real, aunque cubierta de hielo derretido y madera a la deriva. Arbustos invernales escuálidos y árboles delgados bordeaban el final de la playa hacia el sur, con las agujas de Kance elevándose justo detrás de ellos, arriba, arriba y más arriba. Las aves se zambullían y arremolinaban, algunas descendiendo para investigar a las nuevas criaturas que emergían en su medio. Cualquier animal terrestre se mantenía bien escondido y alejado.

Inteligentes.

—Echaré un vistazo —dijo Olgata, separándose hacia el sur—. ¿Cuál es nuestro primer objetivo?

—Conseguir una rendición sin pelear —respondió Ami, cubriéndose los ojos mientras miraba alrededor. Su careta dorada brillaba, casi tan cegadora como el sol de arriba—. Si eso falla, daremos la señal a Noctia y comenzaremos una marcha sangrienta hacia el sur.

Olgata asintió y se alejó, saltando sobre los árboles y piedras que estropeaban la arena de otro modo agradable- mente bronceada.

—¿Una marcha sangrienta? —preguntó Svarde, mirando de reojo hacia la cueva. Kivi merodeaba en la entrada, mordisqueando alguna piedra gris y húmeda—. Supongo que no hablas de nuestra sangre.

—¿Los caminantes de fuego sangran? —preguntó Ami, sonando más cansada que emocionada—. No lo creo.

Para cuando Olgata regresó, los caminantes de fuego y sus seguidores Whent se habían desperdigado por la arena. Los caminantes de fuego tuvieron que ajustar su paso rápidamente, su calor derretía la arena convirtiéndola en vidrio reluciente con cada paso. Pronto la playa se convirtió en un espejo brillante, una superficie tanto abrasadora en su calor —a pesar de la temperatura fresca— como resbaladiza para caminar.

Svarde hizo que los Whent volvieran a los árboles, a la espera de la prometida palabra de Olgata.

—Hay un pueblo a menos de una hora de caminata hacia el sur y el oeste —dijo Olgata, reuniéndose con Svarde y Ami bajo ramas sin hojas—. Lo suficientemente pequeño como para no esperar una pelea.

—Perfecto, entonces, para la señal y una apertura fácil —Ami asintió, deslizando sus ojos hacia Svarde—. ¿Estás de acuerdo?

—Perfecto para hacerle saber a Noctia que estamos aquí, seguro. ¿Fácil? —Svarde rió—. Nada en nuestras vidas ha sido fácil, Ami.

—La cerveza solía serlo.

Olgata miró entre ambos, su rostro curtido sin la menor muestra de diversión.

—Parece que a la exploradora no le gusta nuestro humor —dijo Svarde, estirando su rostro gris en una sonrisa más amplia—. Eres demasiado seria, Olgata.

—Tenemos un ejército de demonios ardientes a nuestras espaldas —añadió Ami—. Los de Kance se doblarán como una brisa débil o arderán como papel suave.

—¿Cómo puedes saber eso? —preguntó Olgata, volviéndose para mirar hacia el mencionado pueblo—. Han luchado contra asaltantes, tienen armaduras fuertes y...

—Nunca han luchado contra nada parecido a esto. Todos son cobardes cuando lo desconocido viene a llamar. Kance también lo será.

Ami dirigió a los caminantes de fuego hacia adelante

con simples palabras y gestos. Un señalamiento hacia la playa, un movimiento de caminar, y se pusieron en marcha. Los caminantes de fuego, con sus cabezas de obsidiana en forma de diamante echando chispas, partieron tras la Guardiana. La mayoría llevaba dos pesados mayales, con las cadenas y bolas con pinchos arrastrándose por la tierra. Las grandes construcciones tan notadas en sus asaltos no habían hecho el viaje, los túneles eran demasiado estrechos para que esas orugas masivas pudieran pasar.

Al menos en eso, Svarde encontró cierto alivio: los caminantes de fuego serían lo suficientemente extraños. Traer las chirriantes y crujientes máquinas de metal haría que incluso sus aliados Noctia lo encontraran difícil de aceptar. Una cosa era invitar ayuda militar, otra muy distinta era participar en tu propia destrucción.

Sin embargo, aquí caminaba Svarde, ahora junto a Ami, con Kivi a la zaga. Un hombre inmortal con una hoja dentada, que a la vez era y no era como la mujer con la que caminaba a la par. La comida, la bebida, incluso el aire para respirar eran tan distantes para él ahora como una vez le pareció la muerte durante aquellos vertiginosos días marchando por las islas con Catya.

Una fuerza extraña, pero con nobles fines. El sueño los llevaría adelante.

El objetivo de Olgata, el pequeño pueblo, se encontraba anidado entre varios monolitos imponentes de color gris plateado. Las agujas enmarcaban el grupo de edificios y la espiga central, un cilindro envuelto en escaleras con puntos de lanzamiento para planeadores en su cima. Un piloto hábil podría usar los vientos de Kance para llegar a la mitad de la isla desde una aguja como esta, y Svarde no pudo evitar preguntarse si ya se habría lanzado uno, llevando la advertencia a través del viento.

La tarde avanzada trajo un resplandor anaranjado y sombras a juego, los propios caminantes de fuego se mezclaban con el aire chisporroteante que seguía a sus filas en marcha. Líneas negras y quemadas seguían sus pasos, arena vidriosa marcando sus huellas. Las bestias marchaban en silencio, aunque Svarde veía sus cráneos chispeando cada vez que se daba la vuelta: dorados, azules, verdes bailando contra el obsidiana.

Estrategia de batalla, esperaba.

Ami silbó para hacer alto fuera del pueblo, en un campo fangoso destinado a la siembra primaveral. Árboles delgados y los bordes de los monolitos bordeaban su formación, que tenía a Svarde y Ami al frente —Kivi resopló entre ellos— y a los caminantes de fuego bien atrás. Olgata y los otros Whent permanecían fuera de vista en la playa, manteniéndose en su papel de reservas en caso de ser necesarias. El pueblo, con el humo ondulante elevándose de las chimeneas rojizas, sus edificios de un blanco deslumbrante manteniéndose firmes, no se percató.

—Espera —murmuró Ami.

—Oh, sé lo que viene.

Ami esbozó una sonrisa.

—¿Lo sabes, Svarde? ¿Alguna vez has invadido una isla antes?

—La última vez, terminé ayudando a los Whent a luchar contra algunos demonios. No creo que sea lo mismo ahora.

—No, probablemente no.

Esa respuesta encontró su verdad cuando un solo planeador se lanzó desde la aguja del pueblo. Hizo un giro largo y perezoso en el cielo sin nubes, pasando sobre los caminantes de fuego antes de descender en un suave aterrizaje a unos pasos de Ami y Svarde. Su piloto, un hombre delgado de Kance, corrió hasta detenerse, tirando de un cable para colapsar las alas del planeador en una línea estrecha. El hombre se quitó el artefacto, lo atrapó y lo dejó reposar suavemente entre los montículos de barro. Con la muñeca, se empujó las gafas de vuelo hacia arriba y fuera de los ojos, parpadeando hacia Svarde y Ami. Un solitario estoque descansaba en una vaina a su costado, su equipo por lo demás estaba hecho para volar, no para luchar.

—¡Hola, invasores! —dijo el hombre, acercándose, con un fino bigote y una valiente sonrisa iluminando su rostro —. ¡Bienvenidos a nuestra ventosa isla!

Ami frunció el ceño, miró a Svarde, quien se rio.

—Bienvenidos, en efecto —respondió Svarde—. Soy Svarde, esta es Ami, y detrás de nosotros están nuestros amigos, los caminantes de fuego, que vienen a luchar por su derecho a vivir en nuestro mundo.

El hombre sacó el labio inferior, asintió.

—Una petición inusual, pero bueno, cuando uno marcha con demonios, supongo que lo usual ya ha quedado atrás. Mi nombre es Veloc, y estoy aquí para decir que Kance no tiene guerra con ustedes ni con sus demonios. De hecho, diría que no tenemos guerra con nadie salvo esos malditos de púrpura y negro. —Veloc asintió hacia Ami, que llevaba su armadura Noctia—. Guardiana, me sorprende verte usando sus colores. Lo último que supe es que tú y el Círculo no estaban en buenos términos.

Otra mirada entre Svarde y Ami, aunque esta vez la Guardiana de cabello de fuego tomó la iniciativa.

—Estás bien informado, Veloc, para estar tan remoto —comenzó Ami.

—Lo dices como si no debiera estarlo. —Veloc se cruzó de brazos—. No es como si los Whent hubieran estado callados. El invierno se está derritiendo y los rumores viajan rápido. Lo que importa ahora, sin embargo, es la verdad. ¿Qué están planeando, y qué esperan que hagamos?

—Rendirse, y decirle a los otros pueblos de Kance que hagan lo mismo. No estamos interesados en la destrucción.

—¿Entonces en qué están interesados?

—En un hogar para los caminantes de fuego. Y para más demonios además, si los encontramos.

Veloc pasó junto a Ami y Svarde, provocando un curioso resoplido de Kivi. El hombre observó a los caminantes de fuego, de pie en formación tranquila, su obsidiana destellando. Los observó por un largo momento, antes de rascarse la barbilla.

—Así que son inteligentes, entonces. ¿Civilizados? —preguntó Veloc.

—Lo suficiente —respondió Svarde—. Merecen una vida.

—Preguntaría por qué, pero el día está cayendo y temo que estamos en un punto muerto —dijo Veloc, y por primera vez, su voz se apartó de la vivacidad mordaz de un pícaro—. No tengo deseo de ver mi hogar obliterado, y sé que mis amigos bebedores de cerveza no tienen oportunidad contra esos monstruos que tienen allá. Sin embargo, no puedo prometerles la isla. —Veloc caminó de regreso, se plantó de nuevo entre Ami, Svarde y su pueblo—. Denme un día. Enviaré un mensajero, explicaré nuestra terrible posición y abogaré por la paz. Entonces, si Kance dice que no, pueden marchar sin temor de nosotros. Y si dicen que sí, bueno, podemos poner fin a esta pelea sin perder una sola vida. ¿Cómo suena eso?

—Como la promesa de un tonto —dijo Ami.

—Pero una que podemos intentar —intervino Svarde—. Ami, si las primeras historias sobre los caminantes de fuego son sobre cómo destruyeron un pueblo, perderán cualquier oportunidad de ser aceptados. Necesitamos intentarlo.

—El hombre, el, eh, hombre de aspecto muy enfermo tiene razón —acordó Veloc—. Con los planeadores, nuestras noticias viajan rápido. Un día, mis amigos, y luego pueden tener toda la violencia que deseen. Hagan su campamento aquí si lo desean, volveré mañana.

Con una reverencia brusca, Veloc se dio la vuelta y comenzó su caminata hacia el pueblo. Mientras se alejaba, el hombre levantó una sola mano, sacando un paño blanco de un bolsillo y agitándolo. Ante la señal, dos planeadores se lanzaron desde la aguja, sus formas oscuras surcando los vientos del crepúsculo alrededor del monolito, curvándose hacia el sur, con la muerte o la liberación en sus alas.

9
EN EL MAR

Si le pidieran comparar su casa del árbol en Kitaye con las comodidades a bordo del *Filo de la Tormenta*, el lujoso barco de Eujo, Wax tendría que admitir que las finas sábanas, los banquetes y el lujo general causaban una impresión impactante. Las arañas ya no se arrastraban por sus piernas por la noche, y la fresca brisa marina contrarrestaba la humedad a menudo opresiva de la jungla.

Y era difícil negar el placer de una tripulación que preparaba todas las comidas y entregaba café o té a pedido.

—Lo sé —gesticuló Bliss cuando Wax, suspirando, le transmitió estos pensamientos a su hermana mientras estaban sentados en la cubierta superior del barco.

El techo plateado sobre el amplio comedor servía como un lugar para tomar el sol durante el hermoso día soleado después de su partida de Tamas. Wax y Bliss tenían cada uno una delgada silla de lona, con túnicas limpias de Kance reemplazando su deteriorado equipo de aventurero. Ninguno llevaba armas, ambos tenían las caras y los pies limpios gracias a las duchas de agua de mar, y chocaban sus tazas humeantes mientras las brillantes velas de Kance ondeaban sobre ellos.

Aunque los témpanos de hielo flotaban aquí y allá entre las profundas olas del mar, Deux ya no los consideraba una preocupación, y el *Filo de la Tormenta* simplemente los apartaba a golpes. Sin embargo, no todos los barcos podían decir lo mismo, por lo que el océano permanecía desierto, sin una sombra en el horizonte ni en ningún otro lugar. Sin nubes tampoco, un día soleado y hermoso.

Casi lo suficiente como para hacer que uno olvidara por qué estaba aquí.

—No puedo creer que hayamos llegado tan lejos —continuó Bliss, gesticulando con su mano izquierda mientras bebía con la derecha—. Nadie está realmente herido tampoco.

—Gracias a los skars —respondió Wax.

Y eso es solo para las heridas físicas, aunque Wax mantuvo esa parte en silencio. El ultimátum de Eujo en Noctia surgía cada vez que sus pensamientos se dirigían en esa dirección: alejar el trauma, el terror, el daño duradero y concentrarse en salvar las islas, ser la Renovación, y así sucesivamente. Una letanía, casi un mantra, que Wax había empezado a murmurar para sí mismo al principio y al final de cada día.

Ya fuera que Noctia lo creyera o no, las islas lo necesitaban, o al menos eso se decía Wax a sí mismo.

—¿Qué dicen? —preguntó Bliss—. Cuando estamos sentados aquí así, ¿te hablan?

—Todo el tiempo. Constantemente.

—¿Los entiendes?

—Es como hablar con un animal. Puedes saber lo que quieren, y podrían escucharme si los insto a hacer algo, pero no es perfecto.

—Ahora mismo, ¿qué quieren?

Wax se rio entre dientes.

—Bueno, Vis está concentrado en un dedo del pie que me golpeé esta mañana. Foti está callado ahora. Rana sigue diciéndome que haga que el océano nos empuje, mientras que Whent parece querer que el barco se rompa en pequeñas balsas.

—¿Qué?

Wax levantó la taza de té en un gesto de encogimiento de hombros.

—Como dije, no son inteligentes. Son poco razonables y extraños.

—¿Qué hay de Tamas?

Wax miró a su hermana. El skar de Tamas funcionaba diferente a los demás, menos enfocado en el mundo natural y más en la vida a su alrededor. En ese momento, captaba la honesta curiosidad de su hermana, mezclada con preocupación y un poco de deseo.

—¿Quieres probarlo? —dijo Wax, metiendo la mano debajo de su túnica para sacar el collar—. No te va a hacer daño. Solo, ya sabes, no lo dejes caer.

—Como si fuera a hacerlo —Bliss extendió la mano y tomó la piedra. Cerró los ojos por un momento, luego negó con la cabeza—. No eres muy interesante, Wax.

—Ya lo sé —dijo una nueva voz, Eujo, subiendo a la cubierta superior.

—Oye —dijo Wax, girándose en su silla para lanzar un ceño fruncido a la Reina—, soy bastante interesante. ¿Sabes que he estado en todas las islas menos una?

Eujo tomó la tercera y última silla a la izquierda de Wax, sus túnicas plateadas y azules ondeando con el viento.

—¿En serio? ¿Viste algo interesante?

—Bueno —dijo Wax, poniendo los brazos detrás de la

cabeza, recostándose contra la lona de la silla—. Conocí a esta loca que insiste en que es de la realeza. Pero es tan mala actriz que casi nos mata, y...

—Oye, no iban a matarnos. Solo me iban a hacer un bonito tatuaje.

—¿Eso era? ¿Debería haberlos dejado, entonces?

—¿Tú? —Eujo se rio—. Si mal no recuerdo, fue Livier quien nos salvó.

Wax negó, desvió, bromeó y parloteó con la Reina, los dos intercambiando pullas y bromas, historias e ideas tontas hasta que se acabó el té. Una mañana tan perfecta como Wax podía imaginar, hasta que Eujo se levantó de la silla, mencionando que ella, Deux y Livier tenían que discutir lo que sucedería cuando llegaran a Kance.

Cuando la Reina se convertiría en la única gobernante de la isla.

Cuando Eujo se fue, Wax miró a su hermana, que había dormitado un poco, pero ahora tenía los ojos abiertos y lucía una amplia sonrisa.

—¿Qué? —preguntó Wax.

Bliss extendió su mano, la piedra de Tamas brillando en su palma.

—¿Sabes qué me dijo esto?

—¿Que soy el mejor?

Un ligero movimiento de cabeza, aún sonriendo.

—Que la amas, Wax.

La maldición sorprendida de Torny ante la noticia de que Fassle y Yarvick estaban trabajando juntos hizo sonrojar al bandido y levantó la ceja de Deux desde el otro lado de la larga mesa de la cena mientras el cuarteto, más Livier y el capitán del barco, compartían una cena tardía.

—Lo que digo —continuó el bandido— es que estos dos han estado peleando en la oscuridad desde, como, que tengo uso de razón. Hablamos de gargantas cortadas, tesoros robados, sobornos y chantajes. No hay manera.

—Aparentemente, se ha encontrado una manera —dijo Livier. El asesino todavía se veía un poco pálido por sus heridas en Tamas, pero las noches aferrando un skar de Vis habían surtido efecto—. La necesidad y todo eso.

—¿Necesidad? —preguntó Wax—. ¿Qué necesidad? ¿Cuál es la amenaza?

Eujo levantó la mano y tocó su brazalete.

—Estos. Los skars son la razón por la que Fassle cortó la Renovación, y supongo que Kance robó un montón de Noctia. Fassle los quiere de vuelta, y Yarvick también.

—Una alianza así solo dura hasta que se recuperen los skars —dijo Deux—. Después, sospecho que volverán a sus viejas costumbres.

—Estupendo. No es algo que vayamos a ver —dijo Torny—. ¿Entonces están enviando a todos los najahn tras Kance?

—No a todos. Vis también está luchando, aunque parece que esa batalla está prácticamente terminada. Mottilan resiste, Kitaye ha caído.

Wax tragó saliva y compartió una mirada preocupada con su hermana. ¿Habrían participado su madre y su padre en algún combate? Era poco probable. Aun así, podrían haber perdido amigos. La Lira de Bliss habría estado en medio de cualquier rebelión. Un Wax más joven podría haberse levantado de un salto ante las palabras de Deux, exigiendo regresar a casa de inmediato, pero en su lugar se mantuvo en silencio.

No había nada que Wax pudiera hacer por Vis, al menos no desde allí.

—¿Wax? —preguntó Eujo—. ¿No tienes nada que decir?

—¿Qué puedo decir? Tomamos nuestra decisión hace mucho tiempo. Son los skars, el Aegis o nada.

—¿Estás de acuerdo, Bliss?

La hermana de Wax asintió. —Soy su Guardiana. Voy donde Wax vaya.

—Gracias a Noctia —dijo Torny—. No necesito ir a esa isla infestada de plantas.

Sin embargo, se dirigían a Kance. Deux, con Livier y Eujo aportando detalles, dio un nuevo informe a Wax, Bliss y Torny. Las últimas noticias, antes de que Deux partiera hacia Tamas, detallaban esos skars robados y los najahn en su persecución. Que Fassle y Yarvick libraran una guerra total contra Kance parecía inevitable, que Kance finalmente cayera parecía igualmente destinado. Foti, Rana, Whent y Tamas apoyaban a Noctia, y con esos recursos, el desenlace ya estaba definido.

—Excepto que nosotros tenemos los skars —dijo Eujo al final—. Con ellos, podemos rechazar a cualquier ejército.

—Sí, pero Noctia también los tiene —replicó Torny—. Si quieres salvar tu isla, Eujo, necesitarás algo diferente.

—¿Qué es eso, Torny? —La conocida dureza volvió a la voz de Eujo.

—Deshacerse del apoyo de Fassle. Y del de Yarvick también —dijo Torny—. ¿Hablan de detener a los demonios, de salvar las islas? Lo hacemos primero nosotros, y no tendrán razón para luchar. Las otras islas no se entregarán por nada.

Livier se rio. —Lo haces sonar tan fácil, bandido.

—Eso es porque lo es. Llevamos a Wax aquí a Kance, le damos un par de skars de ese alijo robado, y listo. Eso es un conjunto de siete.

—¿Y luego qué? —preguntó Livier—. El trono del Aegis está en el centro de Noctia. No te dejarán acercarte, y aunque de alguna manera llegaras allí, ¿a quién le importa? No se detendrán.

—Les mostraremos a las islas que hay una manera diferente —dijo Wax, atrayendo las miradas hacia él—. No estoy tratando de convertirme en el próximo Aegis. No quiero usar los skars para matar o lastimar a nadie. Pero creo, tengo que creer, que podemos usarlos para detener a los demonios. Como Fassle y Yarvick, pero sin sus ejércitos, sin su control. Podemos ser mejores, porque tenemos que serlo.

Un discurso, uno pequeño, y a Wax le hubiera gustado ver apoyo en los rostros que lo miraban, pero en su lugar encontró preocupación, duda y más de un suspiro. Eujo señaló que la comida se estaba enfriando, y la conversación se desvió, sin una solución obvia, hacia otros temas.

—Lo intentaste —dijo Eujo, después, cuando ella y Wax estaban en la popa del barco. Sichi brillaba intensamente, su luz rosa convirtiendo el mar en una espumosa flor de verano.

—Lo estoy intentando —respondió Wax—. Simplemente no sé, aún, cómo vamos a hacer esto.

—¿Detener a los demonios? ¿Salvar las islas?

—Dos preguntas difíciles.

Eujo se inclinó sobre la barandilla de popa. Tenía una expresión seria, su cabello ondeando en la brisa. Siempre tan decidida, tan empeñada en conquistar el siguiente desafío. Tan diferente de él mismo, de aquellos días columpiándose por la jungla.

De Sawi también.

—No podemos descansar, Wax. No podemos rendirnos. No voy a dejar que mi isla caiga. —Eujo no miró a Wax mientras hablaba, como si el océano guardara alguna respuesta allá afuera—. Pero tampoco quiero que mi gente muera. ¿Crees que vale la pena? ¿Luchar por los skars?

—¿O qué?

—Le damos a Fassle y Yarvick las piedras, eso es. Hacemos que prometan retroceder.

—La otra Reina no lo hizo. Debe haber tenido una razón —dijo Wax—. Creo que llegamos a Kance, averiguamos cuál fue esa razón, y vemos. Quién sabe, si tenemos suerte, la respuesta estará esperando.

—¿Y si no lo está?

—Encontraremos una, Eujo. Es lo que hemos estado haciendo todo este tiempo. No podemos detenernos ahora.

—Supongo que no. —Eujo sonrió, enderezándose—. Veremos Kance mañana. La primera vez en meses que estaré en casa. La primera vez que verás las agujas, los planeadores. Es asombroso, Wax.

—¿Me darás el tour?

Eujo puso una mano en el brazo de Wax, volviéndolo hacia los camarotes. —Todo, Wax. Te mostraré todo. Y por una vez, no tendremos cuchillos en la espalda.

—Suena aburrido.

Los ojos de la Reina brillaron mientras se reía. —Wax, te garantizo que nada de esto va a ser aburrido. —Comenzó a caminar, dando un ligero tirón a Wax, con un guiño juguetón—. Incluyendo esta noche.

Eujo se giró, caminando hacia atrás, con su mano en la de él, pareciendo en todo sentido la traviesa, la poderosa, la magnífica...

Wax sacudió la cabeza, siguiendo esa brillante sonrisa, esa determinada esperanza.

El skar de Tamas zumbó su verdad, y Wax solo pudo estar de acuerdo.

10

GARRAS DE ABORDAJE

El Kance abrazó el terror. Como Narro lo explicó, ocultar un barco en mar abierto, incluso en el crepúsculo, no era algo que se pudiera hacer fácilmente, así que ¿por qué no abrazar el ataque y convertirse en el fin del enemigo? Los soldados del Kance, aquellos que no mantenían las velas o dirigían el clíper, se amontonaron en la estrecha cubierta en un crepúsculo nublado, con gruesas túnicas y estiletes listos.

Nada de armaduras para estos espadachines.

En su lugar, golpeaban las empuñaduras contra la barandilla del barco mientras las dos embarcaciones se acercaban. Sus voces se alzaron en un canto atronador que Quik no conocía pero pronto aprendió, una simple recitación pidiendo la ayuda del dios del viento y la caída de su enemigo. Quik observaba, cantaba y participaba en todo esto desde la proa del clíper, con su propia túnica Kance ligera en el frío crepúsculo. No llevaba espada, sino sus guanteletes de madera, tallados en Vis y ahora con puntas de metal gracias a algunos ingeniosos herreros de Noctia.

Irónico, quizás, que ese esfuerzo ahora causara daño a sus propias fuerzas.

Los Najahn no ignoraron el acercamiento. Al igual que el Kance, la carabela no parecía destinada a soldados. Marineros con túnicas y cueros negros y púrpuras de Najahn se reunieron en la cubierta superior, algunos pasando ballestas a la primera línea para el primer disparo.

Quik estaba a punto de advertir sobre la inminente lluvia de saetas cuando el clíper Kance se sacudió, virando bruscamente a estribor y alejándose de su embestida directa hacia el navío Najahn. La maniobra hundió el barco en el agua, bajando su perfil justo cuando los Najahn dispararon. Quik tuvo que agarrarse a la barandilla de la proa para no caer, oyó silbidos mientras las saetas destinadas a él, a los Kance, pasaban silbando por encima.

Una maniobra ridícula, un tirón salvaje, y uno invertido al segundo siguiente: las velas chasquearon y el barco Kance viró a babor, cerrando rápidamente la brecha con la carabela Najahn. El barco enemigo tenía tamaño, los marineros Najahn se inclinaban sobre la barandilla para apuntar sus siguientes salvas hacia abajo, solo para encontrarse con garfios lanzados a sus caras.

—¡Por Kance! —gritó Narro.

Algunos de los ganchos de hierro de tres puntas rebotaron en sus objetivos para caer al mar. Otros se clavaron en la carabela con duros crujidos, astillando la madera. Sus lanzadores se apartaron, y Quik vio a los corredores Kance esperando para saltar, con las túnicas ondeando, sobre las cuerdas. Con pasos cuidadosos, los Kance plantaron un pie tras otro para lanzarse contra los Najahn. Detrás de ellos, otros luchadores Kance abrieron fuego con sus propias ballestas, apuntando a los arqueros Najahn que intentaban recargar en medio del caos.

Y acertando.

Quik escuchó los primeros gritos mientras hacía su propio salto, evitando las cuerdas Kance —no estaba tan seguro de tener el equilibrio para esas— para golpear el costado de la carabela. Los guanteletes de Quik se clavaron, sus pies calzados buscando puntos de apoyo. Sin encontrar ninguno, el casco húmedo era una pobre ayuda para escalar, el cazador de Vis confió en sus brazos. Un tirón a la vez, se impulsó por el costado de la carabela cerca de la proa del barco.

En el crepúsculo, ni un alma lo vio. O quizás sí, y asumieron que la fuerza de Quik le fallaría mucho antes de que pudiera alcanzar la barandilla.

Un pobre razonamiento.

Mientras Kance y Najahn se enfrentaban en un combate de espadas a la antigua usanza, los estiletes encontrándose con los sables más tradicionales de Rana y un par de voulgues desenvainados, Quik continuó su ascenso. Narro le había dado al Vis un objetivo diferente, uno que cumpliría.

Con astillas rociando su cabello y sus brazos empezando a arder por el esfuerzo, Quik alcanzó la barandilla superior de la proa, se impulsó sobre ella con un torpe giro. Se levantó de rodillas para ver a un Najahn girando, una ballesta elevándose para encontrar el rostro de Quik.

El cazador saltó hacia adelante, sus botas por fin encontrando tracción en la cubierta más plana y seca. Quik embistió al hombre, usó el impacto como palanca para ponerse de pie y, lanzándose hacia su izquierda, arrojó al Najahn por el costado del barco. El marinero rebotó una vez en el casco antes de desaparecer en las olas, un grito sin palabras fue el último sonido que haría jamás.

La carabela Najahn coincidía con el mismo diseño en el que Quik había viajado en Foti, lo que significaba que el cazador estaba en el lado equivocado. A su derecha, la proa de la carabela se curvaba hacia arriba, una vela la unía al mástil principal en el centro del barco. Un mástil y una vela más pequeños se escondían en la popa del barco, brillando en naranja en las últimas brasas del día. Ese mástil más pequeño y el timón cerca de él, los camarotes debajo, eran su objetivo. Para llegar allí, Quik tendría que vadear a través de una ciénaga sangrienta.

La confianza de Narro en los Kance parecía, a primera vista, estar fuera de lugar. Sus estiletes acuchillaban a los marineros, hacían retroceder a los Najahn, pero las pequeñas hojas no tenían el alcance para cerrar con los voulgues. Las lanzas curvadas llegaron al frente, los Najahn dejando caer sus sables mientras más voulgues llegaban de las cubiertas inferiores, entregados por sirvientes, prisioneros u otros marineros. Incluso mientras Quik miraba, intentando planear una forma de cruzar, los Kance cayeron en una resistencia desesperada.

El cazador Vis nunca había luchado en una guerra antes —lo más cercano había sido la incursión en la playa Najahn contra los bandidos— y qué hacer parecía un completo misterio. ¿Lanzarse? ¿Intentar escabullirse por el lado de estribor? ¿Quitarse la capa Kance e intentar afirmar que era un espía Najahn todo el tiempo?

—¡Vis!

La palabra llegó, dura y en pánico sobre las olas que golpeaban, los gritos, gruñidos y maldiciones. Narro, escalando las cuerdas y mirando a su grupo presionado y perdedor. El Kance tenía una mano y ambos pies en la cuerda, el estilete levantado, y una mirada suplicante dirigida hacia Quik. Más de un par de Najahn lo seguían.

Bueno, ahí se fue la opción sigilosa.

Gritando de júbilo, Quik se lanzó hacia los anchos escalones a su izquierda. Dos najahn armados con voulges reaccionaron, separándose del ataque kance para apuntar esas lanzas curvas hacia las escaleras. Un soldado normal podría haber corrido directamente hacia esos afilados extremos, apostando por sus habilidades con la espada o el escudo para apartar las voulges.

Quik no era un soldado normal, y aunque eso significaba que no tenía idea de cómo luchar en formación, ni cómo contraatacar y arremeter, significaba que tenía algo más: imprevisibilidad.

Impulsándose desde su finta, Quik saltó desde el segundo escalón, rebotando en la cubierta superior de la proa a su derecha. Como si se lanzara desde un árbol de la jungla, Quik sintió que su pie se plantaba y presionó hacia abajo, volando más alto de lo que reaccionaron las voulges que se alzaban y aterrizando en un aparatoso y agitado placaje. El Vis derribó a ambos najahn, sus guanteletes perforando la escasa protección que ofrecían las túnicas de los najahn. Un líquido caliente salpicó la propia túnica de Quik mientras derribaba al par, el impulso estimulando su siguiente movimiento.

Cuando se cazan hanokos, siempre hay que asumir que los felinos vienen en manada. Nunca te conviertas en un blanco fácil.

Quik rodó fuera de los cuerpos de los najahn, llevando sus guanteletes y el hueso, la piel y la tela atrapados en sus puntas hacia su pecho. El esperado ataque de un tercer najahn sorprendido llegó, cortando hacia abajo con salvaje intención. La hoja se estrelló contra el guantelete derecho de Quik, quedando atrapada en la placa de madera. El marinero najahn la miró fijamente, intentando retirar el filo sin éxito.

El Vis gruñó, el najahn desvió su mirada del arma al

guerrero. Solo tenía una espada. El guerrero tenía dos, y el segundo guantelete no tenía dificultades. Levantándose de golpe, Quik empujó la espada atascada y a su portador en una torpe retirada, que terminó con una fuerte estocada hacia adelante de su guantelete izquierdo. Su víctima tosió, se estremeció y se desplomó.

Pero el aullido gutural no provino del marinero, ni tampoco la hoja cortante que rozó el brazo de Quik. El cazador se giró y vio a otro najahn desplomarse en la cubierta, con el estoque de Narro retirándose de su costado.

—Mantén los ojos bien abiertos, Vis —dijo Narro, asintiendo a Quik—. Tenemos la apertura. Volvamos a ello.

Las escuetas palabras de Narro decían la verdad. Aunque Quik solo había abatido a tres, el caos de su carga había dividido la defensa najahn, permitiendo que los asaltantes kance irrumpieran. Con las cuerdas aseguradas, más combatientes kance subieron a toda prisa, mientras los najahn luchaban por formar una línea defensiva a lo largo de la cubierta superior. Esas voulges aún mantenían una ventaja mortal, una que a Quik no le interesaba desafiar.

En su lugar, Quik se dirigió a la derecha, llamando a Narro para que lo acompañara. Los najahn se dispersaron para seguirlos, persiguiendo a la pareja kance a través de la cubierta superior del carabela. El movimiento debilitó la línea de los de púrpura y negro, un efecto que Quik captó más en las sombras mientras el sol descendía más allá del horizonte. Nadie tenía tiempo para antorchas o linternas, la batalla se hundía en la oscuridad.

Sichi aún no se había elevado, y en su tardanza, Quik encontró una ventaja.

Narro contrarrestó al primero que llegó, usando su estoque para desviar el empuje de la voulge. Quik, manteniéndose a la derecha de Narro, esquivó la desviación y se acercó. Sus guanteletes empujaron el asta de la voulge hacia arriba, dejando al marinero expuesto para la estocada de seguimiento de Narro. Las túnicas púrpura y negras se agitaron mientras Quik continuaba su carga, manteniéndose cubierto por el cuerpo mientras empujaba al pobre desgraciado hacia sus amigos que le seguían.

Apenas visible a simple vista, Quik se lanzó hacia la derecha, dando al cuerpo un último empujón hacia un grupo de espadas y lanzas. Los najahn maldijeron, fallando al Vis mientras Quik se dirigía hacia el objetivo original: el camarote del capitán najahn y los secretos que esperaba encontrar dentro.

Detrás de Quik, Narro gritó, atrayendo la atención. Los kance presionaron su ataque, y Quik, escuchando si le perseguían, no oyó nada. Un luchador huyendo de la escena preocupaba menos que la hoja que ya estaba en tu cuello.

O quizás ya ni siquiera podían verlo.

Quik casi chocó de lleno contra el camarote, la puerta de madera y la pared apareciendo más como una sensación que como un objeto visible. Las puntas de su guantelete arañaron, encontrando la línea de la puerta. Quik tiró del pomo, un movimiento torpe con los enormes guanteletes, pero el Vis no se atrevía a desarmarse con la pelea aún rugiendo a sus espaldas. El pomo se sacudió.

Cerrado.

Quik dio un paso atrás. Apuntó y lanzó su guantelete izquierdo hacia adelante. Las puntas de metal destrozaron la bisagra superior de la puerta, doblándola hacia adentro. Un segundo golpe aplastante derribó la bisagra inferior, el metal doblado crujiendo. Un empujón ahora podría...

Pasos, corriendo en su dirección. Quik se giró, empujando con su guantelete derecho. La voulge entrante, lanzándose directamente hacia el cuello de Quik según el entrenamiento najahn, abrió un profundo surco en el guantelete derecho de Quik, trazando un corte ardiente a través de su hombro derecho. El najahn siguió el fallo con una carga de hombro, una que podría haber funcionado contra un oponente más débil, de constitución más ligera.

Quik lo recibió con un empujón del hombro izquierdo, el impacto atravesando las túnicas del najahn. Las costillas se quebraron, el hombre jadeó en busca de aire, y Quik lanzó una patada tras el tonto que tropezaba. El golpe alcanzó la entrepierna del hombre, dejándolo caer junto con su voulge en la cubierta.

Ese ya no lucharía más.

Ignorando el corte en su hombro, Quik se volvió hacia la puerta destrozada, lanzó una segunda patada. La cerradura cumplió su función, haciendo girar la puerta hacia la derecha, donde golpeó contra la pared del camarote y quedó colgando, una cosa arruinada, y una que Quik finalmente podía ver, gracias a la luz de las velas que venía del interior.

Allí, esperando, se encontraba una única forma blindada. El capitán najahn, con su ballesta levantada. El arma hizo clic, el virote voló, y Quik sintió un dolor punzante en el pecho. El cazador vaciló, el capitán se inclinó para recargar, para tensar la ballesta.

Por Vis. Por sus amigos. Por su hermano.

Quik gruñó una plegaria de cazador, se lanzó en una carga de toro. Una, dos, tres zancadas y el capitán dejó caer su ballesta. No alcanzó la espada en su cintura, sino las velas encendidas junto a la mesa a su espalda. Una cubierta de gruesos papeles, líneas borrosas mientras el virote de la ballesta desgarraba los pulmones de Quik, el corazón, algo importante.

El capitán se estiró, derribó la vela mientras Quik clavaba su guantelete en la estrecha costura del brazo del hombre. La vela cayó sobre la mesa, las llamas encontrando su mecha. Las garras de Quik encontraron su propio agarre, mordiendo a través de los anillos más suaves bajo esa placa najahn, enganchándose en la piel y lo que había debajo. El najahn gritó. Quik tiró, pateando al mismo tiempo, arrastrando al capitán en una sangrienta caída de vuelta al suelo.

Las primeras volutas de humo, el primer olor a quemado, golpearon la nariz de Quik, y divisó una solución: una jarra de vino. Quik intentó alcanzarla, pero sintió los dedos entumecidos, el guantelete demasiado torpe, la visión demasiado borrosa. Así que en su lugar, la golpeó, estrellando la jarra contra la pequeña llama que amenazaba con devorar los mapas. Un intenso color púrpura se extendió por la mesa, engullendo el naranja, dos colores danzando, hasta que se fundieron en una sola oscuridad.

11

CARIDAD

El escenario era hermoso para un asesinato: una poza en una cueva, con agua lamiendo las húmedas piedras y estalagmitas alrededor de los bordes, el goteo constante filtrándose desde arriba. El aire estancado cobraba vida con una lejana ráfaga que se abría paso. Y, por supuesto, la muerte gruñona y convulsa de los demonios que habían emboscado al grupo de Whent, víctimas de sus espadas y hachas, aunque, naturalmente, no sin propinar sus propios mordiscos a cambio.

Unos que Maena estaba a punto de rematar.

Dos comedores de rocas habían sobrevivido a la reyerta, uno gravemente herido intentando vendarse mientras el otro revisaba los cuerpos de sus camaradas. Un esfuerzo sombrío, marcado por garras, vísceras y maldiciones. Una tarea que también le impedía revisar a su amigo, una comprobación ya innecesaria cuando Maena se dejó caer desde su posición ventajosa. El alfanje encabezó el descenso, apuntando hacia abajo y asestando su golpe mortal con solo el sonido de un suspiro sorprendido. Cabalgó el cuerpo que se desplomaba hasta el sendero rocoso, desmontando en una posición de ataque agazapada, cada pie acomodándose en la gravilla sin un crujido. El alfanje, siempre afilado, se retiró con un tirón de la mano de Maena, mientras su izquierda servía para equilibrar a la Rana en su siguiente movimiento.

El estrecho camino hacia la poza se iluminó con el objetivo: musgo de brillo rosado. Amontonado aquí y allá, el musgo bañaba el espacio en un resplandor rosa, la sangre y los pedazos esparcidos adquiriendo sombras, un tono más carmesí. Su objetivo se inclinaba sobre el último de sus amigos, el hacha de vuelta en su cinturón y otra maldición en sus labios.

Termínalo.

El hombre puso una mano en el hombro del cuerpo, un apretón afectuoso. Una dura réplica a la voz en la cabeza de Maena, y una que provocó una pregunta, un cambio, un jadeo de algo que creía perdido hacía mucho tiempo.

—¿Qué pasó? —preguntó, con la voz en un susurro tenso.

El hombre se giró bruscamente, llevando la mano a su hacha antes de dudar, confundido. Llevaba el atuendo típico de un Whent: ropa gruesa, una barba, cicatrices mezcladas con narices rotas del pasado. Corpulento, cauteloso. Un aroma a pino aplastado llegó hasta ella. Un gorro de piel cubría su cabeza apretadamente, sus plateados y marrones antes prístinos ahora coagulados con los restos de la batalla.

—¿Quién eres tú?

—Estaba buscando esto —dijo Maena, señalando el musgo con su alfanje—. Escuché los sonidos y vine a ver si podía ayudar.

—Llegas demasiado tarde, maldita sea. —El hombre

empezó a decir algo más, luego notó la forma desplomada cerca de Maena—. Maldición, no.

Avanzó tambaleándose, pasando junto a Maena. La Rana se hizo a un lado, observando cómo el comedor de rocas se inclinaba sobre la forma de su amigo.

Desperdiciaste tu primera oportunidad. No eches a perder esta.

Maena quería suspirar, maldecir, lamentar las locuras que habían llevado a este hombre y sus amigos a sus miserables finales. En su lugar, levantó el alfanje, alineándolo para un simple golpe que cercenara el cuello. El comedor de rocas, con sus manos sobre su amigo, se detuvo temblando. Esos dedos habrían encontrado la nueva herida, dándose cuenta de que su corte limpio no provenía de las garras de ningún demonio.

Ella blandió el arma.

Él se lanzó a su derecha, rodando por el costado de la cueva en un giro. El alfanje no falló: trazó una línea roja a lo largo del brazo del hombre, cortando el cuero de Whent como si fuera poco más que papel. El propio afilado de Whent en acción, ahí. Los esfuerzos de Jochi volviéndose contra su propia gente. Apropiado.

—¿Qué estás...? —comenzó el hombre, liberando su hacha mientras Maena presionaba, lanzando el alfanje en otro corte cruzado.

El Whent no tuvo tiempo de desenvainar su hacha, no tenía a dónde esquivar, y recibió el golpe del alfanje en su brazo. La hoja se hundió profundamente, los brazales y el abrigo haciendo poco para detener el golpe. Pero le compró al hombre un segundo, que usó para lanzar un salvaje desafío, balanceando el hacha en un amplio arco ascendente.

Tales golpes salvajes tenían sus desventajas: predecibles, inexactos, y Maena esquivó este, dejando que el hacha cortara el aire sobre su cabeza mientras arrancaba el alfanje. En cuclillas, se lanzó hacia adelante, apuntando a un golpe en el estómago que acabaría la pelea. La apertura debería haber estado ahí, debería haber sido una toma fácil, pero el Whent no retiró su golpe, en su lugar bajando el codo mientras continuaba deslizándose a lo largo de la pared de la caverna. El golpe alcanzó la cabeza desprotegida de Maena, lanzándola hacia el suelo. El alfanje rebotó en la pared de roca, la hoja provocando chispas y fallando la carne.

Maena saboreó la grava al golpear la tierra, sus manos y rodillas presionando para mantenerla en movimiento, mantenerla...

El hacha se clavó en la pared sobre su cabeza, una consecuencia menos de la suerte y más del esquive del Whent. Sus pasos laterales lo habían hecho salpicar en la poza, su equilibrio deslizándose ligeramente para elevar el golpe. Maena soltó su alfanje, en su lugar levantándose para agarrar la muñeca del Whent, doblándola hacia abajo con todo su peso mientras él intentaba mantener el agarre de su arma. La tensión, la torsión hizo que algo crujiera, el hombre aulló y soltó el hacha, liberó su mano y tropezó hacia atrás, cayendo en la poza con un chapoteo helado.

Maena soltó la mano, levantándose lentamente y adoptando el arma perdida. Recuperó el alfanje también, empuñando tanto el hacha como la espada mientras se volvía hacia el Whent herido, la poza perdiendo su claridad prístina mientras la sangre y la suciedad enturbiaban las aguas.

—¿Qué quieres? —gruñó el Whent, retrocediendo a patadas en la poza, hacia las aguas más profundas.

—Como dije, el musgo —respondió Maena—. Todo.

—¡Entonces tómalo! —El Whent estalló en medio

sollozo—. No vale la pena morir por esto, nada de esto lo vale.

—Ahí es donde te equivocas. Lo que este musgo conseguirá, lo que puedo hacer... —Maena negó con la cabeza, acercándose al borde de la poza—. ¿Me conoces?

—¿Qué? ¿Conocerte?

No puedes, Maena. Si va al campamento de Jochi, nos identificará. Estaremos atrapadas.

—Quién soy —preguntó Maena al Whent—. ¿Me conoces?

—Nunca te he visto antes en mi vida.

—Pero me recordarás.

El Whent pareció comprender la importancia mientras sostenía su muñeca rota, sentado a tres zancadas de profundidad en la poza. —Nah, apenas puedo verte. De hecho, nunca te vi en absoluto. Demonios. Demonios nos atacaron. Se llevaron todo lo que teníamos. Tuve que hacerme el muerto, ¿sabes? —El hombre balbuceaba ahora, suplicando. Lágrimas. Mocos—. Debería haber muerto, debería haberlo hecho.

Que así sea.

Maena observó el triste espectáculo por un largo momento. Tan lejos de los comedores de rocas contra los que había luchado en las cubiertas de cientos de barcos. Tan lejos de los propios guerreros de Jochi, listos para enfrentarse a los caminantes de fuego y otros demonios allá abajo. Acabar con el hombre ahora sería casi un acto de piedad, otorgándole un regalo.

Pero.

Somos asesinos, Maena. Porque tenemos que serlo. Por lo que debe hacerse.

Pero no despiadados. Aún no.

—Quédate ahí —dijo Maena—. No te muevas de la

poza hasta que me vaya. Luego cuenta hasta cien, y hazlo despacio. Una vez que hayas terminado, estarás por tu cuenta.

Su otra mitad, su alma dividida, se enfureció mientras Maena empacaba el musgo. Todo lo que podía llevar, metido en bolsas, alforjas y las partes de su cuerpo a las que podía adherirse. El Whent gimoteó al principio, luego cayó en un silencio pétreo, observando a Maena mientras se movía. Sin embargo, se atuvo a su amenaza, no hizo ningún movimiento para abandonar la poza. Ella se preparó para posibles insultos, pero nunca llegaron. Ninguna bravuconería tonta que obligara a Maena a asestar un golpe mortal.

El Whent permaneció en silencio, y solo después de que ella hubiera desaparecido al doblar la esquina, después de que se hubiera detenido a escuchar, lo oyó hablar de nuevo.

Números, uno tras otro, contando hacia arriba.

El herrero estaba dormido cuando Maena regresó. Dreamhold nunca llegaba a estar completamente en silencio, la oscuridad y la profundidad resultaban un amplio estímulo para beber cerveza y entregarse a la borrachera desenfrenada, así que los fuertes golpes de Maena llegaron acompañados de un alboroto musical a sus espaldas. Peleas y payasadas. Hicieron falta tres series de golpes, la última realizada con la empuñadura de su alfanje, para que el hombre abriera la puerta. Tomó los paquetes sin decir palabra, los abrió una vez y asintió hacia ella.

—Dos días —dijo el herrero—. Los tendrás en dos días.

Maena regresó, entonces, a su propia cama. La estera plana de paja. Limpió su alfanje con un trapo hecho jirones. Se refrescó y se acomodó en la dura cama.

Eso fue estúpido. Se lo contará a otros.

¿Y qué si lo hacía? ¿Una mujer extraña aparece, lo vence en una pelea, todo por algo de musgo?

Maena se rio para sí misma, luego se detuvo, miró a su alrededor. No había nadie allí para escuchar, sus compañeros de casa ahora hacían todo lo posible por borrar el ayer antes de que pudiera comenzar el mañana.

Es un riesgo, y no podemos permitirnos tomar más. Estamos salvando las islas, Maena. Esto vale demasiado.

La capitana Rana frunció el ceño. Había hecho cosas terribles. Las había justificado en nombre de un bien mayor, un futuro mejor. Uno que parecía no llegar nunca, hasta ahora. Estaban tan cerca.

Dos días. Dos días hasta que tuviera suficiente. Entonces, la tierra temblaría, la cámara se derrumbaría y los demonios, todos ellos, serían destruidos.

Por eso no puedes jugar estos juegos.

Cierto. Ya no más. Aunque, ¿qué importaba? ¿Un solo Whent herido y desarmado perdido en la Oscuridad de Abajo? Maena acarició el mango del hacha robada, el resto del arma enterrada bajo sus alforjas, cueros y otros pertrechos. El arma era de buena calidad, podría intercambiarse por algo mejor. Su antiguo dueño ciertamente ya no la necesitaría.

El hombre nunca sobreviviría.

12

PLANEADORES Y GLORIA

Dado que dormir era tan innecesario para Svarde como respirar, el bárbaro, junto con algunos exploradores Whent que montaban guardia, detectó el ataque de los Kance. No llegó por tierra, ningún ejército aplastante marchando a través de los campos devastados hacia los caminantes de fuego y sus amigos. En su lugar, los destellos llegaron con el amanecer, el rosa de Sichi chocando con los primeros naranjas del sol para resaltar aquellos filamentos Kance como espadas ondulantes recién sacadas de la forja.

Un enjambre, eso fue lo primero que pensó Svarde cuando la formación rodeó las montañas del Sur y el Este. Al principio nada, luego brillantes trazos alineándose en una formación cerrada. Altos y constantes, se acercaron al campamento adormilado —los caminantes de fuego, aunque Svarde no estaba seguro si dormían, se habían sumido en un tranquilo sopor crepitante durante la noche — que ahora era despertado por los alarmados silbidos de los Whent. Un tambor de la tundra resonó, un ritmo rápido que dominaba los constantes cantos de aves Kance y las suaves olas.

—Kivi, mejor busquemos refugio —dijo Svarde, levantándose de la piedra que había elegido en el borde del campo. Parte de una línea de demarcación y lo suficientemente buena como asiento, del que se había incorporado de vez en cuando para dar un paseo por el campamento nocturno—. Sea lo que sea que estos jinetes del viento estén planeando, no podremos hacer mucho para detenerlo.

Ami, más cerca del centro del campo, no compartía la visión fatalista de Svarde. Se había levantado de un salto al primer llamado Whent y había comenzado a correr, ladrando a caminantes de fuego y Whent por igual para que se levantaran, tomaran las armas y se prepararan para un ataque.

Como si tuvieran tiempo.

Los planeadores se movían más rápido que cualquier ejército en marcha, y se lanzaron en picado como aves rapaces. Desde debajo de las anchas frondas de una palmera, Svarde observó cómo los primeros planeadores se zambullían. Al principio, no pudo distinguir sus armas, esos trazos dorados parecían no tener nada, pero las nubes de polvo que se levantaban del suelo sugerían lo contrario. Los exploradores y soldados Whent demasiado lentos para abandonar el campo comenzaron a gritar de dolor, algunos tropezando en la arena y no volviendo a levantarse. Los caminantes de fuego no tenían bramidos ni gritos de guerra, cruzando sus brazos para desviar cualquier proyectil entrante.

Svarde no vio caer a uno solo de los malditos ardientes, ni siquiera sufrir una herida. Sin parches blancos como ceniza, sin furia chispeante.

Pero sí vio su contraataque.

Mientras los planeadores nivelaban su picada para sobrevolar, los caminantes de fuego se inclinaron, cambiando sus mayales por rocas, por terrones de tierra endurecidos por el calor de los demonios hasta convertirse en proyectiles de vidrio fundido. Con cuatro brazos, los demonios lanzaron sus respuestas a los planeadores que pasaban. Uno recibió un impacto en su delicada ala, girando violentamente en círculo antes de estrellarse directamente contra el suelo. Otro perdió a su piloto, la forma golpeada cayendo hacia su aterrizaje final. Los planeadores no recibieron el fuego mortal sin actuar, el suave asalto se rompió mientras los planeadores se retorcían de un lado a otro, una esquiva espasmódica que tenía sus propias consecuencias.

Svarde se estremeció cuando un par de planeadores chocaron entre sí, mientras que otro, esquivando una piedra lanzada, giró demasiado bruscamente y se estrelló contra una ladera cercana. La primera oleada se dispersó, la mayoría girando sus planeadores de vuelta hacia la ciudad.

Como si allí estuvieran a salvo.

—Vamos, Kivi —dijo Svarde al leal ferrita—. Sé cómo podemos ser útiles.

El bárbaro emprendió un trote desgarbado hacia la ciudad, la gran hoja negra y dentada descansando sobre su hombro izquierdo. Sin hachas en su cintura, sin escudo en su mano derecha. Los skars de Noctia y Vis, o la hoja formada a partir de ellos, unieron sus susurros en su mente, un zumbido constante que tanto alimentaba la vida de Svarde como se la quitaba, convirtiéndolo en un vacío insípido. Aunque capaz.

Kance aún tenía algunos trucos bajo la manga, los resultados visibles mientras Svarde mantenía la mirada en su ejército. Una segunda oleada de planeadores llegó más alto, sus proyectiles —disparados, notó Svarde de la primera oleada, desde ballestas montadas sobre rieles— menos precisos pero meramente una apertura para su siguiente arma: pequeñas bombas lanzadas a mano.

Las diminutas cosas aullaban al caer, golpeando la tierra y estallando en explosiones reventadas. Una idea brillante robada de los artesanos Foti y Najahn, ahora desplegada contra los soldados Whent que se dispersaban. También las dejaron caer entre los caminantes de fuego, quienes absorbieron el calor y la presión con indiferencia. Los demonios demostraron que también podían lanzar más alto, los terrones de tierra y las piedras ascendiendo tan lejos en el amanecer púrpura-azul que parecían estrellas fugaces.

Los planeadores caían. Los pilotos morían. El asalto Kance se marchitó, se retiró.

Ninguna tercera oleada rodeó las montañas.

Svarde continuó corriendo, solo.

La ciudad Kance tenía una pequeña muralla de piedra alrededor de sus afueras, menos una defensa que una agradable frontera. Murales cubrían los ladrillos blanqueados. También nombres, proclamando los ciudadanos notables de la ciudad, sus líderes. Nombres que Svarde pronto convertiría en cenizas.

Sin embargo, el bárbaro suspiró mientras se acercaba pesadamente, dejando los campos por los duros caminos de tierra que conducían al interior. Había habido una ligera esperanza ayer, una oportunidad de paz, y ahora esa esperanza se había esfumado. Demasiado tercos, esta estúpida isla, y ahora morirían por ello.

Bueno, Svarde elegiría sus objetivos. Aquellos que no lucharan serían perdonados por su espada. Si los caminantes de fuego adoptarían el mismo mantra, no podía decirlo.

Mejor, entonces, que él tuviera el primer ataque contra el enemigo. Quebrarlos y, al hacerlo, salvarlos.

Tres soldados con la armadura cristalina de Kance estaban en la puerta de la ciudad, realmente solo un hueco en la muralla. Detrás de ellos, mientras Svarde se acercaba, reinaba el caos. Planeadores estrellados y aterrizando, los que no habían mantenido suficiente impulso para desaparecer en uno de los pasos de montaña, yacían esparcidos por la plaza, destrozados en los tejados o atrapados en las chimeneas. Los habitantes del pueblo corrían de un lado a otro, muchos con alforjas llenas a sus espaldas.

Huyendo, entonces. Inteligente.

—Buenos días —dijo Svarde, con Kivi resoplando a su lado, mientras se acercaba—. ¿No supongo que les gustaría rendirse ahora, viendo que su ataque solo nos ha provocado?

Un guardia dio un paso adelante, y Svarde reconoció el rostro entre el casco, sombreado a medias mientras el sol naciente lanzaba sus rayos naranja-púrpura sobre la tierra.

—Las guerras no se ganan en una sola escaramuza —dijo Veloc, desenvainando su estoque y manteniéndolo nivelado hacia Svarde—. Hoy aprendemos. Mañana ganamos.

—Tal vez esos planeadores que escaparon. Tú, definitivamente no —Svarde mantuvo su gran espada sobre los hombros y señaló con la cabeza el estoque—. Ese pequeño pincho solo va a conseguir que te maten. Guárdalo.

Veloc se sonrojó. Los otros dos guardias se colocaron a sus lados.

—Le daremos a nuestras familias y amigos el tiempo

que necesitan —dijo Veloc—. Para eso, los estoques serán suficientes.

Svarde inclinó la cabeza.

—Rendirse os dará todo el tiempo que queráis, y también vuestras vidas. No estamos aquí para mataros.

—Y nosotros no estamos aquí para tumbarnos y dejar que los comerocas y sus demonios nos pisoteen.

El bárbaro levantó la dentada hoja negra de su hombro y la agarró con ambas manos. Las voces de Noctia surgieron, hambrientas, exigiendo que Svarde atacara. Detrás de ellas, debajo de ellas, el Vis permaneció en silencio.

—Tu elección, tus consecuencias —dijo Svarde, y luego soltó un silbido bajo.

Kivi se lanzó hacia adelante y hacia la izquierda, dirigiéndose hacia el guardia de ese lado. El hombre, aparentemente sorprendido por la velocidad de un ferrite, se abalanzó sobre el lagarto de roca. El golpe llegó descontrolado, el estoque golpeó la piel de piedra de Kivi y se hizo añicos. Kivi no detuvo su carga, embistiendo al guardia y llevándolo al suelo.

—Ayúdalo —le espetó Veloc al otro guardia, antes de dar un paso hacia Svarde—. Si te mato, ¿se romperá tu ejército?

—Esa es la cosa —dijo Svarde—. No puedes.

La mirada desconcertada de Veloc se tornó horrorizada cuando su zancada se convirtió en una estocada directa, una que Svarde dejó que le perforara el costado derecho. El estoque se deslizó y Svarde sintió el dolor, aunque tan distante, tan vago, que parecía un sueño. No brotó sangre, ni hubo un gesto de dolor, ni un grito agónico. En su lugar, Svarde cortó con la hoja dentada, golpeando el estoque de las manos de Veloc hasta el suelo.

El soldado Kance retrocedió un paso, negando con la cabeza.

—No eres real. Esto no es real. No puede...

—Lo es.

Svarde pateó el estoque hacia Veloc, haciendo que la empuñadura de la hoja rebotara en las botas blindadas del hombre.

—Recógelo y muere, o déjalo y ríndete.

Detrás de Veloc, sus dos guardias no hacían más fácil la elección de luchar. Kivi, habiendo dejado inconsciente a su primer objetivo con un cabezazo, tenía la pierna del segundo guardia en su boca. Las mandíbulas del ferrite crujieron, destrozando la armadura Kance y haciendo gritar a la mujer. El ruido encontró su eco en la ciudad, donde la gente que huía se daba cuenta de que la guerra había llegado, y antes de lo esperado.

Veloc tragó saliva, encontró el valor suficiente para recoger la espada. De nuevo la apuntó hacia Svarde, aunque el bárbaro vio temblar la punta.

—Valiente y estúpido —dijo Svarde.

—No soy un cobarde.

—No he dicho que lo fueras.

Svarde se movió mientras hablaba, lanzándose a un amplio barrido a dos manos que habría arrancado la cabeza de Veloc de sus hombros. El luchador Kance se agachó, cayendo sobre una rodilla mientras la hoja de Svarde silbaba sobre su cabeza. Veloc aprovechó la oportunidad, se lanzó de nuevo hacia adelante y apuñaló a Svarde en lo que debería haber sido un golpe fatal en el vientre del bárbaro.

De nuevo el dolor distante, los murmullos del Vis. Ni sangre, ni calor, ni oscurecimiento de su visión muerta.

Svarde invirtió el golpe. Veloc, con su estoque atrapado en el cuero de Svarde, no pudo retroceder lo suficientemente rápido. El golpe del bárbaro alcanzó al Kance en medio del pecho, la hoja rompió la armadura Kance y lanzó a Veloc al suelo, con un rastro rojo húmedo. El estoque yacía junto a su dueño.

Veloc, gimiendo, puso las palmas en el suelo y empezó a levantarse, pero Svarde le puso un pie calzado en la espalda. Lo presionó contra el suelo.

—Última oportunidad, Veloc —rugió Svarde—. Detente, o convertiré tu cráneo en polvo.

—Eres un bastardo —escupió Veloc entre la grava y la arenilla.

—Un punto que no discutiré, pero mi oferta sigue en pie.

Veloc maldijo, algo débil y triste, y luego se desplomó. Svarde asintió a nadie en particular, y luego se apartó de la espalda del hombre para apartar el estoque de una patada. Al hacerlo, Svarde volvió a silbar, llamando a Kivi para que dejara al guardia gimiente y volviera a su lado.

—Buen trabajo, chica —le dijo Svarde al ferrite, arrodillándose para acariciar la cabeza del lagarto de roca—. Estoy orgulloso de ti.

Kivi destelló sus ojos de zafiro con un brillo particular. Svarde se rio.

—Es cierto, no fueron gran cosa —murmuró Svarde, levantándose y mirando hacia la ciudad.

La gente seguía huyendo en masa, hacia lo que Svarde suponía que era una salida trasera, un pasaje a través de las montañas. Uno que su ejército seguiría pronto.

—¿Contento con tres? —preguntó Ami poco después, con el trío de guardias Kance sentados contra la pared. Solo Veloc tenía una herida grave, y Svarde había ayudado al hombre a vendarla con tela de su zurrón—. Te vi salir y esperaba que toda la ciudad estuviera ardiendo a estas alturas.

—Si invitas a esos caminantes de fuego, lo estará —dijo Svarde, mirando las filas ardientes formadas detrás de Ami.

—Son los que quedan. Envié al Whent de vuelta abajo. Están en riesgo aquí, y no necesitamos sus cuerpos.

—¿No?

Ami, con su cabello de fuego y su máscara dorada resplandeciendo mientras la mañana estallaba en su plenitud, esbozó una sonrisa sombría.

—Tú eres inmortal, y los caminantes de fuego bien podrían serlo. Kance está condenado, Svarde. La única pregunta es cuántos de ellos tienen que morir antes de que se den cuenta.

13
MAR Y PIEDRAS

Los najahn se acercaron al *Filo de la Tormenta* con esfuerzos imposibles. La primera llamada de Deux a cubierta llegó poco después del amanecer, con Kance a punto de aparecer en el horizonte. Ya visibles al este y acercándose rápidamente había varios clíperes najahn. Detrás de ellos, emergían hinchados galeones foti requisados por los de púrpura y negro.

—Un deshielo temprano ha hecho esto más difícil de lo esperado —dijo Deux a Wax y Eujo cuando llegaron a cubierta.

Tanto la Reina como el Vis llevaban un agradable agotamiento, parcialmente disipado tras un enjuague con una ducha de agua de mar. Cualquier buen humor restante de la noche anterior, absolutamente asombrosa, se disipó rápidamente ante esas banderas que se acercaban y los soldados que representaban. Wax puso su mano en su collar, sintió las cálidas piedras esperando bajo su camisa, la túnica de Kance.

Que tendría que invocar su poder antes de mucho ya no era una pregunta. Que Wax tendría que controlar las piedras divinas una y otra vez era ahora el patrón de su vida, tan inexorable como comer, beber y... su atención se desvió hacia Eujo, que había caído directamente en una conversación táctica con su capitán.

—¿Podemos escapar de ellos? —respondió Deux a la pregunta de la Reina—. Los galeones no tienen ninguna posibilidad de alcanzarnos, y en una carrera justa, diría que podríamos vencer también a esos clíperes. Pero aquí nos están cortando el paso, recorriendo la mitad de nuestra distancia con buen tiempo además. Llamaré a la tripulación a las armas.

—No suenas confiado —dijo Eujo, compartiendo la barandilla con Deux y dirigiendo su mirada a los barcos enemigos.

—Somos marineros, no soldados, mi reina. Livier es el único verdadero luchador que tenemos a bordo, salvo sus Guardianes, quizás. Cada uno de esos clíperes tendrá un escuadrón o más de soldados najahn, armados y entrenados para matar. Tendremos dificultades contra uno, mucho menos contra tres.

—Entonces no lucharemos contra ellos —dijo Wax, atrayendo las miradas de ambos—. No tenemos que hacerlo. —Tocó el collar—. Usa tu skar de Kance, Eujo. Danos el mismo impulso que nos diste en el camino a Whent.

Eujo asintió, alcanzó su brazalete, luego se detuvo. —Deux, los najahn están luchando contra nosotros, ¿verdad?

—¿Lo están?

—Entonces cada uno de sus barcos que hundamos nos ayuda, ¿verdad?

—¿Lo haría?

—¿Eujo? —preguntó Wax—. ¿Qué?

—No huiremos —declaró Eujo—. La Reina de Kance no

llegará a casa huyendo. Quiero inspirar a mi isla, no darles más razones para tener miedo.

La frente de Deux se arrugó, se relajó cuando Eujo levantó su muñeca. —¿Quieres usar los skars?

—No quiero, pero lo haré. Lo haré, Deux. Por mi isla, mi gente y para ganar esta maldita guerra.

Wax permaneció en silencio mientras Eujo y Deux planeaban la defensa, con el primer clíper acercándose al *Filo de la Tormenta*. Bliss y Torny tenían puestas sus túnicas, con cuero debajo. Bastón y dagas listos. Los marineros de Kance también se habían armado, aunque Eujo los tenía concentrados en mantener al *Filo de la Tormenta* navegando a alta velocidad. El hecho de que quisiera usar los skars para aniquilar a los najahn no significaba que quisiera facilitar un abordaje afortunado.

Y eso, ahí, era el pensamiento al que Wax seguía volviendo. Eujo ardía con una furia fría. El skar de Tamas colgando del cuello de Wax se lo decía. La Reina de Kance quería llevar miedo y ruina, destrucción y muerte a los de púrpura y negro que atacaban su hogar. Estaba lista, y aunque no lo había pedido, Wax sabía lo que se esperaba: cuando los skars agotaran la energía de Eujo, él tendría que tomar su lugar y completar la masacre.

Accidentes y desesperación habían provocado los desastres de skar de Wax antes: el demonio de burbujas de Rana, la finca en la ciudad costera de Whent, el fuego arremolinado y la tierra ondulante en el puesto avanzado najahn cerca de la Grieta Dorada.

Eujo podría haber huido. En cambio, quería usar los skars como armas.

"¿No deberías estar allá arriba?", gesticuló Bliss, moviéndose frente a Wax con el ceño fruncido.

Ambos estaban a varios pasos de la proa del *Filo de la*

Tormenta, donde Eujo y dos marineros de Kance sosteniendo rígidos escudos de madera esperaban. Esos marineros atraparían cualquier proyectil entrante, dando a Eujo tiempo para concentrar su ataque. El clíper estaba a momentos de distancia ahora, su estrecha cubierta cubierta de soldados armados. Chakrams, voulges y ballestas erizados.

Una vieja forma de matar a punto de encontrarse con la nueva.

—Pan no habría querido esto —dijo Wax.

"Pan tampoco querría que murieras".

—¿Así que esa es la elección? ¿Usar los skars para matar o morir?

Bliss no le dio a Wax un ceño fruncido, una mano, ningún apoyo. Solo una mirada directa. "Puede que no sea tu culpa, pero así es como estamos, Wax". Lanzó una mirada hacia el clíper, que se acercaba rápidamente. "Solo los niños pueden fingir lo contrario".

—Eso no es...

"Encuentra una manera, hermano". Bliss asintió hacia Torny, la bandida ajena, observando a los najahn que se acercaban. "No he venido todo este camino, la he encontrado, para perderla ahora".

Los najahn no ofrecieron preámbulo. Sin negociación, sin términos, sin llamadas a rendirse. El grupo en la proa levantó sus ballestas. Wax no escuchó los clics, pero los pernos volaron, dardos surcando el aire hacia el *Filo de la Tormenta*.

Nunca llegaron.

Eujo recibió la primera andanada. El viento arreció cuando la Reina extendió una mano hacia el clíper. Los proyectiles se ralentizaron, se inclinaron y chapotearon en las olas. Ni uno solo alcanzó el barco de Kance. Wax mantuvo la mirada fija en los najahn y vio que la sorpresa se dibujaba en algunos rostros.

En algunos, no en todos.

—Lo saben —dijo Wax, con las manos en la proa junto a Eujo, mientras las dos naves se acercaban—. Están esperando a los skars.

—¿Y qué? —respondió Eujo, sin aliento—. No pueden detenernos. Tu turno.

Wax miró hacia las olas. El skar Rana surgió en su mente, fresca inspiración, brillante y lista. Wax lo liberó y la piedra se sacudió. El mismo Wax se inclinó hacia adelante, presionando contra la barandilla, el agua tirando de él tanto como el skar se abalanzaba sobre ella. Debajo, las olas se desplazaron, una oleada se alejó del *Filo de la Tormenta* y se elevó hacia el clíper. Contra cualquier corriente, contra las otras olas, un muro antinatural.

El clíper se estrelló contra la ola, la fuerza empujó el barco hacia arriba hasta que quedó vertical, volcándose. Los soldados cayeron al frío océano, salpicaduras y gritos se elevaron mientras el clíper desaparecía con su tripulación. Wax lo vio todo como en una neblina, como si observara una fiesta después de beber demasiado vino de melocotón. El skar Rana lo atrapó, lo robó y lo devoró, y el Renovado habría caído si su hermana, si Torny no lo hubiera agarrado por los brazos y lo hubiera sostenido.

La única ola rota comenzó a arremolinarse, girando alrededor del barco destrozado, los soldados nadando, formando un torbellino de espuma. El *Filo de la Tormenta* pasó de largo mientras aquellas almas púrpuras y negras desaparecían para siempre. El skar las quería más profundo, enterradas en el fondo del mar. Buscaba más, instando a Wax con una presión sin palabras.

—Wax —la voz de Torny era un ruido distante.

No podía dejar que los najahn regresaran. No podía dejarlos nadar lejos. El skar tampoco los dejaría. Juntos, podrían...

Wax golpeó la cubierta con fuerza. El poco aliento que le quedaba se esfumó, el skar Rana se disipó en una cacofonía confusa mientras las otras piedras alrededor de su cuello instaban sus propias represalias. La mirada fulminante de Eujo las alejó, la mirada helada y agotada de la Reina se unió a los ojos preocupados de su hermana y Torny.

—Ya está hecho —dijo Eujo—. Déjalo ir, Wax. Déjalo ir.

Apenas había hablado Eujo cuando uno de los soldados de Kance la apartó. La voz de Deux se alzó, llamando a Eujo para que volviera al puente. Bliss extendió una mano, agarró la de Wax, pero el Vis no se movió. Sus piernas eran piedras de carga.

—Todavía no —dijo Wax.

—Lo siento —respondió Torny, igualando el agarre de su hermana y, juntas, las dos levantaron a Wax. Bliss deslizó su hombro bajo el brazo derecho de Wax, sosteniéndolo. Torny asintió más hacia estribor, más allá del remolino moribundo—. Ese ya está, pero esos otros dos se acercan rápido. Será mejor que tomes algo de especia pronto, Wax.

¿Especia? Si Wax lograba mantenerse despierto unos minutos más, lo consideraría una victoria. Eujo, al menos, parecía haber recuperado el color. Captó sus ojos de hierro por un momento demasiado breve mientras los marineros de Kance la llevaban a popa, donde los otros dos clíperes se acercaban.

—Ve —dijo Wax—. Ve con ella.

—Apenas puedes mantenerte en pie —respondió Torny—. Es difícil...

—Tú puedes luchar. Eso es lo que importa.

La bandida, siempre lista con una respuesta arrogante, solo frunció el ceño y miró a través de Wax hacia Bliss. La cazadora de Vis le dio a Torny un ligero asentimiento y llevaron a Wax hacia atrás, apoyándolo contra la pared delantera del comedor, una tabla inclinada de madera blanqueada. Como lugar de descanso, serviría lo suficientemente bien, y con sus Guardianas alejándose, Wax no tenía mucha elección.

El *Filo de la Tormenta* siguió navegando, una mancha en el horizonte que se hacía cada vez más clara con cada minuto que pasaba. Mientras los gritos pidiendo contraataques, escudos y abordajes resonaban detrás de él, a Wax le resultaba difícil mantener los ojos abiertos, hacer algo más que escuchar los murmullos siempre presentes de los skars. Sus rumores sin palabras no ofrecían soluciones ni exigencias destructivas, y en eso, al menos, el Vis encontró un pequeño consuelo.

14

REENCUENTROS EN TIEMPOS DE GUERRA

El dolor, agudo y punzante, sacó a Quik de una oscuridad desconocida y lo sumergió en un mundo suave, arenoso y soleado. De pie sobre él, con una fría preocupación en el rostro, estaba alguien que Quik había perdido la esperanza de volver a ver. Solo habían pasado unas semanas desde su apresurada huida de Noctia, pero las islas habían caído en tal caos durante ese tiempo que cualquier cosa anterior parecía un sueño borroso.

Annalyse, justo aquí, justo ahora, en un tejido Vis, con un bronceado creciente que declaraba que había pasado más tiempo al aire libre de lo que Noctia jamás permitió, hizo que ese sueño chocara de lleno con la realidad.

—¿Estás despierto? —dijo Annalyse.

Quik intentó asentir, sintió los dolores, escuchó los estruendosos rugidos de un skar Vis mientras se agitaba contra sus heridas. El skar explicaba por qué no podía reunir la energía para moverse, ni siquiera para sacudir la cabeza. Las malditas piedras tomaban tanto como daban, aunque, mientras los momentos en el camarote del caravel

Najahn volvían a él, Quik se dio cuenta de que una vez más debía su vida a los skars.

Lo que perduraría, los recuerdos, el trauma... eso podría manejarlo más tarde.

—Estoy segura de que estás cansado —dijo Annalyse, aparentemente juzgando los ojos abiertos de Quik como una respuesta adecuada a su pregunta—. Vamos a necesitar que superes esto rápido.

La frase directa dio paso a más. El barco Kance, con un Narro herido aún al mando, había entrado tambaleándose al puerto horas antes. Habían prendido fuego al caravel Najahn, arrastrado a los heridos y los prisioneros con ellos, y navegado hacia el Vis más cercano. Una decisión tomada en partes iguales para obtener ayuda más rápida y por lo que Quik había preservado en el camarote del capitán Najahn.

—Mapas rudimentarios, pero mapas al fin y al cabo —dijo Annalyse, sentándose junto a Quik. La pareja no estaba sola; el barco Kance se mecía en un muelle cercano, los porteadores Mottilan trabajaban con los marineros Kance para descargar la embarcación, su escasa carga y sus nuevos prisioneros—. Ese caravel había estado recorriendo nuestra costa, anotando posibles puntos de desembarco. Dónde teníamos y no teníamos defensas. También había planes que detallaban un ataque por tierra.

Los Najahn presionarían desde el Oeste, aparentemente ignorando o abrumando la resistencia restante de Kitaye. Cuando los soldados cruzaran las montañas, la armada Najahn vendría desde el mar, aplastando a Mottilan entre dos martillos para forzar una rendición rápida. Un plan que sería arriesgado mientras Kance mantuviera algún control sobre el océano entre las dos islas, algo que Narro dijo que la isla del viento estaba decidida a hacer.

—Lo cual nos deja con un enigma —dijo Annalyse—. Los Najahn deben saber que Kance no dejaría que Vis, su único aliado en esta lucha, batallara solo. ¿Qué haría que Kance retirara sus propios barcos? ¿Qué los mantendría alejados? —Annalyse miró hacia abajo a Quik, aún demasiado cansado para levantar su propia cabeza—. No sabes nada, ¿verdad? Narro tampoco.

Quik forzó un leve movimiento de cabeza.

—Eso pensé. —Annalyse lanzó una mirada más allá de las olas, como si la respuesta pudiera estar acechando allí bajo las nubes del mediodía—. Entonces tenemos que planear para lo que los Najahn podrían hacer. Y eso es atacar.

—¿Cuándo? —La garganta de Quik se raspó, un desvanecido sabor a hierro persistía en su lengua.

—Los exploradores dicen que en unos días —dijo Annalyse, sacando un odre de agua de su cintura y vertiendo el fresco alimento por la garganta de Quik—. Se están moviendo rápido. —Retiró el agua, con una mirada tan sombría como Quik jamás había visto en ella—. Deben pensar que Mottilan no contraatacará. Fassle no sabe cuán equivocado está.

Al atardecer, después de dormir toda la tarde, Quik se sentó en una silla rígida alrededor de una gran mesa de piedra que sostenía un mapa del lado este de Vis. Deshiva, de alguna manera viva, de alguna manera tan vibrante y peligrosa como siempre, presidía el primer consejo de guerra real que Quik había visto jamás. Repartía órdenes y aceptaba consejos de ancianos, cazadores, Narro y Annalyse por igual. Quik mismo se mantuvo en silencio, dejando que las órdenes y sus destinatarios fueran y vinieran.

Deshiva entregaba los edictos con fuerza, sin la lengua de plata de Gladdring. Una orden para duplicar los exploradores en los pasos de montaña vino con claras advertencias sobre cuántas vidas se perderían si los Najahn llegaban inesperadamente. Una súplica a Kance para que enviara más apoyo naval salió disparada hacia pescadores con botes tan pequeños, pilotos tan hábiles como para hacer que el descubrimiento en mar abierto fuera casi imposible. Que esos diminutos botes pudieran naufragar en mar abierto era un riesgo recompensado con la abierta admiración de Deshiva, una confianza en que su valentía sería recordada.

Si Gladdring manejaba a la gente con hilos, con cuchillos en la espalda y skars alterando almas, aquí había una verdadera líder.

Cuando Deshiva, por fin, se volvió hacia Quik, él se puso de pie. Sus rodillas casi se doblaron, el cazador plantó sus enormes palmas en la mesa de piedra, pero Quik no volvió a la silla. No lo haría, no podía mostrar debilidad aquí, no entre sus pares, especialmente los cazadores Mottilan. Annalyse se movió a su derecha, pero Quik rechazó su intento de apoyo.

Deshiva le dio un solemne asentimiento.

—Quik, puedo decir que es un verdadero alivio verte aquí de pie con nosotros. ¿Esos guanteletes en tu cintura están listos para encontrar sangre Najahn fresca?

—Lo están, maestra de caza.

—Casi muere, Deshiva —intervino Annalyse—. El skar Vis está haciendo todo lo posible, pero necesita más tiempo. Él...

—Todos necesitamos más descanso, Annalyse. Si Quik dice que está listo, le creo. —Deshiva señaló un punto en el mapa. El Gran Sana—. Ganaremos esta guerra superando a los Najahn en resistencia. Para eso, necesitamos que cada uno de nuestros cazadores valga por una docena de los suyos. La única manera de que eso funcione es con más skars Vis. —Deshiva volvió a poner sus ojos duros en Quik—. Ve por el sendero. Encontrarás un grupo en la tercera casa a la izquierda. Parten en una hora. Únete a ellos. Toma el Sana.

—¿Tomar el Sana? —preguntó Annalyse—. Pero los Najahn están por todas partes...

—Esperan que nos escondamos, que nos acobardemos —espetó Deshiva—. No haremos ninguna de las dos cosas. Quik, ¿entiendes?

El cazador lo hizo.

Quik alcanzó al grupo, una mezcla dispersa de cazadores de Mottilan, Kitaye y Lira. La piel tatuada distinguía a cada uno, los tatuajes resaltando en su piel bajo la luz rosada de Sichi. Quik no reconoció ningún rostro entre ellos, excepto uno.

—¿Cómo? —preguntó cuando Sawi se acercó corriendo y abrazó fuertemente al cazador—. ¿Cómo es que estás aquí?

—Resulta que esas cuevas llegan muy lejos —dijo Sawi, retrocediendo y cruzando los brazos—. Annalyse pensó que necesitarías más tiempo. Yo sabía que no.

—Deshiva también lo sabía.

Un silbido los atrajo a ambos hacia el líder del grupo, un cazador malhumorado llamado Reth. El hombre levantó una lanza, con una cerbatana de Mottilan colgando de un hilo alrededor de su cuello. Todos los demás cazadores llevaban lo mismo, y Sawi le entregó a Quik su propio lanzador para complementar sus guanteletes, prometiendo enseñarle sobre la marcha, después de que intercambiaran historias.

Sin decir una palabra más, con mochilas a la espalda y bolsas atadas a los muslos, los quince cazadores se lanzaron por el sendero del acantilado que conducía hacia arriba y lejos de Mottilan. Mientras corrían, Quik notó fosos de estacas cubiertos, plataformas anidadas en las ramas donde los arqueros podían disparar desde la cobertura, y troncos y rocas apilados listos para ser soltados en devastadoras avalanchas. Algunos constructores de Mottilan seguían trabajando incluso ahora, cavando trincheras para más trampas.

—Sorprendente, ¿verdad? —dijo Sawi mientras trotaban cerca de la retaguardia del grupo. Las piernas de Quik estaban pesadas, pero la sensación de la tierra de Vis bajo sus pies, los aromas tropicales y los sonidos de la jungla traían consigo recuerdos vigorizantes—. Mottilan no es el desastre perezoso que pensábamos.

—¿No intentaron matarte la última vez que estuviste aquí?

—El hombre que hizo eso está muerto. Los Najahn lo mataron.

—Yo lo habría hecho si ellos no lo hubieran hecho.

Sawi se rio.

—Habrías llegado tarde.

Las palabras obligaron a Quik a mirarla de manera diferente. ¿Que Sawi, antes una recolectora de carácter apacible, hablara tan casualmente sobre ganar una pelea contra un cazador reconocido? ¿Que mencionara la venganza como una certeza en lugar de un deseo?

Estaban tan lejos de donde habían estado. Tan lejos.

—Nunca volverá, ¿verdad? —preguntó Quik cuando llegaron a la cima del acantilado, girando ahora hacia el oeste por los pasos de montaña—. La vida que solíamos tener.

—Nunca. ¿Crees que volveremos a ver a Wax? ¿A Bliss?

—Prometí que lo ayudaría, Sawi. No he renunciado a ese juramento.

Otra risa, esta vez desdeñosa. Sawi comenzó a decir algo, pero se interrumpió.

—Quik, espero que cumplas ese. De verdad.

—¿Pero no crees que lo haré?

—Volví a casa, Quik, porque quería estar aquí —la voz de Sawi bajó, casi a un susurro—. Pero, sin importar quién gane esta guerra, las islas nunca volverán a ser las mismas.

Adelante, los árboles se espesaban. Casas en los árboles que, en mejores días, habrían albergado a familias de Mottilan, ahora estaban oscuras y abandonadas, sus dueños acurrucados en refugios improvisados en las playas de abajo. El camino de tierra mostraba pocas evidencias de tráfico, el comercio habitual había muerto. Una sensación extraña, que se disipó solo minutos después cuando Reth dirigió a su grupo fuera del camino, hacia la maleza.

Se acercarían al Gran Sana desde la jungla, usando las escasas habilidades de los Najahn en la naturaleza en su contra. Un buen plan, en el que Quik no pensó mucho mientras caminaban durante toda la noche.

Porque mientras Sawi describía el Oscuro Abajo, los demonios que venían y el bárbaro inmortal a la cabeza, el viaje de regreso a la vida que Quik amaba parecía imposible.

15
EL HOMBRE DESAPARECIDO

La mañana comenzó bien. Un despertar tardío tras su larga noche, seguido de huevos y pan frescos, traídos a Dreamhold desde el primero de muchos envíos de suministros de Najahn. La Herida resonaba ahora con martillos y chirridos de ruedas, mientras los ingenieros de Whent trabajaban desde abajo y sus homólogos de Noctia descendían desde arriba para tender cuerdas y elevadores a lo largo de la inmensa extensión. Según le contaron a Maena, los salientes más grandes se estaban convirtiendo en estaciones de paso, donde los soldados apostados transferirían las alforjas de un listón al siguiente, reduciendo un viaje de días desde la superficie a cuestión de horas.

Incluso en su encarnación más temprana, las entregas trajeron alivio de los hongos y el musgo, y Maena devoró su porción entre las abarrotadas mesas dispuestas a lo largo de la plaza central de Dreamhold. La antigua piedra nudosa albergaba frenéticos horarios de comida decretados por Jochi y sus intendentes, anunciados por campanas que sonaban cada pocas horas. Cualquier cosa fuera de esos intervalos requería trueque, pero si estabas dispuesto a aceptar cualquier bazofia que Jochi proporcionara, podías comer gratis.

Por ahora, al menos.

Maena, siempre sola, paseó la mirada por la gente que comía a su alrededor. Estaban más limpios ahora, menos una chusma de exploradores y más un grupo civilizado, tanto como cualquier comerocas podía serlo. Cueros y pieles teñidos de colores denotaban posiciones, desde ingenieros de marrón y negro hasta escarlata profundo para los exploradores. Piletas de agua fresca mantenían las caras más limpias, las herrerías en funcionamiento significaban que los cuchillos y las hojas estaban afilados. Las sonrisas y las risas habían reemplazado al miedo mórbido que había dominado cuando los caminantes del fuego aún eran una fuerza temida en lugar de amistosa.

Ingenuos, todos ellos. Los demonios se volverán en su contra, y Jochi lo perderá todo.

Si Pennifer o Rasslebeck aún estuvieran aquí, en lugar de haber sido despachados de vuelta a Rana, habrían estado de acuerdo. Jochi veía paz y ganancias, gloria sin explotar. Maena contuvo una risa creciente. Le concedería eso, aunque no lo mereciera. Cerrar esas puertas entregaría el Oscuro Subterráneo a Whent y Noctia, y Maena sabía que no recibiría ningún crédito por ello.

Los verdaderos héroes nunca reciben el reconocimiento que merecen.

—¿Esperas a alguien?

La pregunta, formulada por una voz estirada y sin tono, hizo que Maena levantara la mirada de sus huevos revueltos restantes, salados y deliciosos. El que hablaba tenía el cuerpo de un explorador de Whent, delgado y hecho para recorrer largas distancias, pero no llevaba armas ni cueros preparados para la batalla. En su lugar, pieles ligeras, un collar de dientes de hueso y una túnica anodina cubrían una piel cenicienta, un rostro que parecía no haber visto la luz del sol en toda su vida. Olía a fogata, un aroma cada vez más raro a medida que Dreamhold establecía mejores braseros para combatir el frío constante de las profundidades.

Un recién llegado, entonces.

Y no por casualidad.

Cierto. Que alguien se acercara aleatoriamente a Maena, una persona cuya reputación parecía extenderse instantáneamente a cualquiera que llegara tan abajo, era ridículo. Ella también se aprovechaba de ese aura: no había necesidad de que los comerocas la acosaran en sus pocos momentos de paz.

—¿Vas a responder, o soy tan interesante de mirar?

Maena dejó el tenedor y asintió hacia el taburete de piedra al lado opuesto de la pequeña mesa cuadrada.

—Hay espacio.

El hombre se desplomó en el taburete, con los codos extendidos hacia cada esquina y las manos entrelazadas en el centro de la mesa. Sin comida ni bebida, descartando cualquier razón inocente para sentarse.

—Eres Maena, la capitana de Rana, ¿verdad? —preguntó el hombre, sabiendo perfectamente que era exactamente eso.

—¿Quién es usted?

—Haggerth. Estoy aquí por cuenta de Jochi. —El hombre permaneció rígido mientras hablaba, sin mover un músculo, sin parpadear—. Voy a hacerle algunas preguntas, si le parece bien.

—¿Preguntas sobre qué? ¿Y qué quiere decir con que está por cuenta de Jochi?

—Usted es de Rana, así que quizás no lo sepa, pero Whent no es solo matones y patanes. Los Fosos son para criminales, y yo soy uno de los que los atrapa.

Hace desaparecer a las personas que no son bienvenidas.

—La justicia es algo maleable en Whent, según mi experiencia —dijo Maena.

—Es así en todas partes. Incluso aquí abajo.

Maena movió los dedos en un gesto de acuerdo desdeñoso. Echó una mirada alrededor, no vio a nadie interesado en su conversación. Sin refuerzos vigilantes, sin curiosos observando. Lo que significaba que o bien no conocían a Haggerth, o sabían bien que debían mantenerse al margen.

—Hay un explorador que lleva unos días desaparecido —dijo Haggerth, manteniendo esos ojos de pizarra sobre ella, dejando que las palabras quedaran en el aire.

—La gente desaparece todos los días aquí abajo. Allá arriba también.

—Mi trabajo es encontrarlos, Maena.

—Ya me he dado cuenta.

Haggerth dio la descripción del explorador, una que coincidía tanto que Maena se preguntó de dónde habría sacado la información hasta que Haggerth reveló su fuente: el compañero del explorador.

Por supuesto, nos tocó el único explorador que ama algo más que estar solo en la oscuridad.

—Nuestro hombre desaparecido ha sido explorador durante mucho tiempo —continuó Haggerth—. No es propio de él desaparecer sin decir palabra, sin dejar rastro. ¿Entiende lo que digo?

—Quizás así sea en la superficie, pero no es ahí donde

estamos, Haggerth. Los demonios se arrastran por estos túneles y no les gusta dejar evidencia.

Haggerth asintió.

—Excepto que no estaba de servicio de exploración este mes. Su líder y su compañero dicen que se le había encargado el mapeo detallado. Sitios para campamentos, minería y demás. Bien dentro del perímetro.

El área protegida, donde las tropas de Whent mantenían los túneles limpios y despejados. Al menos, los que conocían.

No le des nada.

Como si Maena fuera a hacerlo. Sostuvo la mirada de Haggerth.

—¿Por qué me cuenta todo esto? —preguntó Maena.

—Porque he estado hablando con más de una persona que dice haberla visto con él la última vez. Conversando, saliendo por los túneles del sur. Usted y él, solos.

Ha hecho el trabajo.

—¿Es ese el hombre del que habla? —preguntó Maena.

—Lo es.

—Me mostró una ruta más rápida hacia el borde de la concha. Nos separamos. Eso es todo.

Haggerth no movió ni un músculo.

No se lo cree.

—¿Por qué él? —preguntó Haggerth—. De todos los exploradores, ¿por qué él?

Porque Inglan no se había estremecido en la taberna la noche anterior, no se había apartado cuando Maena empezó a hablar. Había asentido cuando ella susurró la verdad sobre los portales giratorios y cómo podrían ser detenidos.

Lástima que su fe se quebró.

—Él iba en esa dirección. Ahí es donde yo me dirigía, y necesitaba ayuda.

—¿Ayuda con qué?

—No lleva mucho tiempo aquí abajo, ¿verdad, Haggerth? —dijo Maena, llevándose a la boca las últimas cucharadas de sus huevos.

Nunca hay que desperdiciar una buena comida.

—El suficiente para saber que usted lleva aquí más tiempo que la mayoría —respondió Haggerth—. Es capitana Rana, lo que significa que tiene experiencia navegando por lugares desconocidos. Significa que no tiene una opinión muy favorable de nosotros.

—¿Whent?

Haggerth asintió.

—Nada de eso importa —dijo Maena—. Lo que importa es lo que hay en esa cámara, bajo esas aguas.

Haggerth ladeó la cabeza.

—¿Que es...?

—La razón por la que estamos aquí, y la razón por la que me he quedado.

—La escucho.

Maena se puso de pie y levantó su plato gris de cerámica. Haggerth la imitó.

—Escuchar no le ayudará mucho, Haggerth. Esto tiene que verlo para entenderlo.

Haggerth hundió las manos en su abrigo ligero. Se lo ciñó al cuerpo. Como si la idea de ir a cualquier parte le diera escalofríos. Lo cual, viendo su delgada figura, no era sorprendente. A pesar de su palabrería, Maena apostaría a que el hombre no había estado mucho tiempo en el lado más duro de la intemperie.

Una oportunidad, entonces.

—¿Me lo mostrará? —preguntó Haggerth.

—Depende. —Maena dejó el plato en una palangana de lavado—. ¿Quiere saber qué está pasando realmente aquí?

—Es mi trabajo.

Maena se rió.

—Entonces venga conmigo, Haggerth. No sé nada sobre su explorador desaparecido, pero puedo mostrarle algo mucho más importante.

16

INVASIÓN

Vencer bajo el mando de un líder no era satisfactorio. Svarde observó cómo los Whent entraban en el pueblo Kance, apoderándose de los edificios y agrupando a los pocos residentes que quedaban para vigilarlos, ordenarlos y ocuparlos. Más allá de las murallas y de vuelta a los campos sucios y en barbecho, los caminantes de fuego se agrupaban en sus campamentos habituales. Ami estaba por ahí en alguna parte, hablando con el único demonio en quien confiaba, al que acertadamente había llamado Chispa.

Haciendo el trabajo de un general mientras él se sentaba en el borde de una fuente vacía y miraba fijamente. Kivi masticaba lo mismo, extrayendo un bocado de piedra granulada.

—¿Qué tal sabe eso? —murmuró Svarde al ferrite y Kivi resopló en respuesta—. ¿Tan bueno, eh?

Otro resoplido, el ferrite no interrumpió su comida. Piedra de alta calidad, sin duda.

Para un día marcado por la batalla, el único problema de la noche parecían ser las nubes en el horizonte. Espesas y dirigiéndose hacia ellos. Lo que podría haber sido nieve una o dos semanas antes, probablemente ahora escupiría lluvia, y no una llovizna agradable. Los Whent alrededor de Svarde estaban trasladando su equipo dentro de las casas, usando las estufas Kance en lugar de fuegos abiertos. Ventanas cerradas, las calles despejándose. Las pocas canciones de victoria y celebraciones que había permanecían tras puertas cerradas.

Aunque, por otro lado, los Whent no habían hecho más que observar pasar a los planeadores. ¿Qué tenían que celebrar?

—Va a mojarse aquí fuera —dijo Olgata, la exploradora Whent y el principal enlace entre Ami, Svarde y los comedores de rocas. Svarde hizo una mueca ante el término, un viejo hábito que tendría que eliminar—. Se acerca una tormenta.

—Ya lo veo —Svarde asintió mirando la hoja dentada, su gran filo descansando sobre sus muslos grises, cubiertos por cuero maltratado—. Puede que la aguante.

—¿Tampoco sientes la humedad?

—La siento de sobra, pero tengo curiosidad —Svarde miró hacia las murallas del pueblo, los grupos ardientes más allá.

—Estoy preocupada.

Svarde se rio entre dientes.

—Supongo que habrá mucho vapor. Eso es lo que pasa cuando acercas demasiado el agua al calor. Mañana habrá mucha niebla.

Olgata no se unió a la risa.

—¿Has visto eso? ¿La lluvia sobre estos caminantes de fuego?

—Seguramente ya se han enfrentado a ello.

Olgata se rascó la nariz.

—¿Crees que Foti, el dios del fuego, pone lluvia en su hogar?

El maldito presentimiento de la exploradora se hizo realidad. Svarde no estaba dormido cuando la tormenta golpeó —nunca dormía—, pero se había sumido lo suficiente en un agujero de conejo de "qué pasaría si", reviviendo la Renovación de Catya, que las primeras gotas llegaron sin que se diera cuenta.

Sin embargo, el pánico de los caminantes de fuego era difícil de pasar por alto.

El vapor se elevaba hacia la oscuridad, las formas ardientes en aquellos campos eran como faros en la noche. La niebla anaranjada se elevaba como nubes. Svarde empezaba a levantarse cuando comenzaron los temblores, un misterio para sus pies resuelto por sus ojos: los caminantes de fuego corrían, como uno solo, hacia el pueblo.

—Kivi —dijo Svarde, poniéndose de pie. Como siempre, a pesar de haber estado sentado durante horas, sus piernas obedecieron sin queja alguna. Lo que daría por un pequeño pinchazo, un leve escozor—. No creo que a los caminantes de fuego les guste la lluvia.

Los Whent habían apostado vigilantes, vagabundos encapuchados que patrullaban el pueblo en parejas, y respondieron a la marejada de vapor y fuego que se acercaba con curiosidad. Svarde, con Kivi pisándole los talones, pasó corriendo junto a grupos boquiabiertos.

—¡Dad la alarma! —gritó el bárbaro, rompiendo el hechizo de la noche lluviosa.

—¿Alarma? —respondió uno—. ¿No están de nuestro lado?

—¡Ahora mismo no están del lado de nadie más que del suyo!

Svarde pasó junto a casas, posadas, tiendas oscuras y

establos. Sus pies resbalaban y pisaban fuerte sobre la piedra mojada. Las murallas permanecían en sombras, aureoladas contra el estruendo que se acercaba. Los caminantes de fuego se agrupaban mientras corrían, los resplandores se fusionaban en una sola bola brillante que se dirigía directamente hacia el pueblo. Llegarían en cuestión de momentos.

Los Whent que custodiaban la puerta huyeron junto a Svarde, dirigiéndose en dirección opuesta, una elección que el bárbaro alentó con otro bramido.

—¡Decid a los demás que salgan de los edificios! ¡Quedaos al aire libre! —les gritó Svarde, haciendo una suposición.

Para mantener caliente una forja, había que mantenerla cubierta. Si los caminantes de fuego no habían perdido completamente la cabeza, buscarían lo mismo. Aquellos tejados Kance eran lo más parecido a un refugio que tenía esta ensenada, y cualquiera que quedara atrapado dentro estaría...

Svarde gruñó, adoptó una postura de combate en medio de la puerta. Lo suficientemente ancha para grandes carros y poco más, el volumen de Svarde suponía un obstáculo, uno que se sumaba a la resoplante ayuda de Kivi. Sostuvo la hoja dentada frente a él, esperando un poco de la amenaza recordada.

Esperando un tipo diferente de miedo.

Los caminantes de fuego se arremolinaban, una masa agitada de blanco y gris siseante, rota aquí y allá por destellos naranjas y rojos. Aquellos triángulos de obsidiana también flotaban, suspendidos sobre la niebla, sus superficies mostraban un exceso de luz salvaje. No había claridad allí, solo pánico. La carga se extendía más allá de la puerta, se alzaba más alta que los muros a ambos lados de Svarde, y no prestaba atención a lo que se acercaba.

—¡Alto! —gritó Svarde en medio de la tormenta, el viento arrollador y la lluvia se burlaban de su llamada, una que los caminantes de fuego no atendieron en lo más mínimo.

Tendrían que hacer caso a su espada.

Los caminantes de fuego se abalanzaron hacia él, sin armas que siguieran sus formas, sin equipo metálico. Solo pura llama, y Svarde la enfrentó con su espada. Rugiendo otra súplica para que se detuvieran, Svarde dio un paso adelante en su primer golpe, apuntando bajo hacia las piernas del líder. Como intentar golpear el sol, el ataque de Svarde se ralentizó cuando el calor lo envolvió, chamuscó sus ojos muertos y quemó lo que quedaba de su barba agrietada.

La hoja se adentró en algo, en aquel infierno furioso, y encontró un blanco.

Los caminantes de fuego no se detuvieron. Arrollaron.

El infierno envolvió a Svarde mientras cuerpos enormes, ardientes y presos del pánico lo golpeaban. No había nada que ver salvo fuego, nada que sentir salvo un calor sofocante, y nada que Svarde pudiera hacer salvo aferrarse a la hoja con la piel ampollada. Algo pesado y caliente cayó sobre Svarde, ahogándolo en llamas danzantes.

Una vez más, una muerte merecida le fue arrebatada.

Persistía una agonía sorda. No era dolor exactamente, sino el agotamiento palpitante mientras sus extremidades temblaban, mientras sus ojos, boca y labios desaparecían. Mientras Svarde se convertía en poco más que hueso, mientras él-

Su espalda se movió, raspando contra la piedra

humeante. Algo duro le agarró el hombro, y Svarde se volvió, vio con ojos que no deberían existir a Kivi tirando de su piel carbonizada. La hoja se estremeció a la derecha de Svarde, y no tuvo que mirar en esa dirección para sentir cómo su piel, cuerpo y huesos rotos se recomponían. Podía verlo claramente mientras sus piernas, que no eran más que huesos calcinados desprendiéndose del caminante de fuego, comenzaban a brotar de nuevo con piel gris y muerta.

Los skars hicieron eco de su triunfo infernal en la mente de Svarde. Con sus gritos llegó un sonido diferente: piedra crujiendo, moviéndose, la tierra temblando mientras los caminantes de fuego encontraban su descanso. Si algún Whent o Kance murió en la estampida, Svarde no lo sabría: la furia lo ahogaba todo.

Svarde se incorporó unas horas más tarde. La recomposición de su cuerpo continuaba, un crecimiento lento músculo por músculo, o al menos eso se decía Svarde. Que ningún órgano sería reemplazado o regenerado era un hecho que se negaba a considerar.

Lo que era imposible de ignorar, sin embargo, eran las ruinas humeantes en los campos y, de otro tipo, en el pueblo. Entre los surcos embarrados yacían grandes cuerpos cenicientos, una visión que le habría robado el aliento a Svarde si le quedara alguno. Con una mirada calculada, Svarde contó que más de la mitad de las ardientes bestias habían perecido en la tormenta.

Una masacre a manos de la naturaleza, por su propia ignorancia.

El pueblo también había sufrido, aunque sus pérdidas se reflejaban en edificios derribados. Techos desplazados se convirtieron en refugios improvisados, humeando mientras sus pizarras calientes recibían la lluvia. Los caminantes de fuego debajo, visibles mientras Svarde miraba por encima del muro, se acobardaban. Los poderosos guerreros ardientes se encogían en bolas, se abrazaban unos a otros como velas chisporroteantes. Muchos mostraban evidentes manchas de ceniza, heridas sufridas lejos de cualquier batalla.

—¿Qué hemos hecho, Kivi? —preguntó Svarde al ferrita, apoyándose en los restos chamuscados de la puerta. Su mano izquierda frotaba la piedra, aún más hueso que carne muerta—. Hemos traído a los monstruos a su matadero.

Peor aún, Svarde podía ver a Jochi, Fassle y Yarvick declarando esto como una doble victoria: Los caminantes de fuego abatidos por el arma más simple que las islas podían comandar, mientras que al mismo tiempo devastaban un pueblo Kance. El primer día de la invasión Kance había resultado nefasto para ambos bandos.

—¿Y ahora qué? —dijo Svarde, el ferrita seguía siendo su única audiencia.

Más allá de los caminantes de fuego agrupados, las calles anegadas estaban vacías. Los Whent debían haber seguido el consejo de Svarde, huido hacia las agujas, los cañones más allá. Ami estaría con ellos, tratando de encontrar algún orden, alguna estrategia.

Svarde observó su pulgar izquierdo, vio la piel brotar como una pequeña planta desde el hueso. Se envolvió alrededor de la yema del dedo, fusionando las partes dispares. Había sido pisoteado por los caminantes de fuego, quemado hasta casi desaparecer, y sin embargo aquí estaba, casi entero. Si esas bestias no podían destruirlo, ¿entonces qué podría?

Habían traído un ejército a Kance, pero quizás la isla necesitaba algo tanto menor como mayor para abatirla. Tal vez Svarde debería hacer lo que mejor sabía hacer, y hacerlo como le gustaba.

—Kivi —dijo Svarde—, creo que es hora de que pongamos fin a esto nosotros mismos.

El ferrita resopló una pregunta, una que Svarde respondió mientras comenzaba una caminata vacilante hacia el pueblo. El estrecho paso yacía al otro lado, y a través de él, después de una larga marcha, esperaba el Palacio del Cielo. Esperaban los líderes de la Isla del Viento. Svarde los rompería, uno por uno, hasta que se rindieran.

Y una vez que lo hicieran, el bárbaro escoltaría a los caminantes de fuego a través de los túneles profundos, seguros y protegidos hasta que, por fin, encontraran su nuevo hogar.

17
DE BARCO A BARCO

Hasta este momento, Wax nunca se había sentido atrapado en el mar. Las olas y el océano más allá eran una masa inescrutable, una que debía ignorarse como las nubes o la vasta selva. El barco lo llevaría al otro lado, siempre y cuando confiara en los marineros. Incluso cuando abordaron el mercante de Rana con la intención de rescatar a Bliss y Torny, con toda la embarcación hundiéndose lentamente bajo ellos, Wax aún se sentía capaz de escapar. De soplar, quemar o flotar para liberarse.

El asalto de los najahn levantó muros que Wax no podía derribar. No por sí mismo.

Los soldados marineros prescindieron de armaduras más gruesas en favor de túnicas cálidas y maniobrables y yelmos de cuero, y se abalanzaron sobre el *Storm's Edge* desde los dos clíperes que lo habían atrapado. Los garfios se clavaron en las barandillas de madera, acercando las embarcaciones lo suficiente para que las rampas de abordaje se precipitaran sobre las cubiertas. Los propios marineros de Deux, armados con espadas roperas, garrotes y cualquier cosa que pareciera útil, se lanzaron al combate vociferando, pero no eran luchadores.

Kance no había estado en una guerra real durante años y años, y el barco de la Reina no estaba hecho para este tipo de refriega.

Wax vio las primeras puñaladas, las voulges y las espadas cortas najahn cortando a la tripulación de Eujo en un primer golpe mortal. La Renovación Vis se apoyaba en la barandilla cerca de la popa del *Storm's Edge*, con Bliss de pie cerca de ella y la preocupación escrita en su rostro. Wax no podía ver a Eujo, aunque los repentinos gritos y fuertes chapoteos del lado opuesto, donde atacaba el segundo clíper, sugerían que la Reina de Kance blandía ahora los skars.

A juzgar por su propia respiración entrecortada y sus brazos pesados, Wax calculó que las tácticas de lanzamiento de tropas de Eujo no durarían mucho. Entonces sería...

—Toma —le indicó Bliss por señas, entregándole a Wax su propia espada, que ella había liberado tras su colapso—. No quería que te cortaras, pero puede que la necesites.

Su hermana plantó su bastón frente a ella, observando a Wax sostener su espada con ojos que dudaban que pudiera hacerlo.

—Estaré bien —respondió Wax—. Al menos por el momento.

—Un momento a la vez.

Sin embargo, ninguno de los dos cargó hacia las rampas de abordaje. En su lugar, Wax miró más allá de la proa. Una mancha distante sugería la presencia de Kance, confirmando que cualquier escape a la isla sería difícil.

—No hay opción —dijo Wax—. Lo siento, Bliss.

—¿Por qué?

—Por arrastrarte a esto.

—Esto es culpa de los najahn, no tuya. Hagámosles pagar.

La confianza de Bliss podría haber sido adecuada para un duelo contra un hanoko, los gatos de la selva de su tierra natal, pero ni ella ni Wax tenían experiencia real enfrentándose a soldados entrenados o sabían qué hacer en una batalla campal. Esa preocupación atormentó sus primeros pasos mientras se dirigían hacia la lucha, hacia una resistencia de Kance que flaqueaba.

Las voulges tenían alcance, y los najahn lo sabían. Las lanzas curvas se lanzaban hacia adelante, cortando y agarrando a los marineros de Deux. Wax vio cómo una se deslizaba bajo la guardia de una espada ropera, cortaba la túnica azul y blanca, y arrastraba a su objetivo, que gritaba, por encima de la barandilla hacia el gélido océano. El portador de la voulge estaba de pie, codo con codo con otros dos najahn en las rampas de abordaje, y el trío se tomaba su tiempo para acuchillar pacientemente a los marineros que se defendían.

Una tarea fácil, dado el corto alcance de las espadas roperas. Wax notó, además, que otros najahn en el clíper cargaban y disparaban ballestas. El movimiento brusco de los barcos y la acción de las olas dificultaban la puntería, pero cada virote que daba en el blanco enviaba a un marinero a la cubierta o lo hacía tropezar.

Quedaban cuatro desafortunados de Kance cuando Wax y Bliss llegaron al asalto, ensangrentados, sudorosos y maldiciendo.

Bliss vio lo obvio y tomó la delantera, danzando hacia la barandilla a la izquierda de la rampa de abordaje. Plantó su pie en la barandilla. Wax pasó junto al marinero de Kance de ese lado, blandiendo su espada plana en un golpe salvaje, uno que atrajo a las dos voulges más cercanas para bloquearlo. El metal chocó contra el metal, y Bliss tuvo su oportunidad.

La cazadora Vis voló, balanceando su bastón mientras saltaba. El extremo con barras de metal golpeó la voulge que levantaba el najahn de la izquierda para golpear el yelmo del hombre. El equipo negro crujió mientras su dueño caía hacia su izquierda, sobre el siguiente guardia. Bliss clavó los dedos de los pies en el borde de la rampa de abordaje, cortando su balanceo para retraer el bastón en una estocada de seguimiento.

—¡Cargad ahora! —gritó Wax, lanzándose hacia el hueco distraído que Bliss había creado.

El trío najahn se encontró acribillado por puntas de espadas roperas, las pequeñas hojas deslizándose a través de las suaves túnicas y el cuero ligero que había debajo. El bastón de Bliss golpeó de nuevo, apuntando a las rodillas débiles y enviando al najahn más lejano a resbalar de las tablas. Los otros dos le siguieron rápidamente, una victoria atemperada por el último que, en un desesperado movimiento de enganche, atrapó a un marinero y arrastró al pobre alma con él al abismo.

Por un breve momento, las rampas quedaron despejadas.

Las ballestas llenaron el hueco.

Wax extendió su mano, presionó el skar de Kance y sintió que su viento se elevaba. Los doce virotes se doblaron, golpeando las propias tablas o volando hacia el mar. Las rodillas de Wax se doblaron, una caída evitada cuando Bliss, dejando que su bastón permaneciera en su mano izquierda, tiró de Wax de vuelta al *Storm's Edge*. Los tres marineros restantes levantaron la primera rampa y la arrojaron al mar. Cuando llegaron a la segunda, más soldados najahn cargaron.

El temerario avance najahn le dio a Bliss una oportunidad mientras empujaba a Wax hacia la cubierta del *Storm's Edge*. Manteniendo su bastón bajo, Bliss pasó junto a los marineros y barrió su arma a través de la rampa. El primer najahn bajó su voulge para contrarrestar el golpe, una jugada inteligente que detuvo el balanceo cruzado de Bliss, pero tonta ya que su propio impulso llevó al najahn hacia adelante. Tropezó con su propio bloqueo, cayó hacia su derecha, donde había estado la rampa arrojada, y se precipitó a las oscuras aguas.

Bliss se sacudió el voulge bloqueador, alzó su bastón para detener el siguiente golpe, un ataque saltando del siguiente najahn. El valiente salto del soldado lo llevó desde la rampa hasta el *Storm's Edge*, una colisión que le valió estocadas de estoque, pero que hizo retroceder a Bliss y a los marineros de su barricada en la rampa de abordaje.

Más najahn cruzaron corriendo.

Ya no era un asalto lento y medido.

Wax se incorporó cuando un najahn se le acercó, el voulge delantero haciendo una estocada a las tripas que el Vis desvió con una palmada frenética. El soldado lanzó el voulge una segunda vez, apartándolo cuando Wax fue a bloquearlo, enviando el extremo del arma a golpear contra el pecho de Wax. Un nuevo dolor, tanto un dolor sordo como una punzada aguda, sacudió a Wax mientras retrocedía tambaleándose. El soldado recogió el voulge, lo envió para otra estocada directa. De nuevo Wax lanzó la espada en un bloqueo salvaje, el extremo curvado de la lanza enganchándose en el muslo de Wax, trazando una línea ardiente.

El Vis gritó. El soldado fue a enganchar el voulge hacia

arriba, extendiendo esa línea a través del estómago de Wax, el pecho y todo lo que había dentro.

Wax cargó contra su potencial asesino, medio cayendo y medio atacando, su espada aprovechando la posición baja del voulge. Wax golpeó el hombro del najahn, el golpe deslizándose con solo un gruñido. El movimiento, sin embargo, había cerrado la distancia, liberando la pierna de Wax del voulge.

Y puso la cabeza del Vis en el lugar equivocado. El najahn lanzó su propio cráneo blindado hacia adelante, propinando un golpe que hizo que la visión de Wax se nublara y su espada se le escapara de la mano. El najahn, sin embargo, se estiró, atrapó a Wax mientras caía hacia atrás. Levantó al Vis por su camisa, los ojos duros del najahn fijándose en el cuello de Wax, y lo que llevaba alrededor.

—¡Los tenemos! —ladró el soldado, girando a Wax hacia las rampas.

Con sangre brotando de su nariz, Wax empezó a golpear al soldado. Su puño golpeó las túnicas del hombre, sin provocar reacción. A sus lados, Wax vio a más najahn pasando, los marineros de Kance siendo empujados hacia atrás o muertos. Debajo de él, la cubierta del barco daba paso a la rampa de abordaje, bordeada por la espuma del mar y los últimos jadeos de los luchadores que se ahogaban.

—¡Bliss! —intentó Wax, el grito no llegando a ninguna parte, sin obtener nada.

Entre las túnicas púrpuras y negras, los gritos de batalla y los choques, Wax no podía ver a su hermana, a Eujo o a Torny. Los skars burbujeaban en su mente, pero cuando Wax alcanzó uno, sintió el fuego de Foti listo para arder, el soldado lo notó. Mientras el hombre saltaba a su propia cubierta, puso una mano en la garganta de Wax, presionando con el pulgar.

—Llama a las piedras, muchacho, y morirás antes de que te respondan —gruñó el hombre.

Eso es lo que él pensaba. El skar de Foti demostraría lo contrario.

Cuando Wax sintió que el primer calor se acumulaba en su palma, la mirada del soldado najahn se desvió más allá del hombro de Wax. Esos ojos duros se ensancharon.

Y los skars quedaron en silencio.

18

EN LA CIMA DEL MUNDO

Quik pasó el día con Sawi y los otros cazadores bajo un toldo cálido. Los primeros susurros de la primavera llegaban con el viento, brotes frescos y pájaros construyendo nidos. El denso mantillo mientras la naturaleza despertaba. De vuelta en un tejido, sus túnicas de Kance marcadas abandonadas en Mottilan, Quik pasó gran parte del día simplemente *siendo*. Nombrando canciones y aromas, acechando entre los helechos, sintiendo la corteza ausente de su tacto durante tanto tiempo.

—Vuelve rápido, ¿verdad? —preguntó Sawi, uniéndose a él por la tarde en una ladera boscosa. Había traído fruta y algo de pescado salado, un odre lleno y listo. Como Quik, caminaba y hablaba sin el vigor de la juventud ahora. Llevaba cicatrices en su interior—. Dejas Vis y sientes que estás perdido, pero el hogar no guarda rencor.

—No me había dado cuenta de cuánto lo echaba de menos —dijo Quik—. Es como volver a la vida después de todos esos edificios, el océano, la lucha.

—Eso último no va a desaparecer.

—Cierto, pero al menos sé que ahora estoy en el lado correcto.

—¿Por qué? ¿Porque estamos intentando echar a los najahn de nuestra isla?

—Esa es la razón obvia.

—¿Alguna vez has pensado en lo que pasará cuando ganemos?

—¿Cuando? —Quik resopló—. Sawi, no voy a soñar.

—¿No crees que lo lograremos?

Quik negó con la cabeza mientras masticaba el pescado. Tenía que reconocérselo a Mottilan: el pueblo sí que sabía cómo sazonar sus mariscos. A Kitaye le encantaba la abundancia del océano tanto como a ellos, pero su hogar prefería un condimento más simple. Más frutas y hojas, menos sales y pimientas.

—Creo que Fassle y Yarvick no se detendrán —dijo Quik—. Creo que ambos quieren aferrarse al poder, y la forma más fácil de hacerlo es conquistar las islas o mantenerlas en guerra.

Sawi se rio. Ante la mirada interrogante de Quik, apuntó con su propio sándwich hacia él como si fuera un dedo acusador.

—Escúchate. Hace unos meses, eras todo rudeza y fanfarronería. Primero golpear, luego hablar. Ahora estás hablando sobre el destino del mundo.

Quik ahogó un pequeño sonrojo con una sonrisa.

—Supongo que he estado cerca de Gladdring el tiempo suficiente.

—¿Qué pasó allí? Quiero decir, no por qué estás aquí, sino con Gladdring. ¿Cómo te alejaste de Noctia?

Le contó la historia desde el principio. Cuando una nota había aparecido en su litera del cuartel —continuando su rotación najahn, Quik había estado haciendo tiempo en patrullas del lado del puerto— pidiéndole que se presentara fuera de un bar tarde esa noche. Gladdring, de alguna manera aún vivo, le había hecho una oferta que Quik no pudo ignorar: volver a la acción, ayudar a su hermano y dejar de perder el tiempo.

—A partir de ahí fue una pelea tras otra —dijo Quik—. Huimos con la Reina de Kance, robamos un montón de skars en el camino. Deberías haber visto lo que habían hecho con el laboratorio, Sawi. Un desastre, pero estaban dejando nuevos skars allí de todos modos.

—Supongo que eso es lo que pasa cuando pierdes al mejor científico que tienes.

—Tal vez —dijo Quik—. Navegamos hasta Kance... Y los najahn declararon la guerra. No quería quedarme al margen, y ahora estoy aquí.

¿Por qué no quería hablar de la Reina de Kance? ¿Sobre dejarla morir en el océano, o lo que Quik sospechaba que había pasado con la Renovación de Noctia?

Pensamientos oscuros como esos exigían momentos más sombríos, y la tarde era demasiado bonita para arruinarla. Eso, y Sawi podría no entender. Podría no...

—Me alegro de que estés aquí —dijo Sawi—. Quiero decir, Annalyse es agradable, pero no es una de nosotros. No, ya sabes, de nuestro grupo.

—¿Te refieres a los idiotas que querían jugar en los árboles todo el día?

—Oye. —Sawi le dio un pequeño empujón a Quik—. A ti también te gustaba, antes de que decidieras ser todo cazador o nada. Tan serio todo el tiempo.

—Es lo que Kitaye quería.

—Es curioso cómo siempre es lo que los demás quieren lo que nos arrastra, ¿no?

Ante eso, Quik no tuvo respuesta.

La noche trajo consigo una larga carrera. Reth los hizo equiparse y partir tan pronto como el sol se deslizó bajo los árboles. Sichi estaba atrapada en algún lugar detrás de las montañas orientales, haciendo que su carrera a través de la jungla fuera una travesía peligrosa. Tobillos torcidos, pies atrapados en ramas, y el propio Quik se ganó más de un par de arañazos de arbustos espinosos imposibles de notar en la oscuridad total. Cualquier ataque sensato habría sido cancelado o retrasado.

Pero Mottilan estaba desesperada, y si los najahn no esperaban un asalto, tanto mejor.

El Gran Sana reclamaba un punto medio en la lenta subida desde el suelo de la jungla hasta las montañas en el lado este de Vis. Quik alguna vez pensó que esas montañas eran grandes, pero comparadas con las agujas de Kance, e incluso partes de los cráteres escarpados de Noctia, Vis no lograba impresionar. No es que le importara ahora, el cruce y su descenso hacia la flor gigante tomando solo un día a velocidades rápidas en lugar de varios.

Un viaje más largo solo habría dado más tiempo a los najahn, y la celeridad de los cazadores encontró su recompensa al acercarse a la base del Gran Sana desde su parte trasera, donde árboles, helechos y otra vegetación crecían espesos.

La oscuridad casi total se rompía con naranjas borrosos desde el lado lejano del Gran Sana, las antorchas najahn dando a Reth suficientes sombras para dirigir a sus fuerzas. Quik y Sawi se separarían hacia la derecha con un grupo, mientras Reth y los otros barrerían hacia la izquierda. Más responsabilidades habían sido establecidas anteriormente.

No eran del agrado de Quik, pero sabía lo que era ser un soldado dentro de las filas.

Un cazador mottilan tomó la delantera del grupo,

guiando sus pasos silenciosos sobre la hierba fría hacia la base rugosa del Sana. La flor misma yacía dentro de una concha enorme, estriada y gruesa por siglos de lento crecimiento. Quik puso su mano izquierda sobre la corteza exterior, sintiendo su textura sólida con la palma. Las puntas de su guantelete arañaron la superficie, ganándose una mirada fulminante y una silenciosa reprimenda de su líder.

No es que la advertencia importara. Antes de que el grupo de Quik se acercara a la entrada, esos halos de antorchas parpadearon. Gruñidos y un único jadeo se filtraron en la noche chirriante. Sin alarmas, sin gritos. Un buen comienzo. Su líder mottilan, aparentemente siguiendo alguna intuición, hizo señas al grupo para que lo rodearan por un lado.

Tres najahn yacían en el suelo, arrastrados más allá de la luz de las antorchas para sentarlos, atados y amordazados con tela en la hierba. Ninguno llevaba armadura real, solo túnicas. Las alabardas estaban esparcidas por el suelo.

—Los dardos soplados hicieron su trabajo —dijo Reth mientras Quik y los demás se formaban—. Suban a la cima, rápido, y tomen todos los skar que puedan. Nosotros vigilaremos la base hasta que regresen.

—¿Vigilar contra qué? —dijo su líder mottilan—. ¿Tres najahn? ¿Y ningún otro guardia en el sendero?

El mottilan tenía razón, un hecho extraño que Quik luchaba por comprender. El Gran Sana tenía que ser el lugar más importante de toda la isla, sin embargo, ¿los najahn solo lo protegían con un trío de soldados descuidados? Una mirada colina abajo, hacia el puesto avanzado dañado, mostraba algo de actividad nocturna, pero ninguna patrulla se dirigía hacia aquí. Ningún vigilante se preguntaba por qué toda una hueste de sombras ahora se alzaba frente a la flor gigante.

Durante tanto tiempo, Quik había considerado a los najahn como la fuerza más grande de las islas, pero ahí estaban, dejando que los mottilan caminaran directamente hacia la victoria.

—Vis nos favorece esta noche —respondió Reth—. No cuestionen la fortuna. Úsenla.

Aunque se habían atrevido a correr por la jungla en la oscuridad, nadie se preocupó por intentar lo mismo dentro del Gran Sana. Quik, Sawi y los otros cazadores encendieron nuevas antorchas y comenzaron el largo ascenso, abriéndose paso por las plataformas en forma de hongo, las extrañas escaleras y las telarañas infestadas de insectos. En el camino, Quik y Sawi se mantuvieron juntos, sabiendo que eran los únicos Kitaye Vis en el grupo.

Un par entre rivales. Quik sentía las miradas, los ceños fruncidos aquí y allá. Sawi había mencionado el ataque fallido al puesto avanzado najahn no hacía mucho, uno en el que kitaye y mottilan lucharon entre sí y terminaron devolviendo la base a los najahn. Sus desesperadas circunstancias actuales esperaban evitar el mismo resultado, pero no había daño en ser cautelosos, ¿verdad?

—Wax y Pan habrían escalado todo esto —dijo Sawi mientras subían por otra escalera de hongos—. ¿Crees que tenían miedo?

Wax había contado esa historia, otro enfrentamiento entre mottilan y kitaye. Otro que era mejor dejar de lado.

—Conociendo a mi hermano, habría estado arrastrando a Pan —respondió Quik.

—No estoy tan segura.

Quik sonrió.

—¿Qué piensas, entonces?

—Pienso que, a pesar de todo lo que decía, Wax estaba bastante contento con cómo estaban las cosas.

—Porque podía pasar todo el día contigo.

Quik, con las manos —esos guanteletes habían recuperado sus ataduras contra sus piernas— a medio camino, dijo las palabras sin pensar, en broma. Sawi, justo delante y trepando por el siguiente borde, se giró y le dirigió a Quik una mirada feroz.

—Fuimos perfectos por un momento —dijo Sawi—. Ese momento se ha ido. Wax lo mató cuando eligió ir a Foti.

—Cuando cumplió su promesa a Pan, quieres decir.

—Cuando me dejó.

Sawi giró sobre sus talones y se lanzó hacia el tramo final.

Su hermano había tomado una mala decisión allí, Quik tenía que admitirlo. Sawi tenía fuego. Espíritu. Más aventura de lo que un montón de gemas poseídas por dioses podrían ofrecer jamás.

Ese pensamiento, la vida potencial que su hermano habría tenido con Sawi, se disipó cuando Quik trepó a los pétalos de la flor del Gran Sana. En lugar de celebración, de raspar los skar de Vis que salvaban vidas del centro de la flor, Quik se unió a Sawi y los otros cazadores en un mudo shock. Nunca antes había visto la cima del Gran Sana, pero Quik conocía bien las cenizas y el fuego, sabía que la escoria estéril en el centro de la flor no era lo que debería estar allí.

—No queda ni uno solo —dijo Reth, con voz muerta y agotada—. Ni uno maldito.

Las palabras terminaron con un grito, aunque uno que vino del suelo muy abajo, no de su grupo. Quik, el más cercano al borde de un pétalo, se giró y vio, arrastrándose como brasas, un enjambre iluminado por antorchas rodando hacia la base del Gran Sana.

Los najahn no solo habían tomado y quemado los skar de Vis. Habían tendido una trampa.

19
LA DURA VERDAD

El asesinato se transformó en algo más cuando Haggerth se mostró dispuesto a seguir el juego. Al principio, al salir de su desayuno, Maena ofreció el viaje como una oportunidad para encontrar respuestas, esperando apuñalar a Haggerth tan pronto como hubieran dejado atrás Dreamhold y cualquier ojo vigilante por las cuevas y sus secretos. En cambio, Haggerth accedió a tomar alforjas, comida, agua y linternas Whent para llevar en sus cinturones.

—Si esto me ayudará a encontrar al hombre, iré —dijo Haggerth cuando Maena lanzó la oferta.

Un día de viaje, ida y vuelta. Maena no diría dónde, dejando la idea en el aire. Haggerth la aceptó, porque ¿qué otra opción tenía?

Ya está seguro de que tú eres la causa.

Eso estaba bastante claro. Pero Haggerth mantuvo su tono distante, sus preguntas abiertas. El hombre no estaba llamando a los guardias de Jochi ni sacando algún arma de su abarrotada chaqueta. Se prepararon, reunieron los suministros, en el lado sur de Dreamhold, listos para aventurarse.

Ahora, cada salida de Dreamhold tenía guardias vivos. Con la partida de Svarde, los cadáveres se habían reducido a nada, sus huesos y cuerpos yacían en el polvo y forzaban reemplazos vivientes. Sin embargo, con los caminantes de fuego aún manteniendo su posición, las incursiones de los demonios eran mínimas. Los guardias bromeaban, afilaban hachas y miraban a la nada durante horas. Maena sospechaba que más de uno llenaba sus odres con cerveza, a juzgar por sus ojos vidriosos y sus despedidas gruñonas.

Quienquiera que viniera tras Haggerth no obtendría buena información de estos vagos.

—O tienes mucha suerte o eres muy, muy hábil —dijo Haggerth varias horas después de iniciar su caminata, tras escuchar a Maena contar la larga y sinuosa historia de cómo había llegado hasta aquí.

—Ambas cosas.

Haggerth soltó una risa, como si el hombre no quisiera admitir que le parecía gracioso.

—La mejor forma de ser, diría yo.

—¿Cuál de las dos eres tú, Haggerth?

Maena guiaba a la pareja, ya lejos de las linternas exteriores. Los túneles estaban más oscuros ahora, con los musgos raspados por exploradores y buscadores emprendedores. Su propia luz proyectaba sombras entre la roca sinuosa, el arroyo ocasional, las formaciones sobresalientes que se alzaban y descendían. Haggerth iba detrás, manteniéndose a varios pasos de distancia.

Demasiado lejos para apuñalar sin avisar.

Todo lo que su otra mitad quería era otro cuerpo. Haggerth seguía frustrando esa idea. No solo por la distancia o las obvias sospechas de Haggerth, sino porque el hombre no parecía estar ciegamente en su contra. Escuchaba, hacía preguntas, él-

Es una estratagema, Maena. Lo sabes. Esperará hasta estar seguro, hasta que te estés cuestionando a ti misma, y entonces será el fin. No puedes arriesgarte.

—¿En qué estás pensando ahí delante? —preguntó Haggerth.

—Vigilando mis pasos —respondió Maena sin darle importancia.

—El túnel es bastante fácil.

Maena se detuvo. Haggerth también se detuvo, manteniendo su distancia. Ella lo miró, sus mejillas sintiendo el forro de piel de su grueso abrigo. Su mano se demoraba en su cintura, justo cerca de la empuñadura de su hoja. Tres movimientos: desenvainar, dar un paso, lanzarse. Tantos latidos como para llevarlo a cabo. Haggerth no podía moverse a la izquierda o a la derecha, solo podía retroceder.

Tropezará y caerá. Una muerte fácil.

—He mirado a muchos ojos malos —dijo Haggerth, rompiendo el suave silencio—. Los tuyos no son como esos.

Maena parpadeó. Dejó la mano lejos de la empuñadura.

—¿Qué?

—Por eso estoy aquí. He visto bastardos sin corazón. Los que han hecho cosas terribles y pertenecían a los Fosos, pertenecían a las peleas de las que nadie iba a salir. —Haggerth hablaba con ambas manos perezosamente a los lados, sin adoptar ninguna postura defensiva—. Esa no eres tú, Maena. Tal vez estés atrapada en algo malo, tal vez hayas arrastrado a mi explorador desaparecido en ello, pero no eres malvada.

Maena se rio una vez, sacudió la cabeza rápidamente.

—No sabes lo que estás diciendo.

—Ese es el punto, Maena. Lo sé. Realmente, realmente lo sé.

Ahora Maena entrecerró los ojos, estudiando al hombre.

—¿Quién *eres* tú?

—Esa no es la cuestión aquí. —Haggerth asintió hacia adelante—. Creo que deberíamos seguir, si este lugar está tan lejos como dijiste.

Con el plan desbaratado, Maena hizo lo que Haggerth sugirió, sus pasos avanzando de nuevo. Esta vez, dejó de medir la distancia de Haggerth.

Llegaron y tomaron un almuerzo tardío en el objetivo de Maena, una abertura delgada que daba a una amplia pendiente que descendía hacia el vasto estanque. Aquel que se arremolinaba con colores y, a lo lejos, llegaba hasta el campamento de los caminantes de fuego. Ami le había hablado a Maena de este lugar —indirectamente, el Guardián había estado hablando con Svarde y Jochi, ignorando al capitán Rana— y Maena había venido aquí varias veces desde entonces, buscando opciones.

Encontró una ahora, como Maena solía hacer al venir por aquí: con grandes alas cubiertas de baba, un demonio de nariz chata se arrastraba en el borde acuático de la pendiente. Emergió con un espectáculo jadeante, rompiendo la superficie con respiraciones ásperas a través de agujeros salpicados a lo largo de sus costados. Tres ojos, cada uno un diamante estrecho, brillaban en verde mientras la criatura luchaba por afianzarse en un mundo muy en desacuerdo con su hogar.

—Un demonio —Haggerth declaró lo obvio mientras miraban hacia abajo, sus panes de hongos envueltos y zanahorias secas esparcidos sobre las alforjas dispuestas cerca de sus pies—. ¿Es eso lo que esperabas?

—Quería que vieras —dijo Maena, comenzando a bajar por las piedras hacia la criatura que luchaba—. Todos estos monstruos que conoces, los que has visto destrozando tus hogares, devastando las islas. Eso no es todo. Ni siquiera la mayoría.

Haggerth no la siguió, cruzándose de brazos y observando cómo Maena se acercaba a la bestia. Aquellos ojos de diamante se centraron en Maena, y las luchas de la criatura se ralentizaron. Las pesadas alas no estaban hechas para un lugar sin viento como la cueva. Quizás había venido de los remolinos plateados de Kance, una tierra probablemente azotada por un constante vendaval.

Qué cruel sorpresa, escapar de la muerte y encontrar algo peor.

Maena desenvainó su espada y se volvió hacia Haggerth.

—Estos demonios no pertenecen aquí, Haggerth. Puede que sus mundos estén muriendo, pero eso no significa que el nuestro sea donde deban ir.

—A ninguna parte, entonces, ¿es lo que estás sugiriendo?

—Cuando un Rana llega a su viaje final, no lo arrastramos —dijo Maena—. Le damos un final digno. No permitimos que esto suceda. —Apuntó con la espada al demonio exhausto, que ahora apoyaba la cabeza sobre los guijarros. Su respiración no era más que un silbido—. Es cruel, es inútil.

—¿Y los que pueden sobrevivir? ¿Como los caminantes de fuego? —preguntó Haggerth, con su voz tan inexpresiva como siempre—. ¿Qué les dirías a ellos?

—Les diría que les dimos una oportunidad y mira. —Maena levantó la espada, señalando el resplandor al otro lado del estanque—. Apenas se han movido. Los que lo han hecho, son solo un arma.

—Pensé que se había hecho un trato, que...

—Una mentira, y Svarde lo sabe. Los caminantes de fuego serán utilizados o destruidos. Nada intermedio.

—¿Y tú les darías misericordia en su lugar?

El demonio se tambaleó, empujándose repentinamente sobre las piedras. Su ala izquierda se elevó hacia Maena, lista para derribarla, solo para que su membrana se enganchara en una roca más afilada. Una boca llena de dientes serrados se agitó debajo del trío de ojos del demonio, muy lejos de la capitana Rana. Ella se giró y, con una sola estocada, puso fin al breve tiempo que la lamentable criatura había pasado en su mundo.

—Misericordia, dignidad —dijo Maena, retirando su espada lentamente—. Llámalo como quieras, Haggerth, pero el final es el mismo: los dioses hicieron este mundo para nosotros, y solo para nosotros.

—Todo esto, entonces —dijo Haggerth cuando Maena regresó a su lado en la cima de la pendiente—, ¿tiene algo que ver con mi explorador desaparecido?

—Todo esto tiene que ver con una elección —respondió Maena. Todavía sostenía su espada, goteando agua después de sumergirla en el estanque para limpiarla. La apoyó sobre su hombro, mientras su otra mano golpeaba ligeramente la parte superior de su linterna. Haggerth, como siempre, mantenía sus manos sueltas. Se apoyó contra una rugosa pared de roca gris, con su linterna a sus pies—. Te he dicho lo que va a suceder. Puedes ayudarme o no.

Lo que significaba ese "o no" estaba claro para ambos. Lo que Haggerth elegiría...

—Creo que estás tomando una decisión que no te

pertenece solo a ti —dijo Haggerth—. Creo que te estás declarando árbitro de demasiados destinos, Maena. Si lo que dices es cierto, si los demonios están destinados a nada más que la muerte, ¿por qué es tu responsabilidad dársela?

—Porque soy la única que lo hará.

Haggerth suspiró.

—Maena, dije que tus ojos no te marcaban como un monstruo. Todavía mantengo eso. Pero estoy viendo algo más en su lugar, algo mucho más peligroso.

La espada dejó su hombro y apuntó a Haggerth.

—Tus próximas palabras podrían costar tu vida —respondió Maena, en voz baja.

—Eres una fanática, Rana. Has estado sola con tus propios pensamientos durante demasiado tiempo. —Haggerth escupió a un lado—. El caso es que puedes tener esos pensamientos. Lo que me importa ahora es mi explorador. Dime dónde está, y puedes entregar muertes misericordiosas a estos demonios todo lo que quieras.

Te lo dije. TE DIJE que él no vería las cosas de la manera correcta.

Sí, lo había hecho. Y Maena ya no podía negarlo más.

Avanzó y Haggerth pateó su linterna. El globo ardiente golpeó la espada que Maena tenía al frente, haciéndose añicos y enviando aceite ardiente salpicando sobre su ropa. Maldiciendo, Maena atacó de todos modos, su espada golpeando el aire mientras se quitaba el abrigo, dejando que sus trozos ardientes se consumieran en las piedras de abajo.

Para cuando se enderezó, Haggerth había desaparecido.

Si regresa antes que tú y dice lo que piensa, estamos muertas.

Siempre decía lo obvio, pero su otro yo a menudo

pasaba por alto lo mismo. Haggerth no tenía lámpara, solo había recorrido los confusos túneles para llegar aquí una vez. Ella tenía horas, conocimiento y luz de su lado.

Esto sería una cacería, sí, pero Haggerth no llegaría lejos.

20
UNA RESISTENCIA

El día miserable se convirtió en noche y luego en día nuevamente, y Svarde no se detuvo. Sus pies, en botas tan quemadas y desmoronadas, pisaban el camino empedrado, soportando cada pellizco y piedra con determinación. Svarde sentía el dolor, pero como cualquier cosa inútil, lo alejó tanto que se volvió tan distante como los recuerdos de su hogar, de su viaje, de Catya.

Mucho más cerca estaba la ferrita. El lagarto de piedra mantenía a Svarde anclado, tanto como podía estarlo, a la realidad. Resoplaba mientras caminaban, señalando pájaros azules anidando y sus polluelos dorados, colgando de los arbustos cristalinos que sobresalían de las elevadas agujas grises a su alrededor. Esos mismos arbustos soltaban las relucientes telarañas cuando el viento arreciaba, oropeles que de alguna manera tenían la gracia de nunca caer en la mano, el cabello o los ojos de Svarde.

Como si la propia Kance se negara a tolerar tal descortesía.

Pobre cosa, entonces, para un bárbaro pisotear sus tierras salvajes.

Después de la tormenta, el aire pesaba con humedad, el temprano agarre de la primavera frustrado por el frío remanente del invierno. Esas ráfagas chasqueaban y se retorcían entre los árboles delgados y las rocas, tan vivas como los ríos de lava de Foti o esas junglas de Vis. El cabello y la barba de Svarde se habían quemado en el asalto de los caminantes de fuego, y su ausencia hacía que Svarde temblara mientras Kance mantenía su ventosa conversación.

No es que pudiera congelarse.

Svarde pasaba sus pasos absorbiendo el paisaje, repasando una y otra vez la proclamación que daría a cualquiera que se atreviera a interponerse en su camino: una protesta contra quitar vidas, un sueño para los caminantes de fuego. Cuando su audiencia, esperaba que fueran esos tontos de arriba en el Palacio del Cielo, lo rechazara, Svarde los persuadiría de una manera diferente.

La hoja dentada no se sentía pesada, aunque Svarde pensó que el trozo roto de la daga de Vis no era para aquellos que preferían armas ágiles. Sus brazos ayudaban a que la espada descansara contra su hombro mientras Svarde avanzaba, caminando a un ritmo cómodo. Tal vez Svarde podría haber trotado, mantenido un sprint absoluto con su energía inagotable, pero eso habría significado abandonar a Kivi, poniendo en riesgo su precario equilibrio descalzo.

Aunque, por otro lado, la velocidad podría haberlo hecho pasar desapercibido ante la formación que ahora obstruía el camino frente a él.

Siete soldados de Kance, prescindiendo de las túnicas por la armadura cristalina que lucían los luchadores más serios de la isla. Se colocaron en línea a lo ancho del camino, y Svarde no tuvo que buscar entre los árboles ni los acantilados a ambos lados para adivinar que también había arqueros ocultos.

—¡Alto, invasor! —gritó la del centro, una mujer lo suficientemente robusta como para desafiar la reputación ventosa de Kance. Aún llevaba un estoque al costado, aunque la hoja parecía diminuta junto a las crestas y ángulos afilados de su armadura—. Tu marcha termina aquí.

—¿Ah, sí? —preguntó Svarde, reduciendo la velocidad hasta detenerse a diez zancadas de distancia. A su lado, Kivi resopló y liberó sus conductos, dejando que las bocanadas de vapor flotaran a su alrededor—. ¿Quién eres tú para detenerme?

—Tyfate —respondió la mujer—. Comandante de la guardia del Norte de Kance. Eres Svarde, ¿no es así? ¿El bárbaro del Oeste?

—¿El bárbaro del Oeste? ¿Así es como me llaman?

—Ya no eres un Guardián, ni en espíritu ni en acción, así que necesitábamos algo nuevo —Tyfate hizo un gesto de mirar a los lados de Svarde—. ¿Caminas solo?

—Kivi está aquí —Svarde asintió hacia la ferrita—. Por lo demás, camino solo para salvar vidas.

—¿Entregando la tuya?

La conversación ya se había prolongado demasiado. Ami y el Whent estarían poniendo en marcha a los caminantes de fuego, suponiendo que se pudiera hacer bajar a los gigantes ardientes de su pánico. Una vez en camino, todo el propósito de Svarde se arruinaría si el ejército lo alcanzaba. Al igual que la vida de Tyfate, sus soldados y cualquier habitante de Kance que se interpusiera entre los caminantes de fuego y la victoria de Najahn.

—Tengo un mensaje para tus gobernantes —dijo

Svarde—. Uno que les da la oportunidad de evitar que su isla sea destruida.

—Si implica rendirse ante el púrpura y el negro, puedes llevarte ese mensaje contigo a la tumba.

Svarde bajó la hoja negra de su hombro, dejando que su malévola punta descansara en la tierra cerca de sus pies. Dejó que los de Kance echaran un largo vistazo a su malevolencia y decidieran si realmente querían probar su oscuro hierro.

—Hay fuerzas en juego aquí, Tyfate, que van más allá de cualquier cosa que puedas esperar derrotar —dijo Svarde, con voz uniforme y lenta—. Tu isla se enfrenta a una guerra imposible. Librarla será perderlo todo. Acepta mi oferta y escapa, maldita sea.

—Las amenazas no te llevarán a ninguna parte. Una vez más, Bárbaro. Date la vuelta y vete, o quédate y deja que tu cadáver fertilice la hierba primaveral.

Una pequeña parte de Svarde había esperado algo diferente. Había esperado que esta vez el enemigo entrara en razón. Pero el Bárbaro estaba solo, y aunque la palidez gris de Svarde pudiera parecer extraña, y su espada gigante pudiera hacer dudar a un pendenciero de bar o a un solo adversario, una fuerza con números y el factor sorpresa podría pensar que podría ganar.

Estaban, por supuesto, equivocados.

—Entonces persuádeme —murmuró Svarde, antes de soltar un antiguo rugido, un grito feral, y uno que se sintió tan bien como cualquier cosa que Svarde hubiera hecho desde que empuñó la hoja negra.

Tyfate no jugó al juego del líder heroico. Tampoco ninguno de sus soldados. Al primer movimiento de Svarde, las ballestas cantaron desde la espesura. Los virotes se clavaron en la piel de Svarde desde la izquierda y la derecha, mordiendo, desgarrando y dejando un fuego ardiente que laceraba al bárbaro.

Un fuego ardiente que Svarde apagó con otro paso de carga, otro-

El siguiente virote golpeó el cuello de Svarde, penetrando y robándole la voz al guerrero. Svarde había visto suficientes hombres ahogados, privados de su aliento para saber que debería haber estado colapsando, debería haber estado agarrándose la garganta. Sin embargo, siguió avanzando, y aunque un peso doloroso tiraba de su barbilla, no surgió una necesidad desesperada.

La hoja negra hizo lo que su maldición exigía.

Svarde vio el primer destello de miedo en los soldados de Kance. Su determinado valor dependía de un mundo que creían entender, y ahora ese mundo se estaba desmoronando. Tyfate llamó a sus soldados a defender a su Reina, una inspiración bien sincronizada, y cuatro estoques saltaron para enfrentarse al avance acribillado de Svarde.

El bárbaro los saludó con un ataque arrollador, abalanzándose hacia delante con un abandono tan temerario que habría garantizado la muerte de cualquier hombre normal. Los estoques a su izquierda y derecha se colaron por debajo y por encima del ataque de Svarde, alcanzándole una pierna y un hombro. Los golpes resultaron peores para los atacantes, ya que la respuesta de Svarde partió sus armaduras como si fueran de seda. El metal se separó, extendiéndose en fracturas reticulares, seguidas pronto por el oscuro florecimiento rojo. Los dos soldados del centro intentaron parar el golpe, un intento inútil que vio sus estoques cortados justo por encima de la empuñadura, con el metal partiéndose y volando lejos.

Mientras Svarde terminaba el golpe, los cuatro soldados trastabillaron hacia atrás, cayeron, y Svarde siguió cargando. A su izquierda, alguien gritó entre los arbustos. Kivi, ya no en el camino, había encontrado una víctima. Esperaba que la ferrita se contuviera, que solo dejara inconsciente al pobre arquero. Si el hombre no hubiera intentado disparar primero a la ferrita, habría tenido una oportunidad.

De lo contrario, bueno, Kivi podría encontrar la armadura Kance un sabroso aperitivo.

Tres más quedaban frente a Svarde, con Tyfate en el medio. Todos tenían sus estoques desenvainados, aunque sus pasos eran de retirada. El terror iluminaba todas sus miradas, tan absoluto que Svarde se preguntó por qué hasta que se miró a sí mismo, viendo los cortes sangrantes que se cerraban, las saetas que una vez se alojaron en el hueso siendo expulsadas por el poder del Vis que rugía en los pensamientos de Svarde.

—No hay victoria aquí —dijo Svarde, pasando por encima de un soldado Kance caído—. Os perdéis a vosotros mismos y no ganáis nada.

Las palabras hicieron sonreír a Svarde. Tampoco hablaba mucho como su antiguo yo bebedor de cerveza, ahora. Semanas con Jochi, la carga del liderazgo, y quizás el destino del Rey Muerto habían llevado a Svarde hacia un habla más elegante, hacia el tipo de palabras que construyen leyendas.

Que serían respetadas por los reyes.

—¿Qué eres? —balbuceó Tyfate, de nuevo igualando el avance de Svarde con su propia retirada.

Otro arquero gritó. El armazón de una ballesta se rompió con un chasquido. Desde el otro lado, una saeta, de nuevo, encontró el costado de Svarde, sin detener al bárbaro en lo más mínimo.

—¿Qué soy? —preguntó Svarde—. Soy exactamente lo que dije. Un portador de paz, si lo deseáis.

Tyfate negó con la cabeza.

—Esta no es una paz que pueda entender.

—Entonces será mejor que aprendáis, o acabaréis como vuestros hombres.

La comandante Kance volvió a mirar a sus dos compañeros soldados. En sus ojos asustados, encontró algo de valor. Algo de entereza que la hizo frenar, detenerse.

—Luchamos por Kance —dijo Tyfate, su voz temblando al principio, firme al final—. No cederemos ante vos.

Sus soldados, para su mérito, encontraron su determinación en las palabras de su comandante. Se formaron junto a ella. Sus estoques brillaron en la luz húmeda de media mañana. Svarde los evaluó, levantó la hoja negra con ambas manos, los resultados de la última pelea aún goteando de su filo.

—Mi antiguo yo —dijo Svarde— habría elogiado vuestro valor. No lo haré, porque esta pelea ya está decidida.

—Eso ya lo veremos.

—Pronto —dijo el bárbaro, sin un rastro de victoria en sus palabras— no veréis nada en absoluto.

21
LAS VIDAS SON VIDAS

Wax despertó al golpear el suelo, con el hombro dislocándose al rodar de la hamaca oscilante sobre la madera mojada y luego sobre una rejilla metálica fría que drenaba el agua que salpicaba más abajo. Los faroles crujían, el ruido ahogaba los gritos de la tripulación y el sonido del trueno. Todo eso no ocultaba el dolor punzante en la cabeza de Wax, sus huesos magullados y el extraño silencio que resonaba en sus pensamientos.

Ni un solo skar le hablaba.

Tumbado de espaldas, Wax se llevó la mano al cuello y sintió la piel donde debería estar el broche metálico. Su ropa seguía siendo la misma: lino de Kance, finamente tejido, aunque la túnica de Wax había desaparecido y, en su ausencia, temblaba. La luz gris que se filtraba por una abertura hacia la cubierta superior sugería que era de día, pero las sombras profundas y la lluvia hablaban de nubes. Una preocupación, dado el lugar donde se encontraba.

Donde él...

El clíper de Najahn. Un barco pequeño. Lo habían golpeado, dejado inconsciente y metido aquí abajo. El hecho de que TODAVÍA estuviera a bordo significaba que Eujo, Torny y Bliss no habían podido rescatarlo. Si es que seguían vivos...

No. Ese era un camino que no recorrería. No todavía. Nunca.

En su lugar, Wax alcanzó un poste y usó la madera empapada para levantarse. Le habían dejado las botas que llevaba desde Whent, y las resistentes piezas se aferraban bien a la cubierta inferior. Las hamacas que lo rodeaban sugerían un par de docenas de camas, aunque todas se balanceaban vacías ahora, retorciéndose mientras el clíper se sacudía con ola tras ola. Cajas y efectos personales guardados en pequeñas cajas de seguridad estaban atados con cuerdas en las esquinas, junto con equipo de repuesto. Unas voulges estaban atadas a un estante cerca de las escaleras que llevaban a la cubierta superior, y sus puntas brillantes le dieron a Wax un objetivo.

Los de Najahn podrían haberlo tomado cautivo, pero habían cometido un error al dejarlo sin atar.

Dio pasos medidos hacia el estante, escuchando los gritos de arriba. Las órdenes de los Najahn eran todo menos tranquilas: la voz de una líder, el tono duro de una mujer que gritaba que cortaran las velas, que arrojaran lastre, que lanzaran una cuerda a algún pobre diablo que había caído por la borda. Sus gritos fueron recibidos con una mezcla de ayes y pánico. El clíper se balanceó. Una ola salpicó por encima, corriendo por las escaleras de la cubierta cuando Wax se acercaba al primer escalón.

El Renovado dudó.

¿Qué conseguiría exactamente Wax agarrando una voulge y emergiendo como una amenaza violenta? No podía enfrentarse a todo el barco, y si realmente estaban en alta mar, entonces Wax aseguraría su propio destino sombrío al intentar matar a más miembros de lo que debía ser una tripulación escasa y herida. El encuentro con los bandidos en Foti volvió a su mente, una cooperación forzada que le permitió vivir, continuar, porque había sido paciente.

Tal vez lo mismo funcionaría de nuevo.

Wax se aferró a la escalera de la cubierta, se sujetó a los lados con ambas manos y se impulsó hacia arriba, un corto paso a la vez, hasta la cubierta superior. Al acercarse, la lluvia cortante comenzó a golpear sus mejillas en gotas frías. Sus dedos se entumecieron rápidamente y sus dientes empezaron a castañetear. Sin la túnica de Kance, Wax podría morir congelado antes de llegar muy lejos.

Los skars, sin embargo, podían ayudar con eso. Lo mantendrían caliente.

También podrían salvar el barco.

Wax se lanzó por el último peldaño para caer sobre la cubierta superior, revelándose la furia de la tormenta en todo su terror. Mientras el Vis se deslizaba sobre la madera empapada y medio congelada, vio olas que se alzaban sobre el clíper mientras el pequeño barco parecía girar en círculos frenéticos. Ante él, el único mástil principal del clíper y la vela que se extendía desde su masa hasta la proa dividían el horizonte gris en dos. Marineros y soldados se movían apresuradamente por el barco, algunos cayendo, otros bailando por la cubierta como si la agitación fuera algo tan normal como pudiera ser.

—¡Aten esas cuerdas!

La voz de la capitana de nuevo, detrás y por encima de Wax. Se concentraba en un par de cabos cerca de la proa que se habían soltado, moviéndose como serpientes buscando ratones. Dos tripulantes empapados se separaron del aparejo para lanzarse sobre ellos, luchando por volver a atarlos, una pelea que parecía ir a su favor hasta que una ola se estrelló contra la proa, lanzando a la pareja contra el costado de estribor del barco. Las cuerdas reanudaron su salvaje chasquido, Wax se puso de pie —y apoyó la espalda contra la cabina del capitán para sostenerse— a tiempo para ver cómo una de ellas, iluminada por un relámpago, azotaba y derribaba a uno de los dos marineros.

El cuerpo se zambulló en el mar embravecido, el azul profundo y la espuma blanca hicieron desaparecer al pobre hombre en un abrir y cerrar de ojos. Sin embargo, más marineros se precipitaron hacia el costado, arrastrando cuerdas y boyas con anillos para lanzarlas tras el hombre.

Como si el clíper fuera a permanecer cerca por más de un momento.

Aunque, quizás, Wax podría ayudar con eso.

Nadie había notado aún su llegada, un hecho que Wax aprovechó mientras miraba la puerta de la capitana a su lado. Alcanzó el pomo, empujó y la encontró cerrada. La encontró abriéndose un momento después, con un hombre con la espada desenvainada y ropas secas de Najahn esperando detrás.

—¿Tú? —preguntó el hombre.

—Yo —respondió Wax, y lanzó un puñetazo.

Una ofensiva desesperada vence a una defensa perpleja, o algo así.

El golpe de Wax, mojado y entumecido, hizo contacto con la mejilla del hombre. El Najahn —¿era este tipo el capitán? ¿Escondiéndose en su cabina?— tropezó hacia atrás y Wax lo siguió, la puerta cerrándose de golpe detrás de él mientras el clíper se balanceaba de nuevo.

El Najahn intentó estabilizarse contra el barco que se sacudía, en una cabina dominada por una mesa, una litera lateral y varios cajones. Techos bajos, una linterna colgando de una bisagra y un olor a vómito proveniente del recipiente apropiado completaban el cuadro, uno que Wax buscó alterar corriendo hacia el hombre armado con la espada.

El hombre, aún retrocediendo contra la mesa, blandió la espada en un amplio arco. Wax disminuyó la velocidad lo suficiente para dejar que la espada pasara antes de lanzarse hacia adelante. La mano derecha del Vis se estiró, agarró la muñeca del brazo con la espada del Najahn y la inmovilizó contra el cuerpo del hombre. Con la izquierda, Wax se echó hacia atrás, a punto de propinar un golpe en la cara agitada del hombre, cuando notó su collar perdido, justo allí sobre la mesa.

—Un trato —dijo Wax con voz ronca, la garganta seca a pesar de toda la lluvia fría que había tragado—. Un trato para salvar el barco.

—¿Qué podrías hacer tú? —gruñó el Najahn, intentando liberar su espada.

Wax le clavó la rodilla en el estómago, arrancándole un jadeo.

—Soy un Renewal. Confía en mí.

—Eres un traidor —las palabras del hombre sonaron huecas, muriendo en otro crujido, más gritos y órdenes frenéticas desde fuera—. No puedo...

—Todos moriremos si no lo haces.

Wax sintió algo afilado contra su abdomen, bajó la mirada y vio que el Najahn había sacado una daga con su mano libre y tenía la punta presionada donde podría destripar a Wax en un instante. El Najahn, con la cara roja, jadeando por el golpe de Wax, contenía lo que debería haber sido el golpe final.

—Si destruyes este barco, nos destruyes a nosotros, te ahogarás en el mar —dijo el Najahn.

—Ya me di cuenta —respondió Wax—. Ahora, o te

apartas o me matas, porque estás perdiendo más marineros a cada segundo.

El hombre se apartó con un movimiento tan suave que hizo que Wax se preguntara si el Najahn podría haberlo matado antes. Si, tal vez, el Najahn no era tan tonto como Wax pensaba. Eso, sin embargo, era una preocupación para más tarde.

Ahora, Wax alcanzó, agarró y tiró del collar skar. Las piedras y su tranquilizador sinsentido inundaron su mente. El skar Vis atacó sus manos frías, los moretones en su espalda y cabeza. El skar Foti aprovechó su calor, secando la ropa empapada de Wax. Y el skar Tamas confirmó que el asesino que compartía la habitación con Wax estaba más cautelosamente curioso que homicida.

La piedra que importaba, sin embargo, era el destello plateado y el agua que convocaba.

—Ven conmigo —dijo Wax, girando de vuelta hacia la puerta—. Te necesitaré.

—¿Para qué?

—Para mantenerme en pie.

El Najahn preguntó algo más, pero las palabras se perdieron en el tumulto mientras Wax se precipitaba por la puerta. La lluvia continuaba, el mar se arremolinaba, y los marineros se distribuían por los costados del clíper, aferrándose por sus vidas mientras intentaban lanzar cuerdas a los que habían caído. La capitana parecía haber renunciado a intentar dirigir el clíper, en su lugar gritaba dónde habían caído por la borda las almas y cómo encontrarlas.

Wax tenía una mejor idea, la mejor herramienta.

El skar Rana rugió cuando Wax lo liberó. Una ola gigante que se precipitaba hacia el clíper se desvió, asestando al barco solo un golpe de refilón en lugar de estrellarse contra su cubierta. El skar Rana encontró, en las aguas cercanas, a los marineros que luchaban y los empujó a la superficie. El frío amenazaba con quitarles la vida, y Wax, sintiendo a los marineros menos como personas y más como intuiciones distantes, dio dirección a la piedra Foti.

Detrás de Wax, el Najahn se puso rígido, al igual que Wax, mientras el skar Foti robaba su propio calor y lo empujaba hacia esas almas nadantes. Lo suficiente para dar fuerza a sus dedos para agarrar, a sus piernas sensación para patear.

—Ayuda —dijo Wax, un murmullo que el Najahn, temblando detrás de él, captó.

Unos brazos se deslizaron bajo los de Wax, manteniendo al Vis en alto. El Najahn pidió ayuda, aunque Wax no vio si alguien le hizo caso. Se sumergió en los esfuerzos del skar Rana, dejó que la voluntad de la piedra partiera una ola tras otra, apartara la humedad helada de la cubierta y empujara el clíper hacia adelante, un impulso que la capitana sintió y aprovechó.

Para salvar las islas. Para intentarlo. Eso era lo que le había prometido a Pan, sin importar qué, sin importar cómo, sin importar si Wax se sumergía tan profundamente en las piedras divinas que nunca volviera.

22
UNA CAÍDA LEJANA

Atacados por bandidos, monstruos del río, otra Renovación y un maestro asesino. Cuando Quik vio a los soldados Najahn precipitarse sobre los pocos cazadores Mottilan en la base del Gran Sana, casi se lanza de la flor gigante. Esto tenía que ser un sueño, ¿verdad? La pura cascada de conflictos locos que había perseguido sus pasos durante los últimos meses desafiaba toda creencia, rompía la realidad, enviaba la vida idílica de un cazador Vis girando hacia la fantasía.

¿Qué estaba haciendo aquí? ¿Cómo había salido todo tan mal?

—Saltamos —dijo Sawi junto a Quik, mientras los otros cazadores Mottilan parloteaban en el fondo, todos intentando encontrar su propia salida—. Agarramos una liana y nos balanceamos lejos.

—¿Has perdido la cabeza? —dijo Quik, apenas cubriendo la suya—. El árbol más cercano está muy abajo.

—¿Qué otra opción hay?

—¿Abrirnos paso luchando?

Algunos de los Mottilan ya habían decidido eso,

saltando por el agujero cerca de Quik para llevar refuerzos a Reth y los demás en la base del Gran Sana. El movimiento tenía poco sentido a menos que el objetivo fuera morir con una falsa sensación de honor. O tal vez esperar que los Najahn estuvieran interesados en tomar prisioneros. No habría forma de abrirse paso entre los atacantes.

—Eso no funcionará, y lo sabes —murmuró Sawi, sin hacer ningún movimiento para detener a los otros Mottilan que se marchaban.

Uno preguntó qué iban a hacer Quik y Sawi, y cuando ninguno respondió, el cazador mostró los dientes, declaró que se llevaría un par de cabezas Najahn antes de unirse a Vis, y desapareció.

—Esa es una opción —dijo Quik, acercándose al borde del gran pétalo y mirando hacia abajo. Si acaso, ahora brillaban más antorchas, extendiéndose bien lejos del Gran Sana y de vuelta hacia el camino de la montaña—. Mira. Esto ni siquiera son todos ellos.

—Sorpresa —dijo Sawi—. Alguien debe habernos visto venir. Los Najahn atrapan a un montón de cazadores aquí fuera, lanzan un ataque sorpresa mientras todos estamos ausentes. Mottilan cae fácilmente.

—Annalyse tiene los skars. Ella luchará. También lo hará Deshiva.

Que ambas morirían rápidamente contra esos números, incluso con los skars, quedó sin decir. En su lugar, Quik volvió a la idea anterior de Sawi. Un salto era un verdadero suicidio, claro. Ningún árbol estaba lo suficientemente cerca del Gran Sana para hacer viable un salto, mucho menos lo suficientemente alto para atraparlos. Pero...

—Podría tener una idea —dijo Quik, poniéndose de pie y caminando hacia el lado opuesto de la flor, el que daba a las oscuras montañas—. ¿Puedes agarrarte a mi espalda?

—¿Como cuando éramos pequeños?

—Exactamente igual.

Quik se deslizó los guanteletes en las manos. Tomó una respiración profunda. No se había recuperado del todo de las puñaladas en el barco, y había sido un largo día caminando por la jungla, escalando el Gran Sana. Lo que planeaba hacer ahora... bueno, un verdadero Vis tenía que estar listo para enfrentar cualquier desafío.

—¿Qué estás haciendo, Quik?

—Solo observa.

Quik caminó sobre el pétalo, sus suaves filamentos suaves contra sus zapatos. Arrodillándose, luego deslizando sus pies hacia el borde, Quik se movió tan cerca de la corteza del Gran Sana como pudo. Con su mano izquierda enguantada, Quik alcanzó hacia abajo y clavó las puntas de metal en la corteza de la planta masiva. La madera antigua se partió, un crujido satisfactorio probando que el arma de Quik tenía dientes.

Que no estaba completamente loco.

—Súbete —dijo Quik, y Sawi no dudó.

Ella entendía, entonces. Tanto lo que Quik intentaría hacer, como el final que vendría si caía.

Sawi agarró el tejido de Quik, deslizando sus dedos a través de las cuerdas de plantas secas, y se aferró con fuerza. Quik tensó sus músculos, murmuró una oración a Vis, y se colgó del pétalo. Esos filamentos se doblaron con su peso, y Quik usó la flexibilidad para balancearse, y a Sawi, en un duro golpe contra la corteza del Sana. Los trozos nudosos y arrugados se rompieron con el impacto, el guantelete deslizándose, raspando los pedazos mientras Quik, y Sawi, se deslizaban hacia abajo. Balanceó su brazo derecho, lo clavó en la cáscara del Sana, y juntos los dos agarres ralentizaron, detuvieron a la pareja. Los pies de Quik buscaron apoyo, encontraron pequeñas grietas.

Los músculos ardían. La respiración se aceleró. El peso de Sawi en su espalda hacía más por desequilibrar a Quik que por arrastrarlo hacia abajo, y el cazador se inclinó hacia el costado del Sana.

—Estamos metidos en esto ahora —dijo Sawi—. Sigue adelante, Quik.

Quik quería responder con brusquedad, pero ser ingenioso exigía energía mejor gastada en prioridades como mantenerse con vida y averiguar dónde agarrarse a continuación. Debajo de los pétalos de la flor, no tenían luz, solo el más leve resplandor de Sichi. El costado del Gran Sana parecía un muro negro y nada más, extendiéndose hacia abajo hasta una nada vacía muy, muy abajo. Los árboles a los que podrían saltar aparecían aquí y allá cuando una brisa traía ramas perdidas, hojas a la poca luz. ¿Una escalada donde no podía ver el siguiente movimiento?

¿Por qué no, dado todo lo demás?

Quik se encontró sonriendo mientras liberaba el guantelete izquierdo, dejando que esas garras afiladas se arrastraran hacia abajo, girando su mano mientras llegaba a su cintura. Colgaban de un solo guantelete, el pequeño apoyo de los dedos de los pies de Quik en sus zapatos. Su muñeca derecha ardía mientras clavaba la izquierda en el costado del Sana, una vez más enterrando las puntas en el tronco de la flor.

Ahora la derecha. La liberó suavemente, la repentina caída raspando el guantelete a lo largo de la corteza. Sawi gritó, Quik clavó el guantelete, atrapándolos rápidamente. Su brazo izquierdo estaba ahora bien por encima de su hombro, dolorido, y apenas habían descendido. Esto no iba a funcionar.

—Sawi —dijo Quik—. Vamos a deslizarnos, y tú vas a saltar.

—¿Que voy a qué?

—Saltar. A la cuenta de tres.

El cazador empezó a contar.

—¿Saltar a dónde, Quik?

Él tomó un respiro más.

—No entien-

Quik deslizó los guanteletes juntos, llegando hasta sus puntas más delgadas. El agarre cedió, la corteza se astilló y cayeron. Quik luchó por mantener los guanteletes cerca, empujando hacia adentro incluso mientras los pedazos le golpeaban, arañaban y se le clavaban en la cara, atravesaban su tejido hasta el pecho y le maltrataban las piernas. Sus zapatos se rompieron, y Quik levantó los pies, dejando que las suelas destrozadas rebotaran contra la corteza mientras su velocidad aumentaba.

Sawi comenzó a gritar, pero se detuvo, llegando a la correcta conclusión de que cualquier escape sería difícil de mantener en secreto con sus gritos. No es que el descenso fuera silencioso: el crujir de la corteza anunciaba su caída con bastante estruendo, pero Quik no podía preocuparse por eso. No ahora. Quería girar la cabeza, buscar los árboles, la distancia correcta, pero caían demasiado rápido, tenían demasiada velocidad, tenían-

Ella saltó sin previo aviso. Encogió las piernas sobre la espalda de Quik y se impulsó, saliendo volando. Sin su peso, Quik intentó clavar sus guanteletes, frenar la caída. Las puntas se rompieron, los trozos de metal salieron volando junto con sus hermanos de corteza. El cazador intentó usar los dedos de los pies, buscando cualquier apoyo. Pegó sus manos rotas contra la corteza y no encontró nada lo suficientemente grande entre esas grietas para agarrarse.

Golpearía el suelo en segundos, y no habría forma de sobrevivir a ese impacto.

Así que Quik, por instinto, pánico, pura desesperación que lo impulsaba, presionó sus rodillas contra su pecho, puso sus palmas ardientes contra la corteza mientras caía en caída libre, y se lanzó, volando en la oscuridad como una cosa ensangrentada y maltratada.

23
PERSECUCIÓN

Correr a través del Abajo Oscuro conllevaba riesgos: un giro equivocado podría lanzarte por una pendiente, golpeándote la cabeza contra una roca afilada. Un resbalón en la grava o el polvo acumulado durante años podría hacerte girar contra una pared llena de salientes, dejándote sangrando, un olor que podría atraer a los demonios equivocados. O simplemente podrías quedarte sin luz, al agotarse el aceite, abandonándote en la oscuridad errante hasta que murieras de hambre, jadeando y arrastrándote en busca de una ayuda que nunca llegaría.

Haggerth podría sufrir cualquiera de esos destinos si Maena no lo encontraba, y su búsqueda se estaba volviendo cada vez más frustrante. Había recorrido un túnel lateral tras otro, se había agachado a través de pequeñas aberturas, había chapoteado en charcos poco profundos y rodeado los más profundos, pero el bribón de Whent no había dejado rastro alguno.

O eres una pésima rastreadora.

Una posibilidad. Rana no enseñaba a sus hijos a cazar

como lo hacían los Vis y los Whent. ¿Para qué, cuando la isla fluvial ofrecía mucho más a alguien que pudiera lanzar una línea o arrojar una lanza, en lugar de rastrear a una bestia salvaje?

Tal como estaban las cosas, Maena confiaba en lo que sus ojos le decían, lo que su nariz podía oler, lo que sus oídos podían escuchar, y ahora mismo toda esa colección no ofrecía ni una sola pista.

Entonces ve a donde sabes que estará.

Ya lo había estado haciendo, manteniendo sus rutas en persecución de Haggerth por los caminos que la llevarían de vuelta hacia Dreamhold. Cada giro dentado inclinaba a Maena a través de las líneas probables que Haggerth tomaría para llegar a casa, y ni una sola vez se cruzó con su camino.

Lo cual dejaba una conclusión probable: en su huida sin linterna, el hombre había tomado el camino equivocado. Un error fatal, y uno que Maena podría dejar que lo reclamara.

Y si aparece, un cuchillo entonces funcionará igual de bien.

Maena olfateó en el tenue resplandor de su propia linterna, sus pies encontrando automáticamente el camino de regreso a donde había venido, al pueblo plagado de cadáveres que ahora estaba lleno de exploradores, ingenieros y esperanzados codiciosos de Whent que querían explotar el Abajo Oscuro en busca de algo mejor. La impresión se quedó con la capitana de Rana mientras caminaba, el disgusto pudriéndose en su mente.

¿Qué? Es la verdad. Los odias. Los odiamos. Se merecen lo que viene.

Lo que Maena sí sabía, lo que había sido incapaz de evitar, era la creciente inclinación homicida de su alma dividida. La parte que había sido arrancada por un demonio sombrío y que no se iba, no se quedaba en silencio, envenenaría los pensamientos de Maena a cada momento hasta que no tuviera otra opción que obedecer.

¿Obedecer? Esa es una excusa conveniente. Lo deseas tanto como yo. Es lo que le dijiste a Rasslebeck y Pennifer.

¿Lo había hecho? ¿De vuelta en la superficie, cuando Jochi prohibió a los amigos de Rana unirse a su expedición de buceo profundo?

Sí. Les dijiste que continuarías la lucha, que cumplirías sus juramentos de destruir a los demonios. No olvides tu promesa, Maena. Tu promesa, no la mía.

Pero las promesas hechas en la ignorancia...

No. Esto no. Ahora no. Hemos tenido esta discusión mil veces. El plan está en marcha. Para cuando volvamos al pueblo, los explosivos que necesitamos estarán listos. Entonces, enterraremos a todos esos monstruos de una vez por todas.

La idea tenía cierto atractivo, y ¿qué más iba a hacer Maena? ¿Quedarse entre un montón de comerocas, sin responsabilidad? Con Svarde ausente, a Jochi no le importaba un comino lo que Maena dijera o hiciera. Volver a la superficie era una opción, una que la vería regresar a Rana y...

Esa es una pregunta para otro momento, Maena. Cuando nuestro trabajo esté hecho, y regreses como una heroína por salvar las islas.

Ah. Claro. Una heroína. Maena se rió para sí misma mientras acechaba los túneles que la llevaban de vuelta hacia Dreamhold. Celebrada, inscrita en la leyenda, una vida digna de ser recordada, y sus juramentos a aquellos Rana masacrados por los demonios cumplidos.

Su otro yo podría ser asesino, podría pensar en términos

de sangre como beneficio, pero tenía razón en una cosa: ¿qué otra opción tenía realmente Maena?

Dreamhold saludó el regreso de Maena sin comentarios. Un guardia diferente esperaba en la salida del túnel sur, pero le dio a Maena el mismo asentimiento insulso que había recibido cuando se fueron. El hombre cubierto de pieles, que cargaba un hacha y parecía una roca, no le preguntó sobre Haggerth, lo que significaba que el turno anterior no había pasado ninguna información. Un golpe de suerte.

¿Suerte? Asumes que a la gente le importas tú y tus asuntos, Maena. Solo a uno le importaba, y está perdido allá en la oscuridad. Aunque sí les importará, después.

Maena se envolvió en su anonimato y caminó a través del Dreamhold en expansión hacia su centro, donde la esperaban su habitación elegida y la herrería cercana. La hora, marcada por siluetas de linternas en muescas talladas en las paredes de la caverna, sugería que el regreso de Maena llegaba tarde. El ruido fuerte y borracho de varios carros, tabernas y reuniones callejeras secundaba la impresión. A los Whent les encantaba celebrar después de que terminara un día, cualquier día, con ellos vivos.

De todas las cosas, tengo que estar de acuerdo con ellos en esto.

Maena podía compartir ese sentimiento, aunque no se detuvo en ninguna de las celebraciones que pasó por el camino. Tampoco dedicó una mirada a los miserables cadáveres, empujados y sentados contra las paredes. Se había esparcido ajo y otras hierbas a lo largo de los cuerpos en descomposición para cubrir el olor. Svarde no había querido que enterraran los huesos para poder usarlos a su regreso. Hasta entonces, Dreamhold apestaba como un festival de primavera distorsionado, con una respiración demasiado profunda que traía consigo el persistente ácido de las entrañas.

Una razón más para detonar nuestro plan y acabar con este lugar horrible.

Las puertas de la herrería estaban cerradas cuando Maena llegó, las ventanas oscuras. Llamó una vez, no recibió respuesta, lo que hacía probable que su herrero se hubiera unido a una de las fiestas nocturnas. Buscar al hombre se le pasó por la mente, una idea que Maena descartó. Había caminado mucho, y sus piernas le hacían saber que no les vendría mal un descanso. Quizás podría tomarse uno, volver por la mañana y comenzar su heroica devastación con energías renovadas.

La idea la llevó al edificio de su habitación, cerca de la plaza central de Dreamhold. Sin embargo, al doblar la última esquina, Maena se detuvo en seco. Cerca de su puerta había dos Whent más, tan armados y con armadura como el guardia del túnel. No llevaban jarras de cerveza, y sus ojos escrutaban la calle con determinación. La capitana Rana retrocedió, se apoyó contra la pared de un edificio y respiró.

Puede que Haggerth no hubiera regresado, pero el hombre tenía amigos.

Un truco y una trampa.

Pero Maena aún no había caído en ella.

No puedes volver atrás.

No, pero podía seguir adelante. Si Jochi o alguna otra fuerza Whent la buscaban, entonces Maena tampoco podía confiar en el ingeniero. Al menos, no esperando hasta la mañana. Tenía que conseguir esos explosivos y usarlos ahora, esta misma noche.

El camino de vuelta a la herrería la llevó por rutas diferentes, senderos estrechos entre edificios en lugar de las calles más anchas y sus multitudes ebrias. Maena giraba la cabeza, vigilando, bueno, a los vigilantes. Tropezó con un cuerpo envuelto en hierbas, se apoyó en una pared para no caer. Respiró hondo, inhaló el ajo y sintió arcadas.

Eres mala en esto.

Era una capitana Rana. No una espía. Maena lideraba incursiones, chocaba espadas. Escabullirse no era su vida.

Lo es ahora.

Las lágrimas amenazaron con brotar. Su llegada repentina e inesperada, y Maena apoyó su espalda contra la áspera pared de piedra. Sobre su cabeza, el oscuro techo de la cueva goteaba estalactitas. Ni estrellas, ni nubes, ni horizonte. Solo se podía ignorar la libertad durante tanto tiempo antes de que su ausencia invadiera cada uno de tus sentimientos. Estaba atrapada, tan atrapada aquí.

Hasta que entierre a los demonios. Entonces podrás irte.

Cierto. Volver a la superficie, ya sea en una huida audaz y secreta, o como una heroína celebrada. Maena se secó los ojos con la manga sucia. No podía controlar esa parte. Solo el detonador, el derrumbe. Eso era suyo.

La concentración ayudó. Maena se dirigió con pasos firmes hacia la oscura herrería. Nadie la persiguió, ningún Whent borracho se molestó en preguntar qué hacía. La puerta cerrada se alzaba ante ella. Las ventanas alrededor del edificio eran estrechas, demasiado estrechas para colarse por ellas.

¿Incluso si pudieras?

Jochi ponía fin rápidamente a los ladrones, previniendo el crimen con sangre.

La herrería se apoyaba contra otro edificio, sin callejón a ningún lado, limitando otras opciones. ¿Cómo podría entrar?

Espera.

Sí. Puede que su apartamento estuviera vigilado, pero Dreamhold bullía esta noche. Maena podría estar exhausta, pero una cerveza o dos, una comida ligera, todo podría conseguirse cerca. Podría mezclarse, socializar, y cuando el ingeniero volviera a su tienda...

Sí. Puede que su apartamento estuviera vigilado, pero Dreamhold bullía esta noche. Maena podría estar exhausta, pero una cerveza o dos, una comida ligera, todo podría conseguirse cerca. Podría mezclarse, socializar, y cuando el ingeniero volviera a su tienda...

24
UN HOMBRE, UNA ISLA

Los ataques no cesaban y Svarde no se detenía. Los cuerpos marcaban su avance, mientras las bandas de Kance atacaban desde los árboles, acantilados, cuevas, o simplemente caminando por el camino, asombrados de ver al bárbaro y al ferrite, ambos cubiertos con los resultados de sus brutales esfuerzos, en su camino. Cada enfrentamiento seguía el mismo patrón: una pregunta, una amenaza, una conclusión forjada por la hoja dentada de Svarde o las mandíbulas pétreas de Kivi.

No dejaban supervivientes. Si un Kance intentaba huir, Kivi lo perseguía, pues la resistencia del ferrite era mayor que la de cualquier soldado.

¿Pretendía Svarde ser tan definitivo, tan absoluto? La pregunta se desvaneció conforme pasaban las horas, los dos días completos, y no aparecía ningún signo de Ami y los caminantes de fuego a sus espaldas. Su ejército, que había sido una fuerza conquistadora imparable hace apenas unos días, había sido detenido por una tormenta, o al menos ralentizado hasta la irrelevancia. Lo cual ponía el peso del éxito, de asegurar un hogar para los caminantes de fuego entre las islas, sobre Svarde y su amigo ferrite.

Ser inmortal no era un boleto gratuito para la dominación. Svarde solo contaba con su cuerpo y sus numerosas cicatrices. Una fuerza preparada podría abrumarlo, destruirlo o atraparlo. La sorpresa seguía siendo su mejor baza, y Svarde se dio cuenta de que no podía renunciar a ella.

Así que los Kance caían, alma por alma, a lo largo del camino fangoso hacia el sur.

Svarde no tomaba senderos laterales, se escurría bajo los árboles vecinos y escasos si aparecía un planeador en el horizonte. Cuando se presentaba una charca, el bárbaro se bañaba, pero esas eran las únicas desviaciones en su implacable avance. La lluvia, al menos, mantenía lo peor lejos de sus ojos, pero para cuando Svarde coronó la cima de una colina y miró hacia abajo, hacia la capital de Kance, con sus relucientes agujas y el cielo lleno de planeadores, vestía poco más que harapos empapados de sangre seca y saliva.

La gran ciudad de Kance conservaba el mismo aspecto encantador que tenía la primera vez que Svarde había viajado allí. Aunque, en aquel entonces, Svarde estaba vivo y acompañado de verdaderos amigos en una aventura emocionante. Esto era... diferente.

¿Cuánto de la ciudad tendría que atravesar para llegar al Palacio del Cielo? ¿Para convencer a los señores de allí de que abandonaran su guerra sin sentido?

—No lo sé, Kivi —dijo Svarde al ferrite—, pero si no lo intento, cada uno de los caminantes de fuego morirá.

—¿Es por eso que te estás lanzando como un héroe homicida?

Svarde se giró bruscamente al oír las palabras, aunque

conocía la voz lo suficiente como para mantener la hoja baja. Olgata, una exploradora líder de Whent y la mujer que había estado cerca de Svarde desde que llegaron a Dreamhold, lo observaba desde varios pasos de distancia. Estaba sentada en una roca, una piedra guía grabada con las horas hasta los pequeños pueblos que Svarde había pasado a lo largo del camino. Delgadas bolsas cubrían su gruesa capa de exploradora, camisa y pantalones. Un hacha en un muslo y una hoja en el otro. Pintura facial verde oscuro cubría su rostro.

Una preparación para un largo tiempo en solitario.

—Alguien tiene que terminar con esto antes de que comience —respondió Svarde—. Por lo que puedo ver allí, los Najahn no han asaltado la isla. Que tú estés aquí significa que Ami y los caminantes de fuego tampoco están cerca. Lo que significa que tengo tiempo.

—¿Para hacer qué? ¿Masacrar a todos en esa ciudad?

—Solo hace falta que los líderes pierdan la cabeza para que cambien de opinión.

—¿Para rendirse? ¿Kance? —Olgata se deslizó de la roca, acarició a Kivi cuando el ferrite se acercó a saludarla—. La Isla del Viento no se va a rendir. Lucharán hasta el último hombre.

—La gente dice eso, pero ¿sabes lo que encontré en Whent? ¿Una isla tan orgullosa como esta? Un pueblo en fuga porque unos cuantos demonios vinieron de visita. Cuando te enfrentas a probabilidades imposibles, tomas a tu familia y huyes.

Olgata pareció conceder el punto, igualando a Svarde en su mirada hacia la capital de Kance.

—¿Y tú eres esas probabilidades?

—Tengo que serlo.

La bravuconería de la exploradora se desvaneció mientras observaban los planeadores girando y las velas brillantes en el puerto.

—Los caminantes de fuego están en crisis —admitió Olgata—. Ami no ha podido salir del pueblo y de los techos que han convertido en refugios. La lluvia es demasiado frecuente, demasiado peligrosa para ellos.

—Entonces se acabó. El próximo día despejado, deberían regresar a las cuevas.

—Eso te dejaría solo. Completamente solo.

—Ya lo estoy.

Olgata asintió.

—Svarde, ¿por qué estás haciendo esto? ¿Por qué no vuelves conmigo, dejas a Fassle y Yarvick con su sangre? Los caminantes de fuego pueden argumentar su lugar. Foti no rechazará su calor para sus forjas, y Whent también podría usarlos. —La exploradora sonrió—. A muchas posadas no les importaría tener un demonio como ese manteniendo sus salas comunes calientes todo el invierno.

Svarde casi se dejó llevar por la idea de la exploradora y su significado más amplio: dejar entrar a los demonios, aquellos que no fueran todo sangre y dientes, y cada uno encontraría su lugar entre las islas. Claro, llevaría tiempo, no siempre sería fácil, pero habría hogares que ocupar, necesidades que satisfacer. Svarde podría sentarse en Dreamhold y vigilar las puertas hasta que todos los mundos más allá se derrumbaran en la nada.

Un pensamiento agradable, en cierto modo.

Todo lo que costaría serían miles de vidas de Najahn y Kance mientras sus ejércitos y armadas se masacraran mutuamente a lo largo de las estaciones.

—Si puedo terminarlo rápido —dijo Svarde—, entonces

podemos lograr ambas cosas. Los demonios pueden tener sus hogares, y esta ciudad puede ser salvada, su gente perdonada.

—Un conquistador noble, entonces.

—No, un guerrero buscando un camino.

El viento seguía soplando —siempre soplaba aquí— y las nubes se alejaban del enorme pico montañoso en el extremo occidental de la ciudad. La superficie verde y gris del risco estaba salpicada con el objetivo de Svarde: el Palacio del Cielo, brillando mientras sus innumerables diamantes captaban el sol. Los planeadores despegaban a medida que se abrían las líneas de visión, como pájaros alzando el vuelo desde sus perchas. La escalera serpenteante de la aguja resplandecía, con grupos caminando a lo largo de sus muchos, muchísimos escalones. Otros estarían en los ascensores interiores.

De cualquier manera, una opción.

Y una idea.

—¿Podrías quedarte? —preguntó Svarde a Olgata.

La exploradora no pareció sorprendida por la petición. Esbozó una pequeña sonrisa.

—¿Estás sugiriendo, Svarde, que un monstruo como tú podría tener dificultades para llegar hasta allá arriba?

—No sin una montaña de cuerpos que iguale esa aguja.

—Entonces quieres que encuentre un camino, ¿verdad?

—Para no tener que tallar uno, sí.

Olgata se plantó frente a Svarde, mirándolo de arriba abajo. Esa pequeña sonrisa se desvaneció en una expresión neutra, mientras trabajaba algo detrás de su mirada.

—Soy una exploradora salvaje, Svarde. No me infiltro en ciudades —Olgata hizo una pausa—, pero te necesitamos vivo. Bueno, al menos tanto como puedas estarlo.

—¿Entonces vienes?

—Con una condición —dijo Olgata, y luego se pellizcó la nariz—. Hay una piscina en una cueva a veinte minutos de aquí. Vamos a limpiarte y luego, Svarde, entonces veremos cómo mantener fuera de la vista a ti y a esa espada gigante.

Incluso Kivi resopló ante esa idea.

25
LLEGADA

La Ciudad Anillada respondió al llamado de la crisis. La maquinaria bélica de Najahn y los esfuerzos requeridos tenían al enorme puerto bullendo como Wax nunca lo había visto antes, con los últimos vestigios del invierno haciendo poco por impedir que los barcos entraran y salieran, las herrerías zumbaran y el comercio floreciera. Los soldados de Najahn abarrotaban los muelles, supervisando la carga de cajones en vastos galeones de Foti, reclutados de su habitual servicio de transporte de mineral para el traslado de armas. También abundaban los clíperes más pequeños como el que traía a Wax al puerto, con nuevas ballestas de Rana siendo fijadas a sus barandillas, listas para apuntar a los veloces barcos de Kance. Nuevas armas, cuerdas con púas, yacían en montones para acompañar a esas ballestas, diseñadas para destrozar las velas de Kance y hundir sus embarcaciones.

Una letanía militar continuaba, una que Wax ahogó mientras su escolta lo conducía por calles húmedas y aire frío hacia el barrio de Najahn. Las conocidas avenidas escalonadas y empedradas evocaban recuerdos no tan distantes, noches con Eujo yendo de una cena festiva a otra, una distracción mucho más agradable que escuchar más fanfarronadas sobre cómo su hogar, Vis y Kance pronto serían aplastados por el poderío de Najahn. Los skars ayudaban a Wax, sus murmullos eran una conveniente distracción: el skar de Whent encontraba atractiva toda la roca y piedra a su alrededor, sugiriendo con impulsos sin palabras que Wax dejara que el skar derrumbara un edificio aquí y allá. La piedra de Rana olfateaba los barriles de lluvia alojados bajo los afilados tejados, insinuando que podría arrasar el barrio que escoltaba a Wax, dejándolo libre para... quemarlo todo, si el skar de Foti tuviera algo que decir. Iniciar un enorme incendio que saltaría de casa en casa y reduciría la Ciudad Anillada a cenizas.

Tamas ofrecía una idea diferente: los escoltas de Najahn sentían curiosidad por la Renovación de Vis, incluso se sentían inspirados por el joven que caminaba con ellos. Wax podría, con un empujón, convertir esa inspiración en rebelión, que Wax solo, con los skars, podría detener a los demonios y devolver al mundo su paz anterior. Una idea color de rosa desacreditada por todas las armas a su alrededor, por el hecho de que lo llevaban a reunirse con el propio Fassle, líder del Círculo gobernante de Najahn y el mismo hombre que había ordenado a las islas ir a la guerra en primer lugar.

Que Fassle permitiera a Wax simplemente convertirse en el próximo Aegis y cancelar todo, comprando unos años de calma relativa, parecía absurdo. El propio Wax ni siquiera deseaba el honor, o la maldición debilitante que venía con él, una maldición que Wax estaba comprendiendo que no provenía solo de la Herida y su trono.

Había usado los skars para guiar el clíper a través de la tormenta, para acelerarlo más allá de corrientes perezosas y vientos contrarios para llevar el barco al puerto de Noctia más rápido de lo que cualquiera habría esperado. El esfuerzo había dejado a Wax acostado a todas horas, recibiendo comida y bebida poco a poco de una tripulación agradecida, diezmada por la batalla y los ahogamientos. El episodio no había dejado a Wax preguntándose sobre las posibilidades, sino más bien sobre el agotamiento que aún lo afligía: pasos pesados, respiración lenta, ojos entrecerrados incluso en medio de la brillante tarde de principios de primavera que lo rodeaba.

Los skars tenían cierto poder propio, un estallido que se agotaba rápidamente con cualquier esfuerzo real, y las piedras divinas no dudarían en tomar más de su anfitrión. No solo la voluntad de un día, sino la de una semana, un año, toda una vida. ¿Cuánto había perdido ya Wax con estos skars?

—Así que ya ves —la voz del capitán de Najahn irrumpió mientras pasaban las puertas del barrio de Najahn —, todo esto es una conclusión inevitable. Kance y Vis son islas valientes, nadie lo discute, pero cuanto antes termine esta lucha, más vidas se salvarán. Lo reconoces, ¿verdad?

Wax dirigió una mirada cansada hacia el hombre.

—¿Cree que tengo algún poder aquí?

El capitán de Najahn, envuelto en su casco, recibió la pregunta con un ceño fruncido, luego una risa.

—Supongo que no. Olvidé que ustedes, los Renovados, ya no son lo que solían ser.

Ese sentimiento acompañó a Wax todo el camino hasta la cámara de reuniones del Círculo, un círculo literal con una plataforma hundida en el centro desde la cual los visitantes se dirigirían a Fassle, los dos Adeptos y cualquier otra persona considerada necesaria para decidir de una manera u otra. Wax, ahora envuelto en túnicas púrpuras y negras de Najahn, entró en la habitación bajo linternas y su cálido resplandor. La sala en sí tenía un calor humeante que burbujeaba desde hornos muy por debajo. Fassle, el único que compartía el espacio, parecía disfrutar del clima artificial: sus túnicas lucían tan delgadas como el rostro del hombre, tan huesudas como sus dedos entrelazados.

—El Renovado renegado —dijo Fassle a modo de saludo, una vez que Wax había encontrado el marcador dorado y estriado en el centro de la habitación y se había parado sobre él—. No puedo decir que alguna vez haya querido verte cara a cara, pero no estoy decepcionado de que estés aquí.

La escolta de Najahn no le había dado mucho a Wax durante el camino, salvo dos cosas, peticiones que Wax hizo cuando las torres de Najahn y sus siniestras banderas se acercaban. Café, recién preparado con granos de Vis, y las gruesas túnicas formales que ahora vestía. Las que habrían hecho sudar a Wax si el skar de Vis no estuviera haciendo todo lo posible por mantener el cuerpo de Wax en perfecta alineación. Tal como estaban las cosas, el Renovado que se encontraba ante Fassle recibió el ligero insulto del hombre sin inmutarse, devolviendo la clásica sonrisa amplia de Wax.

—Tienen suerte de haberme encontrado —dijo Wax, disfrutando de la emoción transmitida por el skar de Tamas, detectando la sorpresa de Fassle.

—¿Suerte?

—Claro. Están a punto de desperdiciar a toda esta gente, todos esos hermosos barcos allá afuera, pero ahora que estoy aquí, no tienen que hacerlo.

—¿Y dejar que Kance y Vis conserven sus skars? —

Fassle se inclinó hacia adelante, estudiando a Wax desde su posición elevada—. Creo que no entiendes, Vis. No podemos arriesgar el futuro de las islas con un comercio benevolente.

—Ese es mi punto. No necesitan más skars.

Más confusión. Cejas arrugadas, una nariz fruncida.

—Permítame explicarme —dijo Wax—. Durante la última temporada, he recorrido la mayoría de las islas. He visto a los skars en acción de cerca. Conozco el poder que tienen. Sé también que un solo conjunto de siete puede mantener a los demonios a raya durante mucho, mucho tiempo.

—Ahora menos tiempo que nunca. Es la razón por la que estamos aquí.

—Cierto, pero eso es porque no han intentado nada nuevo.

—¿Nada nuevo?

La expresión de un líder desconcertado. ¿Había algo más precioso?

—Mire —dijo Wax, alzando la mano y tocando el collar —. El Aegis ha estado quemando estos skars para mantener alejados a los demonios desde que existimos, ¿verdad? Todo ese poder, haciendo una sola cosa. Pero ¿y si hiciéramos algo diferente?

—Eso es lo que estamos haciendo. Vamos a entrenar a nuestros soldados para que usen los skars y lleven la lucha a los demonios para erradicarlos. —Fassle pareció darse cuenta de que se estaba explicando ante su prisionero—. Ahora, qué...

—Le estoy diciendo que hay una mejor manera —interrumpió Wax—. Denme siete skars y una oportunidad, y podremos poner fin a la guerra antes de que realmente comience. —El Vis señaló a Fassle—. Piénselo de esta manera: ahora mismo, su legado es destruir cómo han funcionado las islas durante mucho, mucho tiempo. Con mi ayuda, podemos darle un giro. Usted puede ser el salvador. El que rompió la cadena.

—Con su ayuda. —Fassle aplanó sus manos antes entrelazadas—. Debo decir, Wax, que no esperaba que esta audiencia fuera así.

—Intento desafiar las expectativas.

—Aparentemente. Pero encuentro su idea lo suficientemente intrigante como para darle una oportunidad, aunque ya es tarde para detener la guerra. Kance ya ha sido invadida, y el asalto final a Vis está comenzando mientras hablamos. —Fassle tamborileó con los dedos—. Aun así, si trabaja rápido, podría salvar algunas vidas. Dos días, Wax. Dos días para probar que su idea tiene mérito. Si no es así, lo sentaré en la Herida con sus siete skars. Será nuestro nuevo Aegis mientras los Najahn toman las islas y preparan nuestras fuerzas para librar al mundo de los demonios de una vez por todas.

Si todo sale bien, no deberá soportar la maldición de los skars por mucho tiempo. Solo algunas canas en esa cabeza joven suya. ¿De acuerdo?

Eujo probablemente ya estaba en Kance, posiblemente bajo asalto en ese mismo momento. Lo mismo con la familia de Wax y sus amigos en Vis. Ya era tarde, quizás demasiado tarde. Aun así...

—Hecho. Dos días —dijo Wax—. Aunque necesitaré un skar de Kance y otro de Noctia.

—Oh, sé exactamente dónde puedes encontrarlos —dijo Fassle—. Y creo que te interesará mucho conocerla.

Mientras Fassle hacía una señal a un guardia que observaba para indicar que la reunión había terminado, Wax dirigió su atención hacia su interior, a una imaginación que aún no le había fallado.

Porque la Renovación había prometido un milagro, y Wax no tenía la más remota idea de cuál sería.

26
CAÍDA Y LUCHA

Sichi salvó al cazador, como la luna a menudo hacía. La luz rosada le dio a Quik una sombra para golpear, una rama persistente al borde de su alcance mientras el Vis caía en picado hacia el suelo cubierto de hierba en la base del Gran Sana. Sus manos, aún con aquellos guanteletes, se aferraron y encontraron la delgada rama, agarrándola con ambas manos. El estómago de Quik dio un vuelco, la rama se balanceó hacia abajo con su peso antes de encontrar una fuerza oculta y lanzarlo hacia su tronco.

Una jungla revelada en silueta, cien opciones y trampas emergiendo mientras Quik volaba, mientras la rama... se rompía. Una caída detenida se convirtió en una caída reanudada, pero Quik tenía su objetivo, había cambiado su impulso, y balanceó su cuerpo hacia adelante. La hoja del helecho atrapó el pecho de Quik, doblándose, sosteniéndolo mientras el cazador se deslizaba por su fría longitud para atravesar el otro lado, rodando, golpeándose contra arbustos, hojas y tierra. Espinas y piedras desgarraron su tejido, laceraron la piel de Quik, y su hombro derecho se quebró con un dolor tan repentino que hizo que Quik quisiera gritar.

Contuvo la lengua. Apretó los dientes. Se quedó allí, en cambio, en medio del suelo frío. Más allá, la batalla alrededor de la base del Sana comenzaba a menguar. Los cazadores mottilanos ya no lanzaban gritos de guerra. En su lugar, flotaban órdenes de rendición de los najahn. Quik apartó las implicaciones, todos los pensamientos sobre la lucha mayor en curso. Lo que importaba ahora era ponerse de pie, respirar, salir con vida.

El primer objetivo llegó con la letanía del dolor, punzadas y palpitaciones en igual medida desde sus tobillos, rodillas y cintura. El hombro de Quik había desaparecido en un vacío entumecedor, el brazo colgando inerte, dejando el esfuerzo de levantarse a la izquierda de Quik. Los guanteletes, sin dientes, no eran de mucha ayuda aquí, pero quitárselos tendría que esperar hasta que Quik lograra ponerse de pie, hasta un punto donde los asuntos más triviales pudieran-

Ruido, y no de hoja contra hoja, o hoja contra cuerpo. Hojas crujiendo, hierba moviéndose y preguntas habladas. Los inconfundibles tintineo y chasquidos de la armadura.

Empujarse hasta ponerse en cuclillas era más fácil que ponerse de pie, y las piernas ensangrentadas de Quik parecían más dispuestas a aceptar el enfoque intermedio, aceptando su empuje con la mano izquierda hasta una posición agachada. Girando sobre sus talones en la tierra -sus zapatos, ya raspados hasta convertirse en jirones por el Sana, se habían desprendido en el aterrizaje- Quik una vez más agradeció a Sichi por su benevolencia.

Tres najahn se acercaban, con voulges listos, a través del estrecho espacio verde entre el Gran Sana y la jungla. Se movían lento, cautelosos. Bien entrenados, entonces, y no arrogantes. Mala suerte.

La mayoría de los najahn que Quik había conocido en Noctia habían estado demasiado ansiosos por compartir su aparente invencibilidad, su desdén por las otras islas. Unos cuantos de esos luchadores arrogantes aquí, y Quik podría haberles enseñado una lección. Una fatal.

En cambio, el cazador se mantuvo agachado, sobre la punta de sus pies. Hizo un recuento de sus armas: un brazo funcional, un guantelete sin dientes y piernas que podrían ceder después de mucho uso. No era gran cosa, pero el guantelete dañado aún podía bloquear un golpe, y los najahn no sabrían que el brazo derecho de Quik y sus piernas estaban casi inservibles. La sorpresa, también, estaba de su lado.

Y este era el hogar de Quik.

El cazador dio un paso lateral a la izquierda mientras el trío de najahn encontraba la rama rota, atrapada en los brazos delgados de árboles más pequeños. Uno preguntó si un animal podría ser la causa, su compañero descartó esa idea, sugiriendo que cualquier coincidencia esta noche era un enemigo hasta que se demostrara lo contrario. El tercero siguió avanzando, usando su voulge para apartar arbustos, las primeras hojas del helecho.

Quik esperó hasta que el najahn llegó al medio del helecho, hasta que el voulge se extendió para despejar el camino, dejando un hueco en las defensas del hombre. Los cascos najahn protegían los lados y la parte superior, pero dejaban el rostro descubierto, una abertura que Quik aprovechó con una piedra del tamaño de la palma de su mano. El cazador la lanzó, poniéndose de pie mientras arrojaba, y la roca aplastó la nariz del najahn, haciendo que el soldado tropezara y cayera sobre la maleza.

La armadura pesada tenía sus ventajas, pero levantarse después de caer no era una de ellas. El najahn estaría en el suelo por unos momentos, brechas que Quik usaría, debía usar.

El cazador pateó hacia la derecha, apuntando hacia el árbol extendido cuya rama había sido su salvación. Los otros dos najahn gritaron, y Quik tuvo la fugaz esperanza de que el par pudiera retirarse, buscar refuerzos y darle al cazador una oportunidad. En su lugar, siguieron adelante, ignorando a su amigo caído para dividirse. Uno siguió el camino del helecho abierto por su aliado golpeado, mientras que el otro, demostrando que sus oídos funcionaban mejor que sus reflejos, cortó a la izquierda, directo hacia la cobertura elegida por Quik.

Un error necesario, separarse, y uno que Quik aprovecharía.

Se lanzó hacia el que cortaba a la izquierda, poniendo algunos pasos entre ese najahn y los otros dos. Quik no tenía otra piedra, pero un puñado de tierra y hojas en su mano izquierda funcionó casi igual de bien. Sus piernas ardían, la sangre caliente goteando, pero funcionaban lo suficientemente bien para que el cazador se escabullera alrededor del lado del tronco. El najahn apuntó el voulge hacia Quik, abrió la boca para pedir ayuda, y recibió la tierra directamente en los labios. El grito se convirtió en tos. El voulge vaciló, y Quik lo golpeó, el reverso del guantelete derribando la punta curva del voulge hacia el suelo.

Si Quik hubiera tenido una mano derecha funcional, un simple golpe habría terminado la pelea en ese momento. El najahn lo esperaba, su mirada de pánico coincidiendo con la tierra que escupía de una boca que arcaba. El cazador no tenía tal opción, pero sí tenía un cráneo, y la tierra hizo un blanco fácil al que apuntar. Su frente golpeó la cara del najahn con fuerza, sus ojos se cruzaron mientras se desplomaba. La armadura tintineó mientras su cuerpo se encogía, una alarma tan clara como cualquier grito.

Quik se giró para enfrentar a la pareja que se acercaba, la placa púrpura reflejando los destellos rosados de Sichi hacía que los Najahn parecieran como fantasmas aterradores mientras cargaban. El simple giro exigió demasiado a las piernas torturadas de Quik, y su tobillo derecho cedió, colapsando como su brazo derecho para enviar al cazador a una defensa con una rodilla en tierra. Levantó el guantelete, luego lo dejó caer, igualando el arma a su par inerte.

El dúo Najahn se detuvo, con las voulges apuntando al corazón de Quik.

—¿Te rindes, Vis? —preguntó el Najahn que aún estaba ileso.

—No le dejes —dijo el segundo, con una voz burbujeante y balbuciente—. Se merece lo que está a punto de recibir. Pavarde puede tragarse sus órdenes. Ya no está en su barco ahora.

¿Pavarde? El nombre le picaba, algo para más tarde, si Quik vivía lo suficiente.

El primer Najahn miró al segundo, una apertura concedida por alguna pequeña mancha moral. Quik la aprovechó. Como en su segunda emboscada, Quik recogió tierra con su mano izquierda y la lanzó hacia el Najahn, levantándose con el impulso del movimiento en un uppercut de seguimiento, uno que debería haber ido directo a la barbilla del Najahn.

Uno que rozó un antebrazo blindado mientras los dos soldados bloqueaban el rocío con voulges y metal. El primer Najahn sacudió la parte trasera de su voulge, golpeando el hombro de Quik y enviándolo de bruces al suelo. El segundo presionó la punta de la lanza contra el cuello de Quik.

—Como dije —gruñó el Najahn ensangrentado.

—Hazlo, entonces —dijo el primero.

Quik no tuvo la oportunidad de rememorar, de decir algunas últimas palabras. Su cuerpo flaqueaba, abrumado por la caída, el golpe, la lucha. La voulge, al menos, pondría fin a todo eso, ¿y hacerlo mientras Quik yacía en el frío consuelo de su isla natal?

Una cierta justicia.

Excepto que el golpe no cayó. Un gruñido sorprendido, una maldición y un fuerte golpe metálico. Tierra dispersa rozó la mejilla de Quik y se volvió para ver a Sawi enfrentándose al primer Najahn. La espada Whent de la mujer destelló, desviando la voulge del Najahn en un estrecho contraataque. Intentó acercarse, pero el Najahn no era un novato, y canceló el avance con una retirada.

Una que trajo sus rodillas justo cerca del cuerpo postrado de Quik. Mientras Sawi, con la espada empuñada con ambas manos frente a ella, esperaba, el Najahn aprovechó su oportunidad. El soldado deslizó su pie izquierdo hacia adelante, yendo a una estocada recta.

Quik barrió su guantelete en un revés, un golpe carente de potencia, pero suficiente para hacer tropezar al Najahn. El golpe de la voulge fue hacia la izquierda y bajo, empalando un arbusto. Un mal fallo, y uno que Sawi no imitó.

—Vamos —dijo Sawi, un latido después, con la espada Whent metida en su correa trasera—. Pronto vendrán a buscarnos.

—No puedo moverme rápido —respondió Quik, aceptando su ayuda para poner sus piernas cansadas debajo de él—. No voy a superar a nadie corriendo.

—Nos esconderemos cuando tengamos que hacerlo —Sawi pasó el brazo de Quik sobre su hombro, iniciando una caminata tambaleante hacia la jungla—. Esta es nuestra isla, Quik. Aún no hemos terminado de luchar por ella.

27
BEBIENDO CON LOS MUERTOS

Una sola cerveza no hacía mucho más fácil festejar con el enemigo. Maena deambulaba por las calles de Fortaleza Onírica, la juerga nocturna rebosante de jarras, mala música de tambores y el rugiente desafío de un pulso, carrera o concurso de bebida Whent en su periferia. Vigilaba cualquier mirada inquisitiva mientras intentaba encajar, asegurándose siempre de tener una bebida en la mano y una risa lista para cualquier estupidez que ocurriera cerca.

Sin embargo, los Whent no querían dejar que Maena jugara su juego. Una reputación que ella misma había cultivado al evitar sus fiestas desenfrenadas en el pasado significaba que los corpulentos guerreros, exploradores y comerciantes consideraban a la Rana una curiosidad, y no una que debiera ser tolerada. Una pelea amistosa se detuvo cuando Maena se deslizó hacia el círculo interior, las miradas se dirigieron a la capitana Rana hasta que un Whent, magullado y ensangrentado por el combate anterior, exigió saber qué creía que estaba haciendo allí.

—Aquí no queremos amantes de las cloacas —gruñó el

hombre—. No me importa si Jochi dice que no debemos golpearte, eso no significa que necesite una rata Rana arruinando mi diversión.

—Como si supieras cómo encontrar una de esas —replicó Maena, pero se marchó lo suficientemente rápido cuando demasiados puños se alzaron para insistir en el asunto.

Maena encontró un trato similar en los concursos de bebida, mientras cogía un aperitivo de una mesa rebosante de pasteles de setas, e incluso simplemente caminando por las calles. La hostilidad no era del todo nueva —Maena no se mentiría a sí misma diciendo que había robado a un explorador Whent para sus hazañas en parte para aplacar el viejo y siempre presente impulso de causar algún daño al ancestral enemigo de su isla—, pero con Svarde ausente y los cadáveres callados, las tensiones oxidadas se sacudían su parálisis.

No finjas que estás sorprendida. Siempre ha sido así.

¿Lo había sido? De vuelta en la superficie, después de que Maena y su equipo derrotaran a esos primeros caminantes de fuego, Jochi le dio una calurosa bienvenida. La invitó a la larga marcha hacia las Profundidades Oscuras. Había comido en su mesa, dado sus opiniones y había sido escuchada.

Hasta que dejaron de escuchar. Sabes por qué.

Culpa de Svarde. El bárbaro se fue, jugó a ser vanguardia con esas hachas y el ferrita y la dejó sola, él...

No lo necesitas, y esa no es la razón. No nos mientas, Maena.

No. Las invitaciones dejaron de llegar porque Maena dejó de tener sentido. Al menos, eso es lo que dijo Jochi. Demasiado sedienta de sangre, demasiado salvaje, demasiado peligrosa, y el hecho de ser una Rana no ayudaba.

Quédate callada un tiempo, dijo el señor de la guerra, y así lo había hecho. Había perseguido a Svarde y...

Nos acercamos en la oscuridad, ¿verdad?

La última gota de cerveza despertó a Maena de sus recuerdos. Se había alejado de la música, la bravuconería, y se encontró en la silenciosa catedral que Svarde solía dominar. Ahora, sentado en la silla de piedra simple y enorme —era demasiado sencilla para ser un trono— estaba el antiguo dueño de Fortaleza Onírica. Despojado de poder después de que Svarde se marchara, el Rey Muerto se inclinaba hacia adelante, su armadura masiva y abollada asentándose sobre sí misma.

¿Se estaba descomponiendo su cuerpo allí dentro, o el encantamiento de la espada, una vez otorgado, mantenía al hombre conservado? Los otros cadáveres ciertamente parecían estar apestando el lugar, pero entonces, Maena aún no había visto a ninguno desmoronarse en polvo tampoco.

Al menos, no por medios naturales. Más de unos cuantos habían perdido extremidades o habían sido destruidos por Whent desenfrenados.

—Pensaría que lo aprobarías —dijo Maena a la imponente figura—. Todos estos años aguantando la línea contra los monstruos, esperando un final, y aquí estoy yo para dártelo.

El Rey Muerto no ofreció respuesta, así que Maena arrojó su jarra vacía al Primer Guardián. Se hizo añicos entre su blindaje marcado y moteado, sin provocar movimiento alguno.

—Pero no cantarán canciones sobre mí —continuó Maena—. Nunca recordarán a la pirata Rana que cerró las puertas, que vio la verdad.

Tú tampoco lo hiciste, hasta que te lo mostré.

—¿Mostrármelo? ¡No me dejaste olvidarlo!

La voz de Maena resonó en la catedral. Sin un ocupante vivo, nadie había reemplazado gran parte del musgo. En su lugar, una pequeña luz rosada se filtraba desde muy arriba. Un pequeño regalo de Sichi, a través de todo Noctia, bajando por la Herida, hasta aquí mismo.

Porque necesitabas aceptar la verdad. Los demonios son los errores de los dioses. Deben ser destruidos, no perdonados.

—Ya lo sé... —murmuró Maena, volviéndose hacia el Rey Muerto—. Podrías habernos ahorrado tanto tiempo a todos. —Una risa baja, porque, ¿cuán absurdo era todo esto, en realidad?—. ¿Cuánto esfuerzo habría costado inundar la cámara? ¿Palear tierra con tu ejército impulsado por cadáveres en la piscina hasta que la enterraras?

Una vez comenzadas, las acusaciones brotaron, un camino no tomado tras otro, todos puestos a los pies del Rey Muerto. Maena iba y venía frente a ese trono, encontrando catarsis en la solemne atención del silencioso Guardián. Claro, el Rey Muerto no respondía, no ofrecía sugerencias, pero Maena las encontraba de todos modos.

El camino desordenado y sinuoso que la había llevado a este precipicio no podía cambiarse, no, pero Maena podía liberar a otros del mismo destino, y aunque ni un alma conociera su nombre, aunque no se erigieran estatuas para proclamar su brillantez, el esfuerzo valdría la pena.

No todas las leyendas necesitaban ser contadas.

—Me cuesta encontrarte tan noble —anunció Haggerth, apareciendo flanqueado por guardias Whent armados con hachas en la entrada de la catedral.

Maena, que acababa de terminar su declaración de propósito, se preguntó si Haggerth había elegido su momento para evitar interrumpirla.

—¿Estabas escuchando? —dijo Maena, dando la espalda al Rey Muerto y contando a los cinco soldados, incluido Haggerth, frente a ella. Ninguno tenía la mirada vidriosa del alcohol, todos tenían las manos en sus armas —. ¿Juzgándome?

Malas probabilidades, Maena. ¿Hay otra salida?

No que la capitana Rana supiera. Ni que Haggerth pareciera dispuesto a ofrecer, tampoco.

—Cuando un señor de la guerra Whent flaquea —dijo Haggerth, manteniendo su posición en el centro de su guardia, que comenzaba a desplegarse por la amplia y desnuda cámara de la catedral—, a menudo es porque sobrepasa sus habilidades. Delirios de grandeza, algunos lo llaman. Tan obsesionados con convertirse en algo que no pueden ser, que pierden quienes son. ¿Te suena familiar, Rana?

Parece que Haggerth no tiene sentido del propósito.

—Hay una diferencia —replicó Maena, retrocediendo aún más cerca del Rey Muerto, como si el gigantesco cadáver blindado pudiera ofrecerle una respuesta—. No estoy en esto por mí misma. Estoy tratando de salvar las islas.

Haggerth, quien, ahora que Maena lo miraba con más atención, parecía efectivamente haber tropezado por cuevas escabrosas durante horas. Su capa de piel Whent tenía desgarrones, el hombre mismo llevaba manchas de tierra y cortes en las piernas, brazos y cabeza donde un golpe a ciegas había cobrado su precio.

Bien.

—¿Entonces por qué tanto secretismo? ¿Por qué secuestrar a uno de nuestros exploradores y mentir al respecto? —preguntó Haggerth—. ¿Por qué presionar a uno de nuestros herreros para que haga explosivos sin siquiera consultar a Jochi sobre tu plan?

—Eres minucioso, ¿no es así?

—¿No pensaste que encontraría todo eso? —Haggerth, siempre despreocupado, se mantuvo firme entre Maena y la salida de la catedral. Cuatro guardias la flanqueaban ahora, por todos lados—. ¿No creíste que nadie se daría cuenta? ¿O que el herrero no le había contado a Jochi lo que le habías pedido desde el principio?

—¿Él lo sabía?

—Algo. El explorador desaparecido fue mi investigación, y ahora la única pieza que falta es dónde, Maena. ¿Dónde planeas poner las bombas? ¿Es ahí donde encontraremos a nuestro explorador?

—¿Jochi lo sabía y nunca me preguntó?

Haggerth frunció el ceño.

—Mi pregunta primero.

No te matará hasta que encuentre al explorador. Tienes ventaja.

Como si Maena nunca hubiera estado en negociaciones antes. Ciertamente, la mayoría de las veces, Maena había estado presionando a indefensos capitanes de mar para que entregaran el botín para salvar sus propias vidas, pero la situación inversa no le era tan ajena como para dejarla desconcertada.

Todo lo que importaba era encontrar la ventaja y aprovecharla.

—Un trato, entonces, Haggerth —dijo Maena—. Juntos iremos a buscar al explorador. Te mostraré cómo salvar las islas. Si no te gusta, puedes matarme allí.

Haggerth consideró, luego asintió hacia la espada en su cinturón.

—Sin armas, sin trucos. A partir de este momento, Maena, capitana de Rana, eres prisionera de los Whent. —Ante sus palabras, los cuatro guardias se acercaron—. Si te resistes, haré que te envíen directamente a los Pozos. Pocos sobreviven una vez. Tú no saldrás con vida una segunda vez.

202 A.R. KNIGHT

resistes, haré que te envíen directamente a los Pozos. Pocos sobreviven una vez. Tú no saldrás con vida una segunda vez.

28

REENCUENTRO ASCENDENTE

Svarde, por mucho que odiara admitirlo, le debía a Tamas su continua no-muerte. La maldita isla, cuando él era el Guardián de Catya, había insistido en que desempeñara un papel secundario en la escena representada por Catya. Había tenido que moverse con la música, actuar con ligereza mientras cargaba una tapa pintada de blanco que debía ser el sol. Ami se había burlado de él, e incluso Catya apenas pudo ocultar su sonrisa, pero Svarde había cumplido con su trabajo, revoloteando por el escenario como exigían las líneas.

Ahora revoloteaba con pies ligeros por las avenidas de Kance. Las nubes ocultaban a Sichi, proyectando sombras extensas desde las lámparas de las esquinas alimentadas con aceite de Noctia. Un suministro que Kance ya estaba racionando, a juzgar por cuántas manzanas serpenteantes yacían envueltas en oscuridad. Olgata supuso que Kance también había impuesto un toque de queda, ya que demasiadas tabernas permanecían en silencio y demasiadas calles estaban vacías. Los soldados deambulaban aquí y allá, con túnicas y portando estiletes en el aire fresco. Los cantos de las aves, la sinfonía natural de Kance, cambiaban con la caída de la noche, transformándose en bajos ululatos y trinos de criaturas que Svarde no podía ver.

La gran espada descansaba en su espalda, envuelta en las vestiduras manchadas robadas a varios soldados de Kance que ya no las necesitarían. Las túnicas no eran de la talla de Svarde y le quedaban ajustadas, los pantalones rozándole los muslos que ya no podían sentirlo. Al menos la muerte le otorgaba a Svarde esa pequeña bendición: los dolores y molestias del viaje, de la guerra, habían desaparecido.

Sin embargo, para ser una ciudad en guerra, Kance mantenía su seguridad bastante laxa. Las patrullas no eran frecuentes. Svarde no sentía ojos observándolo, ni espías de una población decidida a mantenerse vigilante. Quizás porque Noctia no había llevado la lucha hasta aquí, quizás porque Kance creía que su victoria sería fácil. O su derrota inevitable.

—Si vamos a llegar a la cima del Palacio del Cielo —dijo Olgata mientras se detenían apresuradamente entre dos casas oscuras, los bungalows de Kance achaparrados y salpicados de ventanas, maderas finas—. Entonces tenemos dos opciones: las escaleras o los elevadores.

—Escaleras.

—Incorrecto. Las escaleras rodean el exterior de la torre. Nos verán venir y nos atraparán. Tú podrías sobrevivir a eso, pero yo no.

Svarde resopló, acarició a Kivi, el ferrite que se arrastraba a su lado. —No tienes que venir con nosotros.

Olgata asintió hacia la empuñadura de la espada que sobresalía del hombro de Svarde, donde mantenía un contacto constante con la piel gris a lo largo de su espalda superior. Una concesión a los skars en el arma, lo que exigían para mantener a Svarde con vida.

—Esa espada no puede caer en manos de nadie —dijo Olgata—. Si la sueltas, necesito tomarla y llevársela de vuelta a Jochi.

—¿Esa es la razón por la que estás aquí? ¿La espada?

—Una de ellas.

Svarde tendría que reevaluar a la exploradora Whent. Escurridiza, hábil y siempre lista para abandonar el momento por un objetivo más grande y distante. Olgata se había alejado corriendo de Svarde y Maena cuando los cadáveres del Rey Muerto hicieron su primer acercamiento, y había tomado la iniciativa en el mapeo de los túneles del sur desde Dreamhold hasta Kance, hasta Vis.

—¿Por qué eres tan leal, Olgata? —preguntó Svarde—. ¿Qué ganas con esto?

La exploradora sacudió la cabeza. —Ahora no. Si sobrevivimos a todo esto y me emborrachas mucho, quizás te lo cuente. Hasta entonces, concentrémonos en los elevadores. Si lo hacemos bien, estarás gobernando Kance para el desayuno.

Se agazaparon cerca de la avenida principal que conducía hacia el Palacio del Cielo y la gigantesca torre que lo coronaba. El amor de Kance por el estilo fluido y plateado dominaba la vista, incluso en la oscuridad de la madrugada. Diamantes celestes bordeaban la amplia avenida, dividiendo setos esculpidos y postes de banderas ondeando varias insignias de Kance. Aquí ardían faroles, patrullaban guardias, y Olgata no estaba encantada.

—Es hermoso durante el día —dijo Svarde—. Uno de los pocos lugares en las islas que realmente valía la pena.

—Silencio —dijo Olgata.

Tenían sus espaldas presionadas contra un edificio de piedra, uno de varios pisos que parecía destinado a asuntos oficiales. Kivi se aferraba a la pared sobre la cabeza de Svarde, las ocasionales astillas de sus garras salpicando su túnica.

—El sigilo nos ha traído hasta aquí, exploradora —dijo Svarde, moviendo su mano hacia su espada—. Quizás sea hora de cambiar de táctica.

—Te dije que cortarán los cables del elevador si nos ven entrar —espetó Olgata, su voz un duro susurro—. ¿No estabas escuchando?

—Solo tenemos que movernos rápido, entonces.

Olgata parecía lista para descartar esa idea también cuando un ruido de aproximación, muchos pies sobre la piedra, la interrumpió. La pareja, bien en la sombra, apartó la mirada del Palacio del Cielo y vio aún más guardias. Marchando en formación. Por un segundo, Svarde se preguntó si los habían descubierto, si Kance finalmente estaba fortificando su lugar más importante. Solo por un segundo, luego ese pensamiento se desvaneció con un solo rostro.

La Vis llevaba años frescos en las estaciones desde la última vez que Svarde la había visto. El bastón que portaba, también, había cambiado, de bambú Vis flexible pero quebradizo a madera endurecida y metal. También vestía túnicas de Kance, y caminaba como alguien que había pasado tiempo con la civilización en lugar de los andares desenfadados de la jungla. Svarde captó todo eso de un vistazo, pero pasó el resto de la marcha estudiando sus otras características, los ojos bajos y la boca frustrada, los puños apretados a sus costados. La forma en que seguía lanzando miradas hacia el mar.

La manera en que caminaba sin ninguno de los otros con ella.

Bliss, ese había sido su nombre. La chica, la única dispuesta a compartir un poco de hierba de pipa en la cubierta de su camarote aquella noche. Una valiente, pero ¿cómo había llegado hasta aquí? ¿Y sola?

—Esa es la reina —dijo Olgata, casi con asombro—. Ahora la única de Kance. Ella también fue su Renovación. —La exploradora puso una mano en la muñeca de Svarde, señalando con la cabeza hacia la mujer de aspecto desafiante en medio de los soldados mientras pasaban—. Su brazalete. Tiene skars.

—Las piedras están por todas partes, Olgata. Lo que importa es si la reina sabe cómo usarlas.

—No, lo que importa es que tenemos nuestra oportunidad.

—¿Qué?

—El Regente, o quien sea que esté liderando Kance ahora, está a punto de perder su puesto. La Reina tomará el control, y ahora, tú puedes capturarla. —Olgata hizo un gesto hacia el séquito real—. Kance perderá su voluntad de luchar con ella en riesgo. Tu estúpido plan podría funcionar después de todo.

—Espera, ¿estúpido plan?

Olgata resopló.

—Obviamente. Ahora es nuestra oportunidad. Vamos.

Antes de que Svarde pudiera indagar más sobre qué, exactamente, hacía que su plan fuera tan estúpido, Olgata se deslizó por el costado del edificio hacia la amplia avenida, manteniéndose en las sombras. Si los guardias a la vista no hubieran estado distraídos observando a la Reina, el movimiento habría sido detectado. En cambio, Svarde se arrastró tras Olgata, y Kivi detrás de él, todos manteniéndose agachados.

Kance también ayudó a sus invasores aquí, con su arquitectura ornamentada pero plana. Sin vallas, extrañas elevaciones en las entradas u otras barreras que obligaran a Svarde a hacer saltos difíciles o giros ruidosos. En su lugar, mantuvieron un trote lento y agachado, usando los setos y los jardines en ciernes. Olgata no dijo palabra y Svarde no cometió errores, llevándolos al final de la avenida sin incidentes, justo cuando el grupo de la Reina se dividía en varios partidos. La Reina misma se dirigió hacia el centro de la torre, donde esperaban los ascensores. La mayoría de los guardias se separaron para descansar las piernas en los barracones a nivel del suelo, supuso Svarde.

—Ahora esperamos, luego hacemos nuestra propia escapada —dijo Olgata—. Tomaremos el segundo ascensor, y...

—No —murmuró Svarde. La intuición del bárbaro le había dado una nueva idea—. Estoy cambiando el plan. Cúbreme.

—¿Cubrirte? ¿Qué...?

Svarde salió disparado en línea recta a través del patio. Kivi, siempre leal, lo igualó paso a paso, atravesando los setos en una explosión crujiente de hojas y ramitas. Los guardias de Kance por fin se dieron cuenta, se giraron y gritaron. Algunos pensaron en desenvainar sus espadas o ballestas.

—Distráelos, Kivi —dijo Svarde mientras sus pies golpeaban el patio de piedra tocada por diamantes—. No te dejes matar.

El férrico hizo lo que Svarde pidió, lanzándose con fuerza hacia el guardia más cercano y derribando al pobre hombre. Kivi no se detuvo a mutilar al alma, sino que se impulsó hacia el siguiente, que estaba apuntando para disparar a Svarde. La ballesta no llegó a disparar su virote antes de que el férrico la destrozara, haciendo que su dueño cayera al suelo con un fuerte golpe.

Svarde aprovechó esos segundos, llegó al arco ondulante que marcaba la entrada de la torre. Líneas tocadas de plata se arremolinaban a derecha e izquierda, como si la boca de la torre estuviera soplando viento. En cambio, la cueva artificial recibió a Svarde sin la más mínima ráfaga. Dentro, suaves linternas iluminaban los ascensores gemelos y sus enormes puertas. La Reina y su séquito, Svarde hizo un rápido recuento de diez, estaban abordando el ascensor de la izquierda.

Dos guardias, estos con la ornamentada armadura de Kance y esos bonitos estoques dorados, abandonaron el esfuerzo del ascensor para interponerse en el camino de Svarde.

Pobres almas.

Svarde no dejó de correr mientras alcanzaba y liberaba su gran espada. Al hacerlo, la túnica de Svarde se abrió, fragmentos en sus mangas ondeando como las aletas de alguna extraña criatura. La extraña apariencia no detuvo su golpe, entre los gritos, las maldiciones, las órdenes de que el maldito ascensor se moviera.

Un estoque golpeó el hombro izquierdo de Svarde. El otro nunca llegó, su dueño fue partido hacia la izquierda y, con el golpe, se estrelló contra el segundo guardia. Svarde continuó hacia el ascensor, el estoque aún clavado en su piel. El grupo restante con la Reina debía ser un montón de consejeros llorones, políticos inútiles, ya que se encogieron hacia la parte trasera del ascensor.

Todos excepto dos. Una joven escuálida con una daga en cada mano, y Bliss, con su bastón desenvainado y listo.

Una postura de batalla que vaciló al ver a Svarde, al reconocer las líneas en su rostro muerto, al escuchar su demanda, entregada mientras Svarde ponía sus pies inmortales en el ascensor.

Paz, no para Kance, no para Noctia, sino para los demonios.

29
ENTRE LAS FLORES

A pesar de todos los helechos, flores y enredaderas que Wax había tocado en Vis, nunca había sentido nada parecido al lelune en el vasto cráter de la Herida de Noctia. Algunas flores florecían, Sichi se colaba entre las nubes para besar el espectáculo nocturno con su luz rosa. Una brisa fresca corría alrededor, estremeciendo las plantas en ciernes y recordándole a Wax que no se había puesto la túnica más abrigada que Noctia le había proporcionado. El armario de su habitación estaba repleto, en realidad, con tantas prendas que Wax tuvo que suponer que eran sobrantes de alguien más.

Sin embargo, todas le quedaban bien.

—Estas son mis favoritas —dijo Catya, la antigua Égida, mientras lo guiaba por los campos de flores. Caminaba lenta y cuidadosamente, siempre con un bastón en la mano, pero hablaba con agudeza y claridad—. Cada noche que podía, salía de la Herida para verlas florecer.

—Son hermosas.

—Un recordatorio de lo que intentaba defender, creo. Más que los Najahn, en todo caso.

—¿No te trataban bien?

—Me usaron —Catya miró hacia atrás a Wax y esbozó una sonrisa melancólica—. Bueno, nos usamos mutuamente. Estas cicatrices pueden haberme robado gran parte de mi vida, pero nunca tuve que negociar por una comida, preocuparme por mantenerme caliente o si un demonio iba a morderme los dedos de los pies.

Wax se rio.

—Conozco a más de una persona que haría ese trato.

—¿Lo harías tú?

Ah. El repentino cambio de tono otra vez. A Catya le gustaba hacer eso, un hábito que Wax había notado a medida que avanzaba la noche. La Égida se reía de esto, bromeaba sobre aquello o parecía perdida en una anécdota agradable solo para darle la vuelta a Wax como un ataque sorpresa. ¿Una prueba, tal vez? ¿O simplemente una peculiaridad desarrollada a lo largo de una década con poco por lo que vivir?

—No —dijo Wax—. Hice una promesa de llegar hasta aquí. Pero no me sentaré en ese trono.

—¿Porque Fassle lo impidió?

—Porque creo que es un error.

Llegaron a un claro disperso. Catya se sentó en la suave piedra, dio unas palmaditas en el espacio a su lado y le dijo a Wax que sacara el odre de vino y las tartas que les habían horneado.

—De fresa —dijo Catya, sonriendo mientras levantaba el pastel—. Hace una temporada, no habría podido comer esto. No sin que lo hubieran convertido en puré.

—Supongo que es un alivio, entonces, estar fuera de ese trono, ¿no?

—Eso es solo una silla, ¿sabes? No tiene nada de especial.

—Pero...

Catya dejó la tarta a un lado, metió la mano en el bolsillo de su túnica y sacó un collar. Uno que se parecía mucho al que Wax llevaba ahora en el cuello. Todas las cicatrices estaban allí, excepto una, la piedra de Vis que Wax conocía tan bien.

—Me dejaron conservarlas todas, pero no me he puesto el collar desde que me lo quité —dijo Catya—. ¿La única cicatriz que aún conservo? —Su mano libre fue a su cuello, donde colgaba un simple broche. Wax podía adivinar lo que había dentro—. Vis me ha devuelto lo que las otras piedras me quitaron. Al menos un poco más de tiempo. —Se volvió para mirar hacia el centro de las tiendas, con la guardia relajada desde que la fuerza Whent había contenido el flujo de demonios—. La silla era un símbolo para todos los demás. No importaba, no importa para las cicatrices. Fassle, por supuesto, le gusta poder controlarla.

—Entonces, ¿cómo lo haces, o lo hacías? ¿La Égida?

Una pequeña sonrisa.

—Convocan la Renovación mientras la Égida aún está viva para la transición, que es más que simplemente sentarte con tu joven trasero en esa silla. Según tengo entendido, Demion se lo contó a la siguiente, y sus palabras se han transmitido de una a otra, hasta llegar a mí.

—¿Palabras?

—Después. Antes de que se enfríe.

Catya levantó un dedo y luego procedió a devorar la tarta. Wax captó la indirecta, llenó dos pequeñas copas de madera con vino tinto Tamas —una buena cosecha del sur, según afirmó el Najahn que había aparecido en su puerta con el conjunto para la noche y órdenes de encontrarse con Catya en la Herida— y probó su propio pastel. Todavía caliente, todavía pegajoso, y delicioso de una manera que nada de lo que Wax comía en Vis podía ser. Casi artificial. Elaborado sin la mano espinosa de la naturaleza.

Comieron en silencio. Catya lo hacía con tranquilidad, un ritmo que Wax decidió igualar una vez que se dio cuenta de que la prisa no le conseguiría respuestas más rápido. Así había sido desde la reunión con Fassle. Un Najahn se pegaba al lado de Wax, listo para responder sus preguntas —hasta cierto punto— y dirigirlo a las comidas, a partes del barrio Najahn que no había visto en su primera estancia en la Ciudad Anillada con Eujo, y para evitar decirle qué sucedería después, excepto para advertirle que no bebiera una cerveza tras otra.

Lo cual Wax quería hacer, porque eso podría difuminar las pesadillas que amenazaban con asaltarlo a cada momento. Visiones de Bliss y Eujo destrozados en el mar o apuñalados por alguna alabarda Najahn. Torny, acribillado a flechazos. O, casi peor, continuando sin Wax, asumién- dolo muerto y perdido.

El Vis no podía requisar un barco, no podía nadar hasta Kance. Le había preguntado a su cuidador Najahn si podía enviar un mensaje, y esa respuesta llegaría por la mañana.

—Estás luchando —dijo Catya, entre lamidas de relleno de fresa en sus dedos.

—¿Tan obvio es?

—Estás aquí sin amigos. Sin Guardianes, aunque Fassle dijo que eras una Renovación. —De nuevo, Catya levantó una palma, luego la bajó para sostener la muñeca de Wax —. No necesito tu historia, Wax. De todos modos, no tengo tiempo suficiente para ella. —Se rio y levantó la mirada hacia la luna—. Estos paseos no son fáciles.

—Entonces, ¿por qué dar uno conmigo?

—Por dos razones. Primero, porque Fassle lo ordenó, y

me quitará mis cicatrices y todo lo que tengo si no hago lo que él quiere. Segundo, porque tienes una verdadera oportunidad de cambiarlo todo.

Wax vació su copa y la volvió a llenar.

—Demasiada gente dice eso.

—La diferencia es que yo sé de lo que hablo —Catya sacó de nuevo el collar de skar. Extendió la mano hacia el diamante reluciente en una de las ranuras y, con dedos ágiles y estirados, lo liberó—. Esto es tuyo, ya no lo necesito.

—¿Kance?

Catya asintió mientras Wax tomaba el skar, mezclando sus curiosos susurros con los demás.

—Más que ningún otro, este intentaba que huyera. Siempre cantaba sobre la libertad.

—¿Cantaba?

—Eso es lo que están haciendo las piedras, Wax. Cantando.

—Siempre pensé que hablaban en un idioma que no podía entender. El habla de los dioses, o algo así. ¿Y luego las emociones, no? ¿Los impulsos que me empujaban a dejarlos ir, a hacer esto o aquello? ¿Estás diciendo que es una canción?

—Una parte de una —dijo Catya—. Como una banda, cada skar es su propio instrumento, tocando sus líneas. Cuando le das un solo, es cuando brillan sus habilidades y obtienes tu fuego, tu viento, tu tierra temblorosa.

Wax parpadeó y se volvió hacia su vino. Esperaba que Catya no viera el escepticismo en su rostro.

—¿El Aegis antes que yo? Era músico, así que quizás sea su interpretación, pero encaja —continuó Catya, sin rastro de ofensa en su tono siempre educado—. Los dioses unieron sus poderes para crear las islas y el mundo en el que vivimos. Eso lo sabemos. Y hacer el escudo que las rodea requiere cambiar los skars para que estén sincronizados, para que toquen en armonía.

Eso, al menos, Wax podía creerlo. ¿Las piedras queriendo tener un papel protagonista? Eh.

—¿Cómo lo hacemos? —preguntó Wax—. O, ¿cómo lo hiciste tú?

—Primero, tienes que escuchar. No a uno, sino a todos. Luego, cuando tienes sus canciones sonando juntas, diriges. Dile a Foti que vaya más despacio, a Vis que acelere —Catya movió un dedo en el aire mientras hablaba—. Durante todo el tiempo que estuve sentada en esa silla, Wax, no estaba sin hacer nada. Más bien, estaba manteniendo los skars en armonía. Día tras día, durmiendo cuando podía, durante años y años mientras los skars me drenaban para su canción.

Wax había empezado a escuchar las piedras, pero se detuvo cuando Catya terminó, con la implicación.

—No quiero eso —dijo Wax, soltando su mano del collar donde había colocado el skar de Kance—. No estoy intentando ser tú.

—Entonces no lo seas —Catya se levantó con un temblor—. Wax, necesitas conseguirte un skar de Noctia. Luego, luego, deberías hacer algo diferente, algo que no consideré hasta que vi todos estos skars siendo usados de nuevas maneras.

—¿Qué es?

—Todos los Aegises antes que yo hicieron que los skars tocaran una sola melodía, la que mantenía a los demonios fuera. Wax, te lo digo, tiene que haber más —Catya extendió la mano y la puso sobre el hombro de Wax para estabilizarse mientras plantaba su bastón en el suelo pedregoso del cráter—. Tal vez puedas encontrar la canción que los dioses querían que tocáramos, la que puede arreglar este mundo maldito de nuevo.

30
DEVORADOS POR LOS INSECTOS

Cojear por la jungla en una noche oscura después de un día agotador le quitaba gran parte de la alegría al hogar de Quik. Cada helecho, enredadera y raíz retorcida se convertía en un obstáculo; cada parche resbaladizo, creado por la nieve derretida de la cima de la montaña, se volvía una oportunidad para torcerse un tobillo ya dolorido. Aún no había muchos insectos, pero los que estaban activos parecían encontrarlos a él y a Sawi, acosando sus cuerpos malheridos sin piedad: pronto, sus cuerpos magullados se llenaron de picaduras que les producían comezón.

Quik calculó que habían pasado al menos dos horas cuando Sawi se rindió, cuando tropezaron en un claro relativo en el ascenso hacia las montañas y Mottilan. Ella dejó a Quik en el suelo, apoyándolo contra un árbol antes de desplomarse ella misma. Las hojas y agujas les proporcionaron un lecho, aunque frío. La sangre de sus heridas se coaguló con la tierra. La boca de Quik anhelaba agua, y sospechaba que Sawi no estaba en mejor estado.

La temprana primavera significaba que Vis aún no tenía

sus frutos exuberantes. Sus estómagos gruñían sin una solución fácil, así que Quik recurrió a las viejas costumbres.

—Tenemos que ser cazadores —le dijo con voz ronca a Sawi, visible como una sombra teñida de rosa—. Vivir como lo hacían los cazadores en los largos viajes.

—¿Cómo?

—Comer lo que podamos.

—No entiendo.

Quik sintió que un insecto curioso aterrizaba en su muslo. Su brazo derecho no funcionaba, pero el izquierdo se movía perfectamente. Sawi le había quitado los guanteletes, dejándolos en el suelo, así que cuando Quik llevó rápidamente su mano hacia el insecto, cuando atrapó a la criatura alada en su palma, las armas de madera no le estorbaron.

Tragar no fue fácil, pero el insecto bajó de todas formas.

—No te enfermarán —dijo Quik—. Si comes suficientes, sobrevivirás.

El silencio que le respondió hizo que Quik se preguntara si el asco había dejado muda a Sawi. Entonces escuchó los suaves golpes, el movimiento de la mano a la boca. Sonrió, dejando que su cabeza se recostara contra la suave corteza mientras atrapaba otro insecto. Después de todo, Sawi no había olvidado lo que significaba ser de Vis.

La isla, el dios, proveería.

Sawi, de hecho, llevó la idea más allá. Comenzó a pasar sus manos por las hojas en descomposición, encontrando gusanos más jugosos, escarabajos y larvas. Cada bocado empujaba contra la vida de Quik, contra lo que había aprendido a aceptar, a aspirar, pero el salvajismo era supervivencia, y antes de que pasara mucho tiempo, sus estómagos estaban llenos. Su sed saciada por cosas más cálidas que el agua.

—Creo que he comido cosas peores —dijo Sawi, sentada ahora junto a Quik, ambos apoyados contra el mismo árbol—. Noctia podría aprender una cosa o dos de estos insectos.

—No lo dices en serio.

Sawi soltó una risa ronca.

—Tal vez no, pero su pescado siempre era tan duro.

—Lo era, ¿verdad? Lo masticaba durante una hora.

Ahora ambos rieron. Eso alejó el dolor. Se desplomaron juntos, espantando distraídamente a los pocos insectos que aún se atrevían a acercarse a la pareja para morderlos, y dejaron que la noche avanzara, intercambiando una historia tras otra.

—Deberíamos dormir en algún momento —murmuró Quik, más tarde—. Amanecerá dentro de no mucho, y tendremos que caminar de nuevo.

—O podríamos simplemente esperar aquí, comiendo insectos hasta que las islas se calmen.

—Le hice un juramento a Wax, Sawi. No puedo renunciar.

—Creo que él lo entendería, dadas las circunstancias.

Quik se movió, miró el rostro sombreado, sucio y salpicado de insectos de Sawi, con su cabello enmarañado y ropa ensangrentada. Él debía verse igual de mal, y sin embargo, vio allí cierto sentido, una consideración de que simplemente yacer bajo las hojas contando historias podría ser lo mejor que podían obtener, siempre y cuando fueran ellos dos.

Excepto que Quik estaba medio muerto, y Sawi había sido la compañera de su hermano.

—No estoy seguro de que lo entendería —dijo Quik, apartando su atención y fijándola en unos árboles oscuros al otro lado del claro.

—¿Qué tan bien conocías a tu hermano? —preguntó Sawi, sin darle a Quik ninguna distancia.

—¿Era mi hermano? ¿Qué clase de pregunta es esa?

—Siempre estabas cazando, Quik. Actuando importante, solo para aparecer de vez en cuando y decirnos que maduráramos.

—Porque ustedes siempre se metían en problemas.

—¿No era porque te sentías solo?

—Yo... —Quik tragó saliva, parpadeó. La vida de un cazador de Vis significaba días en la jungla, solo, rastreando presas y regresando con ellas en mano, o al menos con una ubicación para que un grupo las cazara. Eso era lo que se esperaba, lo que se hacía—. Tal vez. No más que cualquier otro.

—Si hubieras pasado más tiempo con nosotros, sabrías que Wax no es del tipo que se obsesiona con el pasado, con el fracaso. Sigue adelante. Lo intenta una y otra vez, a veces solo por diversión. —Sawi se rio entre dientes—. Nos metía en problemas porque no se negaba a una idea. Siempre quería que tú también vinieras. Te echaba de menos, cuando creciste.

—Yo lo extraño ahora.

—Yo también —dijo Sawi—. Él tendría alguna idea tonta para sacarnos de esto. Algo en lo que no pensaríamos.

Eso haría Wax. Quik miró fijamente los árboles. ¿Qué haría su hermano ahora? Él tendría los skars, lo que cambiaría las cosas. Un skar de Vis, por ejemplo, ayudaría bastante ahora mismo. Quik debería haber tomado uno de Annalyse.

Espera.

Quik miró a Sawi y vio que la chica se había quedado dormida. Su cabeza descansaba sobre su hombro, pero en su cintura estaba la espada Whent. Una que podría, usada correctamente, tal vez...

—Dame tu espada —dijo Quik, extendiendo la mano hacia la hoja.

—¿Por qué? —preguntó Sawi sin abrir los ojos.

—Tengo una idea. Como Wax.

Eso despertó más a Sawi, y desenvainó la espada, entregándosela a Quik.

—¿Qué vas a hacer?

—Ayúdame a encontrar una piedra.

Esa búsqueda, en una ladera boscosa, no llevó mucho tiempo. Una piedra aproximadamente el doble de grande que el puño de Quik, arrastrada por Sawi. Apilaron hojas en un lado, mientras Sawi murmuraba sobre el riesgo que estaban corriendo.

—Mottilan tiene gente vigilando, lo verán —dijo Quik, calculando el golpe, mientras la esperanza momentánea hacía lo posible por alejar los dolores y los ojos pesados—. Vendrán a buscarnos.

—O tal vez sean los Najahn quienes lo hagan. Una voulge para cada uno. ¿No sería agradable?

—Ya no tendríamos que preocuparnos por todo esto.

Quik deslizó la espada sobre la piedra. Un chirrido, sin chispas.

—Tienes que meter más la hoja —dijo Sawi, y Quik lo intentó de nuevo. Aún nada—. Déjame intentarlo.

Fue fácil entregarle la espada. Quik solo tenía un brazo funcional de todos modos. Se recostó contra el árbol, observando a Sawi calcular su ángulo.

—¿Crees que Annalyse se esté preguntando dónde estás? —preguntó Sawi.

La pregunta desconcertó tanto a Quik que no se dio cuenta cuando Sawi hizo un golpe medido, enviando las primeras chispas volando hacia las hojas. Retrajo la espada y repitió el deslizamiento. Más chispas, más chillidos agudos de metal contra piedra.

—¿Tal vez? —respondió Quik.

—Te garantizo que sí. ¿No prestaste atención a cómo te miraba?

Por supuesto que sí. Por supuesto que se dio cuenta. Por supuesto que Quik había querido encontrar algo de tiempo con Annalyse, para retomar lo que habían dejado en el muelle de Noctia.

—¿Cómo era eso? —preguntó Quik, y Sawi se rio, deslizando la hoja.

Esta vez, las chispas dejaron algo de humo. La siguiente vez, dejaron una brasa, una que creció.

—Solo digo, Quik, si salimos de esta, no creo que tengas que estar solo.

Quik se rio entre dientes, observando cómo crecían las llamas. El amanecer también se acercaba, el cielo sobre ellos perdía sus nubes y ganaba luz. Puede que Mottilan no viera el resplandor del fuego, pero definitivamente notarían el humo. Vendrían, venciendo a cualquier Najahn armado que intentara navegar por la jungla. Quik y Sawi vivirían, podrían luchar de nuevo.

O no. Escapar a alguna playa tranquila en el borde sur de la isla... sin Wax, Quik se habría aferrado a esa idea.

—¿Y tú, Sawi? —preguntó Quik—. ¿Quién te espera?

—Mi familia. Mi isla. —Sawi se puso de pie sobre la llama, con la espada a su lado—. Volví para luchar, Quik. Parece que voy a tener esa oportunidad.

31
CONVIRTIÉNDOSE EN LEYENDA

Años y años en el mar, empezando como simple mensajera, marinera, una huérfana a bordo de los cargueros Rana. Una vez que pudo sostener un sable y disparar una ballesta sin herir a un aliado, Maena ascendió a los clíperes y cúteres, surcando las aguas entre Noctia y Whent en busca de presas fáciles. A lo largo de todo ese tiempo, de todas esas incursiones en pueblos costeros y embarcaciones torpes de Whent, Maena nunca se había encontrado prisionera.

Eso había cambiado con Svarde y su inmersión en el Abajo Oscuro. Llevada a los Fosos una vez, y ahora, de nuevo tras seguir a ese bárbaro temerario, caminaba con los comedores de rocas de Whent a su espalda, cuerdas atadas con fuerza alrededor de sus muñecas. Haggerth marchaba más cerca, su aliento lo suficientemente próximo como para hacerle cosquillas en el cuello. Que sostuviera una espada con la punta apuntando directamente a la cintura de Maena tampoco era fácil de ignorar: se aseguraba de rasgar su cuero cada vez que Maena disminuía la velocidad.

Habían dejado atrás Dreamhold, recorriendo los túneles inclinados y estrechos hacia arriba y alrededor de la vasta cámara cuyas aguas contenían esas terribles puertas a otros mundos, a los primeros errores de los dioses. Al principio, Maena había intentado pensar en una trampa ingeniosa para el trío de Whent que la seguía. Tal vez un pasaje lateral hacia una caverna donde pudieran vivir demonios, o una rápida carrera para desaparecer delante de las luces de sus linternas.

Ambas opciones terminaban de la misma manera: Maena perdida en la oscuridad, sin armas y con las manos atadas, alimento para los mismos demonios que con suerte se estarían comiendo a los de Whent.

Tampoco se podía contar ya con esos demonios. Los monstruos, con los caminantes de fuego demostrando ser un baluarte y Jochi expandiendo el territorio de Whent a medida que llegaban más y más personas en busca de fortuna o libertad de una existencia más miserable, habían desaparecido en gran medida. Los exploradores, vigilando la cámara, informaban que los demonios acuáticos aún se escabullían por los túneles más profundos que se filtraban hacia los océanos, pero los monstruos amantes de la tierra se encontraban bajo asalto en el momento en que nadaban libremente.

Así que Maena caminó hacia su escondite elegido, sin decir nada. Escuchó, en cambio, a su otro yo parlanchín, una personalidad siempre al borde de la agresión en los momentos más felices, inclinándose ahora hacia la locura total.

Solo estoy tratando de ayudarte, ya que pareces no estar dispuesta a hacerlo tú misma.

Sí, que Maena se diera la vuelta e intentara someter a Haggerth con un cabezazo era definitivamente una estrategia. Una que resultaría en su dolorosa muerte, pero una estrategia al fin y al cabo.

No te oigo hacer ninguna sugerencia.

Cierto. Maena tenía su atención en algo diferente, algo con lo que iba a tener que lidiar en aproximadamente uno o dos minutos más.

—¿Casi llegamos? —preguntó Haggerth—. Llevamos caminando un buen rato. Ha sido una noche larga.

—Vuestra elección.

—En realidad, la tuya. Si no hubieras hecho nada de esto, yo todavía estaría arriba en la superficie. Durmiendo en una cómoda cama.

—Sigue siendo vuestra elección.

Haggerth gruñó, pero dejó morir el intercambio de pullas. El comportamiento frío del hombre se había estado deshilachando durante toda la caminata hasta aquí, como un disfraz que se desprende. Ya fuera por el agotamiento o por el hecho de que Maena aún no se hubiera doblegado, la fachada pulida se deslizaba.

¿Una posible debilidad?

Si lo era, exponer eso tendría que esperar, ya que habían llegado. Maena avanzó pesadamente, con Haggerth teniendo que ayudarla con su mano libre, los últimos pasos hacia la amplia caverna que abarcaba el estanque. El grupo entró, y el explorador, el prisionero de Maena, emitió un patético gemido ante la vista. El hombre, delgado, demacrado y seco, estiró la cabeza hacia el trío de Whent, y Haggerth ordenó a uno de los guardias que lo desatara.

—Quédate aquí —dijo Haggerth, dirigiendo a Maena hacia la pared izquierda.

El hombre desenganchó la linterna del gancho de su cinturón y la colocó en el suelo, le dijo al guardia que no estaba ocupado ayudando al prisionero que vigilara a

Maena, luego Haggerth caminó hacia adelante, observando la cámara. Los huecos en el suelo de roca daban clara evidencia de lo que yacía bajo sus pies, y las cajas oscuras, atadas entre sí con mechas, ofrecían un enigma que hizo que Haggerth se agachara, tocando uno de los cubos con su espada.

—¿Qué son estos? —preguntó Haggerth.

Maena observó al guardia que la vigilaba. El hombre parecía tan cansado como el resto de ellos, pero tenía una mano en el mango de su hacha. Una barba tupida, cueros gruesos y una cara cubierta de tierra. Alguien que trabajaba la piedra de día, entonces. No un experto elegido a dedo por Jochi. ¿Era la arrogancia de Haggerth, o Jochi tenía demasiadas prioridades más altas, como la guerra con Kance, para escatimar sus mejores soldados en esta pequeña misión secundaria?

—¿Maena? —preguntó Haggerth de nuevo—. ¿Cuál era tu plan aquí?

—Resolver un problema que Jochi y Svarde no están dispuestos a solucionar.

—Eso no es una respuesta.

El antiguo prisionero estaba de pie, tambaleándose. El explorador se balanceaba, el de Whent que lo levantaba casi perdió el equilibrio. El propio guardia de Maena se movió, extendió un brazo para estabilizar al hombre.

Ahora.

Por una vez, Maena y su otro yo tenían la misma idea. La Rana dio un paso adelante, balanceó su pierna y pateó la linterna de Haggerth. El globo giró por el aire, golpeó una losa de roca y estalló, esparciendo aceite ardiente. Más de una gota cayó donde se necesitaba, encendiendo las mechas en varios puntos. Un silbido llenó la caverna mientras el guardia de Maena la golpeaba, haciendo que la

Rana cayera de espaldas hacia un lado, contra la pared de roca.

—¡Corred, maldita sea! —gritó Haggerth.

La experiencia de los Whent en cortar piedra demostró su valor, ya que entendieron lo que significaban las mechas ardientes y se movieron rápido. Arrastrando al explorador, dejando a Maena, el trío se apresuró por el túnel. Haggerth los siguió, deteniéndose para tirar del hombro de Maena, levantarla.

—Vamos —gruñó Haggerth, las mechas brillando con más intensidad—. No voy a dejarte escapar tan fácilmente.

Maena se apartó de él y esbozó la sonrisa maniática que ahora le salía tan natural.

—Ya lo he hecho.

Haggerth intentó alcanzarla de nuevo, y la caverna estalló.

La presión llegó primero. Un viento tan fuerte y violento que lanzó a Maena contra Haggerth, arrojándolos a ambos contra la pared cerca de la entrada. Le siguió el fuego, un breve lametazo que dio paso a más explosiones cuando los otros explosivos tomaron su turno. La tierra se estremeció. Tierra y piedras golpearon la espalda de Maena, cortando cada centímetro de piel expuesta. Su aliento escapó en un instante.

Durante todo esto, la fuerza la empujó contra Haggerth, y vio cómo sus ojos se ponían en blanco, perdiendo la conciencia cuando su cabeza se estrelló contra la pared de la cueva. Por un segundo, la posibilidad de escapar pareció tentadora.

Al siguiente, el suelo restante de la caverna se derrumbó, arrastrando a Maena y Haggerth con él. La caída se sintió como una vaga sensación, la conexión de Maena con la realidad se volvió tenue por las repetidas ondas de choque. El ingeniero había hecho su trabajo, y aunque Maena no había terminado el mapeo completo, lo que había era suficiente para enviarla, con los oídos zumbando, la cabeza doliendo y el cuerpo medio roto, precipitándose entre rocas y piedras hacia su objetivo.

Haggerth, una mancha oscura iluminada desde arriba por los últimos restos de musgo ardiente y mecha que gastaban sus momentos finales, caía lo suficientemente cerca de Maena como para que, cuando golpearon las frías aguas de la piscina, ella pudiera extender la mano y...

Nada, idiota.

Sus manos. Quemadas y maltratadas, pero libres. La cuerda se había partido en las explosiones. Maena no podía sentir sus dedos, pero sus brazos se agitaban en el agua turbia, sus piernas pateaban. Extendió la mano hacia Haggerth mientras rocas y afiladas estalactitas se hundían a su alrededor. Sus ropas, los gruesos cueros de Whent, los arrastraban a ambos más profundo, una muerte segura.

Y Maena quería que Haggerth viera, que entendiera quién lo había traído aquí. El hombre no había ganado, no había tenido éxito, y mientras sus pulmones ardían, el toque cicatrizado de Maena encontró el abrigo de Haggerth. Lo atrajo hacia ella y casi se desesperó, el agua demasiado oscura para ver. Haggerth, también, parecía inerte. Posiblemente ya muerto.

Suficiente victoria final.

¿Lo era? Maena miró hacia la superficie, pero no vio luz, ni ondas. Solo piedra tras piedra, escombros y polvo cayendo. Quizás había tenido éxito de todos modos, quizás las cavernas eran lo suficientemente frágiles.

Tal vez, tal vez había salvado las islas después de todo.

Sin embargo, el descenso de Maena hacia la oscuridad no continuó. Lo que había sido negro encontró una luz repentina, un brillo avellana, motas ámbar elevándose a su alrededor. Maena, aún sosteniendo a Haggerth con una mano entumecida, se impulsó en círculo mientras las motas se volvían cada vez más numerosas. Pateó, hasta que sus pies ya no nadaban, hasta que sintió un peso, y la arrastró, junto con Haggerth, a través de un lugar donde ningún Rana, ningún humano, había estado jamás.

32
CAMBIANDO DE OPINIÓN

El lento rechinar de los engranajes se convirtió en el aliado de Svarde en el ascensor de Kance. Las poleas crujían con un movimiento rasposo, elevando la delgada estructura de madera mientras sus ocupantes intercambiaban miradas curiosas.

—¿Está aquí porque confía en que Fassle cumplirá su palabra? —preguntó Eujo, la Reina de Kance. Estaba flanqueada por sus dos Guardianes, un nombre que usaba a pesar de que Noctia había descartado la Renovación.

Una palabra que Svarde aún usaba para describirse a sí mismo, aunque su participación en la Renovación había terminado hace más de diez años.

—Confío en ellos porque no tengo otra opción —dijo Svarde. Mantenía la gran espada negra frente a él con ambas manos. No es que tuviera la intención de atacar, pero las sorpresas podían venir de cualquier parte, y ambos Guardianes aún sostenían sus armas—. Los demonios están huyendo de mundos moribundos. Necesitan un lugar adonde ir.

—¿De verdad? —preguntó la Guardiana más pequeña,

una mujer vivaz y asesina que sostenía una daga en cada mano—. ¿Necesitan un refugio? Porque según mis cálculos, han matado a muchos de los nuestros. ¿Por qué deberían recibir tierras gratis los monstruos cuando hay muchos de nosotros que podrían usarlas?

—No vamos a tener discusiones políticas en este ascensor —dijo Eujo, apoyando una mano en el hombro de la Guardiana. Una mano, notó Svarde, que llevaba a una muñeca con un brazalete particular. Ahora podía reconocer los skars en cualquier parte, esas piedras mágicas que parecían ser tanto la bendición como la maldición de su vida—. Lo que importa es lo que vamos a hacer aquí, en este momento.

«Ríndete», señaló Bliss, apartando una mano de su bastón para hacerlo. Un riesgo, y quizás una señal de que pensaba que Svarde no era exactamente el enemigo que parecía ser. «Podemos encontrar otra manera si bajas la espada».

—No hay alternativa —coincidió Eujo mientras Svarde volvía a mirarla—. No sé qué te mantiene vivo con todas esas heridas, y ya pareces muerto, pero en la parte superior de este ascensor habrá demasiados guardias incluso para ti. —Agitó el brazalete—. Y puedo usar estos. Sabes lo que eso significa.

—Lo sé. —Sin embargo, Svarde no movió la espada—. Matarla traería el caos, Reina de Kance. Noctia lo aprovecharía. Tomarían su isla y le darían a mis amigos demonios el hogar que merecen...

—Otra vez con esa confianza. Te lo digo, Fassle no va a hacer una mierda —soltó la Guardiana de las dagas—. Una vez que tenga los skars, tendrá su poder. Eso es todo. Todo lo demás es útil o se desecha.

—Hablas como si conocieras a Fassle.

—Conozco a Yarvick, y Yarvick conoce muy bien a Fassle —respondió la Guardiana bruscamente.

El ascensor seguía avanzando, subiendo. A ambos lados se alzaban paredes de roca cercanas. Sin barandillas, los huecos entre el suelo de madera y la roca áspera eran lo suficientemente estrechos como para evitar una caída accidental. Sin embargo, Svarde casi retrocedió ante las palabras de la Guardiana. En su lugar, sacudió la cabeza y miró a la Reina.

—Ha encontrado una colección de Guardianes bastante peculiar.

—No son míos —respondió la Reina—. Pero Torny tiene razón. No puedo confiar en Fassle, lo que significa que no puedo confiar en ti.

«Puedes», señaló Bliss. «Svarde nos ayudó, al principio. En Vis. Wax y Sawi estarían muertos sin él».

—Sí maté a ese demonio, aunque ahora lo lamento —gruñó Svarde—. Esa bestia probablemente estaba tratando de entender dónde había terminado, solo huyendo de...

—Basta —dijo Eujo, y luego asintió hacia el techo color canela del ascensor—. Pronto llegaremos arriba. Si vas a vivir, Svarde, necesitamos un plan.

—Negociar —respondió Torny, la Guardiana—. Puede que Fassle no sea confiable, pero es un bastardo hambriento de poder. Tiene que saber que cualquier invasión aquí costará muchas vidas. No le hará ningún amigo. Hablamos, ganamos tiempo y luego lo eliminamos.

Si hubiera habido una mejor manera de llamar la atención de todos, Svarde no estaba seguro de cuál sería.

—¿Puedes repetir esa última parte? —preguntó Eujo.

—Claro. Parece obvio que este tipo es parte del problema —dijo Torny—. Yarvick siempre dijo que Fassle fue el mayor error de Noctia. Lo sacamos del camino, tal vez el próximo líder de Najahn esté dispuesto a cooperar. Mientras tanto, el grandullón feo aquí puede meter a todos esos demonios en el Abismo Oscuro. Aumentamos la presión. Cuando haya demasiados monstruos para ocultarlos, obligamos a las islas a elegir lugares para ellos. Fácil.

—¿Se te ocurrió todo eso ahora mismo? —preguntó Svarde.

—En realidad, lo he estado pensando durante un tiempo. Pasé muchas noches mirando las estrellas, contemplando el destino de todos nosotros. —Torny puso los ojos en blanco—. Por supuesto que ahora mismo, idiota. Pienso rápido. Cualquier buen ladrón necesita saber cómo salir de un apuro.

—Entonces enviamos un alto el fuego a Fassle —dijo Eujo. Svarde abrió la boca y ella lo detuvo con un gesto de la mano—. Con una oferta. Devolveremos los skars que, según tengo entendido, fueron robados a Noctia. No obtendrán su puesto avanzado en nuestra isla, pero recuperarán sus piedras. —Dirigió una mirada directa a Svarde—. ¿Aceptará eso?

El bárbaro asintió.

—Tendrá que hacerlo, o lo partiré en dos yo mismo.

El ascensor depositó al grupo en un gran salón de piedra blanca, iluminado por linternas. Eujo se puso al frente, Svarde en la retaguardia, aunque Bliss se mantuvo entre los dos. Una brisa fresca los recibió, junto con una flauta suave y errante, cuya música aérea guiaba al grupo hacia la derecha. O lo habría hecho, si al menos veinte soldados armados y con armadura de Kance no estuvieran de pie con las espadas desenvainadas y apuntando hacia Svarde.

—Bajen sus armas —anunció Eujo, y aunque Svarde la

juzgaba joven aún, su voz tenía el acero forjado de una comandante—. Hemos llegado a un acuerdo.

Los soldados de Kance vacilaron. Los ojos y las miradas se deslizaban bajo aquellos ornamentados cascos cristalinos.

—He dicho que devuelvan sus espadas a sus vainas —dijo Eujo—. ¿O acaso pretenden ignorar a su Reina?

De nuevo las miradas, la absoluta falta de movimiento.

—Vamos, vamos —se escuchó una nueva voz, arrogante y familiar—. Han oído a su Reina. Guarden sus espadas. —Varios soldados se apartaron, revelando a un hombre corpulento vestido con túnicas azul plateado de Kance. A pesar de la hora tardía, Gladdring —Svarde sacó el nombre de una niebla general de Noctia, el hombre siempre había sido memorable— parecía bullicioso y alegre. Extendió los brazos ante Eujo y se inclinó en una profunda reverencia—. Me alegra tanto que haya sobrevivido a su peligroso viaje hasta aquí, mi Reina. ¿Y un ataque a la entrada de su palacio? —Gladdring lanzó una mirada a Svarde—. Si no hubiéramos estado vigilando, no habríamos estado preparados en absoluto.

Ante las palabras de Gladdring, los soldados guardaron sus espadas, pero sus ojos duros no cambiaron. La mayoría se fijaron en Svarde, pero el bárbaro notó que más de unos cuantos también seguían a Bliss y a Torny. La confianza, al parecer, no abundaba en Kance. Sin embargo, en esta isla, las Reinas eran primordiales.

Con suerte, Eujo estaría haciendo llegar rápidamente la orden abajo para mantener a Kivi y Olgata fuera de peligro también. Ami y la fuerza de caminantes de fuego vendrían después, una escolta limpia de vuelta bajo tierra y lejos de la lluvia.

Para ser una gobernante, Svarde había encontrado a

Eujo razonable. Ansiosa, incluso, por limpiar las cosas. Tal vez la edad no la había calcificado tanto como a muchos de los propios compañeros de Svarde.

—Ingenua e imprudente —dijo el hombre que sería regente, el hombre que Svarde había conocido por última vez como el Tenente de comercio del Najahn. Gladdring les dio la bienvenida a la gran sala del trono del Palacio del Cielo; los dos tronos ocupaban un lado, descansando sobre un estrado plateado con amplias ventanas detrás que daban vista al océano—. No se puede negociar con un bruto que te tiene al alcance de su espada.

—Y sin embargo, lo hice —dijo Eujo, pasando de largo a Gladdring hacia su trono. A pesar de llevar túnicas y cueros de navegante debajo, la Reina mantuvo su aura noble mientras se posaba en la rígida construcción de piedra y diamante celestial. Alisó las túnicas bajo ella, juntó las manos y miró fijamente al Regente—. Su papel aquí ha terminado, Gladdring. Le agradezco sus servicios, pero puede marcharse ahora.

La fuerza de Kance que les había recibido a la salida del elevador había seguido al cuarteto hasta la sala del trono y ahora observaba la conversación. Se dispusieron en una línea curva, cortando cualquier salida fácil, un detalle que Svarde notó solo porque los movimientos habían sido deliberados. No era un asentamiento general de soldados preguntándose cuál sería el siguiente movimiento, sino un paso en un plan en curso. Que no murmuraran entre ellos, que mantuvieran su concentración, era o bien el resultado de un entrenamiento admirable o algo mucho peor.

—Mi Reina, acaba de llegar —dijo Gladdring, manteniendo su posición en el centro de la sala—. Tómese un tiempo para familiarizarse con Kance, con nuestra situación...

—¿Nuestra? —interrumpió Eujo—. No hay ningún "nuestra", Gladdring. Esta es mi isla, esta es mi gente, y usted no es ni lo uno ni lo otro. Váyase. El elevador puede llevarle abajo, y estoy segura de que tiene suficientes baratijas valiosas en esa túnica para negociar un pasaje a algún otro lugar.

Svarde se rio mientras el rostro de Gladdring se ponía rojo. —Te ha pillado ahí. Órdenes de la Reina, Gladdring. Ponte en marcha.

—Tú mantente callado —gruñó Gladdring, antes de volver sus ojos entrecerrados hacia Eujo—. Lo siento, ¿parece que no planea ser razonable?

—¿Planear ser razonable? —Eujo se levantó de su trono—. Mi isla está bajo ataque y, justo ahora, he recibido una oferta para ponerle fin. Para encontrar la paz. ¿Qué podría ser más razonable?

—Convertiría a Kance en un peón de Noctia —dijo Gladdring, su voz adquiriendo un nuevo tono, uno que llevaba consigo un peso particular. Las manos del hombre habían desaparecido en los bolsillos de su túnica, dándole la apariencia de un tranquilo consejero—. Entregaría a su gente a Fassle. Al Najahn. A la misma gente que asesinó a nuestra Reina mayor. Ha pasado demasiado tiempo fuera, Eujo.

Mientras hablaba, la burlona duda de Svarde se estremeció, se rompió. Gladdring tenía razón. Fassle tomaría Kance. La paz solo sería abrir una puerta al desastre, no cuando Kance tenía todos esos skars, podía defenderse por sí misma. Eujo era tan joven, tan ingenua. Gladdring tenía razón, tenía...

El sonido de espadas desenvainándose captó la atención de Svarde. Los soldados de Kance tenían sus estiletes libres, apuntando hacia la Reina. Una Reina que, ella misma, parecía pálida, asustada y dudosa. Torny y Bliss, sus dos Guardianes, parecían confundidos. El bastón de Bliss golpeó el suelo de piedra con un fuerte golpe seco, caído de dedos insensibles.

La visión le dio a Svarde su respuesta, trajo la extraña mezcla que estaba alterando sus pensamientos a una nueva claridad, incluso cuando Gladdring dio la orden.

—Lleven a la Reina a sus aposentos. Maten a los demás.

33
LA ÚLTIMA ESPERANZA

El vino y las maravillas tenían la virtud de hacer desaparecer la noche, y a Catya no le faltaban historias. Una vez que Wax cumplió su objetivo —preguntar a Fassle sobre conseguir su propio skar de Noctia—, la imposibilidad de hacerlo a estas horas de la noche dejó a la pareja con una botella, hermosas flores y un cielo iluminado por Sichi para disfrutar.

La tensión del último día y la frustración persistente por no estar cerca de Bliss, Eujo y Torny no desaparecieron del todo, pero se mantuvieron a distancia mientras Catya rememoraba experiencias que ambos habían compartido: darse cuenta de que nunca volverían a ver su hogar, comprender lo que los skars les harían y cómo no había otra opción más que seguir adelante.

—Todo para que mis amigos pudieran seguir apostando sus minerales en los casinos de Smythe —dijo Catya, sonriendo con las mejillas sonrojadas por el vino—. ¿Qué te parece como causa noble?

—Al menos ellos se están divirtiendo —respondió Wax,

vaciando las últimas gotas de la botella en su copa—. Vis se está desmoronando y nada de lo que hago va a detenerlo.

—Eso no es culpa tuya.

—Bueno, sí, lo sé. Pero eso no significa que no esté frustrado.

Catya asintió, ambos mirando hacia abajo del cráter en dirección a la Herida y su cobertura, patrullada por soldados najahn. Sin un cambio de guardia inminente, las linternas estaban bajas y poco ruido llegaba hasta ellos. Tan pacífico como podía ser el sitio de un asesinato divino.

—Bueno, mi amigo de Vis, creo que el vino se ha acabado y la noche es larga —dijo Catya, apoyándose en su bastón para levantarse—. ¿Te importaría acompañarme de vuelta?

—Por supuesto —Wax sonrió—. Es una lástima que Noctia no tenga árboles ni lianas. Sería mucho más rápido columpiarse.

—Como si estos viejos huesos pudieran soportar eso.

—Hay muchos ancianos de Vis que aún se balancean por la jungla, Catya. Podríamos enseñarte.

La Aegis puso su mano en el hombro de Wax mientras daban los primeros pasos por el suelo pedregoso de vuelta hacia el camino y el túnel que conducía a la Ciudad Anillada.

—Me gustaría eso, Wax.

El segundo paso de Catya no llegó a tocar el suelo. Mientras pronunciaba el nombre de Wax, la tierra se sacudió, deslizándose repentinamente hacia la Herida. El bastón de Catya resbaló y ella cayó mientras Wax se giraba, tratando de agarrarla incluso cuando sus propios pies se deslizaban bajo él. Juntos rodaron entre las flores de lelune, la tierra temblando durante varios segundos breves, hasta que, usando el bastón de Catya y clavándolo entre las rocas revueltas, Wax logró detenerlos a ambos. Los dedos huesudos de Catya se aferraban a la túnica de Wax, pero la Aegis no mostraba miedo en sus rasgos, solo determinación.

Mirar a Catya, debajo de Wax, le dio al Vis un vistazo de la Herida y de dónde había estado. La grieta creció, tragando rocas que caían como si fuera una gran boca devorando a Noctia. La lona que la cubría se rompió y cayó, y los primeros gritos comenzaron a resonar. El suelo continuó temblando, las sacudidas se volvieron más violentas.

El bastón vibró en el agarre de Wax.

—¡Déjame ir! —gritó Catya, su voz cansada apenas elevándose sobre el rugido de la tierra—. ¡Sálvate tú! ¡Las Islas te necesitan!

Las islas no necesitaban a Wax, necesitaban los skars, y ante las palabras de Catya, las piedras cobraron vida en la mente de Wax. Kance, recién adquirido, instó a una ráfaga a empujarlo a él y a la Aegis por el costado del cráter. Vis murmuró a través de los nuevos cortes y moretones que ya marcaban las piernas y manos de Wax. Foti, Rana y Tamas eran incoherentes, una avalancha de impresiones inútiles apartadas por el único skar que tenía sentido.

Wax liberó la piedra de Whent, el poder del dios surgiendo a su alrededor y alrededor de Catya para atrapar las rocas que caían. En lugar de caos, el skar de Whent mantuvo el deslizamiento de tierra en línea, permitiendo a Wax soltar el bastón y deslizarse hacia el centro del cráter, con Catya tendida debajo de él, sobre un lecho de piedra estable. Su impulso se detuvo cerca del nuevo borde de la Herida, un círculo dentado con grietas frescas que se extendían hacia los campos de lelune arruinados. Más deslizamientos de tierra se produjeron mientras los temblores disminuían, y cada vez, Wax dejaba que el skar de Whent redirigiera los escombros para que se apilaran a su alrededor en montones inofensivos.

—¡Ayuda!

El grito llegó cuando los deslizamientos de tierra cesaron, y más le siguieron. Llamadas desde el interior de la Herida. Wax se examinó a sí mismo y a Catya, encontrando a la Aegis haciendo una mueca de dolor pero viva. El Vis también parecía haber escapado de lesiones graves, y el imperativo que ello conllevaba lo impulsó al borde de la Herida.

La luz rosada de Sichi se derramaba en el agujero, que ahora cubría casi todo el suelo del cráter. La expansión no había sido uniforme, con acantilados y grietas sobresaliendo entre el terreno fracturado. Soldados najahn, el toldo de lona y todo su equipo yacían esparcidos entre los salientes. Wax contó ocho najahn pidiendo ayuda, sus armaduras reflejando la luz de Sichi para destacar entre la roca oscura.

¿Cuántos habían sido antes del terremoto?

Wax sacudió la cabeza. Ayudar a los que pudiera, llorar a los que no pudiera más tarde.

Esa ayuda, sin embargo, tendría que venir por medios ingeniosos. El agujero se había tragado todo el equipo de los najahn, dejando a Wax con poco más que flores rotas, rocas y sus propias manos para sacar a los soldados. Y, por supuesto, los skars.

Kance se adelantó esta vez, ofreciendo esas ráfagas como una posibilidad. Cuando Wax se concentró en el soldado más cercano, una mujer cubierta de una armadura de oro y negro abollada, desplomada sobre una piedra curvada y agrietada, el skar sugirió en sentimientos más que en palabras que el peso no importaría. La piedra podría efectuar el rescate, podría salvarlos, si tan solo Wax la dejara cantar.

Está bien. Wax se relajó, dejó que el skar de Kance inundara sus brazos y piernas con el fresco toque de una brisa. El aire se desvió de él, una mano invisible se deslizó por debajo de la soldado, cuyos ojos se abrieron de par en par y cuya boca emitió un grito de pánico mientras se elevaba de la roca, volando por encima del borde de la Herida para aterrizar con un fuerte crujido entre las rocas.

—Ay —murmuró Wax, haciendo una mueca ante el cuerpo quejumbroso—. ¿Más suave la próxima vez?

El skar de Kance no respondió salvo para empujar a Wax a liberarlo de nuevo, esta vez apuntando a un escriba, vestido solo con túnicas de Najahn, que había logrado encontrar asideros para manos y pies en el lado opuesto del cráter. Wax liberó el skar, sintió la oleada de nuevo y vio cómo el escriba era levantado. El pobre hombre se agitó mientras volaba, pero esta vez el skar no dejó caer su premio en la tierra, sino que lo depositó suavemente en un claro derruido.

—Mucho mejor —dijo Wax, con la garganta raspándole al hablar. Sus piernas temblaban, la primera señal de que el skar de Kance estaba tomando su poder más de Wax que de la energía residual del dios. Wax se sentó, miró y encontró al siguiente soldado para salvar—. Ese es el siguiente.

Tres más salieron volando en rápida sucesión, dejando a otro trío en el foso. Estos tres estaban más profundos, y aunque Wax no lo admitiría en voz alta, los había dejado para el final porque el esfuerzo sería mucho mayor.

—Déjame a mí —dijo Catya, caminando paso a paso lento hacia el lado de Wax. Había recuperado su bastón, parecía estar sangrando por el costado, pero aun así mantenía una vida feroz—. Estás casi acabado, ¿verdad?

—Creo que puedo hacer uno más.

—¿Y si tu espíritu falla? Caerán. No. Dame el skar.

La Aegis tenía razón. Con el skar de Vis aún tejiendo sus cortes y curando sus moretones, con el esfuerzo quemado por la piedra de Whent para asegurar su viaje en avalancha, y al final de un largo día, las reservas de Wax se agotaban. Cómo Catya podía tener mucho más, Wax no lo sabía, pero uno no le decía que no a la Aegis.

No cuando los skars estaban involucrados.

Wax liberó la piedra de Kance y se la entregó a Catya. A su alrededor, los Najahn rescatados se levantaban, se acercaban al borde del cráter y gritaban palabras de aliento a sus amigos. Varios otros comenzaron la difícil escalada hacia arriba por el camino en ruinas, buscando el hogar y ayuda. Sin embargo, las cuerdas y el rescate por esos medios no llegarían pronto, y esperar arriesgaba agarres fallidos, pies resbaladizos y...

—Todo este tiempo, solo usé los skars para una cosa —susurró Catya, colocando la piedra del dios en su collar—. Ahora, puedo ver lo que podríamos haber hecho.

—Solo deja que el skar te guíe, Catya —dijo Wax—. Él...

—Ahí es donde te equivocas, Vis. Mira lo que hicieron los dioses cuando se les dejó a su libre albedrío —Catya sonrió mientras cerraba los ojos y extendía su mano libre hacia el foso—. Están pidiendo a gritos orientación.

Wax esperaba que el viento se arremolinara a su alrededor, pero el aire permaneció quieto. En cambio, gritos alarmados vinieron de los tres soldados Najahn completamente armados en el foso. Wax se inclinó hacia adelante y vio que sus agarres temblaban. La roca misma, entonces, comenzó a moverse alrededor de sus manos, empujando a los tres hacia arriba en un solo movimiento. El aire, ahora, sopló, pero no desde la propia Catya. En su lugar, se elevó desde abajo, hinchándose en una amplia ráfaga, acoplándose con la tierra en movimiento para enviar a los tres soldados fluyendo hacia el borde del cráter, arriba y sobre él. Los soldados encontraron ayuda esperando, manos y abrazos aliviados.

—Combinando dos skars —dijo Wax—. Nunca había intentado eso antes.

Catya no dijo nada, y cuando Wax miró hacia ella, se había sentado a su lado. Su piel se veía más tensa que antes, y aunque sus ojos estaban abiertos, los párpados estaban pesados. Su respiración era ligera.

—Tienes que irte —susurró Catya, sus manos alcanzando su collar de skar.

—¿Irme?

—La Herida. Lo que causó esto está esperando allá abajo —Catya se desplomó hacia adelante y Wax la atrapó. La Aegis continuó forcejeando con su collar de skar—. Observé y esperé durante diez años. Ya no podemos hacerlo más, Wax. Las islas se están rompiendo, y tú eres el único.

—¿Soy el único? —Wax siguió sus dedos, las piedras que liberaban. Noctia, Kance—. ¿El único para qué?

—Unir a los dioses. Deshacer sus errores. Salvarnos.

Las palabras salieron entrecortadas, apenas más que susurros. Los ojos de Catya encontraron los de Wax por un solo y lento latido, antes de cerrarse por última vez. Un suave suspiro escapó de sus labios, y la Aegis ya no existía.

Igual que Pan.

Wax apretó los labios, dirigió una mirada llena de lágrimas hacia Sichi, pero la luna no tenía respuestas. Esas solo vendrían de allá abajo, en lo profundo de ese foso, en la Oscuridad de Abajo. Catya había intentado darle dos skars, pero Wax sabía algo que ella no.

Dejó la cabeza de Catya en el suelo mientras los primeros soldados Najahn notaban que su Aegis ya no estaba de pie. Sus botas metálicas resonaron en dirección a

Wax, sus primeros llamados curiosos llegaron a través del aire frío. Wax no les respondió mientras encontraba el broche, desabrochaba el collar de Catya y lo sacaba.

Cansado, desgarrado, pero con el deber caído sobre sus hombros, Wax ató el segundo collar alrededor de su cuello. El primer soldado llegó a su lado, hizo una pregunta que Wax no escuchó por encima del zumbido de los nuevos skars en su mente. Posibilidades, poder y esperanza, si tan solo pudiera aferrarse a ellas.

El Vis Renewal, el siguiente Aegis, dio un paso adelante y saltó a la oscuridad.

34
LA MORDEDURA DE LA SELVA

Trepar a un árbol en la noche menguante, con el cuerpo maltrecho y alimentado con poco más que insectos y rocío, no era una experiencia que Quik quisiera repetir. Él y Sawi se habían arrastrado de rama en rama, pasándose la antorcha entre ellos y, a veces, encendiendo otras nuevas si el traspaso parecía demasiado difícil. Ahora estaban sentados entre las hojas más altas, con la rama ardiente colocada lo suficientemente alta para que sus llamas sobresalieran del dosel. El amanecer emergió, desterrando las estrellas y la brillante marca del fuego.

—Aún será suficiente —dijo Quik cuando Sawi murmuró una preocupación—. Cualquier cazador que se precie podría distinguirlo desde esas montañas.

—O desde ese puesto avanzado.

—Si los najahn nos rodean, Sawi, al menos nos llevaremos a unos cuantos con nosotros.

Quik mostró los dientes al hablar, con la intención de infundir un poco de valor con la sonrisa, y Sawi le respondió con una risa queda por sus esfuerzos.

—Apuñalado por una vouge. No es como pensé que terminaría —dijo Sawi.

—Dudo que seas la única en eso.

Otra risa. A pesar de sus gargantas resecas, la pareja reanudó el intercambio de historias, reemplazando la rama ardiente por otra a medida que se consumía, mientras la mañana se alargaba y las nubes se retiraban en un día soleado, uno que traía el primer calor real de la primavera profunda.

La primera señal de que su posición había llamado la atención llegó con un crujido hacia el sur, ramas que se quebraban y hojas que se rompían. Un mal presagio, uno que hizo fruncir el ceño a Quik mientras observaba las copas de los árboles y el verde de abajo en busca de señales reveladoras de lo que ya sabía. Sin embargo, la muerte inminente fue confirmada por las órdenes gritadas de los najahn, confiados en su victoria.

—Rodeen el árbol —llegó el grito mientras los golpes y tintineos, cotas de malla que debían ser calurosas y pesadas en la selva, aún cubrían a los soldados sudorosos y cansados.

Sin embargo, mantenían sus vouges en alto. Otros tenían chakrams listos, ballestas cargadas mezclándose con los afilados discos en sus espaldas. Una concesión a las muchas barreras de la selva que impedían que un gran círculo llegara a cualquier objetivo. Quik habría sonreído ante los najahn cediendo a la voluntad de su isla en cualquier otro momento, pero le faltaba el ánimo allí, mientras él y Sawi observaban cómo el púrpura y el negro rodeaban el árbol que habían elegido.

Los najahn no habían venido completamente desprevenidos: hachas para cortar madera, sin duda tomadas del puesto avanzado, colgaban de las espaldas de varios najahn, y esos soldados desenfundaron las herramientas cuando su comandante, una mujer esbelta que había visto muchas más estaciones que Quik, dio las órdenes. Primero, con hachazos ligeros, el trío cortó los helechos y los retoños de la base del árbol, ganando espacio con tiempo y energía. Los otros soldados, aparentemente sin preocuparse por ninguna amenaza de la pareja vis, tomaron asiento en piedras y musgo alrededor del claro. Los cascos se quitaron de las cabezas acaloradas y surgieron conversaciones laterales, estallidos de ira quejándose de un amigo familiar escondido en la selva: los lira. Emboscadas nocturnas punzantes, muerte entregada y desaparecida antes de que los najahn pudieran organizar un contraataque.

Mientras su escuadrón se quejaba, la comandante llamó a la pareja con preguntas, todas las cuales Quik y Sawi se negaron a responder.

—¿Deberíamos dejar caer algunas ramas sobre ellos? —preguntó Sawi—. Creo que una pesada podría...

—Eso solo hará que nos disparen —dijo Quik—. Esas ballestas podrían matarnos ahora, pero se están conteniendo. Quiero saber por qué.

—¿No vas a preguntar?

—¿Crees que los najahn nos lo dirán?

Sawi se encogió de hombros, con la espalda contra la corteza.

—No podría hacer daño.

Recolectores. Siempre con ideas extrañas.

—¡Najahn! —gritó Quik cuando los que empuñaban las hachas terminaron su demolición—, ¿qué queréis?

—Información —llegó la respuesta, dura y ansiosa.

—¿Qué podríamos tener para daros? —respondió Sawi—. Solo somos un par de cazadores perdidos.

La najahn los miró con desprecio, una mirada divertida

desde tan abajo. Como si un gorrión estuviera insultando a Quik.

—Sabemos quiénes sois. Vuestro rastro no fue difícil de encontrar, aunque ese fuego reveló vuestro destino. —La capitana extendió la mano y tocó el árbol—. Anoche hubo varios najahn heridos por la Gran Sana, que juraron que sus agresores eran un hombre y una mujer jóvenes, un par que coincide con vuestra descripción. Vuestras vidas deberían estar perdidas, pero por un precio adecuado, podéis recuperarlas.

—¿Y adónde iríamos? —preguntó Quik—. ¿A vivir bajo vuestras botas en Kitaye?

—Mejor eso que la tierra.

—Eso dices tú —dijo Quik, solo para que Sawi saltara sobre sus palabras.

—¿Nos dejaréis bajar si os damos lo que queréis? —preguntó la recolectora vis.

Esa mirada fulminante se transformó en una sonrisa serena demasiado rápido para el gusto de Quik, pero el cazador reservó su conmoción para su amiga. Sawi, sin embargo, lo ignoró. Cuando la comandante aceptó esos términos, ella comenzó el lento y doloroso descenso.

—¿Y tú? —preguntó la capitana najahn a Quik—. Únete a ella, o mis ballestas tendrán su práctica de tiro.

No le dejaba a Quik mucha elección. Aceptó la oferta de la capitana y comenzó su descenso. Dejó la antorcha ardiendo arriba; las hojas húmedas y las ramas vivas garantizarían que se apagara sin mucho daño, pero cada segundo que esas llamas parpadeaban significaba... ¿esperanza? ¿Llegaría Quik tan lejos como para decir que aún tenía alguna?

La cruda realidad se endureció mientras seguía a Sawi bajando de una rama a otra. Los najahn parecían lo suficientemente contentos observando su descenso, más de unos cuantos de los catorce o quince sacando odres de agua y pan. Quik medía la distancia con cada bajada, tratando de encontrar qué altura funcionaría mejor para dar un salto y aterrizar sobre uno de esos soldados. No tenía arma, ya que sus guanteletes sin dientes yacían en el suelo del bosque debajo de ellos, pero Quik tenía peso, y aterrizar sobre una cabeza desprevenida podría...

Un silbido se mezcló con el canto matutino de las aves de la jungla, lo suficientemente agudo y ligero para que los najahn lo pasaran por alto. Para que Sawi y Quik lo entendieran. La recolectora, varias ramas por debajo de Quik y al alcance de la punta de una voulge, detuvo su ascenso. Vaciló, con sus pies descalzos equilibrados sobre la corteza. La capitana najahn frunció el ceño.

—Sigue subiendo. Regresaremos al puesto avanzado antes del anochecer, contigo o sin sus cuerpos —la capitana puntualizó sus palabras con un ligero gesto hacia un soldado cerca de ella, y el hombre levantó su voulge—. No te gustará lo que estas pueden hacerle a un vis.

Sawi, en respuesta, miró hacia arriba a Quik, abrió la boca y lanzó un grito de guerra. El fuerte y clásico aullido sería conocido en toda la isla, junto con la historia que contaba: el vis que daba su grito no estaba derrotado, aún se mantenía firme por su dios.

Quik respondió con un grito propio, los sonidos hicieron que los najahn dejaran sus odres de agua, su pan y su fruta. Alcanzaron sus armas cuando los gritos continuaron, ahora provenientes de los árboles, helechos y la jungla alrededor de los najahn.

No es que las voulges, los chakrams y las ballestas importaran ahora.

Los dardos zumbaron, dejando el más leve sonido a su

paso, descubiertos solo cuando los tiros fallidos rebotaban en los cascos de los pocos najahn que aún los llevaban puestos. Otros soldados se llevaron las manos al cuello, a las mejillas donde se clavaban las finas agujas. Los najahn se apresuraron a coger sus equipos, para ponerse de pie solo para ver a sus compañeros soldados, envenenados, tambalearse y caer. La capitana intentó gritar una orden, su llamada interrumpiéndose cuando Quik, rompiendo una rama, arrojó el palo al casco de la najahn.

La capitana tropezó, maldijo y levantó un dedo hacia Quik, un gesto condenatorio que quedó en nada ante los vis que emergían de la jungla. Con lanzas emplumadas en mano, algunas cerbatanas aún en los labios enviando una segunda oleada, los vis arremetieron contra los najahn con eficiencia despiadada. A la cabeza, como siempre parecía estar, estaba Deshiva, y su lanza encontraba víctimas tanto envenenadas como en pie. Los najahn, con más de la mitad de sus efectivos caídos por los dardos en cuestión de segundos, no lograron cohesión y encontraron una muerte sangrienta. La armadura resultó de poca utilidad contra los ataques combinados desde todos los flancos, y para cuando Quik partió una segunda rama para lanzar, la escaramuza ya había concluido.

La capitana najahn permanecía con vida, aunque una nariz rota y la sangre que se filtraba por la armadura perforada sugerían que ese estado podría ser efímero. Deshiva se erguía sobre su presa, mientras los otros cazadores despejaban el espacio alrededor del árbol para que Sawi y Quik descendieran. Solo cuando llegó al suelo, Quik escuchó la segunda orden de Deshiva.

—Sin prisioneros —espetó la cazadora—. Lo que nos hicieron a nosotros, se lo haremos a ellos. Honrad a Vis con sangre najahn.

Sawi empezó a protestar, pero Quik detuvo a la recolectora con una mano firme en su brazo. Cuando ella le lanzó una mirada furiosa en respuesta, Quik asintió hacia sus rescatadores, hacia los vis que habían ejecutado tan bien esta emboscada. Hacia las manos nudosas y los cuerpos cansados que usaban cuchillos de caza para dar un final definitivo a los najahn restantes.

Estos no eran cazadores mottilan o kitaye, jóvenes y vibrantes. Eran ancianos, aquellos cuyos días de lucha habían quedado muy atrás. Sin los dardos, sin el pánico, los najahn habrían masacrado a esas arrugas y brazos débiles de los vis.

—Si los najahn se enteran de que esto es todo lo que nos queda —murmuró Quik—, entonces no tenemos ninguna posibilidad.

Deshiva liberó a la capitana najahn de su vida, luego miró a la pareja.

—Odio lo acertado que estás, Quik. Vimos vuestra llama tan pronto como la encendisteis, y nos llevó tanto tiempo porque estos valientes son todo lo que nos queda —los examinó de arriba abajo a ambos—. ¿Podéis caminar? ¿Correr?

—Despacio —dijo Quik.

—Entonces iremos despacio —Deshiva hizo un gesto a los cazadores para que volvieran al bosque, hacia las montañas y Mottilan—. Los najahn están avanzando. Hemos perdido exploradores, más cazadores. Vosotros y Sawi sois los únicos que han regresado de la incursión —mientras se deslizaban entre helechos y se agachaban bajo las ramas, Deshiva continuó hablando con frases secas—. El final se acerca rápido para los vis ahora. Moriremos, amigos míos, pero al hacerlo, crearemos una leyenda.

35
ELÍSEO

La muerte la recibió con flores doradas.

Excepto que no estás muerta.

Maena absorbió la declaración de su otro yo con un rechazo inmediato, pues ¿dónde más podría estar sino en el mismo más allá al que iba toda alma cuando se liberaba de sus confines físicos? El aire, si es que lo había, permanecía inmóvil. En su espalda, Maena apenas sentía nada debajo y solo veía esas flores melosas extendiéndose sobre su cabeza, curvándose para enmascarar un cielo quemado y sin nubes. Sin canto de pájaros, sin clima distante, sin zumbido de insectos.

No estaría aquí si hubieras muerto, Maena. Yo sería libre.

Eso, al menos, tenía un toque de lógica. A menos que ni siquiera la muerte pudiera sanar la maldita división que había atormentado cada momento de Maena desde...

Un gemido agrietó aún más su ilusión, y Maena se giró, un giro sobre su hombro derecho que provocó una cascada de dolor tan espasmódica que los ojos de Maena se encendieron y su respiración se cortó. De costado, con las quemaduras ondulantes continuando, Maena vio un desastre ensangrentado y empapado en el barro húmedo que los rodeaba: Haggerth.

El Whent parecía desollado, sus cueros destrozados y esparcidos en tiras a su alrededor. La piel que Maena podía ver burbujeaba en blanco y rojo, quemaduras que Maena solo había visto durante incursiones que salieron mal, cuando una antorcha arrojada encontraba combustible y enviaba un barco marítimo a un infierno furioso.

Quemaduras que Maena, a juzgar por la agonía helada que recorría su cuerpo, sin duda compartía.

Estuvimos demasiado cerca de las detonaciones. La caverna era muy pequeña. Pagamos el precio de la victoria.

¿Lo hicieron? ¿Lograron la victoria?

Ami, la ex Guardiana y la única que había atravesado las motas y regresado, había mencionado ir a otro mundo. Dos veces. Ami había visto el desastre azotado por el viento del dios de Kance y los mares plateados del reino de Foti. Había descrito una gran otredad, donde las expectativas se doblaban de maneras impredecibles, pero no tanto como para matarla de inmediato.

Esto, esto se sentía igual.

¿Pero el hogar de qué dios? ¿Y qué significa?

Maena no podía responder a ninguna de las dos preguntas, y con sus piernas convertidas en un desastre mutilado —Maena bajó la mirada hacia sí misma y rápidamente apartó la vista, sin querer enfrentarse a la devastación que era su cuerpo— no creía que pudiera moverse a ninguna parte pronto.

¿Qué entonces, nos quedamos aquí tiradas y morimos?

Haggerth gimió de nuevo. Los ojos del hombre estaban cerrados. La conciencia era algo distante, y probablemente una misericordia, dado el dolor que debía estar sintiendo. Maena podía sentirlo ella misma, un vacío no fuera de alcance. Podía cerrar los ojos, desvanecerse en el tormento, sucumbir a él. Una liberación que se había ganado, una que podría...

No. No lo harás. He llegado demasiado lejos para morir aquí.

Pero ese había sido el plan. Detonar las minas, colapsar la cámara, enterrar estas puertas bajo tanta piedra como para evitar que los demonios volvieran a cruzar. La muerte había sido un precio aceptado, había sido el trato.

Un precio por el éxito, tal vez. ¿Cómo sabemos que hemos logrado algo en absoluto? Nuestra misión sigue sin terminar.

O quizás su otro yo ya no quería vagar hacia el más allá.

Esas deliberaciones terminaron cuando el suelo blando y húmedo debajo de ella tembló, cuando una ola helada se derramó sobre el hombro y la cabeza de Maena. Ella escupió, su piel ardiente se encendió de nuevo con el toque del agua, y miró hacia la lluvia para ver una laguna, una piscina, no muy diferente de aquella en la que habían caído. Amplia, azul y cubierta de pétalos de flores doradas de las plantas circundantes, el agua ondulaba con nuevas llegadas: rocas, piedras y escombros.

Está entrando. Todo.

Las piedras burbujeaban, rocas que no habían conocido más que la cueva húmeda durante siglos incalculables se abrían paso a través de la puerta del dios hacia un nuevo mundo. Crujidos y chasquidos resonaban mientras las primeras piedras se encontraban empujadas por más que venían detrás, un montículo creciendo en el centro de la piscina, empujando el agua hacia afuera. Una ola se precipitó sobre Haggerth, convirtiendo otro gemido en una tos entrecortada, los ojos del Whent parpadeando al abrirse.

Gritó.

Maena quería hacerlo, pero cerró la boca, tomó el dolor

y lo dejó a un lado. Una lección de comandante, compartimentar los problemas menores para concentrarse en el mayor, como el agua que ahora corría a su alrededor mientras la roca y la tierra continuaban saliendo del fondo de la piscina, de la puerta.

La capitana Rana volvió a sus piernas, ahora sumergidas en agua pantanosa y turbulenta. Lo intentó, las encontró vivas, atentas y débiles. Sin embargo, patearon cuando se lo pidió, y con sus brazos, Maena se arrastró, hizo un impulso hacia las flores doradas en el borde de la piscina.

Haggerth gritó de nuevo.

Maena dedicó una mirada al Whent, su cuerpo hundiéndose en las aguas que se extendían. Los ojos del hombre giraban, su rostro quemado y golpeado se crispaba en una mezcla de terror y agonía.

No puedes ayudarlo.

Como si Maena quisiera hacerlo. Haggerth los había puesto a ambos aquí, había arrojado sus planes al caos, y él también era un comepiedras. Todo lo que ella debería despreciar, y sin embargo, era la única otra persona aquí. Potencialmente, aparte de la voz brutal en su mente, el único otro ser humano en este extraño mundo de flores.

Enfrentar lo desconocido sola era un miedo mayor.

Maena se lanzó de vuelta al agua hacia Haggerth. Salpicó, se deslizó, pateó y medio nadó mientras la tierra que se elevaba empujaba olas sucias sobre su cara, dentro de su boca, oídos, ojos. ¿Qué era más dolor, más irritación para lo que ya se había ganado?

Encontró primero las piernas de Haggerth, las agarró con manos cicatrizadas y apretadas, y tiró. La siguiente ola ayudó a Maena a sentarse, su empuje permitiéndole levantarse sobre sus muslos y tirar con más fuerza. Haggerth, escupiendo entre gritos, se deslizó hacia ella, pero su cabeza se hundió bajo la superficie cuando la ola pasó.

—Siéntate —dijo Maena, su voz ni siquiera un susurro, sino un gruñido discordante.

Como todo lo demás, su garganta también estaba quemada.

Nos estás condenando a ambos.

Maena tiró de nuevo, las piernas de Haggerth deslizándose a su lado. Movió su agarre al pecho del hombre, se inclinó para hacer palanca con su hombro contra él, y sincronizó el tirón con la siguiente ola. El agua que pasaba ayudó lo suficiente para que la barbilla de Haggerth se acercara al hombro inclinado de Maena, y ella deslizó su brazo detrás del cuello de él, liberando al Whent.

Esta vez él tosió, esos ojos en blanco fijándose en ella mientras Haggerth expulsaba agua de sus pulmones. Las olas los golpeaban, aunque su fuerza y altura habían pasado algún cénit a medida que la tierra emergente extendía el estanque demasiado lejos hacia las flores. La colina de escombros que fluía se estaba convirtiendo en su propio riesgo, con rocas y piedras rotas rodando mientras nuevos trozos de cueva las seguían.

—Tenemos que movernos —dijo Maena—. No puedo moverte yo sola.

Haggerth no intentó hablar, pero asintió, rodó hacia adelante y se liberó del agarre de la Rana. Tumbado sobre su pecho en el agua cada vez menos profunda, Haggerth nadó, se revolvió, se arrastró hacia adelante. Un espectáculo lamentable, que Maena imitó, chapoteando a través del barro y el lodo hasta que llegaron a los campos de flores doradas. Todavía empapados, allí, pero lo suficientemente lejos de ahogarse, de las rocas que caían.

A salvo, vivos, apenas.

—¿Dónde estamos? —preguntó Haggerth más tarde.

Yacían sobre flores aplastadas, convertidas en un lecho rígido por sus cuerpos agitados. Un esfuerzo que los había dejado exhaustos. Maena pensó que habían dormido, pero el cielo se veía igual que antes, de un amarillo tenue, sin nubes, sol ni Sichi. El único marcador del tiempo que veía era el continuo tumulto que se acercaba cada vez más: la Oscuridad de Abajo filtrándose en este mundo.

¿Seguiría así? ¿Podrían todas Las Siete Islas caer a través de las motas en este lugar extraño? ¿O habían hecho los dioses su nuevo mundo tan grande como para asegurar la destrucción aplastante de este? ¿Había Maena simplemente asegurado que este reino moriría una muerte diferente a la que ya le estaba prescrita?

—¿Maena? —preguntó Haggerth—. ¿Lo sabes?

Ella giró la cabeza, miró a Haggerth. —Estoy tan perdida como tú.

El hombre soltó lo que parecía una risa entrecortada. —Entonces estamos muertos.

—Aún no.

Eso le valió una mirada más aguda, aunque grabada con dolor. —¿Por qué? ¿Por qué salvarme? ¿Salvarte a ti misma? Estamos arruinados, perdidos. —Los ojos de Haggerth se cerraron—. Me duele todo.

—Porque no sabemos.

—¿No sabemos?

—Lo que podemos hacer, aún.

Otra risa entrecortada. Haggerth se estremeció, quedó en silencio. Maena volvió a mirar al cielo, esas flores doradas. La agonía la azotó de nuevo, y se desmayó.

El toque la despertó con euforia. Todo el dolor, todo el miedo, el asombro, desapareció en un instante, reemplazado por una felicidad dichosa. Maena esbozó una amplia sonrisa, las líneas de cicatrices a lo largo de su rostro se agrietaron sin causarle dolor alguno. ¿Y por qué deberían? Las flores eran tan hermosas, más brillantes que las monedas más limpias. El aire y el cielo tan puros como el río más cristalino. Que ella estuviera aquí era un milagro, era-

Se ahogó, jadeó. El toque se retiró y con su ausencia volvió lo peor. La sonrisa se desvaneció, quedando el dolor de su esfuerzo. Maena se sentó, la rabia y la confusión mezclándose con el regreso del dolor.

La fuente. La fuente de esa felicidad, ¿dónde?

La encontró a su derecha, mirándola, aunque no con algo que Maena pudiera llamar ojos. Blanco lechoso, como una nube en sus bultos esponjosos, la criatura se demoraba a su lado. Casi tan alta como las flores, dos veces más grande que la propia Maena. Mientras Maena miraba, esa pureza encontró grietas, líneas ambarinas corriendo alrededor de los bultos y bolas oblongas que componían la cosa, dividiéndose y volviendo a unirse aquí y allá.

Un demonio.

Sí, pero ¿de qué tipo? Mientras Maena miraba, un tentáculo emergió del cuerpo esponjoso y se extendió hacia ella. Maena intentó apartarse bruscamente, pero un cuerpo marchito, hambriento y exhausto resultó incapaz, el tentáculo tocando su mejilla.

De nuevo el éxtasis, la ausencia de todos los males. Incluso la mente dividida de Maena cayó en silencio.

Hasta que ese tentáculo se deslizó lejos.

—Otra vez —dijo Maena, suavemente, las lágrimas más leves formándose en sus ojos—. Otra vez, por favor.

El demonio, entendiera o no, le concedió su deseo. Una y otra y otra vez. Por cuánto tiempo, Maena no lo sabía, pero el demonio la rescató de la desesperación, y cuando emergió, las flores habían desaparecido, ocultas tras más de los milagros esponjosos. Se agolpaban en todas las direcciones excepto una, donde las rocas cada vez más altas rodaban, se rompían y caían.

Aun así, Maena habría aceptado tal final, se habría entregado a una muerte entregada con pura felicidad y amor. Lo habría hecho, de no ser por lo que comenzó a manchar el cielo, apareciendo primero de uno en uno y de dos en dos, luego en enjambres demasiado grandes para ignorar, incluso con todos sus dolores mantenidos a raya por la dicha.

Un demonio había dividido su alma, un demonio hecho de viento rugiente y oscuridad. Maena nunca había visto algo parecido antes, o después, hasta ese momento, hasta que cubrieron su gloriosa tumba.

36
ESPADA INMORTAL

La orden de Gladdring debería haber caído como un martillazo entre los soldados de Kance. Las armaduras relucientes deberían haberse vuelto como una sola y haber atravesado al antiguo líder de Najahn por aconsejar la captura de su reina. El hecho de que no lo hicieran, que las miradas a la vez vacías y viciosas se clavaran en Eujo, le reveló a Svarde que había fuerzas de distinta naturaleza en juego.

No hace mucho tiempo, el bárbaro se habría quedado perplejo. Incluso entre las aventuras con Catya, la magia más impresionante que había presenciado provenía de algún que otro demonio, o cuando Catya, distraída, dejaba escapar el capricho de un skar. Ahora, Svarde comprendía que Las Siete Islas estaban lejos de ser un lugar sensato, que los dioses no habían creado un hogar milagroso, sino que habían construido una jaula azarosa y llena de tensión para sus frágiles creaciones.

Sobrevivir al error divino dependía de las buenas personas y, a juzgar por el viaje en el ascensor, Eujo y sus Guardianes eran buenas personas.

Gladdring, Svarde lo sabía con absoluta certeza, era un Najahn hambriento de poder que debía ser detenido.

Así que el bárbaro hizo precisamente eso: dejó que la gran hoja negra que una vez había atravesado el corazón de una diosa cayera de su hombro a un agarre firme. Los soldados de Kance comenzaron a acercarse a Eujo y sus Guardianes, un movimiento envolvente destinado a acorralar al trío contra el trono de Kance, sin nada más que aquellas ventanas de cristal y un cielo nocturno infinito más allá.

Svarde bajó su hombro muerto, la piel gris cubierta de cicatrices que ya no importaban, que ya no dolían por batallas hacía tiempo terminadas, y cargó. Entró por la izquierda, haciendo el primer contacto con un soldado de Kance distraído y empujándolo —o empujándola, Svarde no podía saberlo ni le importaba— contra el siguiente guerrero de la línea. La armadura se agrietó, un grito de sorpresa se elevó cuando el brazo derecho del soldado se estrelló contra el costado de su compañero. Los estoques cayeron, los soldados tropezaron, y Svarde siguió adelante, pisoteando al primero que había golpeado y arremetiendo contra el segundo.

La hoja aún no había sido blandida.

El segundo soldado, desequilibrado, no tuvo tiempo de reaccionar ante Svarde y cayó de manera similar al primero. El pie derecho de Svarde aterrizó sobre el casco del guardia, aplastando nariz y huesos mientras se abalanzaba sobre el tercero. Las filas se espesaban aquí, con un cuarto acercándose por la derecha de Svarde, apuntando el estoque para atravesar la espalda del bárbaro. Svarde aceptó el arañazo para mantener su impulso, embistiendo contra el tercer soldado que se giraba y enviándolo volando hacia la multitud de Kance. Con dos cuerpos rotos detrás de él y la hoja de un estoque retirándose de su hombro derecho, la carga de Svarde al fin se enfrentó a una fuerza con cierta comprensión.

Con armas demasiado delgadas.

La hoja dentada barrió el pecho de Svarde, un golpe a dos manos, letal, que partió estoques, armaduras de Kance y la piel debajo sin pausa. El rojo estalló, la luz brillante centelleó mientras los gloriosos metales de Kance volaban por el aire iluminado por linternas, y cuando Svarde completó su movimiento, los moribundos ante él se habían duplicado.

Más estoques se apresuraron a llenar el hueco. Por encima de sus choques, Gladdring redirigió el ataque, dividiendo su fuerza en dos. Un hombre contra una docena debería ser una decisión rápida, a pesar del ataque sorpresa.

Qué equivocado estaba Gladdring.

Svarde no tenía visión de Eujo, Bliss y Torny. Todo su mundo era una batalla brillante y letal. Los estoques se clavaban, algunos seguidos por guanteletes oscilantes, todos respaldados por aquellas miradas vacías. Svarde los enfrentó a todos, blandiendo su espada menos con la habilidad de un espadachín y más con el abandono sangriento de un animal rabioso.

El control de Gladdring sobre la mente de los soldados se deshilachaba con las heridas frescas, los gritos y el pánico devolviendo a los soldados que Svarde golpeaba a una apariencia de su antiguo ser, una crueldad añadida para demasiados momentos finales. Esos mismos gritos caían en el pozo que era la preocupación de Svarde, sus pensamientos, sus emociones, salvo un enfoque completo en la masacre ante él y aquellos salvados por la carnicería.

Uno tras otro, los soldados caían. Barridos, estocadas,

tajos, pisotones, todos encontraban objetivos fáciles y los tomaban. Svarde recibía respuestas a cambio, aunque las ignoraba como lo había hecho tantas veces antes. Hasta que, cubierto con los resultados de su obra, Svarde se quedó solo en la sala del trono de Kance. Cinco o seis soldados de Kance permanecían en pie, rodeándolo. De Eujo, Bliss y Torny no había señal, aunque una ventana rota detrás del trono marcaba una posibilidad.

—Guardián —dijo Gladdring, el Precepto de pie con una mano pesada sobre el brazo de un soldado—. ¿Cómo es que sigues en pie?

Svarde, con sangre goteando en sus ojos, se limpió despojos irreconocibles de los labios. Apuntó la hoja hacia Gladdring.

—Lo que importa es que tú lo estás —respondió Svarde —. En todas las islas, Gladdring, una ley es constante: los traidores van ante sus dioses para ser juzgados.

Gladdring soltó una risa ahogada.

—¿Y quién nombra a los traidores, Svarde? ¿Tú? ¿Esa Reina, que probablemente esté muerta y destrozada muy abajo? —Gladdring se irguió—. Estoy tratando de salvar las Islas. De unirlas y derrotar a los demonios con la única arma que tenemos. Tu presencia aquí, todo lo que has hecho, solo nos condena a todos.

—Ahórrame tus palabras elegantes. Si la Reina está muerta, entonces alguien más tomará el trono después de que haya cortado la cabeza de tu cuerpo.

Gladdring suspiró, parecía a punto de empezar a hablar de nuevo, pero Svarde ya había escuchado suficiente. La hoja pesaba en sus manos. Los skars de Vis y Noctia rugían alrededor de su cabeza, su peculiar mezcla trabajando para mantener los huesos inmortales de Svarde intactos, una habilidad duramente probada por las heridas que había recibido. Svarde no sentía esos golpes como dolor, sino como estiramientos dolorosos, como dedos incapaces de sostener la hoja con tanta fuerza, como una pierna izquierda que carecía del impulso para cargar hacia adelante.

El bárbaro cojeó sobre un cuerpo, sobre otro, acercándose a Gladdring. Un estoque encontró su espalda, seguido por otro. Un tercer soldado intentó interponerse en el camino de Svarde y el bárbaro lo derribó con un solo tajo cruzado, el estoque de Kance poco más que una hoja de hierba en el camino de Svarde. Gladdring esperaba, observando con ojos vidriosos y una frente empapada de sudor.

—He estado cerca de la muerte tantas veces —dijo Gladdring, apartando al soldado que lo apoyaba para quedarse solo frente a Svarde—. No iré a Noctia por tu mano.

—Di lo que quieras.

Svarde comenzó a blandir la espada, pero sintió que su voluntad de hacerlo se desvanecía. La rabia determinada se extinguió, mientras las palabras anteriores de Gladdring cobraban un nuevo sentido. El Precepto tenía razón: las islas se estaban fragmentando. Alguien tenía que unirlas, si no para destruir a los demonios, entonces para aceptarlos. Gladdring entendería mejor que Fassle, mejor que la joven e inexperta Eujo, cómo integrar a los caminantes de fuego en un mundo que no estaba preparado para ellos. Gladdring podría estar manchado por un pasado difícil, pero Svarde también lo estaba.

Eso no lo hacía indigno de ser el héroe que las islas necesitaban.

—Suelta la espada —dijo Gladdring, con voz débil y agotada. El soldado que había apartado regresó ahora mientras Gladdring se tambaleaba. Sin embargo, el

Precepto no se aferró a los brazos del soldado, sino que mantuvo ambas manos en los bolsillos de su túnica—. Abandona este ataque insensato.

—No puedo soltarla —respondió Svarde, aunque bajó la punta de la espada hasta el suelo—. Mi vida está ligada a la hoja.

—¿Lo está? —preguntó Gladdring, con los ojos revoloteando—. Entonces ambos pueden servir a las islas una última vez. Sigue a la Reina, Svarde. Asegúrate de que no caiga sola.

Svarde dudó, mirando hacia el cristal destrozado. La orden no tenía mucho sentido, pero entonces, Svarde nunca había sido conocido por su aptitud intelectual. Si Gladdring era la mejor esperanza para las islas, entonces Svarde debería hacer lo que él decía.

Esa aceptación plana llevó a Svarde a través de la sala del trono hasta la ventana rota. Cojeó hasta el borde y miró hacia la vasta noche. Abajo, Kance resplandecía, con faroles y antorchas marcando una ciudad y una isla alerta. Sichi cubría los barcos con su resplandor rosado. Un viento frío secó la sangre en las mejillas, piernas y pecho de Svarde.

—Salta, Guardián —llamó Gladdring, con un susurro apenas audible.

Lo que el héroe exigía, Svarde debía hacerlo. En algún lugar allá abajo estaba la Reina, y Svarde la encontraría.

Ella no caería sola.

<h1 style="text-align:center">37
DESCENSO</h1>

A lo largo de su vida, a Wax le gustaba pensar que la mayoría de sus ideas habían sido mejores que esta: saltar a la Herida era un error.

La oscuridad profunda lo envolvió mientras el estómago de Wax se le subía a la garganta. El aire que silbaba a su alrededor delataba los muchos salientes mortales y rocas sobresalientes que ahora giraban a su paso, una muerte segura a solo momentos de distancia. Una muerte retrasada por una llamada desesperada al skar de Kance, a sus repentinos vientos que frenaron la caída de Wax. Whent también ayudó, moldeando un aterrizaje suave a partir de una roca dura a un lado, permitiendo que Wax tocara tierra sin complicaciones fatales, solo con un agotamiento brutal y puro.

La Renovación de Vis no tenía comida ni agua, solo un leve zumbido del vino que Wax había compartido con Catya y la chispa moribunda del salvador que había provocado el salto en primer lugar. Todo lo que ganó fue un solitario punto de apoyo en lo profundo del pozo, con el resplandor de Sichi muy por encima. Algunos Najahn curiosos le llamaron desde arriba, pero Wax ni se molestó en responder.

No iba a volver.

Tampoco iba a lanzarse de este refugio y arriesgarse con los skars de nuevo. Al menos no por un tiempo. Las piedras habían agotado sus pequeñas reservas, y sus impulsos contundentes sugerían que robarían lo que necesitaran de Wax en la próxima oportunidad, convirtiendo sus piernas temblorosas en pura gelatina y sus brazos cansados en fideos flácidos. No era algo que Wax pudiera permitirse, no si él...

¿Qué, no si él qué?

Wax se sentó en la dura piedra, se envolvió con sus raídas túnicas de Noctia y miró fijamente los geodos brillantes y la tierra marrón y rígida a su alrededor. Una vez más, un amigo moribundo —Wax decidió allí mismo que Catya se contaba entre ellos— le había dado un sueño sin una pista de cómo realizarlo. Detener a los demonios, salvar las islas. Wax tenía ahora los skars, tenía múltiples de la mayoría, así que debería ser sencillo, ¿no?

Todas las Renovaciones a lo largo de la historia de las islas, remontándose hasta Demion, no habían encontrado una manera de detener el terror, de cambiar el ciclo. ¿Por qué Wax, un joven al que ni siquiera se le había concedido el estatus de adulto en Vis, sería capaz de cambiar el curso? ¿Qué estaba haciendo siquiera aquí, cuando Fassle esperaba arriba? Wax podría haberle dado las piedras a ese hombre, dejar que los Najahn tuvieran la responsabilidad, y volver a casa con los mangos y Sana que tanto amaba.

O encontrar a Eujo. El rostro de la Reina, duro y determinado, se reflejó en una de las paredes de piedra oscura cercanas. Ella había arrastrado a Wax a esta carrera tanto como cualquier otro, le había dado un propósito firme después del impulso despreocupado de Wax. Ella estaría luchando ahora en Kance, esforzándose por salvar a su gente. Al igual que Wax, y seguro que no estaría dudando de sí misma. Incluso si Eujo no conocía el camino o el cómo, intentaría todo lo que pudiera hasta que Kance estuviera a salvo.

Bliss también estaría a su lado. La hermana de Wax, siempre dispuesta a pelear. Ella había desafiado a los demonios sola, ya había salvado la vida de Wax demasiadas veces. Nunca una duda en sus ojos. Si hubiera estado al borde de la Herida con Wax, probablemente habría saltado tras él, habría encontrado alguna manera de escalar esas rocas y mantenerse a su nivel.

Torny, por supuesto, estaría justo al lado de Bliss. La bandida, una heroína tan improbable como el propio Wax, y sin embargo había venido con ellos a través de peleas y peligros que ningún ladrón podría haber esperado, y aún así afilaba sus dagas para la siguiente. Ella había robado esas almas Tamas, todo porque Torny había hecho un juramento, todo porque la bandida claramente amaba a la hermana de Wax.

Su hermano también había renunciado a su puesto de cazador en Vis. Abandonó a todos los que conocía para intentar conseguir que los Najahn ayudaran a Wax. Ese esfuerzo debió haber fallado, ya que Wax había comprobado y no había encontrado a Quik en ninguna parte de Noctia en los días entre su llegada y este momento, pero aun así, dondequiera que estuviera, Quik estaría esforzándose por mejorar las islas. Él no se rendiría.

—Supongo que eso responde a eso —murmuró Wax para sí mismo—. No hay vuelta atrás ahora.

La determinación estaba muy bien, pero las intenciones no ofrecían un camino a seguir por sí solas. Catya había sugerido un buceo hasta el final de la Herida, hasta la aparente fuente de los demonios. ¿Cómo llegaría Wax allí?

Una zambullida a ciegas por el pozo terminaría con Wax destrozado y roto contra alguna roca. Pero tal vez había otra manera.

El Vis se arrastró hasta el borde de su saliente, usó el brillo resplandeciente de Sichi para mirar alrededor. Encontró júbilo, un poco de vergüenza y un montón de esperanza: escaleras de cuerda y piquetas para sujetarlas se extendían arriba y abajo por toda la longitud de la Herida. Muchas estaban deshilachadas, dispersas o parecían estar apenas sujetas después de los terremotos, pero ofrecían la posibilidad de un descenso ágil.

Al menos para alguien lo suficientemente loco como para intentarlo.

Noctia había estado zumbando con la misión de Whent hacia el Oscuro Abajo, y Catya había mencionado el campamento que esperaba en lo profundo. El camino de Wax se abría ante él, todo gracias a ese esfuerzo, iniciado, según los rumores, por el mismo bárbaro que Wax había encontrado en Vis. ¿Svarde? ¿Ese había sido el nombre del hombre?

Una larga cadena. Casi demasiado larga para ser otra cosa que el destino.

Wax asintió para sí mismo en el saliente, calculó el primer salto, la escalera que agarraría. Con un poco de apoyo del skar, podría moverse rápido. Foti podría hacer brotar una llama para darle a Wax suficiente luz para hacer los saltos...

Los saltos llegaron rápidos y fáciles, los asideros firmes, las cuerdas fuertes. Claro, algunas de las piquetas se soltaron, pero Wax mantuvo el skar de Kance burbujeando cerca y claro, ayudándole a balancearse de una caída repentina a la seguridad. Foti chispeaba destellos según era necesario, y

Wax dejaba parches de musgo humeantes a su paso. La red comercial de Noctia y Whent demostró ser más que solo escaleras de cuerda, con campamentos aprovisionados que salvaban la distancia cada pocas horas. Agua y comida esperaban allí, junto con sacos de dormir. Los terremotos habían destrozado partes de todos ellos, pero Wax fue capaz de rescatar lo suficiente para sobrevivir.

La luz del sol le daba el día y la noche, visible en ligeros rayos en el centro de la Herida, y Wax usaba el resplandor para viajar más rápido, saltando y rebotando como lo haría de helecho en helecho en casa. Sus zapatos destrozados amortiguaban los aterrizajes lo suficiente para que Wax pudiera continuar, el skar de Vis atendiendo cualquier rasguño áspero, uñas rotas y el ocasional golpe de cabeza, codo o rodilla contra la piedra inflexible.

Aquí y allá, Wax se encontró con las razones de aquellos campamentos y, quizás, con alguna víctima de la superficie de Noctia. Equipos destrozados y más de un cuerpo roto yacían entre las rocas, cualquier rescate era tanto imposible como innecesario. Sin embargo, Wax ofreció una plegaria a Vis por cada uno que pasaba, aquellas almas valientes que habían emprendido un peligroso viaje en un momento desafortunado.

Peores que aquellas terribles visiones eran los temblores. Continuaban al azar, despertando a Wax de sus breves siestas o amenazando con lanzarlo de su posición. Se aferraba a la roca cuando golpeaban, a veces usando el skar de Whent para mantenerse firme, para extraer piedra de arriba y protegerse de los escombros que caían.

Fuera lo que fuese lo que causaba los temblores, tenía que ser el primer objetivo de Wax. Detener ese caos, luego ocuparse de los demonios. Suponiendo que pudiera hacerlo.

El skar de Whent se alzó ante ese pensamiento, surgiendo con clara confianza mientras Wax se aferraba a una estrecha escalera entre dos curvas pronunciadas de la Herida. Sin importar qué, el skar parecía decir, Whent podría alterar la tierra para satisfacer las necesidades de Wax.

La confianza ilimitada era la orden del día, y Wax la abrazó.

El final de la Herida llegó en oleadas, con más salientes que mostraban evidencia de la artesanía de Whent. Puntos de descarga para equipos, alimentos y bienes comerciados persistían, con carros y rieles rudimentarios que servían como transporte rápido. Todos desocupados ahora, y algunos desmoronados por los interminables temblores. Los puestos desiertos, en los que Wax se posaba y luego seguía descendiendo —la Herida proporcionaba un camino recto, quién sabía adónde podrían llevar esos túneles laterales— eran bastante curiosos, pero más preocupantes eran los sonidos que resonaban desde abajo.

Choques metálicos, gritos y el ocasional retumbo antinatural. Wax, con su energía menguante por el descenso del día, decidió que no podía intentar hacer un último campamento. Era difícil dormir cuando una batalla rugía cerca, incluso si continuar significaba que podría encontrar una pelea que no pudiera terminar.

El final de la Herida llegó en un punto estrechado, un agujero no mucho más grande que el propio Wax. Se asentó en el suelo polvoriento en el borde del agujero, mirando hacia abajo a una amplia cúpula pulida. Nada natural en ella, incluido lo que vio dentro: una figura corpulenta y silenciosa vestida con una armadura extraña sentada en un trono gigante. A su alrededor se movían cuerpos de monstruos y hombres, algunos revolcándose en roja agonía, otros lanzando golpes con hachas o garras unos contra otros.

Demonios y luchadores de Whent, y estos últimos parecían estar en apuros.

Wax contó dos de los Whent, curtidos, barbados y ensangrentados, en pie, maniobrando espalda con espalda para mantener a raya a un trío de demonios gruñones con aspecto de perro. Melenas carmesí fluían de las criaturas caninas, sus largos hocicos albergaban colmillos aún más largos y amenazantes. Los demonios arreaban al par de Whent hacia el fondo de la cúpula, donde una pared marcaría su última resistencia.

Catya había enviado a Wax aquí abajo para salvar Las Siete Islas. ¿Qué mejor manera de empezar que con un rescate?

Murmurando una rápida plegaria a Vis, Wax le dio rienda suelta al skar de Kance y se lanzó a la pelea.

38
LUCHAR O HUIR

Convertirse en leyenda, como lo expresó Deshiva, sucedería más rápido de lo esperado.

Quik y Sawi habían regresado, gracias a una lenta escalada a través de la jungla y las montañas —los Najahn abarrotaban la carretera principal y su paso elevado — menos de un día antes que la fuerza negra y púrpura, resonante, marchante e indomable. Los exploradores de Mottilan, apenas unos niños según los estándares habituales de Vis, encontraron a Deshiva mientras su grupo bajaba tambaleándose por la ladera verde y húmeda hacia los escarpados senderos del acantilado sobre el pueblo, y la obligaron a abandonar a la pareja, junto con los ancianos más hábiles con sus cerbatanas.

Lo cual dejó a Quik y Sawi para abrirse paso de manera improvisada pasando casas fortificadas con arqueros jóvenes y viejos, pero pocos entre medio, en las ventanas. Fosos con estacas cubiertos de hojas salpicaban el único camino descendente, mientras que los senderos laterales estaban llenos de piedras afiladas, ramas envenenadas y tantas concocciones desagradables que Quik se sintió condenadamente feliz de que nunca hubiera estallado una guerra abierta entre las dos ciudades de Vis.

Kitaye podría tener los números y una ventaja en una batalla en movimiento en la jungla, pero tendría pesadillas con todas estas trampas ingeniosas.

Ver a Annalyse de nuevo disipó esos tormentos, al menos por el momento. Ella continuaba trabajando en armas y armaduras improvisadas para los defensores de Mottilan, a pesar de haberse quedado sin skars para insertar en sus creaciones. En su lugar, aplicaba la ciencia Whent para endurecer brazales, aislar tejidos con placas de desecho para amortiguar el filo de una espada y agregar una punta más afilada a las puntas de flecha para que tuvieran una mejor oportunidad de penetrar las defensas Najahn.

—No es que importe —dijo Annalyse mientras caminaba con Quik y Sawi hacia la playa, donde simples refugios de paja servían como salas para cualquier Mottilan que necesitara atención médica. Delgadas mantas yacían sobre la arena, muchas ocupadas por exploradores, cazadores y aquellos heridos al crear la resistencia de Mottilan. Una imagen sombría, rostros demacrados sin la eterna determinación de Deshiva—. Esta es una lucha tan condenada como cualquiera que haya visto.

Ni Sawi ni Quik respondieron a las palabras, porque ¿qué podían decir? En lugar de revolcarse en la desesperación como tantos a su alrededor, Quik tomó una dirección diferente, una sugerida por las palabras de Annalyse.

—¿Entonces por qué nos quedamos? —preguntó el cazador.

—Porque estamos en una playa sin otro lugar adonde ir —respondió Annalyse—. ¿O eso no es obvio para ti?

Quik asintió a Sawi mientras se acomodaban en un par

de mantas. Una niña pequeña les trajo dos cocos llenos de dulce leche, un maravilloso antídoto para sus gargantas secas y estómagos llenos de bichos. Solo un sorbo, junto con la fresca brisa del océano y las olas rejuvenecedoras, permitió a Quik ignorar a los heridos gimientes a su alrededor y concentrarse en la idea que comenzaba a crecer.

—Sawi —preguntó Quik—, viniste por túneles, ¿verdad? ¿El Oscuro Abajo?

—Guiada por exploradores Whent, sí. No fue fácil. —Sawi comenzó a sacudir la cabeza mientras Quik mantenía su mirada, la mujer analizando su idea—. Si estás pensando que le digamos a todo este pueblo que corra a las cuevas, entonces...

—No todo el pueblo —dijo Quik, volviéndose ahora hacia los barcos en el puerto de Mottilan. Barcas de pesca y algunos buques mercantes, demasiado pocos para llevar a todos aquí y por lo tanto descartados como opción—. Solo los que no pueden huir en esos. Podemos llevar a los ancianos, a los muy jóvenes, a Kance. Gladdring está allí, los aceptará.

—¿Lo hará? —preguntó Annalyse—. Gladdring nunca hace nada que no le dé una ventaja.

—Lo acogerá. ¿Isleños mayores y niños? Gladdring puede decirle a las islas que los Najahn están tratando de asesinarlos. Deja que Fassle convenza a Whent, Tamas y Foti de que deberían enviar sus soldados y barcos para luchar por eso.

Sawi entrecerró los ojos.

—Estás apostando mucho a esa idea, Quik.

—¿Viste esas trampas, Sawi? ¿Cuántos Najahn detendrán antes de que todos aquí sean ensartados en el filo de una voulge? —Quik agitó la leche de coco mientras balanceaba el cuenco hacia el pueblo—. Deshiva puede decir lo que quiera sobre morir como una leyenda. Yo prefiero estar vivo.

Quik no había sido el primero en sugerir huir en barco, pero agregar el vuelo de Sawi a través de los túneles lo convirtió en una idea que Deshiva podía aceptar. Annalyse ayudó a Quik, respaldada por el skar personal de Vis de la científica y sus energías rejuvenecedoras, a presentar el plan a lo que quedaba del consejo gobernante de Mottilan esa noche, la última noche antes de que se esperara que los Najahn comenzaran su asalto en serio. Se habían avistado fogatas no lejos del camino del acantilado, y varios exploradores habían regresado marcados con virotes de ballesta emplumados en negro.

—Se nos acaba el tiempo —dijo Deshiva, mirando alrededor de la amplia mesa de piedra, la sala llena de gente, fumando pipas. Ella existía como una furia constante, cada palabra pronunciada con un fuego ardiente. Ya fuera este su momento, o Deshiva simplemente hubiera decidido hacerlo suyo, Quik no pudo evitar verse arrastrado por su aura—. El plan de Quik nos ofrece la mejor oportunidad de salir de aquí con vida, al menos algunos de nosotros. Los más capaces nos quedaremos y lucharemos todo lo que podamos para ganar tiempo. Una vez que los barcos se hayan ido, nos escabulliremos a las cuevas. Sawi, ahí es donde estarás, esperando para guiarnos.

—¿Guiarnos adónde? —preguntó Sawi—. Incluso si...

—A cualquier parte, Sawi. Si el Oscuro Abajo se extiende entre todas las islas, entonces nos dirigiremos a Kance. Al norte, lo mejor que podamos.

Sawi parecía a punto de protestar más, pero Quik la calmó con una mano. Había demasiadas caras dudosas y nerviosas en la sala. Demasiada gente que necesitaba que se les endureciera la columna, no que se les ablandara.

—Es un riesgo —dijo una mujer mayor—, pero no veo otra oportunidad. Voto por que vayamos. —Curvó un labio —. Además, si mantenemos la lucha fuera de la ciudad, existe la posibilidad de que incluso tengamos hogares a los que regresar.

Allí se alzaron murmullos, surgió más de una sugerencia de quemar Mottilan, evitando así que los Najahn saquearan victoriosamente. Esa idea se descartó cuando Deshiva reiteró la urgencia de la evacuación. Cualquier cosa que no fuera subir suministros y personas a esos barcos no valía la pena, y con esa orden y un golpe de la lanza de Deshiva, la reunión terminó.

Y comenzó la primera retirada de Vis.

Quik esperaba entre los arbustos. Sus guanteletes, restaurados y en funcionamiento, descansaban en sus muñecas. Al otro lado se alzaba una casa de dos pisos construida con barro seco y piedra apilada. Sawi, en una de sus historias de aquella noche en el árbol, había mencionado haber huido de una casa igual. Ella y Annalyse esperaban en la entrada al Bajo Oscuro, lejos en el extremo norte de la playa. Detrás de él, vela tras vela se desplegaba y partía hacia el Norte a toda velocidad. Probablemente los cúteres Najahn vendrían a interceptar lo que pudieran, aunque sus presas no serían guerreros ni tesoros, sino gente que, con suerte, merecería compasión.

Los Najahn no eran desalmados. No todos eran como Masayo.

Sin embargo, los que ahora marchaban sobre Mottilan estaban decididos. Quik oía el ruido de sus botas, escuchaba un himno Noctia elevarse con la brisa matutina. Las aves, quizás comprendiendo el momento, habían enmudecido. Las olas y algunos curiosos insectos zumbadores proporcionaban la armonía a una solemne melodía de respiraciones pausadas de los combatientes a su alrededor. Viejos, jóvenes, voluntarios.

Deshiva acechaba al otro lado, invisible con su pintura facial y camuflaje. La primera línea, la emboscada inicial. Cada minuto contaba como un éxito, una victoria para su hogar.

La primera línea de armaduras entró en vista. Ocho de frente, con lanzas y escudos en mano. Quik no podía distinguir la profundidad, pero cuando los Najahn llegaron al sendero del acantilado, redujeron la velocidad. Alguien silbó, y una voz potente lanzó una amenaza, una orden, una declaración. Rendíos, dijo el hombre, y uníos a Noctia para traer la paz a las islas.

Rendíos.

Quik lanzó miradas rápidas a los guerreros, los cazadores, los valientes que esperaban para luchar por su hogar junto a él, y no vio miedo ni duda.

Rendíos.

Vis jamás lo haría.

39

EL EQUILIBRIO

Venganza, una vez más, demostró ser toda la motivación que Maena necesitaba.

Ver a esos demonios destrozados flotando en el cielo sobre ella trajo claridad a través de la estática cáustica que inundaba el cuerpo de Maena. Una de esas cosas la había partido en dos, la había llevado a esta frágil ruina, y si no podía encontrar a ese demonio específico para destrozarlo, este grupo tendría que servir.

Ejecutar esa venganza, sin embargo, se convirtió en una cuestión difícil. Más allá de las flores doradas, la presencia inútil de Haggerth y las extrañas criaturas esponjosas como nubes, las armas escaseaban. La tierra que temblaba continuamente ofrecía opciones desde atrás, piedras que rodaban que podían ser recogidas y blandidas, pero los brazos de Maena parecían tan incapaces de lanzar un guijarro como de arrojar una piedra afilada.

Entonces tendremos que ser ingeniosos.

Con ese fin, Maena extendió la mano y tocó a la criatura esponjosa más cercana. Esas formas parecidas a nubes, divididas aquí y allá con grietas ambarinas que destellaban y desaparecían, continuaban rodeando a Maena y Haggerth, como si el par fuera una especie de tesoro raro. Solo que, después de un ligero toque, las criaturas nube parecían contentas de esperar cerca en silenciosa observación. ¿Era suficiente la proximidad?

¿Por qué?

La criatura nube no retrocedió ante el alcance de Maena, y el éxtasis que venía con el contacto pulsaba tan fuerte como siempre, llevando a Maena a una respiración profunda, un momento libre de dolor. En ese paraíso dichoso, los pensamientos de Maena corrían desenfrenados, precipitándose sin distracción de una idea a la siguiente mientras sus ojos se centraban en los sombríos fantasmas de arriba.

Siete dioses. Ami había ido a una ruina azotada por el viento, declarándola Kance. Había visitado Foti con los caminantes de fuego, describiendo en detalle sus piedras destrozadas y su mar plateado. Ninguno coincidía con el reino en el que Maena se encontraba ahora, lo que dejaba a la capitana de Rana con cinco opciones. Noctia podía descartarse solo por la luz y las flores: ¿qué diosa de la muerte crearía un lugar agradable como este, lleno de demonios cargados de emociones?

Es lo suficientemente cercano a una pesadilla, sin embargo. Quizás Noctia podría-

No. Svarde, Jochi, Ami y Maena habían debatido esto lo suficiente a la sombra del Rey Muerto en las Profundidades Oscuras. Las motas nadaban en un estanque profundo en el corazón de Noctia. Que la diosa, mortalmente herida por Vis, hubiera preservado algo de cada uno de los otros dioses sugería que no era un monstruo demoníaco. Su isla, también, ofrecía hermosas flores lelune. Noctia no era un terror, pero tampoco era una diosa dorada.

Rana tampoco encajaba: aparte del estanque ahora desterrado por la elevación rocosa temblorosa, Maena no encontró elementos familiares de la diosa del río. Whent, siempre un maestro de peñascos y rocas, parecía igualmente ausente de la extensa y dorada llanura. El horizonte se extendía para siempre, solo esos pétalos dorados visibles.

Lo cual lo reducía a dos, y Vis no era un dios de campos dorados, sino de jungla.

¿Así que crees que este es el hogar de Tamas? ¿Y entonces qué?

La criatura nube se retiró del toque de Maena y la capitana de Rana se tambaleó tras ella, casi cayendo para preservar el escape trascendente. No podía volver a la agonía, no ahora, no todavía. La criatura chocó contra otro de sus esponjosos amigos, rebotó en la mano de Maena y, atrapada por sus compañeros que la rodeaban, renunció a su retirada. De nuevo, Maena hundió su mano en su cuerpo ligero y esponjoso y encontró que sus preocupaciones desaparecían.

Si este era Tamas, entonces los demonios llevarían los aspectos del dios: alma, emoción, mente. Explicaría los monstruos que partían almas que seguían agrupándose arriba y, tal vez, le daría a Maena una forma de lidiar con su desastre.

¿Qué, maldecirlos? ¿Decirles que están siendo malos? ¿Herir sus sentimientos?

En cierto sentido.

Maena se volvió hacia la criatura que tocaba, captó más relámpagos ambarinos extendiéndose por su cuerpo. Los arcos dentados corrían cerca de su mano, y Maena movió su palma para pasar sobre la grieta brillante.

La serenidad desapareció. El frío la envolvió, una desesperación estremecedora paralizó a Maena solo para desaparecer cuando el relámpago se disolvió. Huyó de su toque y desapareció, mientras que en las otras criaturas cercanas a ella, las líneas color avellana persistían.

¿Qué fue eso?

Una respuesta. Una explicación. Maena miró a los demonios chupaalmas en lo alto. Habían llenado el cielo, parecía que ahora descendían en torbellinos ondulantes. Las criaturas nube alrededor de Maena no parecían reaccionar, sin embargo, y Maena no podía estar segura, esas grietas ambarinas destellaban cada vez más rápido. Las criaturas nube se estaban desmoronando.

Tamas. Dios del alma. Emoción. El ser interior. El tipo de cosas que Maena solía descartar con un frasco de cerveza y un sable bien afilado. Aquí, sin armas físicas, ¿qué tenían?

Estás pensando en acertijos, Maena.

De vuelta en la cueva, cuando el demonio azotado por el viento la había acorralado, el monstruo no le había arrancado los brazos ni le había desgarrado la cara. El demonio había extraído su espíritu, su felicidad, sus sueños, la esencia misma de su ser. Más tarde, según contaba Svarde, habían liberado palabras, experiencias, recuerdos enteros del demonio con cada golpe.

Maena cayó a su derecha, haciendo una mueca, jadeando mientras el segundo libre de contacto daba paso a la realidad de su cuerpo roto. En algún lugar cerca de sus pies, Haggerth continuaba su lenta muerte, escupiendo maldiciones en el silencio. La capitana de Rana alcanzó su objetivo, otra criatura nube cruzada de cicatrices de relámpagos. Su mano cayó sobre la pelusa, el éxtasis elevándose, solo para que Maena lo desterrara paseando su palma sobre el relámpago. Mientras lo hacía, mientras el entumecedor tormento se elevaba dentro de ella, la cicatriz se desvanecía dejando la pelusa pura gris-blanca.

Las estás curando, ¿cómo?

Haciendo lo que había hecho toda su vida. Segunda naturaleza para cualquier Rana, para cualquier luchador que no aceptaría una derrota. Maena siguió adelante, y con ese esfuerzo, alejó la desesperación. La tomó y la destruyó con desafío.

Tonterías. No puedes curar una herida imaginando que desaparece.

¿En un reino creado por Tamas?

Maena sonrió mientras pasaba sus manos por las cicatrices de rayos de la criatura nube, sus líneas desapareciendo incluso cuando su fría tristeza no lograba encontrar un hogar en el alma resuelta de Maena. Extraño, sí, pero no más que lo que había encontrado desde que pisó el Oscuro Inferior.

¿Y ahora qué, las tocas todas? ¿Cuántas conseguirás antes de que esas cosas nos alcancen?

Dos fue la respuesta. Dos entre demasiadas para contar. Las criaturas espectrales, poco más que vacíos sin forma envueltos en harapos oscuros —ni por un segundo pensó Maena que esas capas rasgadas fueran tela real— descendieron sobre las criaturas nube y las devoraron. El aire inmóvil cobró vida, succionado hacia los demonios, y con su tirón, las criaturas nube también fueron, estirándose, desvaneciéndose en esos monstruos. Plagadas de cicatrices de rayos, destellos ámbar chisporroteando por sus cuerpos en constantes llamaradas ahora, las criaturas nube no contraatacaron.

Simplemente temblaron, se encogieron y desaparecieron en los demonios devoradores de almas.

Todas, excepto las tres cerca de Maena, en una conquista tan rápida que Maena no tuvo tiempo de abalanzarse sobre las demás. En su lugar, se apoyó en el dúo, cada mano sobre sus formas prístinas y mullidas. Detrás de ella, el único hueco en las multitudes oscuras, yacía la creciente aguja, sus bordes desmoronándose sobre las flores doradas. Un entierro lento.

Dondequiera que Maena mirara, veía los vacíos sin rostro. La rodeaban a ella y a las dos criaturas nube. Haggerth emitió un último y desesperado ruido, antes de que todo lo que era desapareciera en uno de los demonios. Cualquier tristeza que Maena pudiera haber sentido al quedarse sola, la tristeza que había intentado detener salvando a Haggerth de la piscina inundada, nunca penetró el velo extático.

La rabia, la pérdida, la confusión sí lo hicieron. Esos demonios sin rostro intentaron arrancar las criaturas nube, intentaron alimentarse de su alegría, y encontraron su festín obstaculizado por Maena, quien a su vez encontró la desesperación abrumadora frustrada por la pura felicidad en la punta de sus dedos. Un equilibrio, por un momento, entre la melancolía abrumadora y el hermoso contentamiento.

El duelo en el corazón de Tamas.

¿Nos quedamos así para siempre? ¿En este filo?

No.

Un desgarramiento de sí misma, un reflejo de dos partes: el alma de Maena se dividió de nuevo, los demonios y su desesperación inundando al yo enojado de Maena, el pozo que la había llevado a atacar a Whent, a luchar contra los demonios por sus ataques a las Islas y todos esos amigos que esas batallas le habían costado. Apartar eso, empaquetarlo y tirarlo. Una tarea que habría encontrado imposible sin la recompensa ya allí, esas criaturas nube mostrándole lo que podría ser de Maena, si pudiera liberarse, si pudiera deshacerse de todo.

Los demonios se lo llevaron todo. Esos monstruos succionaron y agotaron a Maena, llevándose toda su ira, su miedo, su pérdida, y una vez hecho esto, cuando la capitana Rana debería haber estado vacía, solo encontraron alegría en su lugar. Éxtasis, dicha y nada más. Vinieron por eso también, y cambiaron.

Llena un pozo con veneno, y la enfermedad se propaga. Purifícalo en cambio, y el pueblo volverá a la salud. Un dicho viejo y sencillo que Maena vio probado cierto una vez más a su alrededor: las criaturas espantosas cambiaron, sus formas despedazadas e informes se redondearon, se volvieron enteras, acercándose a Maena no con odio, no para alimentarse, sino para compartir, para abrazar, para convertirse en lo que Tamas debió haber querido, debió haberse roto con la desaparición y muerte del dios.

El tiempo tenía poco significado en ese lugar, pero cuando Maena abrió los ojos parpadeando, cuando su cuerpo volvió a ser suyo, sus dolores y molestias devolviéndola a la realidad, la capitana Rana vio a las criaturas nubosas flotando entre las flores doradas bajo un cielo quemado, felices y claras.

Y en su mente, solo resonaban sus pensamientos, y únicamente sus pensamientos.

40
FACCIONES

El hocico de un ferrite no era ni suave ni delicado, pero Svarde sintió que sus labios muertos sonreían ante el contacto familiar. El hecho de que esos labios pudieran moverse en absoluto era un testimonio del poder Vis que zumbaba alrededor de su alma, hilvanando un cuerpo que no podía, ni debía morir.

La caída resonaba en destellos mientras Svarde yacía en una nueva zanja en medio de un campo por lo demás agradable, salpicado de árboles. Svarde sospechaba que daban algún tipo de fruta, pero como no podía mover sus brazos, sus piernas, ni su cabeza, no podía confirmar esa sospecha. Todo lo que podía hacer era aferrarse a la espada, la tensión lo único que había hecho durante las largas horas que quedaban de la noche, una que había pasado al día, vuelto a la noche, y ahora se acercaba de nuevo al amanecer.

Kivi lo había encontrado no hacía mucho, el ferrite apareció como por arte de magia sobre Svarde. Al principio, Kivi no entendió, y Svarde, cuya garganta debía haberse aplastado en el derrumbe, no podía pronunciar palabra alguna para explicar. Sin embargo, el ferrite hizo su propio descubrimiento, palpando el cuerpo destrozado de Svarde, resoplando su pena mientras descubría la brutal extensión de sus heridas.

Al menos la maldición de la espada, su bendición, mantenía el dolor a una distancia remota. La sed y el hambre no tenían influencia, y otras necesidades corporales que podrían haber hecho que yacer en la tierra durante días fuera un desastre, habían desaparecido hace mucho de la existencia de Svarde. Había yacido allí, sintiendo los espasmos mientras los huesos se reformaban, mientras los músculos reparaban sus conexiones, y observaba el cielo.

Había recuerdos que recorrer, por supuesto. Ideas que considerar. Planes que trazar. Todo eso se marchitó después de las primeras horas, dejando a Svarde en un cómodo, adormecido vacío entre la tierra. Aparte de Kivi, sus visitantes incluían algunas aves curiosas, tres escarabajos y un enjambre de hormigas que intentó mordisquear sus ojos pero encontró sus esfuerzos frustrados por el poder Vis en la espada. Todos se habían marchado desde entonces, y así Svarde flotaba, hasta que el último roce de Kivi anunció algo nuevo.

—¿Estás vivo? —llegó el sarcasmo cortante e incrédulo mientras Torny, la bandida de Eujo, aparecía en su campo de visión.

La bandida revelaba mucho con una primera mirada: su último día lo había pasado en una batalla sangrienta, a juzgar por los cortes y el sudor en su frente. Su cabello también había sufrido un corte, faltaba un trozo cerca de un tajo en su frente. Al menos sus ojos parecían brillantes.

No es que Svarde pudiera responder.

Kivi resopló en su nombre. Torny miró a la criatura, luego entrecerró los ojos hacia Svarde.

—Tienes un aspecto horrible —dijo Torny—. Como si

debieras estar muerto. Tu ferrite parece pensar lo contrario, y tus ojos se están moviendo, así que supongo que eso significa que sigues con nosotros, ¿no?

Svarde parpadeó.

—Tomaré eso como un sí. —Torny miró hacia arriba y lejos, en dirección al océano. Los pies de Svarde apuntaban hacia la espiral y el Palacio del Cielo en su cima—. Mira. No es bueno. Gladdring está afirmando que Eujo masacró a muchos soldados de Kance. Que está intentando vendernos a los Najahn. No todos le creen, pero hay mucha gente descontenta con ella ahora mismo.

»Afortunadamente, soy increíble. Guardé estas cartas, un poco mohosas ahora pero lo suficientemente buenas, que decían que la antigua Guardia de la Reina tenía órdenes de matar a Eujo. Las estaba guardando para chantaje, pero bueno, las circunstancias cambian. Eso nos ha comprado suficiente simpatía para dividir la ciudad, pero Noctia está en movimiento de nuevo. Por eso estoy aquí. —Torny frunció el ceño de nuevo—. Bueno, esperábamos que estuvieras más, ya sabes, móvil. Pero necesitamos que convenzas a esos demonios de Noctia para que se unan a nosotros.

Svarde volvió a parpadear. Una noción interesante.

—El trato del que hablamos, ¿recuerdas? Eujo puede hacer las paces con Noctia, pero necesitamos a Gladdring fuera del trono para lograrlo. Ahí es donde entran tus demonios. Romperán a los soldados que aún son leales a Gladdring, y ¡puf! Ganamos. Fácil.

Nada era fácil con los caminantes de fuego, pero Torny no lo sabía. La bandida no se detuvo mucho en ese tema, pasando rápidamente a un relato de su escape de la sala del trono, de cómo Eujo usó el skar de Kance para balancear al trío hasta el nivel inferior, rompiendo otra ventana. Desde allí, una loca carrera hasta las escaleras, superando la orden de Gladdring para escapar a la ciudad, donde reinaba una guerra abierta, una que Svarde podía terminar.

—¿Entonces qué piensas? ¿Puedes hacerlo?

Al ritmo al que sus músculos se estaban curando, Svarde no estaba seguro de que pudiera ponerse de pie...

—Aquí. Te lo estoy prestando de Eujo. No lo pierdas.

La oleada llegó rápido. Los murmullos Vis en su mente se convirtieron en una conversación, sin palabras y fantástica. Los huesos comenzaron a llenarse como cerveza vertida en un jarro, en lugar de un lento tejido. Sus manos y pies se crisparon, respondiendo al alcance de Svarde. Se atrevió a tomar aire, y la alegría salvaje de que su garganta se moviera fue a la vez extraña y asombrosa.

—¿Parece que está funcionando, entonces? —preguntó Torny—. Pensamos que otro skar Vis podría ayudar. Pero, ya sabes, Eujo está vulnerable mientras esto está aquí, así que...

Para el almuerzo, Svarde podía ponerse de pie, aunque se apoyaba en Torny con tanto peso que la bandida se esforzaba con cada paso. Con Kivi liderando, la pareja dio un lento paseo a través de los árboles hasta el borde del huerto, una delgada cerca de madera que conducía a un gran edificio de piedra, uno que Svarde supuso debía ser donde se manejaba el producto antes de salir hacia las ciudades de la isla. Cómo funcionaba todo ese proceso era un misterio que el bárbaro no tenía deseos de investigar.

Uno de ellos era cómo él y Torny se enfrentarían a los soldados de Kance que marchaban hacia ellos. Un escuadrón completo, armado con estoques y relucientes cotas de malla de cristal, los soldados no parecían sorprendidos de ver a un bárbaro maltrecho apoyándose en la ágil bandida. Las dagas de Torny descansaban en sus fundas de la cintura, la espada de Svarde se arrastraba por el suelo, ninguno listo para contraatacar. Solo la ferrita, resoplando y abriendo sus válvulas de vapor, hacía algún tipo de demostración.

Sin embargo, Torny no dejó de tirar de Svarde, solo redujo el paso cuando los soldados estaban a varios pasos de distancia, con sus filas formadas.

—¿Este es el Guardián? —preguntó el líder del escuadrón, cuyo rango se denotaba por las puntas azuladas en los bordes de su reluciente casco—. Parece tan devastado como dijiste.

Torny soltó algo que Svarde no pudo entender y se lo quitó del hombro. El bárbaro se tambaleó, manteniendo un precario equilibrio el tiempo suficiente para que el líder del escuadrón se pusiera rojo y ordenara a dos de sus soldados que sujetaran a Svarde.

—Me llamo Oppan —dijo el líder—, y mi trabajo es llevarte al otro lado de la ciudad. No nos hiciste ningún favor aterrizando aquí fuera, así que será una larga caminata.

Torny, frotándose los hombros, dijo:

—Tengo que volver a Eujo. No pierdan ese skar. Lo necesitaremos de vuelta.

Svarde sostenía la piedra en su mano derecha, y siguió sosteniéndola mientras el escuadrón de Oppan llevaba al bárbaro por calles laterales y caminos traseros, pasando junto a sonidos de escaramuzas, choques de metal y gritos de rendición, de carga, de matanza. El humo se elevaba mientras los edificios ardían. Madres, padres e hijos huían a su alrededor, escapando en pánico hacia el campo. Durante las pocas veces que Svarde logró echar un vistazo al mar, el océano azul parecía salpicado de barcos con banderas de

Kance y Noctia, girando unos alrededor de otros en una danza mortal.

La guerra en serio, entonces, por todos lados.

—La armada no lo sabe —dijo Oppan mientras se acercaban al enorme puerto, alejándose del Palacio del Cielo—. Están luchando contra Noctia creyendo que todo Kance los respalda.

—¿No pueden ver los incendios aquí?

—Insurgentes. Accidentes. O quizás simplemente no les importa. —El tono de Oppan llevaba cierta reverencia—. Lucharemos por la isla del viento hasta el final, Guardián.

—Ese final podría llegar antes de lo que crees.

El habla áspera de Svarde tartamudeaba, se detenía y volvía a empezar, pero Oppan le daba tiempo para hablar. Los soldados del líder del escuadrón compartían la disciplina del hombre, manteniendo los ojos alerta y las armas listas, pero ninguna pelea los encontró durante su cuidadoso trayecto.

—Eujo tiene más lealtad aquí que en el palacio —dijo Oppan cuando Svarde se preguntó por la relativa calma—. Las palabras retorcidas de Gladdring no llegan tan lejos. Al menos, no todavía.

—Entonces no puede ganar.

—La Reina cree que Gladdring espera. Para negociar con Noctia después de que Eujo esté muerta y asegurar su lugar como regente. —Oppan frunció el ceño—. Eso, por decir lo menos, no va a suceder. No con tu ayuda.

La noche se acercaba, un crepúsculo ardiente, cuando llegaron a los bordes del norte de la ciudad. El mismo mirador donde Svarde había estado con Olgata planeando su asalto en solitario. Entonces, había estado tan seguro de su camino invencible. ¿Ahora?

Ahora podía mantenerse en pie por sí mismo, podía

levantar la punta de la espada hasta sus rodillas, podía mirar hacia arriba y ver las primeras llamaradas mientras los caminantes de fuego marchaban con sus infiernos hacia él. Svarde extendió su mano izquierda hacia Oppan, dejó caer el skar de Vis en la palma del hombre.

—Lleva esto de vuelta a tu Reina —dijo Svarde—. Si esto sale mal, esa piedra no me salvará. Pero aún podría salvarla a ella.

41

LA PROMESA DEL HÉROE

El aire de la cueva dentro de la cúpula atrapó a Wax mientras caía, deslizándolo hacia un suave aterrizaje detrás del trío de demonios y su presa Whent. Los dos guerreros vieron a Wax, la confusión plasmada en sus rostros polvorientos alertó a los demonios de que la proporción había cambiado. El monstruo del medio se giró hacia Wax, quien se mantuvo de pie, aparentemente indefenso, ante la criatura similar a un sabueso.

Sin embargo, las apariencias podían ser engañosas.

Wax comenzó a darle libertad al skar Foti, la larga caída del día haciendo que bajar la guardia fuera un movimiento fácil. El hambre latente del skar Foti no saltó para cumplir la orden de Wax: un skar diferente, más extraño, respondió en su lugar.

Noctia proyectó su influencia invisible, que Wax sintió como si le hubieran brotado tres cuerdas frías de las manos. Esas líneas oscuras se lanzaron hacia los demonios, rodearon sus cuellos y se apretaron. Los monstruos, asfixiados, se retorcieron y tosieron. Wax, atónito, observó, sintió una nueva energía que volvía a su cuerpo, como si hubiera dormido toda una noche en perfecto descanso. Sus dolores musculares desaparecieron, la presión detrás de sus ojos después de tantas horas haciendo saltos precisos por la Herida se desvaneció, y el estómago gruñón de Wax, hambriento después de varios días con comidas escasas, se encontró saciado.

Los demonios se marchitaron.

La poca grasa que tenían los monstruos se redujo, sus huesos presionando fuertemente contra su piel. Los ojos se adelgazaron, las bocas se arrugaron, los dientes se ennegrecieron y cayeron. En lugar de gruñir y morder, los demonios dejaron de luchar para desplomarse, silenciosos y muertos en segundos.

El skar de Noctia brilló con una satisfacción maliciosa en la mente de Wax, esos tentáculos desvaneciéndose y dejando a Wax respirando con dificultad, un sudor frío brotando sobre una piel saludable, una postura firme.

—¿Qué demonios fue eso? —preguntó el primer guerrero mientras su compañero comprobaba los demonios caídos con un hacha—. ¿Y quién eres tú?

Wax escuchó la pregunta, pero su atención se centró hacia adentro. ¿Qué había hecho exactamente ese skar de Noctia? Todas las otras piedras agotaban la voluntad de Wax para alimentar sus efectos más grandes, pero aquí, esto... ¿Podría Wax extraer toda la fuerza que necesitaba de sus enemigos? ¿Podría seguir adelante, para siempre, como un imparable-

—Te he hecho una pregunta, chico —repitió el guerrero Whent, de pie frente a Wax, su hacha de doble filo lista—. No sé de dónde has salido, y estoy feliz de agradecerte por lo que les hiciste a esos malditos monstruos, pero estamos en medio de una pelea. ¿Necesito saber de qué lado estás?

Wax sonrió. Se sentía tan bien. El mejor en días, desde

el primer sorbo de vino con Catya. Tenía doce skars y su poder inimaginable.

—Soy el nuevo Aegis, y estoy aquí para terminar esta guerra.

La guerra, sin embargo, no iba tan bien. Los dos luchadores Whent escoltaron a Wax a través del lugar que llamaban Fortaleza de los Sueños, aunque sus calles estaban destrozadas por los continuos combates. Los demonios luchaban contra los guerreros Whent y, cuando diferentes monstruos chocaban, entre ellos. Los edificios que se habían mantenido firmes días atrás ahora eran escombros, y otros se estaban derrumbando activamente mientras Wax y sus escoltas pasaban. Los terremotos más fuertes continuaban aquí abajo, con las líneas Whent tratando de mantener el control alrededor de las rocas que se deslizaban y movían.

—Son las malditas puertas —dijo Jochi, el líder Whent después de que Wax se presentara—. Los dioses, o tal vez solo Noctia, dejaron puertas abiertas a sus antiguos hogares, y ahora nos estamos cayendo dentro.

Jochi había establecido un puesto de mando en un túnel desde la Fortaleza de los Sueños, pasando una puerta particularmente desagradable hecha de huesos. El señor de la guerra estaba de pie sobre una mesa de piedra masiva rodeada de un frenesí, con brazos y armaduras corriendo hacia los luchadores y siendo reemplazados por los heridos. El mismo Jochi tenía sangre fresca —aunque azul y pegajosa, perteneciente a un demonio— en sus cueros, sugiriendo tiempo pasado blandiendo dos hachas familiares en las líneas del frente.

—Esa piscina parecía mantenerlos a raya —continuó Jochi, sus ojos siguiendo la mesa y las figuras sobre ella, discos de piedra mostrando dónde los exploradores Whent pensaban que estaban los remolinos de motas—. Cómo, no lo sé. La sangre de Noctia, tal vez, pero eso ya no importa. Esa maldita explosión, lo que fuera, lo dispersó todo.

Wax solo escuchaba. Jochi había tomado la aparición del Vis con calma, sin interrumpir la reunión vespertina con varios líderes de escuadrón, y sin darle a Wax un momento para hablar. Eso estaba bien, ya que, a pesar de la confianza de Wax, toda la locura sin sentido que había visto en las últimas horas era desconcertante.

¿La Herida terminaba en una piscina? ¿Una llena de puertas giratorias que parecían ser portales a los propios hogares de los dioses? ¿Demion y su Guardián habían encontrado este lugar siglos atrás y buscaron usarlo para protegerse de los demonios, un esfuerzo que gradualmente había fallado?

Wax necesitaría varias cervezas después de todo esto, eso era seguro.

—Esas puertas se están tragando todo lo que cae en ellas —continuó Jochi—. Es una cadena, y está dejando que todos los demonios sepan dónde está su salida. Están entrando en masa, y no estoy seguro de cómo detenerlos. —El Whent tomó un respiro profundo, echó un vistazo alrededor de la mesa—. O si siquiera deberíamos. Esos demonios están huyendo de una muerte segura. Haciendo lo que es natural.

—Es su mundo el que está muriendo, no el nuestro —vino una voz desde el otro lado de la mesa, otro guerrero salpicado de sangre—. No es nuestra culpa. Y no es como si vinieran en paz, tampoco.

Jochi asintió con la cabeza.

—Cierto, pero quién sabe cuántos monstruos esperan detrás de esas motas. Gracias a Whent que la puerta de Rana está atascada con una de esas bestias marinas gigantes, y Kance y Vis están tan enredados que todos sus demonios siguen peleando entre ellos —Jochi miró a Wax—. Aún no los has conocido, pero los caminantes de fuego tienen a Foti sellado por el momento. El único problema es Whent.

—Por ahora —resopló el mismo guerrero de antes—. Esas puertas están girando todo el tiempo. Dales una hora y puede que tengamos que lidiar con algo nuevo.

—O —intervino una tercera, una mujer delgada con un mapa en las manos, que plantó sobre la mesa—, podríamos perder toda esta red. Nada es estable ya, Jochi. Si no quieres perderlo todo, digo que huyamos.

El señor de la guerra pareció envejecer una década al oír esas palabras, pero asintió y volvió a mirar a Wax.

—Así que, Aegis, esa es la situación. Si huimos, estas puertas seguirán tragándose nuestra roca. Seguirán escupiendo demonios hasta que se vacíen. Docenas, quizás miles de esos monstruos. Ahora mismo, Whent está luchando solo. ¿Puedes ayudarnos?

—Puedo hacer más que ayudar —dijo Wax, sintiendo cómo los skars se alzaban con sus palabras, su confianza aumentando la suya propia—. Mantenedme protegido y puedo detener todo esto. Fácil.

Jochi alzó las cejas.

—O eres el héroe que hemos estado buscando, o el Vis más tonto que he conocido jamás. Espero que seas lo primero —el señor de la guerra miró de nuevo a través de la mesa—. Llevadlo a los puntos más vulnerables y veamos qué puede hacer.

—No —dijo Wax—. No estoy aquí para matar demonios. Llevadme a las puertas. Como dijiste, no podemos luchar contra cada criatura que las atraviese. Los dioses dejaron esas puertas abiertas. Yo voy a cerrarlas.

42

LA DEFENSA DE MOTTILAN

Retrocediendo a sus recuerdos más tempranos, sentado en las rodillas de su padre cerca de un fuego crepitante, Quik escuchaba a los cazadores hablar sobre sus presas, sobre días enteros siguiendo el rastro de hanokos y otras bestias hasta sus oscuras y aterradoras guaridas. Los narradores de aquellas historias, sin embargo, llegaban a un punto en el que la seriedad se convertía en sonrisas, la estocada de una lanza o el disparo de un arco señalando que la victoria, por fin, había llegado. Se elevaba un brindis, con copas de madera sirviendo vino de melocotón a una ciudad alegre y risueña.

Aquellos cazadores nunca hablaban de guerra, porque nunca habían estado en una. Vis misma había evitado tales desastres durante tanto tiempo como Quik recordaba, porque el resto de las islas consideraba a Vis como una curiosidad, un socio comercial al que era mejor dejar con sus peculiares costumbres.

Ya no más, y todo porque el dios que la creó, cuyo cuerpo caído, según la leyenda, formaba la misma tierra en la que Quik ahora se agazapaba, había dado a sus skars el poder de la vida.

Helechos y otros arbustos disimulaban el lugar elegido por Quik, apiñado con otros defensores. Algunos eran cazadores de Mottilan y Kitaye, que habían regresado de incursiones o huido de la otra ciudad de Vis, ya conquistada. Portaban lanzas, un par llevaba arcos tensados. Otros eran demasiado viejos o demasiado jóvenes para unirse a las filas reales, pero aun así llamados a la acción para proteger a los aún más ancianos, jóvenes o enfermos. Sostenían las herramientas que podían usar, desde cerbatanas hasta hojas para desbrozar.

Ninguno parecía tan frágil como sus armas sugerían, y Quik encontró valor en sus ojos claros, sus cuerpos robustos, por delgados o arrugados que fueran.

Al otro lado del camino, cubierto de fosos ocultos por hojas y zanjas fangosas destinadas a hacer el avance una tarea traicionera, esperaba una casa de piedra. Dentro de sus muros y apuntando a través de sus ventanas cuadradas y toscamente cortadas, había arqueros. Detrás del edificio, esperando el silbido de Quik y listos para salir corriendo en una emboscada, estaba Deshiva y varios de los mejores lanceros que Vis podía llamar suyos.

La primera línea, y prácticamente la única. Unas pocas bandas dispersas esperaban más abajo en el camino del acantilado, y si el plan de Deshiva, formado a partir de la sugerencia de Quik, funcionaba, las fuerzas de Mottilan atacarían rápido y huirían, solo para volver a atacar a intervalos aleatorios todo el camino descendiendo por el acantilado.

¿Disuadiría eso a los soldados najahn de púrpura y negro que marchaban, casi allí, ocho de frente y muchos de fondo, con escudos y voulges listos?

No, pero podría ralentizarlos lo suficiente para que la evacuación de Mottilan se completara.

Los najahn marchaban con demasiada confianza. Sus soldados bromeaban mientras caminaban, su formación cerrada desmentía una actitud relajada, una suposición de victoria. Quik les demostraría que estaban equivocados, y esa prueba comenzaría... ahora.

El najahn de la izquierda pasó, seguido por la segunda fila. Ninguno se molestó en mirar detenidamente entre las hojas, tratando de penetrar el camuflaje entintado que ocultaba a Quik y sus improvisados guerreros.

La tercera fila no tuvo oportunidad.

Quik lanzó un grito. Un fuerte alarido que llegó a los najahn con su carga, sus zapatos tejidos mordiendo la tierra y propulsándolo, sus guanteletes por delante en un tajo por encima de la cabeza. Los escudos najahn, mirando hacia adelante, no proporcionaron protección, no hicieron nada para salvar el costado del soldado cuando las garras con punta de metal de Quik se clavaron en la costura del cuello del soldado, un uppercut perforando el hueco bajo el hombro del najahn. Una puñalada, un desgarro, una patada, empujando al najahn herido, posiblemente muerto, contra sus propios aliados.

El cazador no atacó solo. Dardos y flechas zumbaron detrás y a su lado, muchos rebotando en la armadura najahn. Algunos se colaron bajo los cascos o en rostros girados, aunque incluso los fallos provocaron estremecimientos, convirtieron la confianza en pánico y dieron a los cuatro cazadores que cargaban con Quik tiempo para un golpe sin defensa.

Pero cinco luchadores contra cuarenta no era una pelea que se pudiera ganar solos.

Quik se desvió a la izquierda, balanceando esas garras

para atrapar a un najahn que se giraba en el costado, dirigiendo los golpes a las partes más débiles de la armadura. Armadura que el mismo Quik había usado, estudiado en las semanas que había pasado entre los najahn en su hogar. Ese conocimiento dio sus frutos, sus guanteletes desgarrando eslabones y encontrando carne debajo. Los otros cuatro cazadores se mantuvieron cerca, sus lanzas apuñalando, causando menos daño y más retraso mientras los najahn se retorcían, rompiendo la formación para enfrentarse.

Y dieron la espalda a la casa de piedra.

Mientras Quik apartaba de un manotazo un voulge ofensivo, retrocediendo para ver a demasiados soldados najahn mirándolo fijamente, encontró su voz de nuevo. Un segundo grito, una segunda andanada. Los escudos najahn levantados y sus expectativas hicieron que las flechas y dardos desde la retaguardia de Quik hicieran poco, rebotando en el aire. Los que disparaban estarían corriendo en un momento, deslizándose por los árboles y las cuerdas hasta el siguiente punto de emboscada.

Los de atrás, el grupo de Deshiva, desencadenaron su propia sorpresa. Usando arcos, con flechas más potentes y mayor alcance, los arqueros de la casa lanzaron un ataque contra las espaldas desprotegidas. La coraza najahn ayudó, y Quik vio más de una flecha rebotar en un casco y salir volando, pero Vis entrenaba bien a sus arqueros, ya que un buen tiro era más que un motivo de fanfarronería: alimentaba a tu familia, a tu tribu.

Y esa habilidad golpeó a los najahn por la espalda, perforando cuellos, cinturas, piernas. Los soldados gritaron. Quik y su cuarteto de cazadores se desplazaron hacia la izquierda, bajando por el camino, apuntando menos a matar y más a sobrevivir. Los voulges se clavaban, tentativos y confusos. Fácilmente defendidos, y Quik se encontró más allá de la línea najahn, su grupo solo en el camino de tierra.

Demasiado éxito.

Los najahn se dividieron, las filas delanteras siguiendo las órdenes de su capitán y dirigiéndose hacia la casa de piedra. Quince o más soldados corriendo hacia los arqueros con los escudos en alto. Se separaron, dejando a Quik y su banda frente a las líneas traseras intactas, algunas arrastrando a los heridos, otras avanzando para lanzar chakrams.

—¡Corred! —gritó Quik, y luego ignoró su propio consejo para retroceder en su lugar, con las garras en alto.

Enormes discos afilados como navajas, los chakram giraban en arcos. Reflejaban el sol al volar, lanzando líneas blancas cegadoras hacia Quik y los cazadores. Quik había visto el daño que esas cosas podían hacer en Noctia, y se lanzó a la derecha, alzando los guanteletes para protegerse la cara. Uno golpeó, un gran lanzamiento que atravesó el guantelete derecho de Quik, clavándose en la mano debajo y haciendo girar al Vis hasta el suelo.

Mientras su cabeza golpeaba la tierra blanda, Quik vio a otro cazador recibir un chakram en la espalda, su vuelo demasiado lento para escapar del arma. El disco lo derribó, el borde giratorio y dentado hundiéndose profundamente. El cazador se estremeció una vez y quedó inmóvil.

Otra alma que vengar.

Quik ignoró el ardor en su mano, usó su guantelete izquierdo para arrancar el chakram, el disco y la sangre que lo seguía marcando el camino donde Quik encontró su equilibrio, y echó a correr mientras los Najahn cambiaban a su siguiente movimiento: las ballestas.

En una llanura abierta, los chakram romperían la

defensa con su peso y ángulo, destrozando escudos y haciendo retroceder al enemigo. Las ballestas y los virotes seguirían, debilitando lo que quedara para el último paso, una carga con voulges. Una estrategia simple raramente cuestionada para una fuerza que solo luchaba contra bandidos y ocasionales señores de la guerra con demasiada confianza y no suficiente inteligencia.

Quik no sabía si tenía esa inteligencia, pero había visto suficiente de la técnica Najahn para saber que una pendiente inutilizaba esas ballestas. Los virotes no podían curvarse tan bien como las flechas normales, así que él y los tres cazadores sobrevivientes escaparon de esas muertes aladas lanzándose por el camino del acantilado, esquivando fosos cubiertos y esperando, esperando que los Najahn los siguieran en una rabia victoriosa.

A su derecha, Quik vio la pendiente de la ciudad que llegaba hasta los muelles, los barcos pesqueros atracados y unos pocos buques de carga. Qué suerte que esto fuera Mottilan, con transporte oceánico, y no Kitaye, con sus hojas enrolladas hechas para pescar y poco más. La huida era posible, aunque la carga y la gente que se movía por ese muelle dejaban claro que se necesitaba más tiempo.

Tiempo que Quik y Deshiva harían todo lo posible por proporcionar.

La batalla por Mottilan había comenzado.

43
SALVACIÓN

La salvación era efímera.

Maena arrastraba a Haggerth, quien había perdido el conocimiento con los demonios chupaalmas, con una mano mientras se aferraba a una criatura nube con la otra. El éxtasis del esponjoso demonio mantenía alejado el dolor de Maena; las quemaduras y los moretones no eran rival para el valor inquebrantable. Las flores doradas se doblaban ante sus pasos, proporcionando una superficie lisa para arrastrar al Whent. La criatura nube tampoco se oponía, flotando sin opinión alguna.

Su objetivo seguía alzándose ante ella, feo y desmoronándose incluso mientras crecía con nuevos pedazos a cada minuto que pasaba. La puerta de regreso a casa, la única salida de esta trampa.

Lo que había sido un momento purificador e inspirador de heroísmo se convirtió en una perdición segura cuando el cielo quemado se oscureció de nuevo. Como si Maena hubiera encendido un faro, más demonios oscuros y envueltos en sombras aparecieron en el horizonte. Las criaturas nubosas que había limpiado daban la bienvenida a más, con relámpagos ámbar cruzando sus cuerpos, presagiando un cambio inevitable.

Ami había dicho que los viejos mundos de los dioses estaban muriendo, y Tamas no era diferente. Incluso había dicho que los caminantes de fuego habían ralentizado la destrucción de Foti con sus poderosas máquinas. Maena podría haber hecho lo mismo aquí, pero el fin llegaría.

Ahora que la capitana Rana había recuperado su cuerpo, con su alma completa, no planeaba morir con este mundo cubierto de flores.

El suelo se encharcaba bajo sus pies, los restos de la piscina se aplastaban con sus pasos. Ami no había mencionado cómo era la puerta de regreso, y no había razón para sospechar que las puertas fueran iguales en todos los mundos, así que Maena seguía mirando hacia abajo, arriba y alrededor en busca de las motas. Ninguna aparecía.

Tamas no señalizaría su salida con luces.

La roca y la piedra, sin embargo, servirían.

Maena cambió su tirón, colocándose delante del peludo cráneo de Haggerth mientras se acercaban a la creciente montaña. Rocas, tierra y resbaladiza piedra de cueva caían a su alrededor ahora, pasando rodando y aterrizando en las flores con golpes secos. La criatura nube no intentaba esquivar los escombros, y Maena no podía mantenerse a sí misma y a Haggerth a salvo mientras maniobraba al monstruo amistoso, así que el demonio perdía trozos de sí mismo mientras las rocas se estrellaban contra su cuerpo esponjoso. Los óvalos que usaba como piernas se desprendieron en un pequeño derrumbe, dispersándose por el aire detrás de él como semillas de flores. Su brazo derecho, el que Maena no estaba sosteniendo, desapareció cuando una enorme losa cónica se rompió y cayó sobre él.

Sin embargo, a pesar de esas pérdidas, la criatura nube

no reaccionaba. Maena la sostenía más cerca, la mantenía en alto, su peso era ligero, y continuaba abrazando el dichoso escudo que le proporcionaba. ¿Podría algo así siquiera sentir dolor? ¿Entender lo que estaba pasando?

La criatura nube no tenía rostro, ni ojos, ni expresiones. Sin embargo, no se alejaba del agarre de Maena, y en su fresco contacto, Maena tenía un amigo. Lo necesitaba también, porque ahora que habían llegado al borde de la montaña desmoronándose, Maena se dio cuenta de dónde estaba la puerta.

Debajo. Cubierta de rocas que caían. El montón de piedras que surgía se derrumbaba sobre sí mismo, expandiéndose hacia afuera y sin ofrecer opciones de escape. Al menos, ninguna que Maena pudiera ver desde donde estaba, esquivando las piedras que caían y haciendo todo lo posible para evitar que Haggerth sufriera un destino aplastante.

No tenían palas, y Maena no tenía la energía para mover tanta tierra incluso si las tuvieran. Detrás de ellos, el cielo se oscurecía aún más mientras más demonios se acercaban flotando. Debajo de ellos, las flores doradas desaparecían a medida que más criaturas nube se balanceaban hacia ellos, aparentemente siguiendo a Maena, aunque ella no estaba segura de por qué.

¿Porque les había ayudado?

Maena sacudió la cabeza. Tal vez les había dado un pequeño respiro, pero este mundo se estaba rompiendo, y ella necesitaba encontrar una nueva salida.

Otra roca cayó cerca de ella, salpicó en la piscina, se rompió a sus pies. El agua ondulaba. Flores pisoteadas yacían a su alrededor. Más criaturas nube se acercaban, aplastando aún más los tallos dorados. Un mar ondulante de gris y blanco, observándola, esperando.

Tal vez.

—Caven —croó Maena—. Caven juntos.

Soltó la mano de Haggerth y hundió su brazo dañado en la roca suelta y apilada. Arrojó lo que pudo agarrar a un lado. Más se hundía para ocupar su lugar, pero Maena no se detuvo. Que tal acto debiera ser imposible no importaba, no cuando se sentía tan bien, cuando cada movimiento se sentía eléctrico, cuando cada susurro sobre cuán condenada estaba moría bajo una extática avalancha.

Esa misma confianza mantuvo a Maena cavando mientras las criaturas nube la rodeaban, sus miembros bulbosos sacando escombros de un golpe a la vez. Cada suave balanceo movía pequeñas cantidades, pero los demonios amistosos compensaban su poco peso con números. Formaron cadenas, moviendo los miembros en sincronía para alejar los escombros cada vez más de la montaña. Cuando Maena, con la mano izquierda ensangrentada y cubierta de tierra, dio un paso atrás, más criaturas nube tomaron su lugar, atacando la tierra con un trabajo silencioso y simple.

Aún sosteniendo la nube dañada en su mano derecha, Maena se sentó junto a Haggerth, observando cómo las criaturas nube deshacían la montaña. Rocas y piedras caían, pequeños derrumbes aplastaban a algunos de los demonios, pero más flotaban para tomar su lugar. En lo alto, el cielo continuaba oscureciéndose, los desgarrados vacíos observando, esperando.

No es que Maena estuviera preocupada. No podía estarlo. En su lugar, Maena recogió agua de la piscina y bebió un sorbo, vertió un poco de su mano ahuecada en la boca de Haggerth. Arrancó hojas de las flores doradas y las masticó, encontrando en su sabor un agradable toque a nuez. ¿Alguna de estas sustancias la mataría, dejaría a Maena enferma y arruinada?

Jamás, decía la sonriente emoción que surgía a través de su contacto con la criatura nube. Jamás Maena volvería a sentir dolor, siempre que siguiera sosteniendo al demonio.

El tiempo se arremolinó. Maena quizás se había quedado dormida, rodeada por las criaturas de nubes, pero el ruido que la despertó fue uno de, como siempre aquí, esperanza. Los demonios, apilados unos sobre otros y excavando bien arriba en la longitud de la montaña, habían derrumbado la piedra suelta por el lado lejano. Ahora retrocedían, cayendo en una forma saltarina, cabeza sobre piernas, hacia el suelo húmedo.

Maena se puso de pie, encontró la mano de Haggerth de nuevo, y caminó entre las criaturas de nubes que la miraban fijamente, inmóviles, para presenciar su victoria.

La montaña era demasiado grande para despejarla, al menos hasta ahora, pero los demonios habían excavado un borde, uno marcado por esas motas centelleantes. Justo lo suficientemente grande para deslizarse dentro. El agua oxidada allí parecía de un azul profundo, y Maena no podía distinguir qué había al otro lado, pero era una oportunidad que tomaría.

Sobreviviría, dijo su alma resplandeciente.

—Gracias —dijo Maena, ofreciendo a las criaturas de nubes una leve sonrisa, todo lo que su piel quemada y cicatrizada podía lograr.

Entonces, aún sosteniendo a Haggerth con una mano, y a la criatura de nube y su felicidad con la otra, Maena atravesó.

La capitana Rana aterrizó en una estrecha piscina cavernosa, un lugar que solo fue extraño por un momento, hasta que la experiencia le dijo a Maena que la roca a su alrededor era, como la montaña en el mundo de Tamas, algo temporal. Las motas de Tamas en su brillo ámbar circulaban cerca de su cintura, desapareciendo en la pared de escombros a la izquierda de Maena, actuando la barrera como si nada para las chispas divinas. Ella observó esto sin dolor, sin preocupación, porque a su lado, flotando en el agua a su derecha, se balanceaba la criatura de nube.

Le sonrió. La criatura la había salvado, al igual que sus amigos. Maena sintió un peso en su mano izquierda y tiró, arrastrando la forma inerte de Haggerth tras ella. El agua mantenía baja la carga del Whent, y con unas pocas zancadas, había dejado la caverna improvisada y se encontró en la pendiente gris inclinada de la gran cámara, el objetivo de las bombas de Maena.

En lugar de un final relleno, con esas puertas aplastadas por interminables toneladas de tierra, Maena vio montañas fracturadas, cavernas rotas y caos salpicante. La piscina había subido con las piedras que se precipitaban, muchas aún desprendiéndose y cayendo desde arriba. Los demonios también salían a la superficie, surgiendo de las profundidades en un frenesí confuso, solo para encontrarse entre sí en un combate repentino. La capitana Rana miró hacia el túnel Whent, el precipicio que habían usado para hablar con los caminantes de fuego, y vio que ahora estaba al nivel de la superficie de la piscina, con la cueva detrás rellenada. Vio, también, que era hogar de una intensa lucha entre caminantes de fuego y otros demonios. Maena se estremeció ante la violencia. Debería estar aterrorizada, pero eso no ayudaría a Haggerth. El hombre necesitaba atención médica, y Maena también.

Otra brecha en la roca persistía adelante y a su izquierda. Podría haberla pasado por alto, excepto por una extraña colección de demonios, unos con patas largas y picos estrechos que se lanzaban a través del agujero. Una opción cuando no existían otras. Dio unos pasos, sintió nuevas ondas golpear sus piernas con suaves oleadas y se dio la vuelta.

Lo que vio hizo que la sonrisa estirada de Maena creciera. Sus nuevos amigos venían, y la felicidad que traerían con ellos, bueno, parecía que los Whent podrían necesitarla.

44
CONSEJO DE GUERRA

El infierno andante detrás de ella hacía juego con el cabello de Ami, si no con su rostro. Svarde tuvo que imaginar que su amiga y compañera Guardiana se sentía igual, caminando por el centro de un camino abandonado hacia él. Azotados por algo más que la edad, que ambos siguieran con vida era un milagro repetido. Literalmente en el caso de Svarde, y ese vínculo los unió en un abrazo doblado por la espada de Svarde y la máscara dorada que cubría la mejilla de Ami.

Los caminantes de fuego mantenían su respetuosa distancia. Por encima del hombro de Ami, Svarde vio nuevos sombreados, pedazos de techos de Kance elevados por postes improvisados. El día no amenazaba con lluvia, pero si unas pocas gotas dispersas podían causar daños permanentes, Svarde también mantendría la cobertura en todo momento.

—¿Te gustan nuestras nuevas herramientas? —preguntó Ami, retrocediendo con una sonrisa cansada—. Nuestros amigos Whent las idearon rápido, pero tardamos unos días en construirlas. Sin mencionar el convencer a estos tipos.

—Pero funcionó.

—Creo que se dieron cuenta de que aún necesitan un hogar aquí. En las islas. Es un poderoso motivador.

—Casi tan bueno como una espada en tu espalda.

Ami siguió la mirada de Svarde hacia la espada negra.

—Todavía la sostienes, pero tengo la sensación de que no nos estás entregando la ciudad.

Svarde negó con la cabeza.

—Kance tiene más problemas que los Noctia. Gladdring controla el Palacio del Cielo.

El bárbaro se rio cuando los ojos de Ami se abrieron de par en par, y volvió a reír cuando le contó sobre su trato con Eujo.

—Estás haciendo tratos con una Reina apenas lo suficientemente mayor para sostener su cerveza —dijo Ami—. Fassle no estará contento.

—El Círculo puede chupar una voulge, por lo que me importa —gruñó Svarde en respuesta—. Ella es inteligente y no tiene ninguna de las ambiciones insensatas de esos bastardos. Si sacamos a Gladdring, ella cumplirá su parte.

—¿Entonces marchamos con los caminantes de fuego hacia el Palacio del Cielo y dejamos que asusten a Gladdring para que se vaya?

Svarde volvió a mirar más allá de Ami hacia esas filas infernales. ¿Qué quedaría de la ciudad si esos monstruos la atravesaran?

—No sería Reina por mucho tiempo, eso es lo que pasaría —dijo Eujo esa noche, cerca del puerto. Svarde y Ami habían decidido volver solos, los caminantes de fuego encontrando refugio en cuevas cercanas, viejas minas de diamantes celestes abandonadas hace mucho tiempo—.

¿Quién va a seguir a una reina que dejó que su hogar se quemara?

—Yo lo haría —dijo el recién llegado a la fiesta, un asesino de Kance, Livier, que apenas podía mantenerse en pie. El hombre se apoyaba en un poste, uno que sostenía una cuerda de farol sobre mesas dispuestas para tiempos más felices, unas empolvadas mientras el restaurante al que pertenecían permanecía cerrado—. Yo te seguiría, y te aconsejaría, y esperaría que, juntos, pudiéramos salvar nuestro hogar después de que los fuegos se hubieran apagado.

La noche se había vuelto sedosa, una fina neblina se filtraba y confirmaba la decisión de Ami de mantener a los caminantes de fuego ocultos al norte de la ciudad. Svarde la había empujado en esa dirección, un retraso a la guerra de Fassle para comprar la asociación de Eujo. Un soborno, quizás, a una noción más amistosa de las islas que una construida sobre la conquista y el poder de los skar.

Uno que Svarde podía permitirse hacer, como seres inmortales que eran.

Livier no era tan inmortal y, según explicó Eujo, había sufrido terribles heridas manteniendo a la Reina fuera de las manos de los Najahn en el mar. El mismo ataque oceánico que había dejado escapar a Wax y dañado el barco de la Reina lo suficiente como para obligarla a ir a Kance. Aunque podría huir en alguna otra embarcación, como una rata escurridiza en la noche, los destinos de Eujo parecían estar atados a su isla. Livier, ahora sosteniendo el skar Vis de Eujo y explicando por qué no había sido fácil separarse de él, mantenía su mano libre cerca de un estoque, a pesar de parecer tan frágil que el más leve choque lo enviaría al otro lado.

—Un bonito sentimiento, y no uno que vaya a salvar las

vidas de tu gente —dijo Ami, recostándose en la robusta silla de metal. Todo el patio parecía construido tanto para el exterior como para las palizas que los marineros borrachos podían propinar a cualquier cosa a su alcance inmediato. El vino de hielo, una bebida que Svarde sorbía sin saborear, chocaba con el entorno, pero cuando estás en Kance, bebes como lo hace la Reina—. Has perdido tu trono ante un manipulador hambriento de poder, y lo necesitarás de vuelta rápidamente.

—Supongo que tienes una nueva razón, más allá de lo obvio.

—Gladdring se va a dar cuenta, si no lo ha hecho ya, de que no hay forma de ganar contra ti. O consigues suficientes soldados de Kance dispuestos a sacrificar sus vidas, usamos mis caminantes de fuego, o simplemente lo dejas morir de hambre allá arriba —Ami cruzó los brazos, sonrió con suficiencia—. Va a morir sin ayuda, y solo hay un lugar que puede ayudarlo.

—¿Crees que Noctia lo hará? —dijo Torny, la Guardiana bandida, con una risa—. Gladdring traicionó a Fassle. Y a Yarvick, si realmente dices la verdad sobre que están trabajando juntos. De ninguna manera lo escucharían.

Svarde, sin embargo, captó lo que Ami quería decir.

—Todo vuelve a los skar —dijo el bárbaro—. Una vez que obtengan las piedras de Gladdring, ¿qué les importa esta isla a Fassle y Yarvick? Y ahora mismo, Gladdring tiene los skar.

—De acuerdo —dijo Eujo—, supongamos que Gladdring llega a la misma conclusión. Que tiene un espía, un planeador o alguna forma que no conocemos para enviar mensajes hacia y desde Noctia. Ellos aceptan, y entonces... ¿Estamos de vuelta aquí? Una flota de Noctia que no puede pasar la nuestra.

—Y un ejército entero de caminantes de fuego que no puedes derrotar en tu puerta —recordó Ami.

—Un ejército que tú comandas.

—Mientras Fassle y Jochi me lo permitan. Si me ordenan marchar con esos demonios aquí y arruinarte, me relevarán en el momento en que no lo haga —La fachada arrogante de Ami se desvaneció en una mueca—. Por mucho que me gustaría creer que los caminantes de fuego me escucharían, lucharán por la persona que les dé un hogar.

—Entonces volvemos al principio —dijo Livier—. Gladdring debe irse. Lo mataría yo mismo, pero, por desgracia...

—Sí, por desgracia —dijo Torny—. No necesitabas hacerte el héroe en el *Filo de la Tormenta*. Yo los habría tenido.

—Tus pequeños cuchillos ni siquiera arañaron su armadura.

—Basta, basta —interrumpió Eujo—. Ya hemos repasado esa pelea suficientes veces. Bebed más vino y concentraos en lo que importa. Como entrar en el Palacio del Cielo. —Echó un vistazo alrededor, vio que no se avecinaban interrupciones y se animó—. Ahora, algunos de vosotros sabéis que solía robar algunos bolsillos por aquí. Sisar un tesoro o dos. Eso significa mantenerse fuera de la vista mientras se entra y se sale de donde están las cosas buenas.

—Todos sabemos lo que hace un ladrón —dijo Ami.

—No interrumpas a la Reina cuando está describiendo la mejor profesión de las islas —espetó Torny—. No dije nada sobre tu gran sonrisa cuando hablabas de esos caminantes de fuego.

—En fin —dijo Eujo, anticipándose a la réplica que Ami estaba a punto de soltar—. Lo que digo es que hay varias formas de entrar en el Palacio del Cielo.

—¿Varias? —preguntó Svarde—. ¿Más de una manera secreta?

—Un ladrón debe tener al menos tres —dijo Torny—. Con menos, estás destinado a que te atrapen.

Eujo sonrió. —La bandida tiene razón. Si no han arreglado ninguna, tengo cuatro.

—Así que es un asesinato entonces —dijo el asesino—. Siempre se reduce a un cuchillo en el cuello.

Torny arrugó la nariz. —¿Siempre? Vaya. Qué vida has llevado.

—Me ha ido bastante bien, y bastante mal a muchos otros.

La bandida puso los ojos en blanco. Eujo tosió, atrayendo la atención de nuevo hacia ella. Detrás de la Reina, las olas del puerto lamían el edificio de piedra del muelle mientras varios barcos de Kance entraban en el puerto para intercambiar la tripulación y recargar suministros. A pesar de la especie de guerra civil, Kance en general parecía imperturbable. Como si el enemigo interno debiera ser extirpado sin mostrar al enemigo externo.

—Si todos estamos de acuerdo —dijo Eujo, ante los asentimientos alrededor de la mesa—, así es como creo que podemos hacer esto. Un día para reunir materiales, ponernos en posición. Mañana por la noche, entonces, tomamos a Gladdring rápidamente. Demasiado rápido para que llegue cualquier ayuda, para que se hagan tratos. — Paseó sus ojos helados por la mesa, y Svarde vio de nuevo que Eujo parecía estar a la altura—. Gladdring no puede escapar. Al menos, no con los skars. Vivo y encadenado, o muerto. —Un segundo para recomponerse, para dar lo que Svarde se dio cuenta que debía haber sido una orden difícil —. Si tenéis opción, muerto es mejor. Sabemos de lo que este hombre es capaz, y no correré ningún riesgo.

Svarde se ofreció a simplemente subir por la escalera central, avanzando pesadamente con Kivi detrás de él y masacrando a todos los que se interpusieran para atraer a Gladdring al descubierto. Eujo rechazó esa oferta, alegando que los que Svarde estaría masacrando eran todos sus soldados, aunque retorcidos por los skars Tamas de Gladdring.

Sin embargo, lidiar con las piedras era el trabajo principal de Svarde, y por eso se había dirigido a la mañana siguiente, temprano, al extremo sur del Palacio del Cielo, no lejos del campo en el que se había estrellado. Kance, la isla del viento, tenía géiseres de calor dispersos por todas partes, y con un planeador adecuado, uno podía usar esos géiseres para coger bastante impulso. Svarde, con Ami a su lado, volaría directamente hacia las fauces de Gladdring.

Juntos, los dos Guardianes tomarían tanta atención de Gladdring como pudieran, agotando su energía y-

—No te preocupes, Svarde —dijo Ami mientras lo ataba a su planeador blindado, el torpe artilugio pesado mientras estaban de pie entre la hierba cortada, cerca de un amplio agujero de soplado espumoso. El olor a azufre impregnaba el aire, y varios pilotos desgarbados observaban sus esfuerzos, gritando sugerencias aquí y allá—. Si Gladdring intenta hacer que saltes por una ventana de nuevo, te devolveré el sentido de un bofetón.

—Creo que podrías hacerlo de todos modos.

—Ha pasado un tiempo desde que golpeé algo. —Ami, ajustando la última correa en su lugar, dio una palmada a la espada en su cintura, una que encontraría su camino hacia el compartimento de almacenamiento de su planeador en un minuto—. Afortunadamente, a donde vamos, me imagino que no faltará sangre que derramar.

45
MONSTRUOS Y HOMBRES MUERTOS

La bravuconería del héroe acompañó a Wax mientras Jochi reunía una escolta. Aunque el Vis no tenía una idea clara de lo que haría —Catya había sugerido dejar que los skars trabajaran juntos, así que ese era su plan por ahora—, el camino más claro llevaba a la cámara de la piscina en ruinas donde giraban todas aquellas puertas divinas. Verlas, dejar que los skars guiaran a Wax para cerrar esas puertas y marcharse con Las Siete Islas a salvo.

Fácil.

Excepto que, según Jochi, una inundación de demonios esperaba entre aquí y la caverna que Wax necesitaba visitar. Sus bandas de guerreros Whent estaban siendo presionadas día y noche con incursiones interminables de demonios, muchas de las cuales llegaban sin previo aviso y con nuevas criaturas. Las tácticas tenían que ser ideadas sobre la marcha para manejar horrores tentaculados, manadas de depredadores similares a perros o extrañas masas fluyentes de limo. Wax reconoció esta última de su aventura en Rana, y estaba a punto de ofrecer una solución ígnea antes de que

Jochi la desestimara, declarando que ya habían hecho pedazos a esa y lo harían con la siguiente también.

Hasta que los Whent colapsaran de agotamiento.

—Por eso espero que tengas razón —dijo el señor de la guerra mientras se reunían en la entrada de Dreamhold—. He enviado el llamado para que todas las almas que podamos arrastrar de la superficie bajen aquí. Estoy pidiendo a los otros señores de la guerra que me den todos los cuerpos capaces de los Pozos, ofreciéndoles un hacha y una oportunidad de ganar su libertad. —El hombre asintió hacia adelante, por las anchas calles, ahora rebosantes de convoyes militares que transportaban armas hacia adentro y guerreros heridos, o peor, hacia afuera—. Si esto continúa así, no creo que duremos lo suficiente para que lleguen.

—¿Siguen viniendo? —preguntó Wax mientras los últimos de su escolta, un par que llevaba vendas y ungüentos para acompañar sus ballestas y garrotes de hierro, se unían—. Uno pensaría que los demonios se agotarían.

Jochi levantó un dedo y la marcha comenzó hacia adelante, a través de aquellas puertas de hueso. Luchadores y reparadores que no formaban parte de su grupo de treinta fluían a su alrededor, escondiéndose en callejones de piedra o dentro de casas decoradas con pinturas de guerra Whent. Algunos alzaban hachas y espadas en señal de saludo. La mayoría mantenía la mirada baja, cojeando por heridas o agotamiento.

El tercer día ininterrumpido de lucha estaba pasando factura.

—Creo que están siendo canalizados —dijo Jochi—. Si esos mundos se están muriendo, una frase que nunca pensé que diría hasta que vine aquí abajo, donde nada tiene ningún maldito sentido, entonces esos monstruos están huyendo de una muerte segura. Podría haber mil demonios en cada uno de esos lugares, tal vez diez mil. Un millón. Todos viniendo directamente hacia nosotros.

Algunos caminantes de fuego, demonios sin destrucción insensata como su modo predeterminado, podrían caber en una isla. Millones no. Incluso cuando el patrimonio Vis de Wax, su infancia creciendo en armonía con los hanoko, las criaturas de la jungla, la vida proporcionada por su isla y el respeto que esta se ganaba a cambio, empujaba al Vis a buscar formas de salvar la vida, no pudo encontrar una respuesta fácil.

Cada mapa, cada viaje distante desde las islas solo encontraba un mar interminable hasta que, hambrientos y temiendo la muerte en medio de aguas grises, los exploradores habían dado la vuelta. La última gran expedición había sido hace décadas, según los ancianos Vis, quienes usaban esas misiones imposibles como prueba de que las islas debían ser cuidadas.

No había otro lugar adonde ir. Ni para humanos ni para demonios.

El aire cambió el metal forjado por un sabor diferente: el sudor salado de la sangre. Aullidos, tanto de gritos de batalla como de heridas mortales, resonaban en los edificios abandonados. Wax notó cadáveres, algunos ya podridos y apenas más que huesos, apilados a los lados de las calles. Algunos tenían adiciones recientes ahora, pérdidas ante los demonios sin tiempo para moverlos para un entierro o una cremación funeraria. El tráfico se redujo al pasar por estaciones de ayuda, fortificaciones en construcción apresurada mientras los ingenieros apilaban ladrillos, volcaban carretas y cualquier otra cosa que pudieran agarrar para cerrar las calles en puntos de estrangulamiento.

A pesar de su conversación sombría, Jochi estaba haciendo planes para defender la ciudad. Retrasar a los demonios el tiempo suficiente para...

—Podrías simplemente huir —dijo Wax mientras se acercaban a la línea del frente—. El Abismo Oscuro es enorme. Deja que los demonios peleen entre sí aquí abajo y nosotros nos encargaremos de los que lleguen a la superficie.

El señor de la guerra gruñó:

—Eso es lo que hemos estado haciendo durante siglos, Wax. El Aegis los quema, nosotros cortamos a los pocos que se cuelan, excepto que eso ya no está funcionando tan bien, ¿verdad? Con todos estos demonios, estaremos agotando Aegises cada par de semanas. No va a funcionar.

Wax no discutió; la evaluación contundente del señor de la guerra, después de varias más, hizo mella en su confianza. A pesar de todos los skars zumbando en su cabeza, esto aquí era una guerra real. Tan peligrosa como los ataques a Whent, Foti y en los mares alrededor de Kance, pero sin su supervivencia como único objetivo. Se suponía que Wax debía luchar por algo más grande, ser más audaz y valiente, pero tal vez, tal vez esto era más grande de lo que estaba destinado a ser.

Adelante, se alzaba la línea Whent. Hachas y ballestas, cascos abollados y cotas de malla maltrechas. Pieles y ferocidad mientras los luchadores intercambiaban posiciones entre sí, descansando y reincorporándose a la línea. Jochi tenía a sus soldados en filas sólidas, el frente con armadura de tortuga Whent de piedra, con guerreros más móviles deslizándose entre las grietas para blandir un hacha, empujar una lanza o disparar una ballesta a lo que había más allá. La muerte cruzaba una avenida, una estrecha entre varios edificios salpicados de sangre. Cajas y cuerpos atestaban los callejones entre ellos, creando un embudo devastador.

—Una oleada de los perros ahora —dijo con voz ronca un comandante mientras Jochi ralentizaba a su fuerza a unos pasos detrás de la línea—. Son bastante fáciles. Sus cuerpos también nos darán un respiro.

—¿Por qué? —preguntó Jochi.

—Porque los siguientes demonios se los comerán, por eso. Se llevarán su almuerzo antes de traérnoslo a nosotros. Luego, la siguiente oleada atacará a los demonios que estén masticando. Es un buen turno cuando vemos a esos malditos perros.

Jochi miró a Wax.

—Entonces esa es nuestra oportunidad. Una vez que estos caigan, avanzaremos. Les daremos un respiro a nuestras tropas y te conseguiremos un acercamiento.

El comandante Whent siguió la mirada de Jochi, arqueó una ceja hacia Wax, y Jochi explicó:

—Este chico es nuestra próxima gran esperanza. O nos salvará a todos, o demostrará que no podemos quedarnos aquí abajo.

El comandante asintió.

—Mientras hagas una cosa u otra, muchacho, estaré contento. Solo sé rápido.

—Esa es la idea —dijo Jochi, y luego silbó, mientras la refriega de demonios disminuía—. ¡Avanzamos ahora! Luchen con inteligencia. Tienen aliados, así que úsenlos. Si trabajamos como uno solo, volveremos con vida.

Lo que Jochi no dijo, lo que Wax no intentó agregar, era si su misión valdría un carajo.

Las filas de tortugas se abrieron con un suspiro, los soldados que llevaban esa pesada armadura aliviados de encontrar finalmente un hueco. Wax, caminando detrás de Jochi y varios guerreros Whent con cueros pesados —los trajes de piedra serían demasiado lentos para una incursión como esta—, vio lo que había más allá y sintió que se le revolvía el estómago. No fue el único, y varios dejaron claro que no podían contener sus propias reacciones.

El asalto Najahn al campamento de bandidos Foti había sido la única vez que Wax había presenciado las secuelas de una verdadera batalla, y la violencia allí había atormentado sus sueños durante semanas. Esto superó en un instante a aquellos cuerpos partidos por espadas en la playa, con montones humeantes, sangrantes y rotos de huesos, piel y cosas peores dejados donde sus dueños habían muerto. Algunos demonios aún se retorcían, sin recibir ninguna muerte piadosa, mientras los exhaustos soldados Whent atendían sus propias necesidades.

El equipo de Jochi tampoco ofreció consuelo a esos monstruos, con los seis de adelante cortando y apartando cualquier cuerpo de demonio demasiado grande para rodearlo. Durante los primeros pasos más allá de la línea Whent, los horrores continuaron, antes de disminuir rápidamente a manchas de sangre y recuerdos salpicados. La razón era bastante clara, ya que el equipo de Jochi encontró a sus primeros demonios alimentándose de los últimos restos de monstruos anteriores.

Criaturas más pequeñas parecidas a perros, con melenas rojizas y ojos dorados. Las criaturas levantaron la vista de su festín carmesí cuando se acercó la línea de Jochi. Se dieron la vuelta para huir, pero Wax oyó disparar ballestas desde ambos lados. Los virotes salieron disparados, derribaron a los demonios, y los guerreros de Jochi se separaron para rematar el trabajo antes de que cualquiera de los demonios pudiera ponerse en pie de nuevo.

—Estaban huyendo, ¿por qué? —preguntó Wax, mientras Jochi no detenía la marcha.

Los que dieron el golpe de gracia arrancaron los virotes, volvieron rápidamente a su posición, y devolvieron la munición húmeda a los arqueros.

—Porque un demonio puede desaparecer en un minuto y atacar desde las sombras al siguiente —respondió Jochi—. Esta no es una misión de misericordia, Wax. Es una marcha de la muerte, y todo lo que veamos se ganará un hacha o un virote —El señor de la guerra, sin detenerse, lanzó una mirada afilada al Vis—. Y cuando lleguemos a la cámara, espero que claves el cuchillo final en sus corazones. Por el bien de todos nosotros, Wax.

46
ANTORCHAS Y TRAMPAS

Quik rodó hasta el tercer descanso, la tierra enredándose en los cortes de su costado izquierdo. Aquel voulge había dejado su marca, aunque su dueño hubiera perdido la vida. A su alrededor, el día gris y ventoso ofrecía un veredicto similar: frío y abatido. Que solo otros tres se le unieran desde el segundo descanso, escabulléndose entre trampas, árboles y jardines espinosos delante del avance najahn, solo añadía al manto opresivo: estaban perdiendo. Un peso terrible, aunque fuera esperado.

El cazador echó un vistazo al mar. La evacuación debería haber terminado ya, con el océano salpicado de esperanza mientras botes de pescadores y naves de carga llevaban a las familias y ancianos de Vis al último bastión en Kance. En su lugar, el humo se elevaba entre las olas. Los barcos de Vis se agrupaban cerca del muelle, donde el calado más bajo impedía que los grandes clíperes najahn se acercaran tanto, tan mortíferos.

Habían aparecido en enjambre desde el lado norte de Vis en su furia, ondeando banderas negras y púrpuras. El asalto predicho en los mapas que Quik había encontrado, uno no contrarrestado por una armada de Kance de alguna manera demasiado preocupada por sus propias aguas.

Narro no había cumplido su promesa, no había acudido en ayuda de Vis. La isla estaba sola.

Sus guanteletes, con las puntas metálicas ahora mezcladas de sangre roja y tierra negra, se clavaron en el suelo e impulsaron a Quik hacia arriba, aunque el cazador se mantuvo agachado mientras se dirigía hacia el lado izquierdo del camino del acantilado, el estrecho descanso cubierto de árboles antes de la caída pronunciada —no tan lejos ahora— hacia la plaza central de Mottilan. Entre los helechos y la maleza encontró a esos pocos cazadores, viejos y jóvenes, metiendo dardos en cerbatanas con dedos sangrantes, limpiando lanzas para el próximo empuje, o mirando a la nada, con el momento aplastando su cordura.

Necesitaba decir algo, necesitaba despertarlos para la próxima resistencia. Dos descansos más esperaban después de este, grupos de trampas que ralentizarían a los najahn incluso con una sola alma para manejarlas. Quik tomó aire, abrió la boca...

—Vis —llegó el tono férreo, tan duro como la muerte misma, como siempre era Deshiva. La maestra de caza cayó en la arboleda desde arriba, un giro salvaje que Quik se dio cuenta debía haber comenzado desde la pared del acantilado al otro lado del camino, a través del patio y la casa en llamas más allá—. La batalla continúa, pero nuestra estrategia debe cambiar.

Deshiva llevaba tantas heridas como cualquiera de ellos, y su lanza solo tenía una única pluma azul y blanca en su maltrecho cuerpo, pero se mantenía en pie, inquebrantable como siempre. Dejándose caer al suelo mientras hablaba, Deshiva reconfortó sus espíritus con una larga mirada a través del rostro de cada uno de los defensores.

—Habéis retrasado a los najahn como necesitábamos, pero solo por tierra. Nuestro enemigo viene por mar, así que debemos luchar allí también —Deshiva se centró ahora en los arqueros, sus flechas. El grupo más numeroso, los que se adelantaban primero a la siguiente emboscada—. Todos los que puedan disparar un arco vendrán conmigo. Nos dirigimos a los barcos, para retrasar, destruir y hacer que los najahn reconsideren su persecución —Dudó, encontró a Quik, sus guanteletes—. El resto, cubrid los descansos. Mantenedlos a raya.

—Sin los arqueros, estamos muertos —dijo un cazador mayor, sentado en el suelo y presionando una cataplasma de hojas contra un corte en su pierna derecha.

—Entonces moriréis una muerte gloriosa —dijo Deshiva, y luego llevó su lanza a su sien, asintiendo con ambas al cazador—. Saludo vuestra valentía, cazador, y Vis ve vuestro sacrificio. Hacedlo digno de su respeto.

Sin esperar más descontento, Deshiva se llevó dos dedos a la boca y silbó. Una llamada aguda, una que iniciaba una cacería, y los arqueros saltaron a la convocatoria. Tan rápido como había aparecido, Deshiva se lanzó por el lado del acantilado, saltando de árbol en árbol y de liana en liana, con sus seguidores arrastrándose tras ella en líneas irregulares.

Arriba en el acantilado, el suelo tembló. Botas pesadas se acercaban, uniformes e implacables en su avance.

Diez. Diez cazadores quedaban en la arboleda, y Quik se encontró enterrando un ceño fruncido ante la palabra. Tal vez uno más calificaba como cazador aquí, en el sentido clásico de Vis. Tres estaban desgastados y eran mayores, llamados de vuelta de arboledas y vidas solitarias en unión con la jungla para defender su hogar. Los otros cinco habrían tenido suerte de ver más de una docena de veranos, su coraje probado por estar aquí de pie.

Ya no más.

—Marchaos —dijo Quik a los más jóvenes—. Seguid a Deshiva y dirigíos al norte en la playa. Encontrad a Sawi en la cueva e id con su grupo.

Cuando el mismo que había declarado la orden de Deshiva como una sentencia de muerte comenzó a hablar de nuevo, Quik aplastó el argumento de la misma manera.

—Vis es su gente, no un lugar —dijo Quik, dándose cuenta, mientras hablaba, de que las palabras provenían de las historias najahn que se había visto obligado a aprender durante sus semanas en la isla. Originalmente de un último discurso contra un asalto de demonios, Quik pensó que esta era una reutilización digna—. Llevad a Mottilan con vosotros, e id.

El mismo cazador pareció darse cuenta de que discutir era tanto imposible como inútil, en su lugar levantándose con un temblor. Otro joven tomó el brazo de su amigo, y junto con los otros tres, se lanzaron hacia los altos árboles y lianas que ofrecían una escapatoria. Antes de saltar, el cazador herido volvió la cabeza hacia el cielo apagado y soltó un aullido salvaje.

Quik y sus cinco restantes, maltrechos, hicieron eco del sonido.

—Y ahora que has ahuyentado a los jóvenes, ¿cómo quieres que muramos? —preguntó una mujer mayor, con tres cerbatanas colgadas alrededor de su cuello. Una bandolera de dardos cruzaba su hombro, cada uno bañado en un veneno paralizante—. ¿Una carga gloriosa contra los najahn? ¿Un lento desgaste mientras nos cortan y apuñalan?

El cazador de Vis no respondió al principio. En su lugar, Quik se volvió hacia el camino. Los najahn habían reducido la velocidad a medida que el ataque avanzaba, tanto por la necesidad de atender a sus heridos como de sortear las trampas inmundas. Aún no habían aparecido sobre la siguiente pendiente, y ese espacio le dio a Quik tiempo para encontrar un plan.

—Allí —dijo el cazador, señalando con la cabeza hacia el acantilado donde se elevaba el humo negro de las casas en llamas. Linternas, antorchas, ya fuera deliberadamente o en el caos de la batalla, habían encontrado alimento—. Esa es nuestra respuesta.

Quik envió a los dos cazadores más capaces corriendo cuesta abajo para buscar antorchas, mientras él usaba sus guanteletes para golpear los arbustos, las hierbas, los helechos y los árboles pequeños para arrojarlos sobre el camino. La maleza que ya cubría las trampas también serviría. Los guanteletes no eran hachas, pero raspaban y lanzaban lo suficientemente bien, y los dos últimos cazadores recogían lo que Quik trillaba y lo llevaban a lo largo del camino.

¿Ardería lo suficiente como para detener a los Najahn por mucho tiempo? Por sí solo, no, pero si Quik pudiera iniciar un incendio lo suficientemente grande...

Los Najahn coronaron la pendiente cuando los dos cazadores regresaron corriendo con sus antorchas. Con los escudos en alto y las voulges fuera, sus filas se reagruparon después de pasar las trampas de foso, los Najahn avanzaban con velocidad deliberada, un paso que, con un grito, se ralentizó al ver a Quik de pie, solo, en el centro del camino. La maleza cubría el suelo a sus pies, ambos guanteletes colgaban de sus manos a la altura de su cintura.

Quik gruñó a los guerreros de púrpura y negro, incluso

cuando el cazador mayor susurró que las antorchas habían llegado.

Ahora venía el espectáculo.

—¡Por Mottilan! ¡Por Vis! —rugió Quik, levantando sus guanteletes en un llamado de dos garras al cielo.

Mientras lo hacía, los cazadores lanzaron ambas antorchas, las llamas girando en la brisa de la tarde. Aterrizaron cerca de los pies de Quik y encontraron un hogar amigable. Chispas y humo estallaron, la maleza seca que cubría las trampas ofrecía suficiente combustible para dar a las hojas verdes, palos y ramas una oportunidad de arder.

Los Najahn se dividieron, varios portadores de chakram y ballesteros se adelantaron a las voulges para hacer disparos sencillos. Quik era un blanco fácil, con humo o sin él, de pie allí en medio del camino. Así que dio un solo paso atrás y desapareció.

Si no hubiera usado los guanteletes para atraparse a sí mismo y a Sawi en el lado del Gran Sana, Quik no habría intentado caer en la trampa de foso. En cambio, el gesto triunfante le permitió al cazador colocar los guanteletes donde los necesitaba, donde sus puntas metálicas se hundieron en la tierra y detuvieron la caída de Quik. Los virotes y un solo chakram volaron sobre su cabeza, levantando tierra y tallando líneas en el camino. Ninguno le dio.

Quedarse al acecho mientras el humo crecía parecía una idea atractiva, excepto que los Najahn ya habían visto suficientes trampas de foso de Vis para adivinar que la desaparición de Quik no era una habilidad sobrenatural. Así que Quik se levantó cerca de los escombros en llamas y salió corriendo tras los otros cazadores. Detrás, los Najahn reanudaron su marcha.

Quik, casi arrastrándose, dudó. Miró hacia atrás a la columna blindada y calculó su velocidad.

Demasiado rápido. El fuego no tendría tiempo de propagarse. Ni sus cazadores tendrían tiempo de encender el resto de las hogueras, convertir a Mottilan en el infierno abrasador que necesitaba ser para ganar suficiente tiempo.

Deshiva les había pedido que le dieran a Vis una muerte gloriosa. Quik había hecho un juramento a Wax, para comprar tiempo a su hermano. ¿Qué era lo que había dicho Gladdring, que su hermano se dirigía a Kance? ¿Una isla sitiada por los Najahn?

Herirlos aquí, y Quik aún podría ayudar a Wax. Quizás no como el cazador quería, pero como los dioses exigían.

—Te lo dije, hermano, nunca te abandonaría —murmuró Quik, y giró no a la izquierda, hacia el camino que llevaba a la ciudad, sino a la derecha, hacia un acantilado marcado por arbustos y piedras.

Pronto, Vis daría la bienvenida a otro hijo digno.

47
LADRONES DE ALEGRÍA

Aunque para ser un paseo idílico, tropezar por una caverna rocosa y escarpada dejaba mucho que desear, Maena no lo notaba. Su mente estaba tan felizmente envuelta en un hermoso aura gracias a su mano derecha y su agarre inquebrantable sobre el blando y sereno demonio a su lado.

La criatura de nube no había mantenido su apariencia perfecta después de cruzar el portal; su esponjosa pelusa blanca y gris había ganado lodo, polvo y algunos trozos faltantes por los escombros caídos de la cueva. Una mirada atrás confirmaría que la masa serpenteante que los seguía sufría destinos similares, pero los paquetes de felicidad sin boca y sin palabras no se quejaban. Se balanceaban detrás de Maena, siguiendo a Haggerth mientras ella arrastraba al hombre inconsciente.

Adelante, la roca derrumbada que protegía las motas de Tamas y su portal se relajaba a través de fragmentos desmoronados. Las largas losas que sobrevivieron a su caída inicial, retorcidas y brillantes con minerales expuestos, se estaban rompiendo a medida que el suelo continuaba temblando. Algunas de estas piezas probablemente caerían de vuelta a través del portal y aplastarían a esos horrores envueltos que esperaban adentro.

Si Maena tenía especial suerte, la roca y el barro podrían sellar el portal de nuevo y dejar a esas cosas encerradas en su mundo moribundo.

Y, dado lo bien que se sentía, ¿por qué no añadir la suerte a la mezcla?

Ni siquiera la vista más allá de las losas protectoras podía sacar a Maena de su euforia: el camino que había elegido, a lo largo de la pared exterior de la cámara, continuaba con ocasionales cicatrices de derrumbes, líneas que tendría que superar, pero no imposibles. No, lo que habría provocado más preocupación si Maena hubiera sido capaz de sentirla, era el puro caos que esperaba cerca de la salida sur de la cámara, la que solía conducir de vuelta a las cavernas y la fortificación Whent.

Ese túnel había desaparecido. Bloqueado con escombros caídos y, si Maena veía bien, sellado apresuradamente con mortero Whent. Quedaban algunos restos del campamento de los caminantes de fuego, sus máquinas rezumantes y esferas de inmersión aplastadas en pedazos doblados y rotos. En cambio, la salida de la cámara se encontraba mucho más cerca de la ubicación de Maena, una entrada oblonga y áspera que conducía a la oscuridad.

Directamente, si Maena tenía bien su geografía, hacia Dreamhold.

El agujero, no mucho más grande que la salida de la caverna por la que acababa de pasar a rastras, no estaba vacío esperando a la tripulación de Maena. Estaba lleno de demonios. Criaturas que Maena no podía nombrar, que se parecían a monstruos alados y agitados con garras retorcidas por patas, se apretujaban en el hueco y lo que hubiera más allá. Cuerpos por docenas, cientos, yacían al borde de la piscina debajo del agujero, un marcador de demonios luchando contra demonios.

En cuanto a opciones, parecía una mala elección, e incluso en su eufórica confianza, Maena buscó una mejor opción. Ninguna se presentó: cruzar la cámara hacia la oscuridad —de hecho, la única luz de la cámara provenía de los restos de los caminantes de fuego, atrincherados cerca de la caverna sellada, su resplandor parpadeando por la cámara y tiñendo todo de naranja y amarillo— no ofrecía nada más que un oscuro ahogamiento o un aplastamiento por rocas como recompensa. Detrás de Maena esperaban el portal de Tamas y una pared de escombros.

—Así que seguimos adelante —dijo Maena, tanto a Haggerth como a la criatura de nube.

Ninguno objetó.

El camino no fue ni rápido ni agradable. El hambre y la sed de Maena atacaban su placer, con destellos que irrumpían para declarar que su cuerpo devastado no podría resistir mucho más, pero esos espasmos eran como los tropiezos y caídas a lo largo de las piedras mientras caminaban: temporales, inconvenientes, ignorados.

Su lento progreso tenía una ventaja: para cuando llegaron al agujero, los demonios ya habían pasado todos. Ninguno había tomado su lugar, aunque las aguas espumosas a la derecha de Maena sugerían que vendrían muchos más. Una oportunidad, entonces, para pasar.

Lo que Dreamhold, Jochi y cualquier otro harían cuando Maena entrara a la cabeza de una armada de demonios, uno hermoso y trayendo felicidad con cada toque, era un problema que la capitana Rana decidió no preocuparse.

—Por aquí entonces —dijo Maena, su voz agrietada apenas un susurro.

Haggerth, posiblemente en respuesta, posiblemente como resultado de las cosas terribles que estaban atormentando su cuerpo, gimió.

Las criaturas de nube se balancearon en silencio.

Maena, apoyando sus rodillas contra la roca para poder ascender sin soltar ni a Haggerth ni a la criatura de nube, miró hacia la abertura. No solo un agujero, lo suficientemente grande para que cupieran monstruos grandes, y roto aún más grande con entradas desenfrenadas, a juzgar por los trozos de piedra quebrados, las toses con garras y los huecos redondeados. Sin embargo, a pesar de su tamaño, Maena encontró su camino bloqueado.

Los demonios parecidos a pájaros estaban regresando.

Graznando en pánico acuoso, los monstruos se precipitaron hacia el hueco, abalanzándose sobre Maena. La capitana Rana se echó hacia atrás junto con la criatura de nube, cayendo sobre Haggerth y acurrucándose cerca. Los demonios que se acercaban se derramaron a su alrededor, inundando el agua, hasta que entraron en contacto con las criaturas de nube. A pesar de que algunos trozos blancos y esponjosos fueron lanzados al aire, los ruidos frenéticos se calmaron, reduciéndose a nada más que suspiros secos.

Maena se incorporó y vio por qué: las criaturas de nube habían atrapado a los demonios en su amistosa trampa. Los demonios pájaro que habían tocado a las criaturas de nube se quedaron quietos, con los ojos entrecerrados, las puntas de sus alas desgarradas y cortas tocando a las criaturas de nube. Por su parte, las creaciones de Tamas que se balanceaban continuaron avanzando desde la caverna, flotando alrededor de los demonios pájaro, envolviendo a las bestias en la mejor trampa que Maena podía imaginar.

Sonrió. Aquí había una solución. Si estas criaturas de nube podían ser domadas, vaya, nadie tendría que temer a un demonio de nuevo. Tamas podría demostrar ser el antídoto, la respuesta a la catástrofe que se avecinaba en las islas.

Porque Maena reconoció que bombardear las puertas había fracasado. Los demonios seguían entrando. Pero un héroe no se rendía solo porque sus ideas no funcionaran. Seguían intentándolo hasta encontrar el éxito, y Maena no se detendría ahora. Sus deudas aún estaban pendientes.

Se volvió hacia la brecha, comenzó a trepar de nuevo, solo para encontrar el agujero lleno de nuevos cuerpos. Esta vez no eran demonios, ni extremidades desconocidas o bocas babeantes y colmilludas. En cambio, Maena levantó la vista hacia un rostro barbudo, ensangrentado y enfadado que conocía bien.

—Rana —exhaló Jochi, con sus hachas desenvainadas y los ojos entrecerrados—. De todas las personas que esperaría encontrar aquí abajo, ¿por qué no me sorprende que seas tú?

Maena esbozó una sonrisa y empezó a responder, cuando un guerrero cerca de Jochi maldijo y apuntó con su espada detrás de ella. La capitana Rana, soltando la mano de Haggerth, se dio la vuelta y vio el otro lado de Tamas: aquellos espíritus oscuros devoradores de almas fluían desde la caverna lateral derrumbada, recogiendo a las criaturas nube y a los demonios con forma de pájaro a su paso. Una ola siniestra que se acercaba a ellos.

Esta vez, el destello que rompió la dicha de Maena persistió y tenía calor. Tragó saliva y volvió a mirar a Jochi.

—Rockbiter, tenemos que correr.

48
PLAN DE VUELO

Después de una vida y una muerte llenas de momentos estremecedores y emocionantes, Svarde encontró que los segundos sin aliento después de que el géiser lanzara su planeador al cielo estaban cerca de la cima de su lista. Atado, repitiendo las instrucciones dadas por una maestra que parecía haber salido tambaleándose de la cama, Svarde no pudo resistir soltar un aullido ronco mientras el paisaje retrocedía bajo él. El aire abrasador calentaba las almohadillas protectoras bajo su cuerpo mientras hinchaba la delgada lona sobre su cabeza, queriendo poner a Svarde en posición vertical y evitándolo solo por el peso de su propio cuerpo, por su inclinación implacable hacia adelante.

Una danza que tenía que continuar hasta que el planeador subiera lo suficiente como para que Svarde pudiera planear hacia la emboscada del amanecer.

Su objetivo, la torre del Palacio del Cielo, se elevaba, ascendiendo en su piedra adornada de balcones. Cámaras de cristal salpicaban los costados de la montaña aquí y allá, extraños nódulos diseñados para asombrar a los huéspedes al permitirles dormir flotando en el aire. Svarde les dio un despertar sobresaltado mientras se elevaba, el triángulo festoneado del planeador interrumpiendo lo que de otro modo era un hermoso amanecer.

Aunque, pensándolo bien, Svarde les estaba haciendo un favor: despertar ahora podría darles la oportunidad de huir antes de la batalla.

La fuerza del géiser se agotó después de muy pocos momentos, dejando que el viento omnipresente de Kance tomara el control. El planeador se estremeció, la lona chasqueó al asentarse en su nueva guía. Svarde se aferró a la barra con la mano derecha, mantuvo la izquierda en la empuñadura de la espada, aunque las correas alrededor de sus piernas y pecho hacían innecesaria la fuerza de agarre. Toda esa protección haría que un aterrizaje de combate fuera complicado, aunque la maestra sugirió que un fuerte tirón desataría las cuerdas apretadas.

Algo que Svarde pondría a prueba pronto. El bárbaro giró su planeador, inclinándose según las rápidas instrucciones de la maestra, hacia el Este. Un giro perezoso destinado a hacer pasar unos minutos hasta que Ami pudiera alcanzar la siguiente erupción del géiser y unirse a él allá arriba. El lento vagabundeo dejó a Kance extendido bajo Svarde, sus montañas y sus sinuosos pasos continuando hacia el Este. Campos verdes, con las primeras siembras de primavera, se extendían sobre mesetas onduladas. Otros planeadores ya volaban en esa dirección también, aunque no para hacer turismo: Svarde vio a los jinetes vaciando bolsas sobre esos campos, una forma más rápida de fertilizar, de plantar, especialmente para una isla que carecía de las bestias de arado de Whent.

La vista trajo consigo una extraña oleada de orgullo por las islas en su conjunto, esta tierra a la que Svarde se había dedicado, varias veces, a defender. No siempre de la mejor manera, no siempre con los métodos correctos, pero lo había intentado, y estas islas, con su gente ingeniosa, sus maravillas dejadas por los dioses, merecían que se luchara por ellas.

Su compañera en tantas de esas luchas se elevó con un leve silbido, su planeador de un tono amarillento en contraste con el suave verde de Svarde. Ami no siguió el bucle contemplativo de Svarde, en su lugar se inclinó fuertemente hacia el norte en dirección al Palacio del Cielo. Había superado a Svarde en altura, pero Ami sacrificó esa ventaja por velocidad, gritando mientras se dirigía hacia un balcón que había decidido atacar.

No tenían mapas, ni diagramas, ni una idea real de cuán alto podía empujarlos el géiser. En cuanto a la estrategia, el plan era que la pareja se estrellara contra el Palacio del Cielo y luchara para llegar a Gladdring lo más rápido posible, matando a la menor cantidad posible de soldados de Kance en el camino.

La primera parte sería bastante fácil. ¿La segunda?

El balcón se acercaba amablemente, una barandilla de piedra blanca salpicada de plantas jóvenes en macetas, con capullos de flores apenas empezando a mostrarse. Una hermosa terraza, y una demasiado pequeña para sus planeadores. Svarde pensó en gritar algo al respecto, pero entonces, ¿cuál era el punto?

Esta no era una operación suave, sino una contundente. Ami alzó la mano mientras su planeador se acercaba, tirando de una cuerda que apretaba el planeador para guardarlo, estrechando el ala de lona hasta convertirla en una línea. Se zambulló, rebotó en las piedras y se estrelló contra la habitación más allá. Las puertas de madera con ventanas estallaron, el marco de vidrio templado del planeador se hizo añicos en un millón de chispas, y Svarde no vio más mientras el aterrizaje de Ami pasaba a la sombra de la habitación.

Una cosa horrible de ver, y una que Svarde estaba a punto de repetir.

El bárbaro murmuró una oración Foti, alcanzó la misma cuerda de apriete que Ami había tirado mientras el balcón se acercaba gritando. Tiró, el ala se cerró de golpe, y Svarde cayó... Demasiado rápido.

En cuanto a barandillas de piedra, la barrera prístina y blanqueada del balcón se contaba entre las más hermosas. Pequeñas ráfagas de viento habían sido talladas a lo largo de su extensión, de modo que mirarla te llevaría a lo largo de un oleaje continuo de un extremo al otro.

Svarde completó ese diseño con un crujido de huesos, partiendo la barandilla y enviando su planeador a un giro arremolinado y crujiente a través de las baldosas ya cubiertas con los escombros de Ami. La mano izquierda del Guardián mantuvo su agarre, incluso cuando la energía Vis en la hoja surgió, saltando hacia los cortes, moretones y al menos una costilla rota que se había ganado en el aterrizaje.

Bueno, había destrozado el planeador, destruido la barandilla y posiblemente se había vuelto inútil en una pelea, pero para ser su primer vuelo, no estaba tan mal, ¿verdad?

De espaldas, Svarde echó un buen vistazo a la habitación que lo rodeaba. Un techo pintado mostraba nubes entrelazadas con diamantes del cielo. Muebles dispersos, la mayoría volcados, y una mesa rota sugerían que el lugar era una especie de sala de estar, un lugar para reuniones casuales o tragos por la noche. De cualquier manera, a esta hora, estaba desierto, y no se escuchaban gritos por los pasillos.

Pequeñas bendiciones.

—Bueno, esa fue una idea terrible —dijo Ami, y Svarde miró para verla levantarse, sacudiéndose el vidrio de los pantalones de vuelo con la mano izquierda. Hecho esto, alcanzó su incómodo brazo derecho y, con una mueca, tiró con fuerza de su muñeca derecha. Su hombro volvió a su lugar con un chasquido, la Guardiana gruñó una maldición, luego suspiró—. Ni siquiera las cicatrices ayudan con esto.

—Solo necesitas conseguir más de ellas —respondió Svarde, sentándose, sintiendo cómo su cuerpo golpeado se estiraba y punzaba mientras lo hacía.

El poder de Vis, incorporado en la hoja, atacó el dolor, casi haciéndole cosquillas mientras su cuerpo recomponía su ser sin vida. Svarde aún no había llevado al límite sus esfuerzos, aunque supuso que la caída desde este mismo palacio debió de estar cerca. Más de un día yaciendo en la tierra sugería que incluso su espada se ralentizaría después de un tiempo.

Pero aún no, no solo por esta caída.

Anduvieron tambaleándose durante demasiado tiempo, deshaciéndose de los restos del planeador y dando tiempo a los skars para recuperar sus partes rotas. Svarde seguía esperando que aparecieran soldados de Kance, que surgiera algún ultimátum, pero la única entrada de la habitación, un arco sin puerta que daba a un pasillo que abarcaba toda la torre, permanecía desierta.

—O todo el mundo se ha quedado dormido, o nos están tendiendo una trampa —dijo Svarde, levantando la espada sobre su hombro y dirigiéndose hacia la entrada. Sus pasos crujían sobre el vidrio y la madera esparcidos en las baldosas.

—Conociendo a Gladdring, lo segundo —las heridas de Ami, a diferencia de las de Svarde, aún brillaban con sangre fresca. Sin embargo, se erguía tan alta como él, con una gran espada Whent en ambas manos—. Esperaba que ya nos hubieran atacado, para tener un camino que seguir.

—Entonces nos abriremos paso nosotros mismos.

—Como en los viejos tiempos, ¿verdad, Svarde?

Svarde sonrió y echó a andar.

—¿Recuerdas lo que pasaba cuando algo se interponía en nuestro camino en aquella época?

—Los cortábamos por la mitad.

Esa costumbre encontró su primer objetivo cuando rodearon el arco y entraron en el pasillo propiamente dicho. Decorado con pinturas y repisas llenas de tesoros de cristal, el Palacio del Cielo captaba la luz del sol que entraba por las terrazas y la proyectaba por todas partes, creando prismas de arcoíris parpadeantes. A la izquierda, el pasillo terminaba rápidamente en el borde curvo de la torre, con otra terraza que ofrecía una vista hacia el puerto de Kance y los barcos más allá. A la derecha, las baldosas de piedra pulida continuaban hasta los ascensores en el centro de la torre.

Allí, esperando, había un comité de bienvenida.

El hombre estaba de pie, cubierto con una armadura brillante de Kance. Un estoque en cada mano, con empuñaduras tan doradas como cualquier cosa que Svarde hubiera visto jamás. Un protector facial cubría su casco, dejando visibles solo los ojos del soldado. Esperó mientras Svarde y Ami se acercaban, sin hacer ruido alguno.

—¿Y tú quién eres? —preguntó Ami cuando estuvieron a pocos pasos.

El soldado no dijo nada. Observaba.

—¿No eres del tipo hablador? —volvió a preguntar Ami, separando las piernas en una postura adecuada—.

Entonces déjame decirte que estar donde estás es una forma rápida de llegar a Noctia. No vas a ganar esta, así que ¿qué tal si das media vuelta, bajas corriendo esas escaleras con tus bonitas espadas y nos dejas pasar?

De nuevo, sin respuesta.

—O Gladdring ha encontrado algunos mudos leales —dijo Svarde—, o ha usado a los skars para aplastar la mente de este.

Ami chasqueó la lengua.

—¿Tiene razón mi amigo? ¿No te queda nada ahí arriba? Silencio.

—Creo que ha tomado su decisión, Ami.

—Eso parece.

Svarde dio dos pasos a la derecha, Ami lo igualó hacia la izquierda. El soldado y sus estoques permanecieron inmóviles entre ellos. Los dos Guardianes intercambiaron una mirada y asintieron.

El camino hacia Gladdring estaría pavimentado con sangre. Mejor empezar cuanto antes.

49
LOS DESEOS DE LA MUERTE

Había estado haciéndolo todo mal, se dio cuenta Wax, mientras Jochi y sus guerreros llevaban al joven Vis más allá de las líneas Whent. Mientras Dreamhold se ganaba, una vez más, su apodo, Wax apenas hacía algo más que evitar resbalarse en la avenida empapada de sangre. Espadas y hachas Whent, ballestas y picos de minería repartían una muerte coordinada a los demonios lo suficientemente tontos como para cargar contra ellos. Tentáculos, garras, lenguas o dientes, no importaba: los monstruos encontraban un final sin ceremonias.

Sin embargo, Wax no veía sonrisas victoriosas en los rostros a su alrededor, las filas rotando para poner brazos y piernas frescas al frente después de cada escaramuza. No se elevaban canciones, las bromas brillaban por su ausencia. Si Torny hubiera estado arrasando así, habría estado lanzando insultos cada minuto. Bliss habría estado anotando el conteo de bajas de su personal. Incluso Eujo podría haber esbozado una sonrisa.

—Se celebran las victorias —dijo Jochi, respirando con dificultad después de que acababan de enviar a otra bandada de extraños demonios con aspecto de aves en retirada—. En esta guerra, hasta ahora, no ha habido ninguna.

—¿Qué fue eso, entonces? —preguntó Wax.

—Un descanso. Volverán, o algo más tomará su lugar. Los demonios no se detienen, Wax, lo que significa que nosotros no dormimos. Haz tu trabajo, y tendré a cada Whent aquí abajo levantando una jarra en tu nombre antes del anochecer.

Que el anochecer fuera un concepto imposible aquí abajo no parecía importar.

¿En cuanto al trabajo de Wax?

La cámara no era el hogar resplandeciente que Wax había imaginado, incluso con los constantes temblores. Jochi había descrito el lugar como el corazón de Noctia, o tal vez su alma. Donde ella guardaba los hogares que los dioses dejaron atrás. Si alguna vez había sido así... Nunca volvería a acercarse a eso.

Piedras desmoronadas y cascadas de tierra llovían hasta donde Wax podía ver, lo cual, dada la oscuridad que se cernía desde todos lados más allá de sus antorchas y el pequeño resplandor a la izquierda, donde se decía que los caminantes de fuego estaban atrincherados, no era muy lejos. Los chapoteos resonaban en las paredes acanaladas mientras rocas gigantes se estrellaban contra la piscina, el techo de arriba tan destrozado que Wax habría pensado que la piscina ya estaba llena.

Los dioses dejaron esas puertas bien abiertas.

Fluyendo desde un rincón oscuro a la derecha, presumiblemente desde una de esas puertas, venía una extraña línea rebotante de demonios con aspecto de nube. Su pelusa gris plateada estaba cubierta de arena y suciedad, y algunos tenían trozos faltantes en sus formas esféricas, pero por lo demás se encadenaban detrás de una mujer maltrecha, cuya piel y ropa estaban destrozadas, que parecía que debería estar muerta. La mujer cojeaba hacia ellos, luchaba sobre los escombros ásperos, y a través de todo ello mantenía una mano agarrando a uno de esos demonios y la otra... ¿Era eso un cuerpo?

Los demonios con aspecto de ave que los Whent habían ahuyentado huyeron de vuelta a través de las criaturas esponjosas rebotantes cuando sucedió algo extraño: las criaturas asustadizas simplemente se detuvieron aquí y allá, llegando a un alto confuso en medio de las esferas grises que se mecían. Si estaban siendo atacadas, devoradas, Wax no podía decirlo. Si tuviera que adivinar, por la forma en que los demonios con aspecto de ave encorvaban los hombros y cerraban los ojos, parecían felices.

—Ahora esa es alguien que no esperaba ver —dijo Jochi, de pie justo delante y a la derecha de Wax, mirando a través del agujero. Los guerreros lo flanqueaban a ambos lados, con las armas listas, mientras el resto del grupo se desplegaba detrás, tomando un descanso o agua—. Quédate atrás, Wax. Maena es peligrosa.

Wax no tenía mucho espacio para retroceder mientras Jochi se arrodillaba y le decía algo a la mujer herida, que se había arrastrado cerca de la entrada del agujero. Wax mantuvo sus ojos en los demonios que se reunían detrás, fue el primero en dar la voz de alarma ante el enjambre oscuro y fantasmal que flotaba desde la misma caverna de la que la mujer -¿Maena?- había salido tambaleándose momentos antes. Estos monstruos, que parecían trapos desgarrados cubriendo opuestos más oscuros de esas bolas de pelusa blanco-grisáceas, no compartían el aura plácida que emanaba de sus contrapartes.

En cambio, los demonios oscuros aterrizaban sobre los más brillantes, esos cuerpos esponjosos cruzándose con un relámpago ámbar dentado. Esas grietas se extendían, cubriendo a las criaturas nube de líneas crepitantes, solo que la luz no volaba libre, no se esparcía como las tormentas eléctricas del hogar de Wax. En su lugar, se enroscaba, alimentando directamente a los demonios oscuros. Cuando la luz desaparecía bajo esos trapos negros agujereados y desgarrados, no volvía a salir. A medida que el relámpago se desvanecía, quedaba un caparazón encogido, los restos desgarrados de la criatura nube oscuros y arruinados, pero no muertos. En su lugar, flotaba hacia arriba, uniéndose a los demonios que fluían hacia ellos.

—¡Armas arriba! —gritó Jochi. El señor de la guerra se volvió hacia su banda y repitió la orden, incluso mientras los guerreros a su lado se inclinaban y levantaban a Maena hacia el agujero—. ¡Mantenemos esta posición, donde la brecha es más estrecha!

Maena gritó. Los ojos de la mujer se abrieron de par en par, su voz, solo un ronco susurro, se quebró. Los guerreros la arrastraron a través del agujero mientras la fuerza Whent se reagrupaba, las ballestas disparando los primeros tiros contra los extraños demonios. Las manos de Maena se extendieron hacia la cámara, hacia el demonio esponjoso que flotaba allí, ya entre los últimos de su especie mientras la ola desgarrada se acercaba. El relámpago ámbar destelló. La oscuridad creció.

Wax vio su momento. Esto, esto era para lo que el Aegis estaba destinado. Pasó alrededor de los guerreros que arrastraban a Maena, ahora temblando, vomitando, en aparente agonía, lejos del agujero. Jochi permaneció a su lado, los ojos del señor de la guerra bajando por la pendiente hacia otro humano que yacía allí, inconsciente.

—Esta es una guerra —gruñó Jochi mientras Wax miraba a los demonios que se acercaban y sentía cómo las skars se agitaban en su mente—. ¿Están tus skars listas para ello?

—¿Lo estás tú?

—Desde el maldito día en que nací —dijo Jochi, fulminando con la mirada a los demonios, como si su sola voluntad pudiera frenarlos. Las ballestas crepitantes ciertamente no lo habían logrado, los virotes desaparecían en aquellos demonios sin mucho efecto—. Parece que este podría ser tu momento, Vis.

Wax asintió, bastante seguro de ello. Había comido bien, bebido agua y descansado lo suficiente para hacer lo que Catya exigía. Ahora era el momento. Unir las skars, desterrar a los demonios, romper las puertas y salvar las islas.

—Ve a buscar a tu amigo —murmuró Wax—. Yo me encargaré de estos.

Jochi tomó a Wax por su palabra, dejó caer sus hachas y se deslizó por el agujero. Wax extendió una mano hacia la oscura ola que se acercaba flotando. También habían devorado a los demonios con forma de pájaro, notó Wax, aunque estos no se habían convertido en más monstruos flotantes. En su lugar, esos demonios se desplomaron, con los ojos en blanco y las extremidades inmóviles.

Las skars se enfurecieron ante la visión, Foti clamaba por una explosión de fuego. Rana exigía que Wax agarrara la piscina, que barriera a los monstruos, mientras Whent encontraba fisuras a lo largo de la temblorosa roca de arriba: enterrar a los demonios sería fácil. Y Noctia siempre esperaba, hambrienta y lista para absorber de los demonios cualquier cosa que los mantuviera con vida.

Todos eran actos separados. Wax necesitaba más, necesitaba unirlos. Presionó contra sus impulsos, como doblar un ensueño. Colapsar la caverna, pero usar el agua de la piscina para inundar los huecos. Fundirlo todo con llamas, y...

Jochi maldijo. Tenía ambas manos sobre el cuerpo, arrastrándolo hacia el agujero, cuando el último demonio nublado, el que Maena había estado conteniendo, estalló en un relámpago ámbar frente a él. Un vacío desgarrado se abalanzó sobre el señor de la guerra, y Noctia tomó el control. Abandonó la cuidadosa sinfonía de Wax y lanzó un rayo invisible, golpeando al demonio y absorbiendo su esencia de vuelta hacia Wax.

El Vis Renewal sintió dos cosas a la vez, como recibir un puñetazo en el estómago mientras le besaban la mejilla. Felicidad y dolor, terror y esperanza. Su visión se nubló, las skars gritaron, y Noctia alimentó esas piedras con energía fresca y devorada.

Foti habló primero, chorros de fuego brotando de las puntas de los dedos de Wax hacia los demonios que se acercaban. Aquellos harapos frágiles se encendieron, los remolinos oscuros debajo se estremecieron, pero seguían avanzando. Whent golpeó a continuación mientras Jochi se alzaba junto a Wax, el señor de la guerra haciendo un esfuerzo por subir a su amigo tras él, otros guerreros extendiendo sus manos para ayudar. La roca a su alrededor explotó, grietas corriendo por las inestables paredes y vaciando trozos muy por encima. Las piedras aplastaron a los demonios en llamas, los destrozaron, pero aún más se acercaban flotando.

Kance tenía la respuesta, invocando una fuerte ráfaga que hizo retroceder a los demonios más cercanos, donde Rana recogió la piscina para empapar y succionar a los monstruos bajo las aguas turbulentas. Wax cayó de rodillas, su respiración se volvió superficial, las skars continuaban escupiendo fuego, arrojando rocas, soplando y ahogando la ola oscura.

Noctia, de nuevo, estaba lista. Nuevos demonios se acercaron, y Wax se estiró hacia ellos, arrancó su terrible energía y la atrajo hacia sí mismo. Las skars tronaron, listas para reducir a Wax a cenizas con tal de hacer lo mismo con los demonios. Detrás de él, las ballestas volvieron a disparar. Dos guerreros, ya fuera por estupidez o valentía, se colocaron junto a Wax con las espadas de Whent en alto, apuñalando hacia los andrajosos espectros que se acercaban flotando.

Eran tantos. Y más allá de ellos, muchos más.

La skar de Tamas se coló detrás del rugiente ruido en la cabeza del Renewal, sugiriendo algo más, un recordatorio, un impulso de unir las piedras. Los dioses juntos, como siempre debieron estar.

—Dame tiempo —dijo Wax, temblando al hablar, y sintió una mano pesada empujarlo de vuelta desde el hueco.

—Lo tendrás —dijo Jochi, con su amigo depositado junto a la aún gritona Maena detrás de Wax—. Todo el que podamos darte.

Aquellos andrajosos terrores se abalanzaron, esquivando estocadas de espadas, recibiendo virotes de ballesta en sus vacíos, y se dieron un festín con almas de Whent.

Bajo la rabia, Wax escuchó la cadencia. El pulso que venía de las skars mientras empujaban su mente hacia la ruina, la destrucción, la salvación. Foti martillaba un estribillo constante, incesante y crepitante. Whent entraba por detrás, lento y pesado. Rana y Kance se movían en ráfagas staccato. Tamas y Vis se mantenían en el centro, recorriendo con suaves melodías. ¿Y Noctia?

Noctia vociferaba sus exigencias al azar, sobrepasando a

las demás antes de desaparecer, dejando los ecos de su hambre.

Nunca las había separado así, y mientras lo hacía, Wax las sintió respondiendo a su atención. Su sensación sonora brillaba cuando Wax enfocaba su atención en cada skar por turno, y aunque Wax no se consideraba un músico, Kitaye había sido una ciudad de canciones. Decirle a Foti que ralentizara su retumbar, a Kance y Rana que separaran sus solos, a Noctia que golpeara con un clímax, Wax hizo estas cosas con los ojos cerrados, sus oídos sordos a la batalla a su alrededor.

Cuerpos de Whent golpeaban a Wax, con manos estabilizando al Renewal si alguna vez tropezaba. Los bramidos de órdenes de Jochi llegaban amortiguados, mientras los jadeos agudos de Maena continuaban, la mujer justo a los pies de Wax. Apartó ese mundo. No era importante. No ahora.

Las skars se alinearon, una marcha ordenada de poder. La sincronización ocurrió de golpe, sin indicio, sin preámbulo. En un momento, Foti alimentó su energía a Rana, luego a Tamas, Kance, Vis, Whent, y, en un crescendo tumultuoso que explotó a través de la mente y el cuerpo de Wax, como si hubiera saltado al mar más frío, al fuego más caliente, Noctia golpeó el acorde final.

En ese momento, una duda aguda se coló: Catya había sugerido la sinfonía, nunca le había dicho a Wax el orden.

Las skars, unificadas, se liberaron. Wax abrió los ojos y no vio nada, pero sintió esas líneas, esas líneas invisibles de Noctia lanzándose desde él. Seis, extendiéndose hacia adelante y hacia fuera, buscando las puertas. Una guerrera que arremetía contra un demonio andrajoso vio a su enemigo estallar en llamas púrpura-negras, vio las piedras detrás de él disolverse cuando una línea las atravesó. El suelo tembló. Maena gritó de nuevo.

Y Wax siguió las líneas, todas ellas, todas a la vez, hasta esas motas arremolinadas. Las líneas se deslizaron, rozando esas luces giratorias, trazando líneas entre ellas, conectando no destellos, no, sino skars. Skars resplandecientes, atrapadas manteniendo abierto el camino a los hogares de sus dioses. Noctia las había unido, las había traído dentro de sí al final, y Wax las encontró, las sintió y escuchó sus canciones. Se deslizaron de vuelta a lo largo de las líneas de Noctia, sus metros, ritmos, voces dando a Wax una elección.

Deja que las puertas sigan con su coro eterno, o permite que Noctia termine la canción, deja que el skar fluya por esas líneas y haga añicos esas puertas giratorias.

Solo tenía una respuesta.

Wax entregó los skars a Noctia, y la diosa, siempre hambrienta, devoró.

50
EL FINAL DEL ACANTILADO

El cazador no huyó. Atrajo, sedujo, tentó y voló.

Liberado de sus compañeros cazadores, de las cadenas que lo ataban a trampas y a un camino establecido y lento, Quik redescubrió instintos dormidos mientras saltaba, se balanceaba y se impulsaba a lo largo de los acantilados. El camino descendente de Mottilan recorría una ladera escarpada, tallada a lo largo del tiempo por pies y pezuñas en una serie de zigzags. Los defensores de Mottilan habían obligado a los najahn a avanzar penosamente por ese sinuoso sendero con sus emboscadas, sus trampas y ahora, las líneas de fuego.

Quik añadiría algo más en sus últimos esfuerzos: una provocación.

Usó arbustos y árboles como cobertura, adivinando dónde agarrarse, lacerando sus piernas, dedos de los pies y palmas con saltos frenéticos mientras los najahn lanzaban chakrams, disparaban saetas y le gritaban a Quik que se rindiera. Esto último debió parecerles obvio, ya que Quik no se dirigía hacia sus aliados, sino que retrocedía por el acantilado, detrás de las líneas najahn.

Una tenue esperanza persistía entre los saltos de Quik, sus fintas a la derecha para saltar a la izquierda, o para dejarse caer por el tronco de un árbol y correr detrás del cascarón de una casa en llamas. Si Quik pudiera llegar lo suficientemente lejos, tal vez podría dejar atrás las columnas najahn, desaparecer en la jungla al oeste de Mottilan, luego cortar hacia el norte y bajar por los escarpados acantilados hasta las aguas poco profundas, y de allí a Sawi, Annalyse y los demás que esperaban en las cuevas junto al mar.

Un objetivo improbable y que se alejaba cada vez más con cada nivel que Quik escalaba: el púrpura y el negro no terminaban. Cierto, sus filas se hacían más delgadas a medida que Quik se alejaba del frente, y los disparos no llegaban tan rápido, ya que los soldados desprevenidos para una emboscada luchaban por levantar y disparar ballestas, y mucho menos los discos afilados, antes de que Quik desapareciera por el muro.

Pronto Quik estaría en la cima, y llegaría con las piernas y los brazos ardiendo —sus guanteletes, con las puntas recientemente afiladas, ya estaban reducidos a muñones— y aún más najahn lo esperaban.

Porque esto no era solo una purga, era una ocupación. Los najahn no planeaban borrar a Mottilan del mapa, sino instalar un nuevo liderazgo. Ya lo habían hecho en Kitaye, y ese pensamiento arrojó más combustible al fuego de Quik, siempre alimentado por su ira, sus juramentos, su voluntad de ver prosperar a su isla.

Una saeta se estrelló contra la caliza teñida por el sol justo delante de su mano derecha, rociando el rostro de Quik con polvo, y el cazador se lanzó fuera del muro de roca. La hierba corta, húmeda y llena de maleza lo recibió cuando el cazador rodó sobre el último, o el primero, dependiendo de tu perspectiva, descanso que dejaba Mottilan. Quik avanzó rápidamente, encorvando la espalda contra la pared trasera del edificio, a tan solo dos o tres zancadas del borde del acantilado.

La casa de piedra no había sido quemada, su posición como primer punto de emboscada, cuando Deshiva y Quik aún tenían esperanzas más seguras, la había salvado. Por encima de su propia respiración agitada, Quik escuchó los gritos que marcaban su posición, arqueros tomando puntería a lo largo de los costados. Podría correr de vuelta al acantilado, pero unos saltos más lo dejarían al descubierto con solo un borde herboso al que aferrarse. Un tiro fácil, sin la cobertura de los arbustos. Volver a la izquierda, cambiando a un descenso, podría ganarle a Quik unos breves momentos antes de que la red se cerrara por completo. Hacia la derecha, a lo largo de la parte trasera de la casa, lo llevaría a la suave pendiente hacia el camino, el paso que atravesaba las montañas.

Tampoco había cobertura allí.

Un ruido atrajo la mirada de Quik hacia arriba, a una ventana del segundo piso. Destrozada durante la lucha, de ella salían voces, una era un najahn severo y la otra un Vis exhausto. Quik no necesitó escuchar más que una frase para saber que oía un interrogatorio, uno que ofrecía una oportunidad.

O, al menos, una mejor muerte.

Quik giró, saltó y usó lo que quedaba de sus guanteletes para aferrarse a los bloques de piedra irregulares que componían la casa. El mortero se desmoronaba mientras clavaba sus guanteletes, sus garras, en la roca, mientras Quik se impulsaba hacia arriba con los dedos de los pies. La inclinación de Mottilan por la sencillez —la ciudad guardaba su creatividad para sus barcos— ayudó a Quik, ya que ningún adorno ni saliente obstaculizaba su rápido ascenso, llevándolo, sudoroso, tenso y listo, hasta la ventana rota en solo unas pocas respiraciones.

Dentro, una sola silla de paja permanecía en pie en una habitación por lo demás ocupada por una estera de paja y varios cestos. En la silla, con las muñecas ya atadas con cuerda, estaba sentado un mottilan mayor en silencio. La mirada del hombre se dirigió a sus interrogadores najahn, un par de soldados que habían abandonado sus cascos por muecas más imperiosas. Sus alabardas descansaban contra la pared cerca de la única puerta a la izquierda de Quik. Uno de los soldados se inclinó hacia su prisionero, dando algún veredicto escupido que Quik no alcanzó a oír.

El otro, al otro lado de la habitación, vio a Quik y señaló.

Ser señalado por un najahn prometía muchas cosas, la mayoría de ellas terribles, pero Quik tomó el gesto como una invitación. Apoyando la palma izquierda en el alféizar de la ventana, Quik se impulsó a través con una voltereta. Mientras su espalda y trasero golpeaban el suelo de madera, Quik lanzó una patada, alcanzando al najahn interrogador a medio giro. Las grebas de placas recibieron el impacto, amortiguando cualquier daño que las uñas de los pies de Quik pudieran causar, pero haciendo poco para desviar la presión: la rodilla derecha del najahn se dobló hacia adentro y el hombre maldijo.

Quik rebotó tras la patada, rodando hacia su izquierda y levantándose, dando la espalda al najahn por un momento demasiado breve. Su armadura tintineante delató sus movimientos, y Quik giró en un fuerte golpe de derecha. El najahn con la rodilla doblada se había vuelto hacia Quik, desenvainando el cuchillo de respaldo en su cintura, un movimiento que habría tenido más sentido si primero hubiera salido del alcance del cazador. En su lugar, giró su cabeza desprotegida directamente hacia el golpe giratorio de Quik.

Un Vis aprendía a vivir con la salvajería de la caza. No a deleitarse con el golpe y lo que seguía, sino a aceptarlo como un signo de victoria, una oportunidad para seguir adelante.

Quik obedeció, retirando su guantelete y deslizándolo hacia abajo para tirar y cortar las cuerdas que ataban las manos del mottilano. El otro najahn, presenciando un horror visceral para el que ningún entrenamiento de Noctia, con sus garantías sobre la invencibilidad de los najahn, lo habría preparado, se quedó inmóvil y gritó.

El mottilano puso fin al tormento de su captor, levantándose y golpeando al najahn directamente en la garganta. El grito se convirtió en un gorgoteo, que se transformó en un lento final. Quik no se detuvo a presenciarlo.

Si el prisionero era inteligente, esperaría a que los najahn regresaran y se declararía inocente.

El propio Quik no tenía tiempo para aliados. No ahora.

Más allá de la habitación, la casa de piedra revelaba un pequeño segundo nivel. Una escalera descendía al primer piso desde una estrecha trampilla, con otros dos dormitorios completando el segundo piso. Ninguno parecía ocupado, aunque las manchas rojas y los arcos rotos sugerían que más sacrificios de la banda de Deshiva habían encontrado su fin allí arriba. Quik consideró la escalera y oyó a los najahn agrupándose debajo. Las primeras botas de metal golpearon el peldaño inferior.

No era el camino.

En su lugar, el cazador lanzó una mirada a través del nivel y corrió. No se molestó en patear la escalera, optando más por la velocidad y la incertidumbre, dirigiéndose hacia otra ventana cuadrada abierta y rota en el lado opuesto.

Este dormitorio era igual al otro, vacío salvo por las extensas manchas de sangre. Quik murmuró una oración a Vis y siguió adelante, tensando los muslos y lanzándose directamente a través de la ventana abierta.

Voló hacia demasiado aire, demasiado espacio. El patio alrededor de la casa no le ofrecía a Quik ninguna cobertura. Sus únicos activos eran la velocidad y la sorpresa, y mientras Quik caía, esos dos le dieron suficiente, apenas lo suficiente. Un chakram se lanzó hacia donde había estado, cortando el aire detrás de él mientras Quik golpeaba la hierba en una caída descontrolada. Las saetas silbaron cerca, una dibujando una línea roja —otra más— a lo largo de la espalda de Quik. Otra se clavó en el hombro de Quik mientras se arrastraba hacia los arbustos, el tejido mottilano del cazador haciendo apenas lo suficiente para permitir que Quik se sacudiera la saeta.

La sangre brotó, otro aguijón se unió a la letanía.

Quik atravesó la estrecha franja de arbustos que separaba el lado norte de la casa del camino, avanzando pesadamente sobre palos y helechos con pies y piernas ya no lo suficientemente frescos para danzar como debería hacerlo un cazador. Salió tambaleándose, con una rama enganchada en su cabello y un tallo espinoso arrastrándose desde su pierna izquierda.

Distracciones.

El cazador mantuvo su rumbo, cruzando el camino. A su izquierda, un convoy de suministros najahn se detuvo, los ponis Tamas traídos para tirar de los carros relinchaban mientras nuevos gritos llegaban a los oídos atronadores de Quik. A su derecha, soldados corriendo lo perseguían, apuntaban, disparaban. Las saetas volaron, se deslizaron por la tierra frente a Quik, detrás de él y en su costado.

Se retorció con el impacto, su visión destellando en rojo.

Los instintos se hicieron cargo, manteniendo a Quik de pie, una danza giratoria lo dejó en el lado opuesto del camino. Se estrelló contra la maleza, helechos, ramas y hojas dándole cobertura a Quik.

Ya no tenía dirección, solo correr. La vieja idea del sacrificio, de una muerte honorable, se desvaneció allí entre las enredaderas, las malas hierbas y el verdor. Quik no quería lanzas en su piel, no quería una saeta en su pecho, caer en el frío abrazo de Noctia.

Todavía no. Todavía no.

Así que se agitó, moviendo sus guanteletes como aspas de molino para abrirse paso. Detrás, los soldados najahn luchaban por seguirlo con sus armaduras. Las maldiciones se mezclaban con duras órdenes de perseguir al Vis, de darle caza. De matar a la vista.

Sin embargo, Quik estaba ganando terreno. Su costado estaba resbaladizo con su propia sangre, pero el cazador, por el momento, vivía. Con la vida, llegaba la oportunidad, llegaba la esperanza, llegaba... Un acantilado.

El follaje dio paso a un precipicio que se estrechaba, dominado por hierbas, maleza y una extraña máquina: una grúa con una jaula que se cernía sobre el borde del acantilado. Quik, con los pulmones jadeantes, miró la cosa como una promesa rota. ¿Había luchado, corrido, esquivado todo este camino solo para esto?

Tropezando hacia adelante, con la jungla detrás de él llenándose de najahn, Quik se acercó a la grúa. Muy abajo, Mottilan ardía. Los otros habían hecho su trabajo, entonces, y sus últimos restos se dirigían en masa hacia los barcos. El cazador distinguió a los arqueros de Deshiva, devolviendo el fuego a las embarcaciones najahn. Molestos, pero no suficientes. El púrpura y el negro corrían sobre las olas, cazando los botes de pesca, los lentos barcos de carga.

¿Cuántos de los habitantes de sus islas morirían hoy?

Quik sacudió la cabeza y se volvió hacia el bosque. Los primeros najahn estaban emergiendo, liberándose del último abrazo de Vis. Muchos Vis morirían hoy, pero la isla viviría, y con su dios, los Vis lucharían contra los najahn para siempre. Su dios había derrotado a Noctia una vez, y la isla de Quik lo haría de nuevo.

Incluso si él no vivía para verlo.

Levantando sus manos enguantadas al aire, Quik dejó escapar un fuerte grito. El grito de un cazador, el grito de un héroe, un llamado Vis.

51
NEGADO

Ya no eligió gritar. Sucedía, su cuerpo atormentado por quemaduras, huesos rotos, cortes y moretones. Sed y hambre. El agotamiento debería haber reclamado a Maena. La muerte debería haberlo hecho, y ella lo deseaba allí en el suelo de esa caverna, con los Whent a su alrededor retrocediendo. Los oscuros demonios fluían a través del agujero, absorbiendo en sus horribles aullidos succionadores a cualquier Whent que se mantuviera firme. Incluso Jochi, allí en el centro, blandiendo sus hachas como si importaran algo, desapareció cuando los demonios lo rodearon.

El único al que evitaban, que destacaba en la visión borrosa de Maena, era el extraño joven de pie justo frente a ella. Los dos demonios que se le habían acercado se habían convertido en llamas púrpuras, desvaneciéndose en nada más que unos pocos copos de ceniza. Después de eso, los demonios lo habían dejado en paz, y así se había quedado inmóvil, aparentemente ajeno a todo lo que lo rodeaba.

Había perdido a las criaturas nube, y con ello, la única

oportunidad de Maena de mantener la cordura. Gritó de nuevo, un temblor que surgía de su pierna y se estremecía a través de su garganta. Otro vendría en momentos, entre respiraciones jadeantes. A su derecha, de alguna manera, yacía Haggerth. Aún sudoroso, frío e inconsciente. Al menos había una medida de paz en eso.

Maena volvió los ojos hacia el joven. Otro demonio, quizás superado por el momento frenético, lo atacó. Puso ese rostro oscuro frente al hombre, retorció su vacío sin forma para igualar la cara del hombre, solo para que llamas negras y púrpuras surgieran de la nada y consumieran a la criatura. Y en eso, Maena encontró su respuesta, su escape.

Había hecho lo que prometió. Rompió la cadena. Mantuvo sus juramentos, lo mejor que Maena pudo.

¿La recordarían las islas? ¿Lo haría Svarde?

No todas las leyendas necesitaban ser contadas.

Maena se incorporó de golpe, huesos y músculos crujiendo. Se abalanzó sobre el joven, lanzándose sobre su espalda, suplicando por esas llamas, por ese hermoso olvido.

Y rebotó en él hacia el suelo, arrancando un grito, una maldición agonizante de la Rana. Rodó lejos de él, esperando que uno de esos demonios la llevara después, pero la destartalada caverna parecía limpia, despejada. El resplandor naranja de las linternas Whent no encontraba interrupciones, y Maena no escuchaba hachas balanceándose, hojas cortando ni ballestas chasqueando. La pura sorpresa amortiguó el dolor, nada tenía sentido.

—Oye —dijo el hombre al que había derribado—. Creo que los eliminé a todos. —Su voz temblaba con el timbre del agotamiento, algo con lo que Maena podía empatizar—. Toma, creo que podrías necesitar esto más que yo.

Maena sintió que le abrían la mano quemada y le

dejaban caer una piedra cálida y suave en la palma. Una curiosidad sin palabras inundó su mente, y por un segundo aterrador, Maena pensó que su yo dividido había regresado, hasta que se dio cuenta de que la voz no hablaba en palabras que conociera, o en palabras en absoluto, realmente. En cambio, el calor se extendió por todo su cuerpo, silenciando los dolores espasmódicos y reemplazándolos con picazón, con los primeros indicios de curación.

—Nunca habías sentido eso antes, ¿eh? —dijo el joven, agachándose sobre ella, con una sonrisa de dolor en su rostro. De cerca, Maena notó las líneas entintadas del hombre, sigiles que Maena rara vez había visto pero entendía. Solo que, ¿qué hacía un Vis aquí?—. Es un skar. Un skar Vis, de hecho. Te curará lo mejor que pueda, aunque, eh, te ves bastante mal.

—Gracias —murmuró Maena, cerrando los ojos.

—Digo que tomará unos días. Tal vez una semana. Pero ahora tenemos tiempo —el hombre se puso de pie, las rocas se movieron, aunque Maena mantuvo los ojos cerrados, cayendo en ese calor—. Jochi, creo que los cerré todos.

—¿Qué? —La voz de Jochi, tan cansada como la suya propia—. Veo que cerraste este maldito agujero. Significa que no sabemos por dónde van a venir los demonios la próxima vez.

—No, estoy diciendo que no habrá más demonios. Se acabó. Estamos a salvo.

Maena repitió esa palabra varias veces, maravillada de que *pudiera* repetirla. Hace unos momentos había estado lista para tirar todo por la borda, y ahora, a pesar de que su espalda yacía sobre el suelo duro, a pesar de los comerocas a su alrededor, Maena estaba malditamente contenta de haber fallado.

Lo que dejaba una pregunta. Se forzó a abrir los ojos,

humedeció sus labios y vio a los guerreros Whent dándose palmadas en la espalda, atendiendo heridas menores, y a Jochi, arrodillado sobre el último misterio.

—¿Está vivo Haggerth?

52
ANIMALES

El plan de Gladdring podría haber funcionado si se hubiera enfrentado a adversarios normales. El espadachín de Kance, con los estoques en ristre, podría haber sido el mejor luchador de la isla. Sin embargo, Svarde no jugaba con las reglas habituales.

—Quédate atrás —le susurró el bárbaro a Ami, antes de lanzarse en una carrera torpe hacia el espadachín, enmarcado por la hermosa luz matinal en medio de los resplandecientes salones del Palacio del Cielo.

El espadachín dobló una rodilla, sin llegar a agacharse del todo, y Svarde vio lo que se avecinaba, sin hacer nada para evitarlo. El Guardián Foti se acercó a un par de zancadas y, como una víbora, el espadachín atacó. Se desplegó en una estocada hacia adelante, con su estoque derecho al frente para hundirse profundamente en el pecho de Svarde. El izquierdo siguió con una puñalada igualmente mortal en el vientre de Svarde. Ambos provocaron un dolor sordo, ambos deberían haber matado al bárbaro de un solo golpe.

Por desgracia para el espadachín, había descuidado lo

único que realmente podría matar a Svarde: arrebatarle la gran espada.

Mientras los estoques se hundían, Svarde tomó una decisión y actuó en consecuencia, estrellando la empuñadura negra de su espada, impregnada de skar, contra el cráneo con casco del soldado de Kance. El golpe derribó al atacante de Svarde, tras lo cual el bárbaro remató con una fuerte patada, haciendo que la cabeza del luchador de Kance se echara hacia atrás y sus ojos se pusieran en blanco.

—Eso no es justo —dijo Ami, acercándose a Svarde mientras el bárbaro arrancaba los estoques, sin sangre, y los arrojaba a un lado—. ¿Cómo iba a saberlo?

—Lo he dejado vivo —respondió Svarde—. Creo que estamos en paz.

Ami se rio, y ambos miraron los ascensores. Ninguno estaba en su nivel, y aunque la pareja pudiera subir a uno, un leal a Gladdring atento —o uno cuya mente hubiera sido alterada por esos skars de Tamas— podría dejar a Svarde y Ami atrapados entre niveles.

—Vamos a pie, entonces —dijo Ami por los dos, y así lo hicieron.

El sentido común sugería que Gladdring se ubicaría en los niveles superiores del Palacio del Cielo. El método del planeador de géiser los había llevado cerca de la mitad del camino, lo que dejaba muchos escalones por subir. Las grandes losas se extendían por el exterior de la torre, con una barandilla a lo largo y algo de protección contra el clima proporcionada por las terrazas de cada nivel. Un día hermoso significaba que la subida sería agradable, aunque no para las personas que compartían las escaleras con Svarde y Ami.

A pesar de toda su planificación, el escurridizo escuadrón de Eujo no había pensado en que el Palacio del Cielo era, bueno, un Palacio en funcionamiento. Incluso con Kance en pleno tumulto, los comerciantes visitantes, los soldados leales, los políticos y todo el personal necesario para atenderlos seguían corriendo por el lugar, y pasaban junto a Svarde y Ami en las escaleras con ojos desorbitados, gritos ahogados y al menos dos desmayos.

—Es porque tienes un aspecto terrible —dijo Ami después del segundo, un hombre delgado que se había puesto más pálido que nadie que Svarde hubiera visto jamás al ver su espada. El bárbaro había evitado su caída, dejándolo en los escalones—. Como un árbol podrido y petrificado, creo.

—Al menos sigo siendo yo mismo.

Svarde se tocó la cara, justo donde no había una placa dorada.

—Para desgracia de todos nosotros —replicó Ami—. El Rey Muerto lo tenía claro, escondiéndose bajo toda esa armadura.

—Olía fatal, Ami. Siglos sin bañarse, esa armadura sin lavarse nunca.

—Es tu futuro, Svarde.

El bárbaro se rio, y la pareja aceleró el paso. La misión principal —recuperar esos skars— estaría en marcha pronto, lo que significaba que Gladdring tendría que centrarse en cosas menos importantes, como mantener su traicionero ser con vida.

El primer paso en esa lista de autopreservación era la ubicación, y Gladdring no se había molestado en ocultarla. Ami y Svarde supusieron que el Precepto estaría esperando en el centro de poder de Kance, y, después de demasiadas escaleras, con Ami sudando a pesar del aire fresco —Svarde, entre las muchas partes de la vida que ya no le molestaban, no transpiraba—, la pareja llegó al nivel de la sala del trono.

Delatado por ondeantes banderas plateadas en la soleada mañana, un desembarco recargado adornado con barandillas talladas y sinuosas estatuas de antiguas reinas, el piso insignia del Palacio del Cielo parecía poco adecuado para la devastación que Ami y Svarde estaban a punto de desatar sobre él.

No es que a Svarde le importara: si querías mantener tus cosas bonitas preservadas, lo mejor era no invitar la batalla a tu casa.

Gladdring ofreció poca resistencia. Ningún soldado bloqueó el camino de la pareja por el pasillo, tan pocos que Svarde habría dudado de su elección correcta si los sirvientes que se afanaban por allí, con los ojos siempre atraídos por la hoja negra de Svarde, no hubieran estado tan dispuestos a confirmar que Gladdring esperaba al final del pasillo.

Svarde y Ami pasaron junto a los ascensores, las salas de reuniones, los aseos, y encontraron la mayoría de ellos llenos. Los políticos de Kance se ocupaban discutiendo sobre esto y aquello, como si no hubiera una guerra desarrollándose bajo sus pies, el efecto de normalidad forzada era tan desconcertante que Svarde, más de una vez, miró a Ami para confirmar que todo esto no era una especie de delirio.

Tal vez esa caída le había golpeado la cabeza más fuerte de lo que pensaba.

—Definitivamente no —respondió Ami—. Porque yo estoy aquí y estoy tan confundida como tú. Y sin conmociones cerebrales.

La respuesta esperaba en la sala del trono. Una sábana cubría la ventana que Eujo había roto en su huida, la misma por la que Svarde había saltado. Los tronos gemelos estaban vacíos. El único otro mueble era una pequeña mesa a la derecha de la entrada, una abertura brillante de plata y perla. Sobre esa mesa yacían los restos del desayuno, varios pasteles y una cafetera abandonados por el hombre que, presumiblemente, los había pedido.

Gladdring estaba de pie cerca del trono izquierdo, casi desplomándose sobre la gran silla. Sus túnicas de Kance estaban manchadas de comida, arrugadas. El rostro del Precepto estaba más sudoroso que el de Ami después de la subida, con profundas arrugas alrededor de los ojos. Mientras su codo descansaba en el reposabrazos del trono, Gladdring tenía ambas manos en los bolsillos.

No hubo sorpresa en su postura cuando la pareja entró en la habitación, sus pasos resonando en las baldosas.

—¿Un solo soldado? —dijo Ami a modo de saludo—. ¿Eso es todo lo que enviaste para detenernos? ¿Uno?

—¿Lo mataron? —respondió Gladdring, con una voz tan cansada como su aspecto.

—No fue necesario —respondió Svarde. Se movió dos pasos hacia la derecha de Ami. Ella llevaba dos cuchillos escondidos, listos para lanzar. No era su habilidad más afilada, pero si Gladdring intentaba manipular sus mentes, tenían una opción, y Svarde quería darle espacio para usarla —. Tendrá algunos dolores, pero está vivo.

—Me sorprende que te importe —dijo Ami, con las manos temblando cerca de los cuchillos—. Por cómo nos abandonaste en Noctia, pensé que eras un monstruo.

—En eso, no discutiré —asintió Gladdring—. Cometí errores, Ami. Todos lo hicimos. Pero cuando crees que eres la mejor esperanza de las Islas, debes actuar para mantenerte con vida.

—Qué conveniente.

—La conveniencia nunca ha sido mi forma de actuar, ni la tuya —dijo Gladdring, y luego frunció el ceño mirando a

Svarde—. Parece que todos mis enemigos son muy difíciles de matar. Fassle se niega a morir, y ahora, de alguna manera, tú estás aquí después de caer lo suficientemente lejos como para convertir a un alma normal en un montón de barro. ¿Qué he hecho para ser maldecido con enemigos tan imposibles?

—Principalmente, ser un imbécil —dijo Ami—. Tu pequeño coqueteo con Kance ha terminado, Gladdring. La Reina ha llegado a un acuerdo, uno que haremos que Fassle cumpla. Los caminantes de fuego tendrán su hogar. Fassle obtendrá sus skars. Tú, si tienes suerte, obtendrás una pequeña granja en Tamas. Podrás jugar tus juegos con los cerdos.

La boca de Gladdring se torció en una sonrisa.

—Si la Reina pensara que yo aceptaría ese pequeño discurso, no os habría enviado.

Svarde entrecerró los ojos ante eso. Gladdring parecía tan cansado, encorvado y demacrado, que era difícil imaginarlo tramando algo con los skars, y sin embargo...

—Oh, por favor, di que planeas luchar. Eso simplemente alegraría mi día —dijo Ami, dando un paso más cerca de Gladdring—. He estado deseando clavarte un cuchillo en el corazón desde Noctia.

—Ami —murmuró Svarde—. Algo no está bien aquí.

—Sé que eso es lo que quieres, Ami —dijo Gladdring, dejando el peso de sus palabras en el aire—. Tamas me lo dice. Me dice que estás confiada, sedienta de sangre y ciega.

Ami no intercambió otra palabra. La Guardiana alcanzó, sacó y lanzó el primer cuchillo sin esperar un segundo. La hoja golpeó justo cuando la frase de Gladdring terminaba, enterrándose profundamente en su pecho. Un lanzamiento tan perfecto que Svarde miró hacia Ami, sorprendido.

—Tuve mucho tiempo libre en Noctia —dijo Ami

despreocupadamente, su mano moviéndose hacia el otro cuchillo.

Su objetivo exhaló un aliento entrecortado y se hundió de rodillas. Su túnica se enrojeció. Una mano salió de su bolsillo, extendiéndose hacia Ami.

—No dejes que él... —comenzó Svarde, solo para ver una fina línea, una curvatura en el aire, lanzarse desde Gladdring hacia Ami.

La Guardiana se estremeció, tembló y cayó. Su piel se volvió pálida. Su mascarilla dorada se agrietó al golpear las baldosas.

¿Y Gladdring? Gladdring se enderezó, alcanzó su pecho y sacó el cuchillo. El ex Tenet arrojó el arma a un lado mientras Svarde angulaba su hoja negra para un corte, un ataque que se desvaneció cuando pasos, muchos pasos, resonaron en el pasillo detrás.

—Sabes, su analogía de la granja no estaba tan equivocada —dijo Gladdring, mientras Svarde se giraba y veía a esos extraños políticos, funcionarios, sirvientes y empleados del Palacio corriendo hacia ellos—. Solo que no necesito ir a Tamas, ni criar cerdos. Tengo mis animales para sacrificar, justo aquí.

Con la ambigüedad desterrada, Svarde optó por lo obvio. Lanzó un grito de batalla Foti y cargó contra Gladdring. El hombre frunció el ceño, deslizó su mano de vuelta dentro de la túnica manchada de sangre, y Svarde volvió a sentir su mente asaltada. Ideas se deslizaron, sugiriendo que Gladdring tenía demasiado poder para desafiarlo, que Eujo era ciertamente demasiado joven para confiar, que Fassle lo destruiría todo.

Que los caminantes de fuego no merecían un lugar en las islas.

Svarde podría haber cedido puntos a Gladdring en las

primeras incursiones, hechas a la velocidad del rayo mientras el bárbaro cruzaba la sala del trono. La última, sin embargo, llegó sin la precisión habitual de Gladdring, una tosca agrupación de los caminantes de fuego con todos los demás demonios, como terrores a ser aplastados. Bajo un supuesto tan erróneo, el agarre del skar de Tamas se aflojó, y Svarde recuperó su fortaleza.

Gladdring también lo supo. El hombre maldijo, retrocedió. A dos zancadas de distancia, Svarde levantó la hoja, listo para dejarla caer. No en alguna puñalada o corte salvaje, sino apuntando a lo único que pondría fin a esta pelea.

Un cisma sacudió los nervios de Svarde, uno enviado por la mano izquierda de Gladdring, las piedras negras entre sus dedos ahora visibles con Svarde tan cerca. Los músculos del bárbaro temblaron, su aliento se desvaneció mientras lo que quedaba de sus pulmones se agriaba, y Svarde supo que, si aún tuviera corazón, se estaría marchitando.

Pero no se puede matar a un hombre muerto.

Aun así, los temblores desviaron el golpe de Svarde de su curso decapitador, haciendo que la hoja en su lugar cortara profundamente el hombro de Gladdring, enviando al Tenet a desplomarse sobre las baldosas. Una vez más, la túnica se salpicó de rojo.

Esta vez, el hombre no tendría tiempo para...

Manos delgadas agarraron la pierna izquierda de Svarde. Otro cuerpo saltó sobre los hombros del bárbaro, haciendo tropezar a Svarde hacia adelante. Un tercero agarró su muñeca derecha, sosteniendo la hoja negra, e intentó arrancarla. Un cuarto atravesó el costado de Svarde con un tenedor de desayuno.

El ejército de idiotas aturdidos de Gladdring había llegado.

Svarde detuvo su caída sobre su rodilla derecha, girando con su mano izquierda por delante. Golpeó un rostro tras otro. Lanzó su codo derecho hacia atrás contra el pecho del hombre que tiraba de esa muñeca. Un chasquido de la cabeza de Svarde rompió la nariz de la que estaba en su espalda, alejando a la mujer de ojos salvajes y dándole tiempo a Svarde para concentrarse en el que le agarraba la pierna.

Solo para encontrar a ese temblando, volviéndose gris y muriendo. Justo como Ami.

Detrás del hombre, levantándose y pareciendo poco afectado, estaba Gladdring.

—Mis cerdos —dijo Gladdring, mientras los ensangrentados se lanzaban sobre Svarde, más cuerpos enterrándolo bajo sus manos frenéticas, dientes mordientes y pies pateadores—. He llegado a darme cuenta de que las islas no quieren ser salvadas. La gente no lo quiere. Prefieren aferrarse a su mezquino poder, incluso si eso los destruye.

Svarde siguió golpeando, aporreando con la espada, clavando sus rodillas en estómagos, golpeando con sus puños y lanzando su frente en un golpe tras otro que rompía huesos. Sin embargo, los cuerpos sin mente seguían llegando, y más dedos tiraban de la hoja negra. Un tirón afortunado, una distracción de más, y la vida inmortal de Svarde desaparecería.

—Pero el hombre común desea menos, Svarde. ¿Seguridad, una oportunidad de criar una familia, saber que habrá comida y agua mañana? —La voz de Gladdring se elevó—. Con estos skars, puedo darles eso, y me amarán por ello. ¿Qué les darás tú, Guardián? ¿Muerte, con tus manos ensangrentadas?

Manos que Svarde ya no podía mover mucho. Demasiadas manos lo inmovilizaban, con más presionando su cabeza contra el frío suelo de baldosas. Gente sentada sobre sus piernas, su pecho. Ya no lo apuñalaban ni lo mordían, solo lo inmovilizaban. Permitiendo que los que trabajaban en la mano derecha de Svarde liberaran, poco a poco, esos dedos de la empuñadura de la hoja.

Gladdring se cernía sobre sus esclavos, mirando a Svarde.

—¿Acoges la verdadera muerte, Svarde? ¿Su paz? O, sin esta misericordia, ¿vagarías para siempre, una sombra entre los vivos?

Svarde no pudo responder. Unas manos le atenazaban la garganta, ahogando su voz. En su lugar, fulminó con la mirada, y Gladdring se rio. Los secuaces de Gladdring también rieron, sus rostros volviéndose hacia Svarde y remedando la risa de Gladdring, hasta el último resoplido.

Dos dedos se alejaron. El pulgar de Svarde resbaló, manos tirando de él, doblándole la muñeca, mordisqueándole los nudillos.

—Adiós, Svarde —dijo Gladdring—. No puedo decir que lamente verte partir.

El antiguo Tenet le dedicó a Svarde una última sonrisa torcida, y perdió la cabeza. Un corte limpio, de izquierda a derecha, y Gladdring se desplomó. Detrás de él, con las cicatrices Vis brillando en su careta, estaba Ami, devolviendo lentamente su hoja Whent a su posición. Aunque no lo necesitaba: la horda de Gladdring dejó de arañar, parpadeando en su lugar, tosiendo, maldiciendo y luciendo perdidos.

—Lo siento, Svarde —dijo Ami, con una leve sonrisa, una que Svarde había visto tantas y tantas veces en sus aventuras, iluminando sus labios—. Esas cicatrices Noctia son un golpe duro.

53
LA RECOMPENSA DEL HÉROE

Cuando Maena cayó sobre la espalda de Wax, el Vis no lo sintió. No como lo habría hecho unos momentos antes, antes de que el skar de Noctia se hubiera apoderado del rugiente canto entre las piedras, antes de que el skar hubiera extendido su sed infinita para beber todas aquellas puertas, con los skars tejiendo sus propios cantos para mantenerlas abiertas.

El poder volvió a Wax como mil noches de descanso, cien cafés calientes, una docena de sonrisas de Eujo. Vibraba, por dentro y por fuera, con lo que el skar de Noctia le devolvía, y cuando Maena lo golpeó por detrás, el Vis se sacudió su presencia incluso mientras dirigía todo ese poder hacia los demonios chupaalmas que lo rodeaban.

Sus skars aún cantaban al unísono, y Wax desvió su atención de aquellas puertas a los demonios que atacaban a los guerreros Whent. Noctia, una vez más, tomó la delantera, lanzando sus rayos para atravesar a cada uno de los monstruos harapientos. Foti y Kance la siguieron esta vez, incinerando a los demonios desde dentro hacia fuera y comprimiendo el aire a su alrededor para que los incendios repentinos no se propagaran, ni siquiera duraran más de un segundo.

Lo suficiente para matar a los demonios, dejando que sus restos revolotearan hasta el suelo. Whent fue el siguiente, cumpliendo la orden de Wax y cerrando de golpe el agujero que daba a la cámara de la piscina. Pero no solo eso. Wax instó al skar a sellar el suelo roto, a rellenar las salidas submarinas de la cámara de la piscina. Cerrar todas las posibles vías de escape de un demonio, asegurando que incluso aquellos monstruos que hubieran cruzado las puertas antes de que se cerraran de golpe quedarían atrapados, inofensivos.

Luego, por supuesto, llegaron los heridos.

Wax entregó el skar Vis a la Rana herida, drenando suficiente energía en él —como concentrar un pensamiento o flexionar un músculo— para alejar a Maena del borde de la muerte. Tomó el segundo skar Vis, el de Catya, y se lo dio al hombre inconsciente. Haggerth, así lo llamó Jochi. Como Maena, el Whent parecía quemado y destrozado, pero aún esquivando el abrazo final de Noctia. Ahora, vería el mañana, y tal vez el día, la semana, el año siguiente.

Eso, por fin, arrancó un ronco vitoreo de los guerreros que lo rodeaban.

El destino, como decía Pan, era una carga. Al menos cuando pasaba de una vida recogiendo setas y columpiándose en la jungla a salvar Las Siete Islas. Pero lo que Pan nunca mencionó fue lo bien que se sentía cumplir ese destino, quitarse ese peso de los hombros, lanzarlo con entusiasmo, emoción y deleite.

Wax abrazó todo eso y lo acompañó con más cerveza. Después de regresar a Dreamhold, Jochi había pedido una celebración. Después, claro está, de que los heridos recibieran sus cuidados y los cuerpos de los demonios fueran quemados o descuartizados. El señor de la guerra apartó a Wax de eso, sin embargo, y lo llevó a un baño y a un nuevo conjunto de cueros Whent.

—Los héroes deben parecer héroes —dijo Jochi mientras acompañaba a Wax de vuelta a Dreamhold, donde lo esperaba una multitud—. Este es el momento en que te conviertes en historia, mi amigo Vis. Hazlo tuyo.

Si tan solo Eujo y Bliss hubieran estado allí para ver la sonrisa de Wax, la forma en que levantó las manos, una sosteniendo el collar y los skars junto a él —Wax mantuvo el de Catya oculto bajo su camisa, porque ¿cuántos skars necesitaba un héroe?— y se empapó de los aplausos, el tintineo de las jarras de cerveza, los rugidos de los Whent y los Noctia que, si Wax tenía que adivinar, celebraban tanto su propia supervivencia como el papel de Wax en ella.

A partir de ahí, el día, la noche y el tiempo mismo se fundieron en una fiesta tumultuosa. Los skars Vis recuperados permitieron a Wax beber hasta dejar bajo la mesa a Jochi y a la mayoría de sus amigos, un hecho que el Vis ciertamente no reveló, y a medida que cada uno se retiraba, o tenía que ser arrastrado, alguien más tomaba su lugar, queriendo compartir el momento, como se le llegó a llamar, en que Las Siete Islas fueron salvadas.

La rutina puso fin a la celebración poco a poco, a medida que las reparaciones, los entierros y el comercio reemplazaron a la fiesta. Los mensajes de Noctia pedían varias semanas para reparar las escaleras que atravesaban la Herida, un plazo demasiado largo para Wax, pero sobre el que tenía poco control. El skar Whent era demasiado tosco para un trabajo preciso, y viajar a través del Abismo Oscuro hasta Whent, y luego en barco hacia el sur, llevaría casi el mismo tiempo.

Además, Wax estaba realmente cansado. Había estado

corriendo por las islas, reuniendo los skars, luchando contra demonios y desafiando el legado de una diosa al cerrar esas puertas. El Abismo Oscuro, esas cuevas, no eran el lugar donde elegiría quedarse, y cuando Fassle envió un mensaje personal diciendo que habían llegado a un acuerdo de paz con Kance, que Eujo estaba viva y al mando de su isla, bueno, la espera se hizo más soportable.

Una idea, una esperanza, que duró hasta que una cena con Jochi fue interrumpida. Un explorador Whent, anunciando que venían visitantes, un grupo desaliñado que vagaba hacia el norte desde Vis. Encontrados apenas con vida, perdidos en los túneles.

Liderados nada menos que por Sawi.

54

EL ÚLTIMO CAZADOR

Él se erguía como una sombra frente al humo, con la ciudad ardiente bajo sus pies elevándose para envolver a Quik en un último manto. El cazador había lanzado sus gritos de guerra, y los najahn que lo enfrentaban lo tenían en la mira, pero no disparaban. Ni virotes ni chakrams. La ausencia, su vida restante, le provocó ira.

¿Lo estaban humillando? ¿Dejando que Quik se parara frente a una audiencia para ser abucheado?

Pero no, los najahn no lo estaban acosando. No le lanzaban insultos. En cambio, parecían estar esperando, pero ¿a qué?

La respuesta llegó con armadura, sin casco, con una voulge. Ojos duros y un rostro familiar. Caminó frente a los soldados, que se apartaron para dejarla pasar sin sacrificar su puntería. Pavarde, en otro tiempo cazadora de bandidos y capitana de barco en Foti, ahora, de alguna manera, estaba allí de pie, con los brazos cruzados y mirándolo con el ceño fruncido.

—Tu Lira me trajo aquí —dijo Pavarde ante la mirada

de Quik—. Asesinaron a tantos comandantes najahn que tuve que dejar atrás los mares. Pero incluso tus mejores necesitan comida, descanso, un lugar para dormir. La Tercera Mano los encontró, entonces, y resulta que los Lira mueren como cualquier bandido.

—¿Por qué me estás contando esto?

—Porque la última vez que te vi, querías ayudar a librar al mundo del mal. Porque cuando te vi ahora, reconocí esas garras y su potencial. —Pavarde inclinó la cabeza, como si señalara lo obvio—. Luchaste por tu hogar y compraste sus vidas con la tuya. Hay más trabajo por hacer, Quik. Los najahn necesitan luchadores como tú para lo que se avecina.

—¿Qué se avecina? —Quik se rio, agitando un guantelete sobre la ciudad en llamas—. ¿Qué queda?

—El nuevo orden, Quik. Las islas gobernadas, sus skars puestos a mejor uso. Habrá resistencia, y la aplastaremos cada vez que aparezca —la voz de Pavarde cayó como hierro, reforzada por las duras miradas de los najahn a su alrededor. Creyentes, todos—. Tu rebelión le costó a tu isla su segunda ciudad. Kitaye, sin embargo, prospera. Ni un alma perdida por los demonios en días. Comercio fresco, nuevas oportunidades para viajar a las otras islas. Vis está lista para unirse al mundo, ¿ayudarás?

Quik midió la distancia hasta Pavarde, calculando que una muerte segura llegaría mucho antes de que pudiera alcanzarla. Un salto por los acantilados se presentaba como una opción, pero el suicidio agarrotó su corazón con un frío temor. No estaba listo para el olvido de Noctia. Aún no.

Lo que dejaba la oferta.

—No entiendo —dijo Quik—. Luché contra ustedes. He matado a sus soldados.

—Eres un arma. Hiciste lo que hacen las armas. —

Pavarde sonrió, aunque Quik no percibió calidez en ello. Como la mujer que había sido en Foti, Pavarde tenía el espíritu najahn de pies a cabeza—. Tenemos usos para las armas, y recompensas.

Quik recordó de golpe la jaula. Cavando para salir a través de la arena. Luchando contra Masayo en los acantilados. Conocía muy bien las recompensas najahn, las promesas que hacían y rompían sin falta. No quería morir, pero eso era lo que le esperaría con la promesa venenosa de Pavarde.

La muerte, sin embargo, no tenía que ser un desperdicio. No necesitaba llegar de inmediato.

—Si acepto, ¿qué hacemos ahora?

—Vienes conmigo, nos guías por esta ciudad. Nos muestras las trampas, cualquier tesoro que valga la pena. Después, lo discutiremos con más detalle. Sobre buena comida y mejor cerveza Tamas. —La sonrisa de Pavarde creció—. O, si lo prefieres, algo de vino de melocotón fresco de Kitaye.

Eso, después del día que había tenido, sonaba bien.

Y si iba a deslizarse de vuelta entre los najahn, un resorte enroscado esperando hasta que encontrara el cuello de Fassle al alcance... Quik tendría que interpretar el papel.

Vis tendría su venganza, y pronto.

55
DE VUELTA A CASA

Viajó en el carromato durante los primeros días, hasta que Maena no pudo soportar estar tumbada más tiempo y se obligó a caminar. Su músculo y piel cicatrizados se estiraban, le picaban y le decían a la capitana Rana que nunca más podría liderar una incursión. Tampoco debería acercarse a un campo de batalla si quería ver el siguiente amanecer.

No hace mucho, ese pensamiento la habría llevado a una fanfarronería burlona o quizás a la desesperación. Ahora, incluso sin la influencia rosada de la criatura nube, Maena contemplaba su presente con una visión más saludable. Vivía, caminaba y pronto, gracias a la amabilidad de Jochi, volvería a casa. Vería a Rasslebeck, a Pennifer. Lo que quedaba de su antigua tripulación.

—¿Perdida en tus pensamientos otra vez? —llegó la voz, recuperando algo de su antiguo color, elevándose por encima del ruido de las ruedas del carromato.

Todavía estaban bajo tierra, en túneles ensanchados e iluminados por ingenieros Whent. Lo estarían al menos otro día más, pero con cada hora que pasaba, Maena juraba que podía sentir una brisa mejor, oler una flor fresca.

—Mi cabeza está tan vacía como siempre —respondió Maena, mirando hacia el carromato, al hombre igualmente maltrecho que iba dentro—. Y no podría estar más feliz por ello.

Haggerth se incorporó y apoyó la barbilla en la barandilla. La estudió. Con el trabajo terminado, el hombre también volvía a casa, habiendo recibido de Jochi algún puesto que no exigiría más interrogatorios peligrosos.

—Todavía no puedo creer que vayas a salirte con la tuya —dijo Haggerth, con un leve tono de risa tiñendo sus palabras—. Secuestraste a un explorador, casi destruyes Dreamhold provocando una estampida de demonios, y sin embargo aquí estás.

—Gracias a ti.

Haggerth parpadeó. —¿Cómo dices?

—¿Jochi no te lo dijo?

—Lo único que dijo el señor de la guerra fue que te había perdonado, que debía olvidarme de todo el asunto. —Haggerth resopló—. No es algo que sea capaz de hacer.

—Te salvé la vida, come-rocas.

Haggerth miró a Maena. El carromato seguía rodando, los bueyes tirando de él con cuidado a través del túnel de piedra pulida. Los otros Whent alrededor charlaban o guardaban silencio, evitando en gran medida a los dos quemados y extraños pasajeros que se dirigían a la superficie.

—Qué forma tan curiosa de decir que casi me matas —dijo finalmente Haggerth.

—Te arrastré fuera de una puerta, te entregué a Jochi a tiempo para mantener ese corazón tuyo latiendo —dijo Maena—. Bastante heroico por mi parte.

Haggerth negó con la cabeza. —No me lo creo.

—Cree lo que quieras. Yo sé la verdad.

Una vez más, Haggerth la miró de esa manera que tenía, como si el hombre estuviera leyendo toda su alma por dentro y por fuera. Esta vez, emergió una sonrisa más genuina.

—Se ha ido, Maena —dijo Haggerth.

—¿El qué?

—Esa mirada en tus ojos. Ese brillo de asesina. Lo que hay ahora, lo que hay ahora es alguien a quien me gustaría conocer.

Maena se rió, el sonido retumbando arriba y abajo por la cueva, hermoso y claro.

56
LA PRÓXIMA BATALLA

Con algo de cerveza y una pregunta directa, Svarde admitiría que tenía poco interés en la realeza. De todas las islas, Kance era la única que se molestaba con ello, y por lo que Svarde podía ver, la idea solo traía problemas. Sin embargo, mientras observaba a Eujo tomar su trono —limpio, rápido, sin evidencia sangrienta—, Svarde no pudo evitar dejarse llevar por la ceremonia.

Claro, Eujo era y había sido Reina, pero aquí era una líder en tiempos de guerra. Tomó su lugar no con una túnica dorada, sino con una armadura de Kance esculpida para ajustarse a Eujo como una segunda piel reluciente. La joven Reina miró a los soldados y consejeros que recibían sus primeras órdenes sin duda, con buenas preguntas, y cuando el diálogo concluyó, Svarde no fue el primero en lanzar un vítore por Kance, su líder y un futuro victorioso.

—Uno que nunca tendrás —dijo Svarde más tarde, cuando la sala del trono se había vaciado salvo por unos pocos sirvientes, los Guardianes de Eujo, Svarde, Ami y Livier—. Has ganado las piedras, es hora de cumplir con tu trato.

El gran ataque al Palacio del Cielo, la carrera para capturar los skars, había resultado innecesario. Sin cabeza, el control de Gladdring sobre sus diversos esbirros se había disipado. Eujo dijo que los soldados que les bloqueaban el paso habían despertado de repente, como de un sueño, y se habían inclinado ante ella. La mayoría del Palacio del Cielo sentía lo mismo, aunque algunos políticos, quizás sintiendo su proximidad a Gladdring demasiado cercana para ignorarla, habían presentado rápidas renuncias. Svarde había observado sus huidas lastimeras, asegurándose de mantener su espada negra visible para añadir algo de velocidad a sus pasos.

—Pienso hacerlo —dijo Eujo, asintiendo a Svarde—. Pero mi primer discurso como única Reina de Kance no puede ser una capitulación ante Noctia. Primero necesito ganar su apoyo.

—¿A costa de vidas? —preguntó Ami.

—Vidas de Najahn —murmuró Torny, la bandida desplegando un truco ingenioso: lanzando un cuchillo arriba y abajo mientras masticaba una manzana.

—Serán vidas de Kance si los caminantes de fuego se impacientan.

—¿Por qué lo harían? —dijo Eujo—. Díselo, Ami. Voy a enviar un emisario a Noctia hoy con mis términos. Si lo que me has dicho es cierto, aceptará el trato y dejaremos esta guerra atrás.

—Aceptará —dijo Svarde—. El hombre quiere su victoria y esos skars.

—Entonces confío en que lo lograrás.

El bárbaro se sobresaltó. —¿Cómo dice, su... eh, alteza?

—Tú, junto con Torny y Bliss aquí, entregarán mis términos a Fassle —dijo Eujo—. Haz que acepte. Termina esta guerra.

Torny protestó primero, diciendo que Eujo estaría en riesgo sin las dagas de la bandida vigilando su espalda. Eujo descartó eso, señalando que Livier y sus compañeros asesinos Vientas estaban de su lado ahora. Sin mencionar una isla llena de soldados leales. Bliss no ofreció ninguna objeción, salvo hacer un gesto con algunos dedos, ante lo cual Eujo asintió y no dijo nada. Torny también captó los gestos y dejó de refunfuñar, entrecerrando los ojos y adoptando la expresión solemne de Bliss.

¿De qué se trataba todo eso?

—¿Svarde? —preguntó Eujo—. ¿Aceptarás esta misión?

—Por supuesto —dijo Svarde—. ¿Y Ami?

—Supongo que me toca mantener a raya a los caminantes de fuego —respondió la Guardiana dorada—. Lo cual no me entusiasma, pero supongo que logré decapitar a uno, así que no puedo quejarme demasiado.

—Entonces está decidido —dijo Eujo—. Prepárate, Svarde, y dirígete al puerto. El *Filo de la Tormenta* debería estar listo para zarpar mañana por la mañana. Tantas vidas dependen de ti ahora.

Svarde se rio. —Alteza, estoy acostumbrado a ello.

57
LA BÚSQUEDA DEL SUPERVIVIENTE

No había Quik.

Sawi y Annalyse dijeron que habían esperado todo lo que pudieron, hasta que los Najahn desembarcaron sus naves en el puerto de Mottilan y marcharon con sus colores púrpura y negro por sus calles en llamas. Quik nunca llegó. Mientras la mayoría de la ciudad Vis escapaba por mar, el resto de su andrajoso grupo realizó un angustioso viaje hacia el norte a través de largos túneles llenos de bestias errantes.

El científico había usado skars, los Vis habían usado sus lanzas, y aun así habían perdido a varios. Tantas muertes, tanto daño, porque Fassle y los Najahn habían decidido agarrar el poder en lugar de compartirlo.

Wax hervía junto a Sawi, Annalyse y Jochi en la catedral de Dreamhold. De alguna manera, discutir qué hacer a continuación en un mundo cambiado resultaba más fácil con el imponente Guardián muerto acechando, la presencia de la armadura aportando un peso y un enfoque que Wax encontraba difícil de hallar de otra manera.

Todo lo que quería era beber más cerveza, hablar de su hermano y de cómo Wax le había fallado.

En cambio, Annalyse y Jochi llevaron la conversación en una dirección diferente: hacia el futuro, no el pasado, y la espinosa realidad que aguardaba a las islas en un mundo libre de bestias.

—Fassle no va a permitir que los Najahn retrocedan —dijo Jochi—. Sabe que toda esta conquista se basa en las bestias y su peligro. Una vez que las islas sepan que las bestias ya no son una amenaza, expulsarán a los Najahn. O lo intentarán.

—Hablas como si no estuvieras de su lado —dijo Sawi—. ¿No te están ayudando los Najahn?

Jochi asintió.

—Lo están haciendo, pero Fassle no es todo el Najahn. Hay gente más razonable en sus filas. Tenientes no tan ciegos a un futuro mejor y más cooperativo. Si conseguimos que uno de ellos entre en el Círculo, podríamos salvar a las islas de estallar en guerra o de marchitarse bajo la bota de Fassle.

—Estás hablando de un asesinato —dijo Annalyse.

—Estoy hablando de política —replicó Jochi, aunque el guerrero envolvió las palabras con una sonrisa feroz—. Que, en Noctia, parece implicar una daga entre las costillas más a menudo que no. —El señor de la guerra se volvió hacia Wax—. Fassle ha apostado su reputación en proteger las islas. Hay una persona aquí que puede demostrar que está equivocado, socavar su afirmación. Ese eres tú.

Wax resopló.

—¿Qué, quieres que me enfrente a Fassle?

—Digo que puedes ir a la Ciudad Anillada, encontrar uno o dos amigos entre los Najahn y ganar su apoyo. Me tendrás detrás de ti, y el peso del Aegis también. Un verdadero héroe para las islas. Si Fassle es inteligente, verá que su estratagema ha terminado y llamará de vuelta a sus soldados. Si no lo es, lo etiquetas como enemigo de la paz y dejas que Yarvick haga lo suyo. El señor bandido no tolerará una carga.

—¿Podemos confiar en Yarvick? —preguntó Annalyse.

Jochi se encogió de hombros.

—Es un ladrón y un asesino, pero nunca le he oído hablar de tomar el control de las islas. Además, no luchamos una guerra en dos frentes. Fassle primero. Yarvick, si es necesario, después. —Jochi lanzó una mirada barbuda a Wax—. Recuerda, Vis. Fassle ordenó la captura de tu isla. La muerte de tu hermano es obra suya. No dejes que Fassle se salga con la suya.

Oh, Wax no lo haría. Los skars, siempre susurrando, estaban de acuerdo. Si Wax tenía que adoptar el manto del héroe para forzarlo, bueno, ya lo había hecho antes. Por Quik, por Pan, Wax terminaría el viaje, traería la paz a las islas. Y si Fassle no estaba de acuerdo, bueno, el skar de Noctia, deslizándose por el alma de Wax, siempre estaba hambriento.

———

Wax reveló el poder de los Dioses, ahora una fuerza siniestra planea empuñarlo.

La lucha contra los demonios ha cambiado, con su mortal torrente interrumpido por los esfuerzos de Wax. Ese poder atrae una peligrosa atención, desde asesinos que buscan arrebatarle la vida hasta mentes maquinadoras que planean usar a Wax para sus propios fines.

Continúa la aventura con *Las Cadenas de la Esperanza:*

AGRADECIMIENTOS

Esta novela es el fruto de mi familia y amigos que se negaron a dejar morir un sueño. A mi esposa Nicole, por permitirme escribir en las primeras horas de la mañana y asegurarse de que no muriera de hambre. A mis hermanos y padres por sus constantes comentarios, apoyo y entusiasmo.

Y, por supuesto, a ti, el lector, por darme una razón para escribir.

SOBRE EL AUTOR

A.R. Knight teje historias en una casa helada en Madison, Wisconsin, principalmente propiedad de un par de gatos. Después de verse atrapado en la rutina laboral durante la crisis económica de 2008, se encontró sobrevolando el espacio y viviendo grandes aventuras durante aburridas reuniones.

Con el tiempo, dedicándose a podcasts, guiones, relatos cortos y otras novelas, encontró una historia en la que sumergirse y un elenco de personajes tan entretenidos como llenos de corazón.

¡Gracias, como siempre, por leer!

Para más información:

www.adamrknight.com

Para Hope y Henry